南極風

笹本稜平

祥伝社文庫

目次

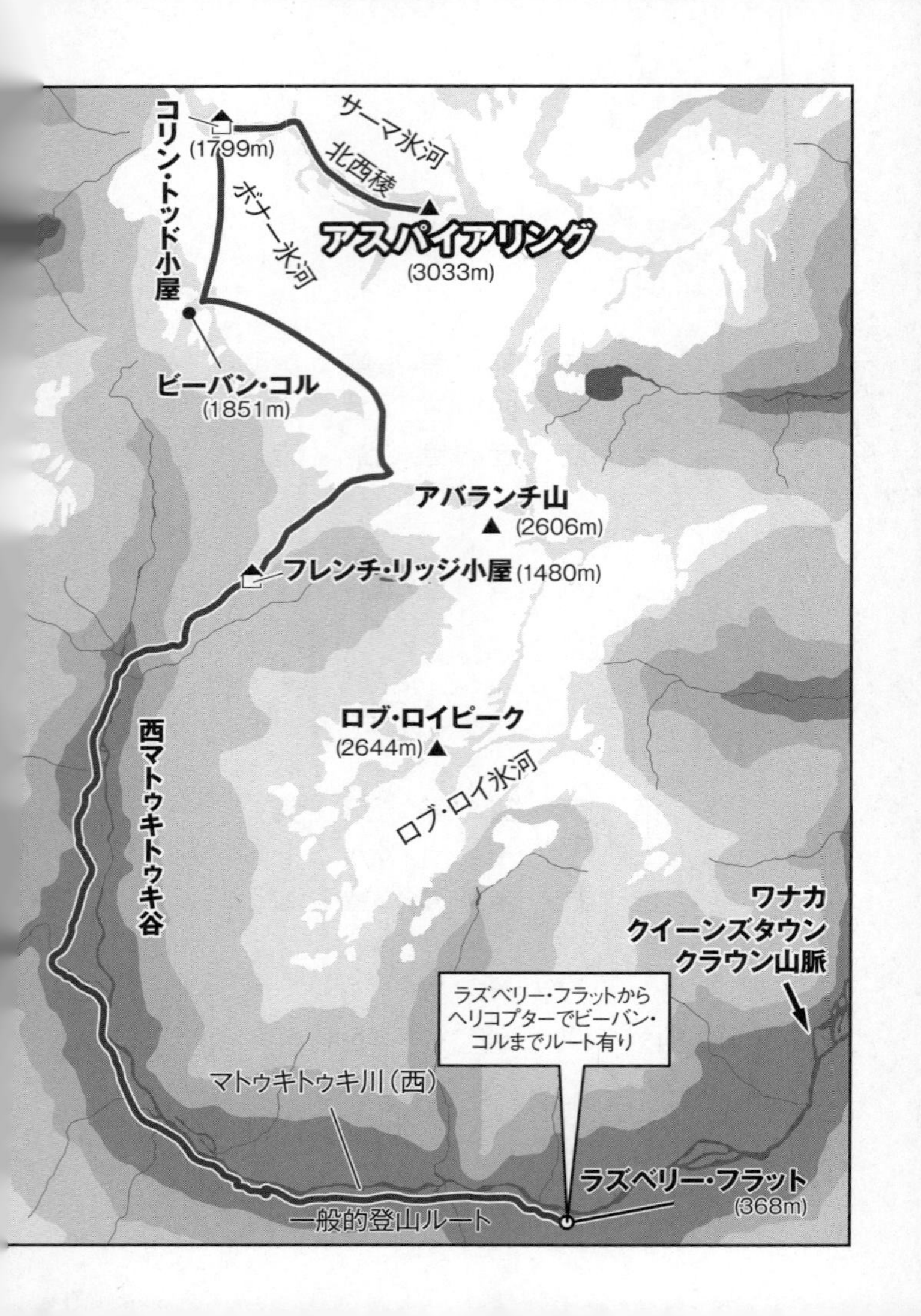

コリン・トッド小屋
(1799m)
サーマ氷河
北西稜
ボナー氷河
アスパイアリング
(3033m)
ビーバン・コル
(1851m)
アバランチ山
(2606m)
フレンチ・リッジ小屋(1480m)
西マトゥキトゥキ谷
ロブ・ロイピーク
(2644m)
ロブ・ロイ氷河
ワナカ
クイーンズタウン
クラウン山脈
ラズベリー・フラットから
ヘリコプターでビーバン・
コルまでルート有り
マトゥキトゥキ川(西)
ラズベリー・フラット
(368m)
一般的登山ルート

ニュージーランド
全体図
オークランド
ハミルトン
北島
南島
ウェリントン
サザンアルプス山脈
タズマン海
クライストチャーチ
カンタベリー湾
アスパイアリング
マウント・クック
クイーンズタウン
マトゥキトゥキ峠
リバプール山
(2482m)
マオリ山
(2535m)
マオリリ山
(2595m)
エドワード山(2620m)
0 500 2000
m
1:90,000
N
アスパイアリング略図

地図作成／三潮社

第一章

1

森尾正樹（もりおまさき）は荒い息を吐きながら頭上を見上げた。

密集した星々が月のない夜空を埋め尽くす。南からの乾いた風が頬（ほお）を刺す。南極風と呼ばれるその風は、南半球の中緯度に位置するこの山岳地帯では好天の徴（しるし）だ。

時刻は午前五時少し前。東のカンタベリー平野に広がる雲海（うんかい）の一角が、わずかに朱色（しゅいろ）に染まっている。

ニュージーランド南島の西岸を縦に貫（つらぬ）くサザンアルプス――。最高峰のマウント・クックをはじめとする三〇〇〇メートル級の高峰と無数の氷河を擁（よう）するこの山脈には、登山の対象となる山が数多い。ここマウント・アスパイアリングもそんな山の一つで、標高は三〇三三メートル。広大な氷河を内懐（うちぶところ）に抱（いだ）き、鋭く天を衝（つ）く頂（いただき）は南半球のマッターホルンの異名を持つ。

目の前に黒々とそそり立つのは北西稜ルートの最初の難関のバットレス（胸壁）。標高差三〇〇メートルの、急峻で巨大なこの壁は岩が脆い。風化した岩角は、ときに指や爪先をかけただけでぼろぼろと崩れる。

掌で岩肌を叩き、その響きで浮き石をチェックする。落石への恐怖はいまも森尾の心に、存在の根幹に突きつけられたナイフのように居座っている。

五年前の二月、この山で、森尾が所属する海外登山ツアー会社の客三名とスタッフ二名の命が絶たれた。森尾の人生はそこで一変した。自らも凍傷で足の指数本を失い、それ以上に心に癒しがたい痛手を受けた。

その五人の死に対して、まったく責任がなかったとはいまも思わない。しかし森尾自身にしても、助かったほかの客とスタッフにしても、生還できたのはほとんど奇跡といえた。森尾の立場からすれば、人間としての限界を超える苦難の果ての生還だった。そしてその後の数年は、森尾にとって生き延びたことを後悔さえするような日々だった。

突然降って湧いたいわれのない告発によって奪われたのは、人としての誇りであり、人生への希望であり、この世に生まれたことを幸せだと感じさせてくれる一切だった。

〈計画性は認められないものの、金銭面における動機は明らかに存在し、生還の可能性がより低い方向に遭難者を誘導した点において、未必の故意があったとの認識は揺るがな

い。従って本件にあっては、諸般の情状を酌量しても、被告人を懲役五年の刑に処するのが相当と思量する〉

第一審の法廷に響き渡った検事の論告求刑のその文言を、森尾はいまも一言一句忘れることができない。

諸般の情状とは、生存者の救助に森尾が最大限の努力を払ったという事実であり、それは救出に当たったニュージーランド当局も認めるところだった。しかし検察側は、ある状況証拠を根拠に、森尾の「動機」を主張して譲らなかった。

厄介な岩溝を登りきり、小さなテラスで自己確保をして、下にいる篠原ひろみに声をかけた。

「OK。確保したぞ」

「了解。登ります」

元気に応答する声がして、眼下の闇のなかでヘッドランプの光が動き出す。森尾は二人を繋ぐロープを、その動きを確かめながら巻きとっていく。安定したペースで岩を攀じるひろみの動きが、ロープを伝わる振動から感じとれる。

あの遭難から五年、森尾に希望の火を点し続けてくれたのがひろみだった。拘置所で暮らした約二年、控訴後に保釈が認められて判決が確定するまでの一年弱の期間を、彼女がいなかったら、森尾は果たして生きてこられたか自信がない。

「快調じゃない、森尾さん。ブランクなんてぜんぜん感じないよ」

傍らまで登ってきて、肩で息をしながらひろみが言う。初めて会ったのが五年前で、あのツアーの参加者だった。当時二十六歳。いまは三十代に突入したが、柔らかな輪郭の童顔はあのころとほとんど変わらない。

「いや、だいぶ息が切れたよ。それにしても、ひろみは腕を上げたな」

「いつかまた森尾さんと一緒に登れる日が来ると思って、クライミングスクールへもけっこう真面目に通ったのよ。でも嬉しいわ。森尾さんがやっと山に誘ってくれて。それがアスパイアリングだと聞いたときは正直びっくりしたけどね」

「おれだって、生きているあいだにまたここへ来るとは思ってもみなかったよ。ひろみに発破をかけられて山に戻る決意を固めたら、最初に登るのはこの山以外にないと気づいてね」

「ここで亡くなった人たちの冥福を祈るために？」

小首を傾げてひろみが問いかける。思いを込めて森尾は言った。

「それももちろんだけど、それ以上に、あの事件で途切れた人生をやり直すスタートラインはここ以外にないと思ったんだ」

「つまり人生のリセットだね」

「ああ、そういうことかもしれないな」

人生のリセット——。心のなかで森尾はひろみの言葉を繰り返した。失った時間を悔やんでも始まらない。希望は与えられるものではない、創造するものだ——。それは五年にわたる魂の幽閉を生き抜いた森尾が、唯一手に入れた人生の指針だった。そしてきょうここから始まる時間こそが、森尾にとってまさにアルファにしてオメガだった。

2

このバットレスを下降していたときに起きた落石がすべての発端だった。そのときの情景はいまも森尾の脳裏に鮮明に焼きついている。

カラカラと鳴り響く乾いた音、注意を促すサポートスタッフの叫び声。森尾は慌てて岩溝に身を隠した。その傍らを拳大から人の頭ほどの岩塊が幾つも落ちていく。甲高い悲鳴が聞こえる。岩壁をバウンドしながら転落するツアー参加者の女性客。森尾がサポートしていた第二グループの一人だった。

反射的に確保用のロープを握り締める。重い衝撃が伝わり、直後に荷重が消えた。切れたロープの末端が風に舞っていた。岩角で切断されたようだった。

嵐の到来を予感させる乳白色のガスが周囲に渦巻いていた。吹きつける風がアノラック

ガスの切れ目に、無数のクレバスが口を開けた氷河が顔を覗かせる。それはアスパイア
リングの南西面を埋める総延長六キロのボナー氷河のほんの一部にすぎない。
アスパイアリングは要所に山小屋が完備され、ヘリを使えば核心部までのアプローチを
省略できるため、好天に恵まれれば決して困難な山ではないのだが、西のタズマン海で発
生する気圧の谷によってめまぐるしく天候が変わる点もこの山の特徴だ。
夏場でも日本の山のように長期間天候が安定することは稀で、一日か二日の短い好天に
タイミングを合わせ、一気に登って下りるという作戦がこの山での鉄則といっていい。森
尾たちのツアーもそれに忠実な短期速攻を目指し、麓から一泊二日を要するアプローチを
省略して、ボナー氷河上までヘリを利用した。
標高は三〇〇〇メートルをわずかに超えるだけで、高所障害の心配がほとんどないた
め、ここではごくポピュラーなやり方だ。しかし標高は日本アルプス級でも、自然条件で
はヨーロッパアルプスと大差がない。万一天候が悪化した場合には、日本の山では想像の
つかない危険に直面することになる。
この日も北西稜末端のコリン・トッド小屋を出発した未明は快晴だった。地元の気象通
報によれば、タズマン海上を低気圧が東進しているとのことだったが、天候が崩れだすの
は夕刻から夜半にかけてだろうという予測だった。

アスパイアリングのツアーはこれまで何度もやってきた。経験的には、未明に小屋を出て、正午前後に登頂を果たし、午後四時過ぎに小屋に戻るというスケジュールに無理があるとは考えられなかった。

低気圧の通過を待つという選択をすれば、次の好天まで、場合によっては二日間の停滞を余儀なくされる。多少の予備日は見込んでいるといっても、そこは商業ツアーで、ホテルや帰国の航空便の都合もある。滞在期間が延びればコストが膨らみ赤字が出る。ワンポイントのチャンスを生かしたいという主催者側の考えに、ツアー客たちにも異存はなかった。しかし予想より早く、天候は崩れ始めた。

そのうえ体調を崩したメンバー一名が全体の足を引っ張り、ペースは予想したほどはかどらなかった。頂上に達したのは予定を二時間過ぎた午後二時で、周囲の谷で湧き起こったガスが山肌を這い登り始めていた。

急いで下山を開始して、いまはすでに午後四時過ぎ。とっくに小屋に戻って夕食の準備に取りかかっているはずの時間だった。

眼下十数メートルの岩棚に辛うじてしがみついている女性客の姿が見える。そこからさらに転落するようなことになれば命の保証はない。

落石の音が途絶えたのを確認し、森尾は慎重にクライムダウンしていった。一般ルートからやや逸れた場所で、傾斜がきつく、岩も脆い。ただ登るだけなら、ロッククライミング技術のある者にとって決して難しい岩場ではないが、確保なしの下降となると危険度はかなり高まる。

先頭を下っていたツアーリーダーの藤木恭一の姿が見えない。彼がリードしていた第一グループの二名の客と現地スタッフの姿もここからは見えない。落石はバットレスの基部まで達しただろう。彼らが無事だったとは思えない。

すぐ横のテラスでは、下降の順番待ちをしていた第二グループの残り二名の客が不安げにこちらを見つめている。

サポートスタッフの内村敏也が予備のロープを取り出しているが、それを待ってはいられない。岩角にしがみついた女性客の腕はほとんど伸びきっている。このままでは力尽きるのも時間の問題だ。

「頑張って。すぐに行きますから」

森尾は声を張り上げたが、吹きすさぶ風がそれを口元からちぎりとっていく。

足場はすこぶる悪い。ここで自分が落石を起こせば、なんのための救出活動かわからなくなる。自らの動きのまだるっこさに胃が焼けるような苛立ちを覚えながら、女性客がいる岩棚までなんとか下った。

女性客がこちらに向かってもがくような動きを見せる。森尾は慌ててそれを制した。

「危ない！　動かないで！」

手近な岩角にスリング（リング状の細いロープ）を掛け、カラビナを介して自己確保をとる。女性客の上に思い切り身を乗り出す。スリングがぴんと張り詰め、ハーネス（安全ベルト）が下腹部を締め付ける。

女性客が岩から離した片手をこちらに伸ばす。とたんにその体がずり落ちた。心臓が止まりそうな気分で両腕を伸ばし、女性客のアノラックの肩を摑（つか）んで、渾身（こんしん）の力で引きずり上げる。

女性客は小柄だが、一〇キロほどのザックを背負っているから決して軽いわけではない。足を置いた岩角に二人分の体重がかかり、ようやく森尾の体重を支えていた岩が、靴の下でぐずぐずと潰（つぶ）れるのを感じる。

なんとか女性客の上半身を岩棚の上に引き上げ、しっかりとホールド（岩の手がかり）に手をかけているのを確認してから、彼女のハーネスに繫がっていたロープに結び目をつくり、カラビナで先ほどのスリングに繫いだ。

これで二次的な落下の危険は遠のいた。

「大丈夫ですか」

森尾の問いに、顔を青ざめさせながらも女性客は気丈に答えた。

「ええ、大丈夫よ。ロープが岩で切れる前に、森尾さんがいったん止めてくれたから。あちこち打撲したけど、骨折したり頭を打ったりはしていないわ。私、けっこう悪運が強いんです」

　その女性客が篠原ひろみだった。ツアー参加者のなかではいちばん若く、日本では三〇〇〇メートル級の冬山や初歩的な岩登りも経験していると聞いていた。

　精神的にも肉体的にもなかなかタフで、ほかの客の面倒見もよく、登攀を開始して以来、森尾は五人目のスタッフのようにさえ感じていた。

　上から内村が予備のロープをフィックスしながら下りてくる。とりあえず安堵して、先ほどまで視界に入っていなかった岩棚の下を覗き込んだとき、森尾は絶望的な気分に襲われた。

　流れるガスのあいだに二つの人影が見える。ロープの末端に宙吊りになっている者が一人、岩壁の途中にとどまっている者が一人。さらに目を凝らすと、バットレスの基部に藤木と思われるグリーンのアノラックを着た人影が横たわっている。生死はここからは確認できないが、生きていても自力で動けない状態なのは明らかだ。

　傾斜の緩い壁にしがみつき、もがくように体を動かしているのは、もう一人の現地スタッフのケビン・ノウルズだ。頭部から出血しているのが心配だ。

　ロープの末端にぶら下がっているのは参加客の一人で、こちらの動きに気づいて懸命に手を振っている。大きな怪我はしていないようだが、自力脱出する技術はないはずだから、森尾たちの手で救出するしかない。

第一グループのもう一人の客の姿は見えない。乳白色のガスは岩壁の半ばを覆い、藤木の姿もすぐに掻き消えた。

ひろみと合わせて第二グループの客は三名。サポートスタッフは森尾と内村だ。一方、第一グループは客が二名で、藤木とケビンがサポートしていた。つまりパーティの総勢は四名の主催者側スタッフと五名の客で、それが二つのグループに分かれてロープで結び合っていたわけだった。

内村とケビンは期間契約のスタッフで、リーダーの藤木が動けないとしたら、パーティの全責任は藤木のパートナーとして参加している森尾にかかってくる。

森尾たちが頂上から下山を開始したとき、後続するパーティはいなかった。内村と二人の客は森尾のすぐ横手のテラスで下降の順番待ちをしていた。つまり、落石は人為的なものではないということになる。

岩の脆いこのバットレスでは自然崩落は珍しくない。パーティのメンバーのミスが引き起こした事故ではなかったことがわずかな救いだが、いまは原因究明をしている場合ではない。生きている全員をバットレスの基部まで下降させることが焦眉の課題だった。

そこまで下れば重傷者はヘリで病院へ運ぶことができる。無事な者や軽傷の者は、そこから二時間ほどのコリン・トッド小屋に退避すればよい。

だからなんとしても、天候がこれ以上悪化する前に下降を終えなければならない。だが耳元で唸る風音と急速に濃さを増すガスの流れを見れば、希望は否応なく萎えてくる。

そんな自分に鞭打つように、森尾は傍らに下りてきた内村に怒鳴るように言った。

「いますぐ上に戻って、残りの二人をリードしてくれ。おれはまずケビンのところまで下りていく」

ケビンは森尾がいまいる位置から二〇メートルほど下にいる。彼を救助しなければならないのはもちろんだが、さらに重要なのは、彼が予備のロープを持っていることだ。それを使えば宙吊りの客の救出や、岩壁のどこかにいるはずのもう一人の客の救出もより安全に行える。

その考えを理解したように内村は頷いて、フィックスしたロープを伝って上に向かった。森尾はひろみに言った。

「すみません。ここでしばらく待機してもらえませんか。あとは内村が下降をサポートしますから」

「だったら私がここで確保します。やり方は知ってますから。頼りにならないかもしれないけど、ないよりはましでしょう」

「しかしロープがない」

「これとあなたのを繋いだら？」

言われてみればどちらのハーネスにも切断されたロープがまだ付いたままだ。繋げばもとの長さになる。そんな簡単なことを思いつかない自分がどれほど動転しているのかを森尾は悟った。

いったん切断したロープは、そのときの衝撃で全体に強度が低下している可能性があるが、ひろみが言うように、ないよりははるかにましだ。懸垂下降できればいちばんスピーディーだが、途中に結び目があるからそれは難しい。

岩角に掛けたスリングを支点にひろみをしっかり確保してから二人のロープを結び、彼女の技量を信じて森尾はふたたびクライムダウンを開始した。

岩棚の直下は垂直に近い壁だが、五メートルほど下ると斜度が緩み、そこから先はさほど難しくはなかった。しかし、近づくにつれてケビンの状態に不安が増してくる。出血が思ったよりひどいように見える。外傷だけならいいが、脳に損傷があれば生命の危険がある。

「ケビン、大丈夫か？」

上から声を掛けたが、ただもがくように体を動かすだけで、聞こえている様子はない。

ケビンはヒマラヤ遠征の経験もある若手クライマーで、地元でも有能なガイドとして評判が高い。日本からのツアーに参加する機会も多く、そのなかで覚えた片言の日本語を操る。屈託のない童顔に赤髭を蓄え、人当たりがいいので、パーティの貴重なムードメーカーだった。

ガスの流れがケビンの姿を覆い隠す。焦燥が募ってくる。ひろみは森尾の動きに合わせてスムーズにロープを繰り出している。慎重に足場を確認しながらケビンの傍らに下り立った。

「ケビン。おれがだれだかわかるか？」

半身を抱き起こして問いかけると、焦点の定まらない目で森尾を見返して、ケビンは小さく頷いた。落下中にどこかへ飛ばされたのか、ヘルメットは着けていない。

右側頭部に一〇センチほどの裂傷があり、周囲の岩を染めていた出血はそこからのものだった。手足に触れて確認したところ、幸いにも骨折はしていないようだった。頭蓋骨も陥没している様子はないが、頭部に大きな衝撃を受けたのは間違いない。意識が朦朧としているのが単なる脳震盪によるものであってほしい。

出血は見かけほどひどくはなかった。すでに髪にこびりついた血が固まりかけている。ふたたび転落しないように手近の岩角にスリングをかけてケビンを確保し、ザックから応急キットを取り出して消毒と止血をする。

ケビンはいますぐ生命に関わる状況ではないだろう。ここはすべてを楽観的に解釈するほかはない。心配なのは宙吊りになっている客と、姿が確認できないもう一人の客だ。ケビンのザックから予備のロープを出しながら森尾は言った。

「すまない、ケビン。ほかにも遭難者がいる。そちらの救出に行かなきゃならないんだ。

すぐに内村がここに下りてくる。上にいたメンバーはみんな無事だから、彼らが君をサポートしてくれるはずだ」

ケビンは心配するなというように軽く首を振る。その瞳には先ほどより力が戻っているようだった。

目の前を流れるガスに小雪が混じってきた。風は鋭く肌を刺す。ニュージーランドの二月は盛夏だが、緯度は日本の北アルプスよりはるかに高い。三〇〇〇メートルを超す山なら荒れれば雪が降ることもある。いや雪ならむしろ幸いだといえるだろう。隠れる場所のない稜線で氷雨（ひさめ）に打たれれば低体温症で命を失う。

頭上を振り返ると、内村たちはすでにひろみがいる岩棚まで下りてきている。あとは任せるというように手振りで合図して、予備のロープをダブルにセットして懸垂下降を開始する。

宙吊りの客は森尾がいる場所から五メートルほど横手のリッジ（岩稜（がんりょう））を一〇メートルほど下ったあたりにいる。藤木が下降用にセットしたフィックスロープはそこを通っており、落下の衝撃で支点のいくつかが外れているが、V字状に張りつめたロープが辛うじて荷重に堪（た）えて墜落を防いだようだった。

そこに達するには、垂直に下降したあと右にトラバース（横移動）する必要があるが、そのための適当なバンド（帯状の岩棚）が見つからない。しかも、荷重がかかっている二つの支点にどの程度の強度があるかわからない。危険な動きを強いられそうだが、いまは躊躇していられない。

吹きつける風に揺れながら、客は顔を強張らせてこちらに手を振っている。足の下は数百メートルの高度差でボナー氷河へと切れ落ちる西壁だ。

宙吊りになっているのは宮田達男。本格的な岩登りの経験はほとんどないと聞いている。こんな絶壁の上で宙吊りになったことなどあるはずもない。恐怖のほどは想像するに余りある。

しばらく懸垂下降していくと、宮田から数メートルのところのテラスに続く傾斜路が見つかった。懸垂下降用にセットしていたロープをハーネスに固定し、慎重にそこを登っていく。風はいよいよ強まってきた。宮田の体が振り子のように揺れている。

テラスまで登り返し、自己確保してから宮田に向かって手を差し出す。宮田も懸命に腕を伸ばすが、揺れている上に、距離は三メートルほどで、手を握り合って引き寄せることができない。そのうえよく見ると、宮田を支えている支点の一つはスリングが岩角に引っかかっているだけで、このまま風で揺れ続ければ、いつ外れてもおかしくない。

手近な岩角で自己確保をとってから、ロープの一端を宮田のほうに投げてやる。宮田はそれを受けとろうとするが、ロープは風に流されて、なかなか手元には届かない。

「しっかり投げてよ。金を払っただけの仕事はしてくれよ」

悲鳴とも罵倒ともつかない宮田の声が風にちぎれる。なにか手はないか。なにか錘になるものがあれば——。

ハーネスにカラビナが何枚か下げてあるのを思い出す。ロープの先端に輪をつくり、ありったけのカラビナをセットする。アルミ合金製でたいした重量はないが、それでも十分な錘になる。

宮田が風に押されてこちらに寄ってきた。そのタイミングに合わせてカラビナの塊を抛ってやる。宮田はそれを両手で受け止めた。

「しっかり持っていてください。こちらに引き寄せますから」

「あ、ああ。慎重にやってよね。あそこ、いまにも外れそうだから」

先ほど森尾も気づいた支点を目で示しながら宮田が言う。頷きながら森尾はロープを手繰った。宮田の体が向かい風を受けて、意外に抵抗がある。自分も危うくバランスを崩しかけ、自己確保したスリングで踏みとどまる。

宮田の体が一メートルほどのところまで近づいた。腕を摑んで一気に引き寄せる。宮田の足がテラスにかかる。急いで宮田のハーネスからロープを外し、スリングに繋ぐ。テラスに立ったとたんに、宮田はすがりつくように体を預けてきた。

「ありがとう、森尾君。いや、生きた心地がしなかった。それでも助かっただけ儲けものだ。あんたは命の恩人だよ」

先ほどの罵(のの)りとは打って変わって、宮田はほとんど涙声だ。

「これが仕事ですから。それより、あと二人いるんです。これから内村が下りてきますから、宮田さんは彼らと一緒に行動してください」

「二人って、だれ?」

「伊川(いかわ)さんとうちの藤木です」

「藤木さんはおれのいたところからは見えなかったけど、伊川さんは見えたよ。たぶんだめだよ」

「だめ?」

胸をふさがれる思いで森尾は問い返した。

宮田は暗い表情で、大半をガスに覆われた眼下の氷河を見下ろした。

「ぶら下がっているあいだに見えたんだよ。ガスの切れ目から、黄色いアノラックを着た人間が氷河の上に横たわっているのがね。下まで何百メートルもあるんだろう。ほんの小さくしか見えなかったけど、この歳でも視力には自信があるんだよ。それにうちのパーティで黄色いアノラックを着てたのはあの人だけだから」

伊川真沙子(まさこ)は生真面目な頑張り屋だが、体力面ではやや弱く、登頂が遅れた原因の大半が彼女の体調不良に起因するものだった。

「そうですか。じつは藤木も――」

バットレスの基部に倒れていた藤木のことを森尾は伝えた。彼も三〇〇メートル近くは墜落している。命があるとは思えないが、確認しないわけにはいかない。

「そうなの。じゃあ、今後はあんたがパーティのリーダーだな。さっきは失礼なこと言っちゃったけど、こうなったら主催者も客もない。ここはチームワークで乗り切るしかないだろう。ところで落石を起こしたのはどいつなんだ」

チームワークうんぬんの舌の根も乾かないうちに、宮田は犯人探しに乗り出した。森尾は言った。

「パーティのメンバーじゃありません。後続パーティもいませんから、自然崩落だと思います」

「そういうこともあるのかね」

「岩は気温の変化で膨張したり収縮したりします。午後になって雪や氷が融けて浮き石が緩むことも、こういう脆い岩場だと十分ありえます」

「だったら、不運だったと諦めるしかないな。ほかの連中は無事だったのか」

「ケビンが頭部に怪我をしていますが、ほかには重傷者は出ませんでした」

「大丈夫なのか、ケビンは？」

「意識はあるようです。でも、下ろすのは大変かもしれません。宮田さんはもう大丈夫ですね。じゃあ、僕は先に下に向かいます」

長話もしていられないから、森尾は話を切り上げて、そのまま傾斜路をたどって一般ルートのリッジに出た。そこから下はそれほどの斜度ではなく、ロープなしでのクライムダウンが可能だった。できるだけ見通しのいいルートを選び、周囲に目配りをしながら下降する。

ときおりボナー氷河側を覗き込むが、眼下はすでに分厚いガスの層に覆われて、宮田が目撃したという伊川らしい人の姿は見えない。

宮田の見間違いであることを願いながら、森尾はさらに下降を続けた。頭上の高層雲はさらに厚みを増している。ここからは頂上は見えないが、おそらくすでに嵐の雲に呑み込まれているだろう。氷河の谷から湧き起こるガスも、バットレスをほとんど覆い尽くそうとしている。

伊川が着ていたアノラックのオレンジがかった黄色を何度も探してはみたが、ガスの切れ目に覗くのは濃いグレーの岩ばかりで、生存の希望は薄らぐ一方だ。

内村たちの姿も見えなくなった。トランシーバーを携行しなかったのが悔やまれるが、計画では五名の顧客と四名のスタッフが一体になって行動することになっていたから、とくに必要性は感じなかったし、アスパイアリングクラスの短期速攻型の山ではそれが一般的で、地元のガイド協会もトランシーバーの携行は義務付けていない。

それに代わる万一の際の通信手段として、携帯型のイリジウム衛星電話を装備しているが、その端末は藤木が携行している。

問題はケビンの救出だろう。藤木についてはすでに希望を持ってはいなかった。転落した距離はおそらく三〇〇メートル前後に達する。生存が期待できる状況だとはとても思えない。

ケビンが自力で下山するのは困難なはずだから、なんとかヘリを手配したいところだが、この悪天で飛んでくれるかどうかはわからない。

伊川を捜索しながらの下降で思ったより時間がかかり、バットレスの基部に下り立ったときには午後五時を過ぎていた。けっきょく伊川は見つからなかった。視力に自信があるという宮田の目撃証言はおそらく正しいだろう。

3

藤木はバットレス基部の、岩屑(いわくず)に覆われたプラトー（台地）の一角に仰向(あおむ)けに横たわっていた。脈拍を確認するまでもなく、死亡しているのは明らかだった。

腰の部分で体がくの字に折れて、頸部(けいぶ)も不自然な角度で曲がっている。体全体に大きな衝撃を受けた結果の死だと思われた。顔にはとくに目立った外傷はなく、その表情が不思議に穏やかだったのが唯一の救われた点だった。

ザックのなかにあった衛星電話の端末は墜落の衝撃で壊れていた。それさえあればここからDOC（環境保全省）の現地オフィスにケビンの救助を要請できたが、それは諦めるしかなくなった。しかし希望がまったく絶たれたわけではない。まずはコリン・トッド小屋まで下山することだ。

サザンアルプスの山域には電話はほとんど通じておらず、携帯も大半の地域が圏外だ。その代わり、各山小屋には無線装置が備え付けてあり、DOCの現地オフィスとは午後七時の定期交信のほか、非常時にはいつでもそれを使って連絡がとれるようになっている。

藤木とは十年来の付き合いだった。知り合ったのは大学の山岳部で、藤木は森尾の二年先輩だった。

当時は山岳人口が激減していた時期で、かつてはヒマラヤの八〇〇〇メートル峰への遠征で気を吐いたこともあるその山岳部も、大規模な海外遠征を計画できるだけの部員数が確保できず、OBや企業からの資金援助も細る一方だった。

活動は国内の山での岩登りや氷壁登攀が中心で、海外に出かけるといっても自費でまかなえるヨセミテやヨーロッパアルプスに限られていた。

かつては先輩後輩の上下関係がやかましかった大学山岳部も、当時は一丸となって活動するようなことはほとんどなく、気の合った者同士がその時々でパートナーを組んで、それぞれの嗜好（しこう）に合った登山スタイルを追求するというような、同好会的な色彩の強いものになっていた。

そんな雰囲気のなかで、藤木と森尾は不思議に馬が合った。高校時代はワンダーフォーゲル部に所属し、無雪期の尾根歩きしか経験していなかった森尾を、藤木は簡単なルートだからと気軽な口ぶりであちこちの岩場に誘った。口車に乗せられて登ってみれば、あとでそこが日本でも最高クラスのグレードだったことを知らされた。

そんな付き合いを続けるうちに、藤木と森尾は、谷川岳一ノ倉沢（たにがわだけいちのくらさわ）や前穂高岳（まえほたかだけ）東壁の難ルートのほとんどを征服し、国内では一目（いちもく）置かれるクライマーになっていた。

二人の交流はそれからも続いた。藤木は卒業後も定職に就（つ）かず、アルバイトで金を貯めてはシャモニーやヨセミテに入り浸（びた）った。卒業後は普通に就職した森尾も、休暇と金の都合がつけば藤木のミニ遠征に参加した。

藤木の人生に転機が訪れたのは、森尾が大学を卒業してから三年後のことだった。ヨセミテのエルキャピタンに新ルートを切り開くべく挑んだ二人は、頂上を間近にした最難関のピッチで転落事故を起こした。

セカンドで藤木を確保していた森尾は無事だったが、トップを登っていた藤木は、墜落の衝撃で確保支点がいくつも外れ、停止はしたものの岩壁に打ちつけられて、脊椎（せきつい）に大きな損傷を負った。

その後のリハビリで普通の生活が可能なところまでは回復したものの、かつてのようなアクロバティックなクライミングはできなくなった。

藤木はそれでも山と関わりのある生活を諦める気にはならなかった。ヨセミテで知り合ったニュージーランドのクライマーに誘われて、サザンアルプスを訪れた。

トレッキングから始めて、徐々に三〇〇〇メートル級の高山にも登るようになった。先鋭的なクライミングは無理でも、ノーマルルートからの登攀なら、無理なくこなせることがわかった。そしてかつてはほとんど興味を感じなかった普通の山登りが、いかに喜び多いものかを、藤木は身をもって知った。

サザンアルプスは最高峰のマウント・クックでも標高は三七五四メートル。三〇〇〇メートル級のピークは二十座を超えるものの、その高さでは高所障害はまず考えなくていい。ヒマラヤ経験がほとんどない藤木にとって、それは有利な点だった。

他方で無数の氷河を内懐に抱き、雪と氷に覆われた鋭角的なピークを連ねる景観はアルプスやヒマラヤを連想させる。そのとき藤木の頭のなかに、山を天職とする人生の新たな見取り図が出来上がった。

東京へ戻った藤木は、その年のうちに国際山岳ガイドの資格を取得し、ツアー会社を設立した。社名は「アスパイアリング・ツアーズ」。藤木がサザンアルプスでいちばん気に入った山は、盟主のマウント・クックではなく、秀麗な三角錐(さんかくすい)の頂をもつマウント・アスパイアリングだった。

専従スタッフは藤木一人だけ。目的地はニュージーランドに限定し、実際のツアーに際しては、現地ガイドとそのつど契約する。ビジネスとして成り立つかどうかは二の次だった。藤木にすれば、山に関わる仕事ができるというだけで十分だった。

蓋(ふた)を開けてみると、反響は大きかった。ニュージーランドへ行く日本人旅行者は多いが、その大半は一般の旅行代理店によるツアーで、都市部やリゾート地を巡(めぐ)るものだった。それに対し、藤木が提示したツアープランは国内の山好きにとって新鮮だった。

北半球の日本と季節が逆という点も有利に働いた。厳冬期の日本アルプスは限られたエキスパートの世界だが、同時期のニュージーランドは盛夏で、快適な夏山登山が楽しめる。

逆に日本の夏は、ニュージーランドではスキーシーズンたけなわで、サザンアルプス一帯には魅力的なスキー場が数多い。ガイドつきのヘリスキー・ツアーも藤木の会社のヒット企画になった。

藤木はサザンアルプスの玄関口に当たるクイーンズタウンにもオフィスを構え、ニュージーランド在住の日本人女性と結婚した。

東京とクイーンズタウンには何名か人も雇い、トレッキングから本格的な登山、スキーまで、サザンアルプスでのマウンテンスポーツ分野では第一人者と認められるようになった。

森尾も会社を辞めて経営に参画しないかという誘いを受けた。心惹かれるところはあったが、勤めている登山用品メーカーの仕事にも意欲を感じていた。開発部門に所属し、製品のテストという名目で山に入る機会も多く、藤木とはまた別の意味で、趣味と実益を兼ねる仕事でもあったからだった。

ところがその数年後に、森尾にも大きな転機が訪れる。自分が開発に関わったアイスクライミング用ピッケルの折損事故が相次いだのだ。幸い死者や重傷者は出なかったが、製品は販売中止になった。それが会社にとって重大な信用失墜に繋がったとして、経営陣は開発部門の責任を追及した。

しかしその事故は、森尾たちが予期していたものだった。それ以前の製品は、海外メーカーのものと比べて特徴がなく、売れ行きも低迷していた。その打開策として経営陣が打ち出したのが、世界最軽量というコンセプトだった。

しかし、アイスクライミング用ピッケルの場合は硬い氷に確実にピックを打ち込むための打撃力が重要で、それは軽量化という要求と相反する。その矛盾を解決するために、森尾たちは設計を一新した。

必要な打撃力を確保するためにヘッドの重量は落とさず、シャフトを極力軽くすることにした。それによる強度の低下は、ヘッドとシャフトの接合部に軽くて強度の高い特殊なチタン合金を使うことでカバーできると見込んだのだ。

しかし経営陣はコストのかかる特殊合金の使用を、価格競争力が落ちるという理由で拒(こば)んだ。事故は明らかにその結果として生じたものだった。

経営陣はあくまで開発部門の設計ミスだとして事態の収拾を図(はか)ろうとした。開発部長は降格され、配下の森尾たちも三カ月の減給処分を受けた。

そんな会社の対応にも腹が立ったが、それ以上に森尾は、山で使われる製品がときに登山者の生死を左右することを自らの経験のなかで嫌というほど知っていた。経営陣が押した横車のせいとはいえ、そういう製品を世に出すことを許容したことへの慚愧(ざんき)は抑(おさ)えがたかった。

それによって森尾は、自分と同様に山を愛する仲間の命を奪うことになっていたかもしれない。そんな会社にこのまま居残るという選択をすること、それ自体が犯罪に加担することのような気がした。

森尾は辞表を書いた。そのことを報告すると、藤木は大いに喜んで、改めてパートナーとしてアスパイアリング・ツアーズの経営に参画しないかと申し出た。

藤木は情熱を込めてニュージーランドの山の魅力を語った。誘われて一夏をサザンアルプスで過ごし、森尾はその言葉が決して誇張ではないことを知った。山も氷河も、山麓(さんろく)に広がる鬱蒼とした原生林も、花々が咲き誇る平原も、すべてが美しく、心に安らぎを与えてくれた。

断る理由はなかった。なによりもまず食べていかなければならないし、そのための仕事が山に関わるものだとしたら、願ってもない贅沢というべきだった。

森尾は藤木の遺体を風の当たらない岩陰に運び、姿勢を整えて横たえた。すでに死んだ人間にとっては意味がない行為だと理性ではわかっているが、それでも吹きさらしの台地に放置する気にはなれなかった。

渦巻く乳白色のガスに包まれて、視界はすでに一〇メートルほどだ。いますぐここを立ち去れと警告するように、風は耳元で悲痛な唸りを上げる。気温もだいぶ低下している。すでに傾いているはずの陽光は分厚い雲に遮られて、周囲は黄昏時のように薄暗い。

藤木の亡骸に合掌して、ふたたびバットレスを登りだす。目の前の岩の輪郭が滲んでぼやける。覚えず嗚咽がこみ上げる。

そんな自分に心のなかで活を入れる。いまは悲しんでいる時間はない。上にいる客とスタッフを、なんとか無事に下山させる必要がある。それがいま森尾にできる、藤木への唯一の手向けだった。

時間を短縮するためにはできるだけ直登ルートをたどるほうがいいが、内村たちは安全な一般ルートを下っているはずだ。この視界では行き違う可能性がある。迂回路が多くまだるっこしいが、けっきょくノーマルルートを進むしかない。

「おーい、森尾だ。聞こえたら返事をしてくれ」

上に向かって呼びかけるが、吹きすさぶ風のなかで声は拡散し、応答する声も聞こえない。ケビンがいまも意識が朦朧として歩けない状態なら、内村一人で全員を下山させるのは厳しいはずだ。

4

雪をはらんだ風が横殴りに吹きつける。気温はさらに低下してきた。薄いアノラックの下にはウールのシャツに薄手のセーター一枚。風は防げても寒さに対しては無防備だ。上にいる人々も似たようなものだろう。

三〇〇〇メートルの高所を意識した防寒対策はしていても、あくまで夏山という前提で、小雪が吹雪に変わるようなことがあれば不十分なのは間違いない。

体内の熱源を掻き起こすように登攀のピッチを上げる。すでにリーダーの藤木を失い、伊川真沙子もおそらく死亡した。これ以上の死者は絶対に出せない。

宮田が言った「金を払っただけの仕事はしてくれよ」という言葉が耳のなかで谺する。あのときは癇に障ったが、言っていることは間違いなく正しい。それができないならツアー登山の主催者としては失格だ。いやそもそもすでに、自分たちはミスを犯しているのではないのか。

落石は人為的なものではなかったが、起こることは予測できたはずなのだ。ルートの選択、時間帯、岩の状態の確認が徹底できていたかと顧みる。自信を持ってイエスとは答えられない。

どんな仕事にもリスクはついて回る。しかし藤木にせよ自分にせよ、山岳ガイドが人の命を扱う仕事だという自覚をどこまで徹底していたといえるのか。あの落石は回避できたリスクではなかったか——。湧き起こる自責はとどまるところがない。

「おーい、いまどこにいる？　返事をしてくれ。聞こえないのか？」

焦燥を覚えながらもう一度呼びかける。聞こえるのは激しさを増す風音と、アノラックのナイロン地を叩く雪の音だけだ。藤木と伊川の捜索のために下降したのは正しい判断だっただろうかと、また後悔の虫が蠢きだす。

上から見下ろした段階で、藤木の生死はほとんど確認できた。伊川にしても、宮田の証言を信じるなら生存の可能性はほぼゼロだった。そのために費やした時間は無駄ではなかったか。ケビンを含め、生存している人たちを確実に下降させることに全力を尽くすべきだったのではなかったか。

ケビンの状態がかなり悪いのかもしれない。あるいはこの寒さで体調を崩した客がいるのかもしれない。下降中に誰かが負傷したのかもしれない。ガイドとしての経験の浅い内村には、彼らをリードするのは荷が重かったのかもしれない。考えるほどに不安の種は増していく。森尾自身がいまやパニック寸前の状態だった。

周囲のガスの色が暗くなってきた。時刻はいま午後六時少し前。限界に近いハイピッチで登ってきたつもりだが、事故が起きたバットレスの上部まではもうしばらくかかるだろう。

いまの時期の日没は午後七時過ぎで、まだ余裕はあるが、のんびりしてはいられない。天候は時間が経つにつれて悪化するはずで、嵐を突いての闇夜の下降が次の遭難に結びつかない保証はない。

そのとき頭上から人の声が聞こえたような気がした。慌てて立ち止まり耳を澄ます。聞こえるのは峰を渡る悲鳴のような風音ばかり。気のせいかと思い直してふたたび登りだしたとき、一瞬風音が途絶えた。その隙間を縫うようにまた声が聞こえた。

「おーい、森尾さん。聞こえますか。おれたちはこっちですよ」

内村の声だった。そう遠くはないが、方向は右手のボナー氷河寄りだ。ここまで森尾は一般ルートをたどってきたつもりだが、ガスに巻かれて、実際にはコースを逸れていたのか。それとも内村たちがなんらかの理由で予定外のコースを下降してきたのか。

声のした方向に目を凝らすと、わずかに薄れたガスを透かして、赤や青のウェアを着た人影が動いているのが見えた。森尾がいる場所から二〇メートルほどのところで、意外に近い。ただし一般ルートからかなり外れていて、その直下は急峻なスラブ（一枚岩）になっている。

「全員無事なのか？」

森尾は問いかけたが、答えは返ってこない。ふたたび強まった風に阻まれて声が届かなかったのか、あるいは届いても応答する声がこちらには聞こえなかったのか。流れるガスもまた濃さを増して、人影はその向こうに掻き消えた。

ルートを外れ、手強いスラブを前に立ち往生しているようだった。懸垂下降ができれば簡単に切り抜けられる場所なのだが、一般ルートの登下降なら不要と考えて、ツアーのメンバーにはとくにその技術指導はしていなかった。

懸垂下降はロープを使って急な岩場を下降するテクニックだ。下降用の支点にロープを通し、ハーネスに装着した下降器にそのロープをセットして、摩擦を利用してスピードをコントロールしながら下降する。

マスターしてしまえばたいして難しい技術ではないが、慣れないとどうしても恐怖を感じるだろう。当然、ひとつ間違えると墜落という危険性もあるため、藤木のツアーでは懸垂下降は用いないことを原則にしていた。

しかし、そこから登り返して一般ルートに戻るとなると、時間もかかるし体力も消耗する。懸垂下降なら、ケビンが歩くことができなくても、森尾や内村が背負って下ることも可能だ。

ひろみは懸垂下降の技術を習得しているはずだから、急遽指導しなければならないのは残りの三人だ。いずれも本格的な岩登りの経験はないから、心理的な抵抗はあるかもしれないが、それを乗り越えてやってもらうしかないだろう。

森尾にしても、彼らのいる場所に向かうのは容易なことではない。一般ルートをこのまま進んで、適当なところからクライムダウンすればさほど危険はないはずだが、この視界ではルートを見極めることが非常に難しい。

いまいる場所からスラブを斜上すれば、視界は悪くても彼らのいる方向は見当がつく。しかし手がかりの少ないスラブをトラバース気味に登るには高度なバランスが要求される。上からの確保なしではかなりの危険も伴う。それでもここはやるしかない。ケビンの状態も気にかかる。

一般ルートのリッジを離れ、一瞬垣間見えた内村たちのいた岩場に方向を定めてスラブを登りだす。

斜度は六〇度から七〇度。岩は逆層気味で手がかりが少ない。靴の爪先のわずかな摩擦と爪がかかる程度のホールドに身を預けて、慎重にバランスをとりながら斜上する。視界はさらに悪くなって、見通せるのはせいぜい五メートル程度。ルートファインディングはきわめて困難だ。進んだ先になにがあるかわからないが、多少の読み違いがあっても、いまさらクライムダウンして引き返すことはまず不可能だ。

なんとか貼りついている壁から森尾を引き剝（は）がそうとでもするように、強風が横殴りに襲いかかる。寒気は筋肉を強張らせ、ホールドをまさぐる指先はかじかんで、微妙な感触が摑めない。

ヨセミテではるかに難しい壁を登ったが、そのときは恐怖を克服させてくれる魂の高揚があった。しかしここにあるのはひたすら恐怖だけだ。雪は次第に吹雪の様相（ようそう）を呈してくる。壁のあちこちに付きはじめた雪が靴の摩擦力を奪ってゆく。

体重を移動しようとした右足がずるりと滑り、バランスが崩れて両足が壁から離れた。指がかかっているだけのホールドで体重のすべてを支える。いまにも折れそうに指の骨がきしむ。頭のなかは空っぽだ。

条件反射的な筋肉の動きでなんとかスタンス（足場）を確保する。震えがくるほどの寒さだというのに、背筋にじっとり汗が滲んだ。

怖気（おじけ）づいていても仕方がない。気持ちが萎えれば筋肉も萎縮する。反射神経も鈍くなる。ヨセミテのハーフドームと比べれば、ここは子供の遊び場くらいの難度に過ぎない。

そう自分に言い聞かせると、気持ちにいくらかゆとりが出た。

大胆に壁から体を離し、爪先で岩を摑むような感覚でスタンスを捉え、細いリス（岩の割れ目）に指をこじ入れ、のびのびとした動きで体重を移動する。リズミカルに一〇メートルほど登ると、上からひろみの弾んだ声が聞こえてきた。

「もう少しよ、森尾さん。すぐ右手に登りやすそうな岩溝が走っているのよ。そこをまっすぐ登ればここへ抜けられるから」

声の方向に目をやると、ガスを透かしてぼんやりと人影が見える。登攀に集中して気がつかなかったが、向こうからはだいぶ前からこちらの動きが見えていたらしい。

「ＯＫ。そちらは全員無事なのか？」

「大丈夫よ。ケビンも自力でここまで下りてきたのよ」

ひろみのその言葉で、ようやく希望が湧いてきた。ケビンが動けるかどうかで、ここから先の負担は大きく違ってくる。森尾は問いかけた。

「どうしてこんなところへ？」

ひろみに代わって内村が答える。

「すいません。視界が悪くてルートを見誤ったんです。いったん登り返そうと思っていたら、森尾さんの姿が見えたんで、ここで待ってたんです」

内村はとくに悪びれた様子もない。アスパイアリングのガイドは今回が初めてで、土地鑑がない点は同情するが、ガイドとしてのプロ意識には疑問を感じざるを得ない。しかしここで小言を言い出せば、客たちに無用の不安を抱かせることになる。森尾は鷹揚(おうよう)な調子で言った。

「そうか。このガスじゃ無理もないな。行き違いにならなくてよかったよ」

「そうですよね。怪我の功名ってやつですかね。これからどうしましょうか」

「とにかくいったんそこまで登るよ。それから相談しよう」

内心の焦燥を押し隠し、森尾は余裕のある調子で言った。答えはすでに出ているが、客たちの意思は確認する必要がある。懸垂下降が嫌だという者がいれば、別の手段を考えざるを得ない。

5

数メートル右に移動すると、ひろみが教えてくれた岩溝がすぐに見つかった。ホールドもスタンスも豊富で、ひろみたちがいるテラスまでは安全にたどり着けた。

内村は予想以上の仕事をしてくれていた。無事だった客をフィックスロープを使って下降させ、ひろみと合流すると、そこから一人でケビンのいるところまで懸垂下降した。

ケビンは森尾が確認したときよりもだいぶ回復していたらしい。頭部の外傷は打撲というより裂傷のようで、意識が朦朧としていたのは森尾の見立てどおり脳震盪によるものだったようだ。

内村はケビンの無事を確認すると、上に戻ってロープで確保した。ケビンは内村のサポートを得て、なんとかテラスまでたどり着いた。

テラスから一般ルートのあるリッジまでは比較的容易にたどれるバンドがあったので、そこにロープをフィックスして全員を移動させた。そこからしばらく下ったところで、自力で一般ルートに戻っていた宮田と合流したという。

「よくやったな、内村。ケビンもよくがんばった。お客さんたちも冷静に行動してくれて、なんとか無事にここまで下ってこれた。ただ残念なことに——」

バットレスの基部で藤木の死亡を確認したことを伝えると、客もガイドたちも一様に悲痛な声を上げた。

「ミスター・フジキはぼくの恩人だ。ヒマラヤ遠征で大怪我をしてガイドの仕事ができなかったとき、オフィスのスタッフとしてぼくを雇ってくれた。妻も子供たちも、それで救われたんだ」

嗚咽混じりにケビンは言った。そんな話は初耳だったが、藤木ならありそうなことだった。学生時代から男気があり、シャモニーやヨセミテに入り浸っていた時期も、現地の日本人クライマーへの助言やサポートに労を惜(お)しまない姿を森尾も見ている。

伊川真沙子のことはすでに宮田から聞いていたようだった。体調の悪さを押して登頂を目指した彼女の判断が今回の遭難の遠因だと、だれもが感じているはずだが、いまここでそれを持ち出す者はいなかった。ひろみは登山中も彼女をいたわり、途中の難所では、元気のある者が彼女の荷物を代わる代わる背負ってやる光景も見られた。

そんなチームワークが生まれたのは、たまたま今回の客の相性による部分もあるのかもしれない。しかし、藤木の企画するツアーでは、それに近い雰囲気のよさを森尾はいつも感じていた。それは他人の苦労を見て手を差し伸べずにはいられない、藤木のもって生まれた人柄によるものだと、森尾はいつも思っていた。

そのチームワークは、この窮地（きゅうち）から全員が生還する上での大きな力になる。だとすれば、それは藤木が残してくれた貴重な財産といえるだろう。

ここから先は懸垂下降で下りたいと提案すると、宮田もひろみも、あとの二人の客も躊躇なく同意した。勝田幸一（かつたこういち）、川井武雄（かわいたけお）の二名で、どちらも本格的な岩登りの経験はない。

懸垂下降に使うエイト環という8の字形の器具は、登攀時の確保にも使われるため、森尾も内村もケビンも携行しているが、客たちは持っていない。エイト環の代わりにカラビナを使う方法もあるが、そちらは技術的に難しい。

予備も合わせてエイト環は四枚あった。それを客たちに使ってもらい、森尾たちはカラビナを使って下降することにした。

さらに万全を期して、下降用のロープは二本セットし、片方を客が、もう一本を森尾たちガイドが客に付き添うように下降して、途中で問題が発生したときは適切なアドバイスや手助けができるようにした。

ひろみはエイト環による懸垂下降は何度か経験済みで、付き添いなしで下りられるという。ひろみ以外の三人に実演を交えながら基本動作を説明すると、おおむね理解してくれた。あとは付き添いながら適宜アドバイスすればいいだろう。

バットレスの基部まで急峻な岩場はいくつかあるが、いずれも垂直というほどのところはない。しっかり岩場に足を着いて、歩くように下れば怖がるほどのことではない――。そんな話を森尾が聞かせると、客たちはいくらか緊張を解いたようだった。

順調にいけば三十分ほどでバットレスの基部まで下れるだろう。このガスのなか、日没を迎えれば、道に迷う危険性が高まる。日が暮れる前にコリン・トッド小屋に到着できなければ、途中でビバークということにもなりかねない。最短ルートを懸垂下降で下れれば、なんとかそんな事態が避けられる。

峰を揺るがすような風音が、頭上で唸りを上げている。目の前を流れるガスは黄色みを帯びたグレーに変わり、雪もいよいよ本降りになってきた。いまいる場所は風が避けられる岩陰だが、ここから先のルートには吹きさらしの箇所がいくつもある。

ありったけの衣類を身に着けるように森尾は指示したが、全員が持ち合わせはフリースにセーター、アノラックといった程度で、すでにそれは着込んでいる。すべてを重ね着していても、さほどの保温効果は期待できない。

それでも全員の表情には生還への意志が漲っていた。森尾は心に温かいものが溢れるのを感じた。

第二章

1

「会社が契約していた保険の存在について、君は事前に承知していた。その点については認めるね」

四年前の五月上旬のある日、東京拘置所の取調室で、担当検事の湯沢富雄は断定的に切り出した。森尾はきっぱりと首を横に振った。

「知りませんでした」

「しかし君はアスパイアリング・ツアーズの共同経営者じゃないか。知り得る立場にあったのは間違いない。検察を甘く見ちゃいけないよ。ここじゃ、そういう子供騙しの嘘は通らないんだから」

湯沢は粘っこい口調で押してくる。五日前に逮捕されてからきょうまでの取り調べで、執拗（しつよう）に追及されたのがその点だった。それまでの担当はまだ三十そこその若い検事で、取り調べ開始早々から脅迫まがいの暴言を吐き、机を叩いて威嚇（いかく）した。それでもひたすら否認を続ける森尾に業（ごう）を煮やしてか、この日、担当を交代したのが湯沢だった。

湯沢の態度は打って変わって温厚そのものだった。若い検事に対しては反発とともに恐怖も感じていた。その落差の大きさに気が緩み、つい迎合するような口を利（き）いている自分に気づいて慌てて気持ちを引き締めた。それが彼らの作戦なのかもしれない。森尾は心底辟易（へきえき）しながら、もう何十回となく繰り返した答えを口にした。

「会社として契約した特別補償保険のことは知っています。ほかにツアー参加者は個人で登山特約のついた生命保険や傷害保険に加入していました。それらと別に参加者やスタッフに保険をかける余裕など、うちにはないと思っていました。したがって、そういう契約があったことについて、僕が知り得る立場にあったとは思いません」

旅行会社にはツアー中の事故による死亡や傷害に対する補償が義務づけられている。特別補償保険とは、そのための補償金を担保するために旅行会社がツアーごとに契約する保険で、保険金の受取人は旅行会社だ。主催者側に重大な過失があればそれを上回る賠償が発生することもあるが、ぎりぎりのコストでツアーを運営する旅行会社にとって、そこまでのリスクに備える余裕はない。しかし、湯沢は自信満々の笑みを浮かべて押してくる。

「保険会社は契約の存在を認め、保険金は確かに支払ったと証言している。保険金が指定されたケイマン諸島のプライベートバンクの口座に送金されていることも確認済みだ」

「まったく知りませんでした。その保険会社のことにしても、送金先のプライベートバンクのことにしても」

「しかし社長の藤木さんは亡くなり、副社長を務めていた奥さんとは遭難が起きる半年前に離婚している。奥さんはそのときに取締役も退任して、以来、会社の業務にはタッチしていない。当時、会社の資金を動かすことができたのは君だけだ」

　森尾にすれば言いがかりに過ぎないが、湯沢の立場ではそれが状況証拠ということになるらしい。その点については湯沢の言うとおりで、藤木の元妻の美佐子（みさこ）に代わって副社長に就任したのが、それまで専務を務めていた森尾だった。

　アスパイアリング・ツアーズは取締役を含め従業員が十人に満たない会社で、美佐子と離婚してからは、経理や資金繰りのことはすべて藤木一人でやっていた。

　藤木亡きあと、死傷者への補償金の支払いや遺体の日本への移送など、事故処理の一切を仕切ったのは森尾だった。当然、大きな金の出し入れにもタッチしたわけで、そういう意味では湯沢の主張が必ずしも的外れ（まとはず）というわけではない。しかしツアーメンバー全員を対象とする保険契約の存在を知ったのは、藤木の急死で森尾が会社を切り盛りせざるを得ない立場になってからだった。

　森尾自身も一時は入院を余儀なくされ、その年のツアープランはすべて中止になった。

事故処理のための費用も半端な額ではなかった。藤木がそんな保険をかけていた理由はわからないが、その保険金は喉から手が出るほど欲しかった。

むろん私的に流用しようという気はさらさらない。会社には相当額の借り入れがあり、従業員にも給与を支払う必要があった。また、死亡した現地スタッフは補償金を支払う対象にならないので、その遺族にも一定の慰労金は払ってやりたかった。

しかし東京の本社にもクイーンズタウンの現地オフィスにも、その保険証書の原本が見当たらない。森尾は保険関係に疎かった。そのうえ契約したのがニュージーランドの保険会社となると、契約書を紛失した場合、どういう手続きが必要なのかわからない。事故処理に忙殺されていたこともあって、保険会社と連絡をとるのがつい後回しになった。

補償金の支払い、所管する役所への報告や届出に加え、警察の事情聴取も受けた。そんな東京での雑多な仕事を終えた森尾はようやくニュージーランドへ戻り、藤木が残していた保険証書のコピーを頼りに保険会社へ連絡をとった。契約に関する情報はコンピュータに記録されているから、証書がなくても支払いに支障はないと聞いて安心し、契約番号を告げると、驚いたことに保険金の支払いはすでに済んでいるという。

いったいだれが――。森尾は混乱した。保険会社によれば、提出された請求書類に遺漏はないという。死者についてはニュージーランド当局による死亡証明書、負傷者については現地の病院の診断書が添付され、現地法人の登記書類も調っていた。代表者のサインは森尾のもので、パスポートの写しで本人確認はしているというが、請求手続きはすべてニュージーランド国内から郵送で行われ、対面して顔まで確認したわけではないという。

事情を説明すると、保険会社の担当者も不安になったのか、請求書類の開示に応じてくれたが、そこにあるサインもパスポートの写しも森尾のものだった。

自分のパスポートのコピーをいつだれがとったのかはわからない。しかし入出国のとき以外、ニュージーランド滞在中にパスポートの提示を求められることはほとんどなく、デスクの抽斗に仕舞い込んでいるほうが多かった。鍵はあったが玩具のような代物で、多少の知識があれば開錠は苦もないだろうし、そもそもかけ忘れることがしばしばだった。東京のオフィスには事務スタッフもいて、細かい入出金の管理は任せていたが、保険金の受け取りのような重要事項にはタッチさせていない。しかしパスポートのコピーがあればサインを模倣するのはさして難しくはないはずだ。

実行可能な人物として唯一思い当たるのが、藤木の別れた妻の美佐子だった。離婚に際しては慰謝料の支払いで揉めたと聞いていた。離婚の原因も美佐子の金遣いの荒さで、藤木が別れることを決意したのは、会社の金を遊興や宝飾品の購入に充てていたことが発覚したからだった。

離婚してからは旧姓に戻って橋本を名乗っていた。伝手を頼って居場所を探ると、スペインにいることがわかった。それとなく探りを入れてみたところ、スペインには遭難事件の三カ月前から滞在しており、そのあいだ日本へもニュージーランドへも入国はしていないとのことだった。森尾が疑いの目を向けていることを敏感に察知して、美佐子は査証欄のコピーをファックスで送ってきた。

本人の言うとおり、該当する期間にスペインから出国したことを示す記載はなかった。保険金請求に必要な書類のほとんどがニュージーランドの現地にいなければ取得が難しいものだった。だれかが身分を騙れば不可能ではないが、そこまで勘ぐるのも行き過ぎな気がして、森尾は嫌疑を抱いたことを詫びた。美佐子はそれにはこだわらず、森尾の立場に同情し、犯人について思いつくことがあれば知らせると約束した。

スペインでなにをしているのか美佐子は口を濁したが、それ以前にスペインと縁があった話は聞いていないし、現地に知人がいるとも聞いていない。離婚の際の慰謝料は、藤木が雇った弁護士の手腕もあって、かなり低額に抑えられたようだった。ところが滞在先はバルセロナの高級ホテルで、美佐子の経済状態で、どうしてそんなところに長逗留できるのか不思議ではあった。

警察に被害届を出そうと思い、現地の顧問弁護士に相談したところ、止めたほうがいいとアドバイスされた。請求手続きの書類がすべて調っていたとなれば、それを覆すのは困難で、犯罪の事実を立証すること自体が難しい。逆に森尾自身に横領の嫌疑がかかる可能性さえあるという。

言われてみればたしかにそうだった。保険金が払い込まれたプライベートバンクのあるケイマン諸島はいわゆるタックスヘイブンで、その口座の所有者がだれかは司法当局が問い合わせてもまず開示されない。逆に見れば、それが森尾のものだと疑われても反証する手段もないことになる。

幸い遭難事件については、ニュージーランド当局も会社側に過失責任はないとの裁定を下した。そもそもニュージーランドには業務上過失致死傷罪という法概念が存在しないため、森尾個人の責任も問われなかった。日本の警察当局からも事情聴取を受けたが、そのときは刑事責任を問うべき事案ではないと判断された。補償金の支払いも迅速だったため、ツアー参加者から損害賠償請求訴訟が起こされることもなかった。

もともと与り知らぬ保険契約だったと思えば、消えた金にさほどの未練はなかった。それ以上に森尾自身が疲弊しきっていた。その年に予定されていたツアーはすべて中止となり、従業員への給与の支払いも借入金の返済も滞った。

万一を考えて会社名義で契約していた藤木個人の生命保険があり、それは森尾も承知していたから、その保険金の大半を借金の返済に回せた。ニュージーランドに所有していた会社名義のわずかな不動産も処分した。さらに会社の預貯金をすべて吐き出し、死亡した現地スタッフの遺族にいくばくかの慰労金を払い、従業員にも退職金を支払って会社は清算した。

最後に残った謎は、やはりあの保険金のことだった。藤木はなぜ共同経営者の自分に黙ってそんな保険契約を結んでいたのか。そしてその保険金はどこへ消えたのか——。

2

「しかし君は取締役で副社長の立場にあった。その前は専務だ。アスパイアリング・ツアーズの一員となってからずっと経営陣の一角を占めてきた。その種の保険契約を結んでいたのは何年も前からだったわけだろう。知らなかったというのがやはりどうもね」

湯沢はいかにも納得がいかないと言いたげに首を傾げる。太い切り株を思わせる体型で、身長は一六〇センチそこそこだ。年齢は四十代の半ばくらいだが、丸刈りにした頭髪の生え際（はぎわ）はすでに頭頂部まで後退している。面積の広い丸顔に小ぶりな目や鼻や口が間延びした感覚で配置され、それだけでこちらの緊張を解いてしまうような愛嬌（あいきょう）があるが、検事という仕事にとってそれが有利かどうかはよくわからない。

同席している事務官は対照的にひょろりとした長身の二十代で、猜疑心（さいぎしん）を固形化したような金壺眼（かなつぼまなこ）をときおり森尾に向けながら、口も利かずに二人のやりとりをパソコンに打ち込んでいる。

「帳簿で確認したところ、あの遭難が起きる三年前から同種の保険の掛け金が支出されていました。僕が経営に加わったのはその翌年からです」

「取締役の一員として日ごろ帳簿に目を通すことはなかったのかね」

「決算書には目を通していました。しかし帳簿までは目配りしていませんでした。その分野は僕の担当ではなかったわけで、取締役として怠慢(たいまん)だったとは言えないと思いますが」

森尾は穏やかに反論した。この日が初対面の湯沢の手の内はまだわからない。しかし冷静に話せば理解してくれるという期待をつい抱かせる。

検察官というのが一筋縄ではいかない人種だということは、数々の冤罪(えんざい)事件の報道で知っている。強引かつ予断に満ちた尋問(じんもん)で被疑者を作為の罠(わな)に陥(おとしい)れるのが、彼らの能力の証明だということも物の本で読んだことがある。しかし検察官にも人としての情があり良心があると、いまはできれば信じたかった。

いわれのない罪とはいえ、強大な権力の網に囚(とら)われた身となれば、その境遇に抗(あらが)う手立ては思い浮かばない。理を尽くし、誠意を込めて自分の立場を訴えることだけが、窮地から自らを救い出す唯一の道だと思えた。

「しかしニュージーランドの保険会社は、会社の代表者として君が保険金の請求を行い、指示された銀行口座に振り込んだと証言しているんだよ。保険契約の存在を知らなかった人間が、どうして保険金を請求できたんだね」

「それについてはもう何度も答えました。遭難の後処理のために多額の資金が必要になったので、やむなく苦手な経理帳簿に目を通したんです。そこで僕の知らない保険会社への掛け金が支出されていることに気がついた。証票類が保存してある袋のなかにその保険契約の証書の写しも入っていたので、それがどんな内容の保険なのか初めて知ったんです。保険金の請求はもちろん自分の手でするつもりでした。ただ証書の原本が見つからなかったことと、事故処理に伴う雑多な仕事に忙殺されてつい後回しになった。気がついたらすでに何者かの手で請求が行われ、僕の知らないケイマン諸島の銀行口座に入金されていた」

湯沢はいかにも困惑したというように首を振る。

「その説明を受け入れるのは無理というものだよ、森尾君。請求書類の署名は確かに君のものだった。我々は保険会社からコピーを入手して、筆跡鑑定の専門家がパスポートの署名と照合した。九〇パーセント以上の確率で同一人のものだという鑑定だった」

それも前任の若い検事が耳にたこができるほど繰り返した話だった。ただ、検察も保険会社から請求書類の原本までは入手できなかったようで、そこが彼らのアキレス腱らしいと森尾は読んでいる。身に覚えがない以上、否認するしかない。

「そういう書類にサインをした覚えはありません。コピーによる鑑定は証拠能力に乏しいと思いますます。筆圧とか筆遣いの勢いとかまではわからないと思いますから」

「あのねえ、森尾君。我々はその道のプロなんだ。素人の君に心配してもらわなくちゃならないほど間抜けじゃない。そこはわかってくれないかね」

湯沢の口調はあくまで慇懃だが、過度に余裕を示す態度からは、最後は力でねじ伏せようという意志が垣間見える。

「現地ではどういう捜査をされたんですか。請求書類に添付する書類には、死亡証明書や負傷者の診断書など、地元の司法当局や病院に出向かなければ入手できないものがいろいろあった。そこへ出向いた人物が本当に僕だったかどうか、応対した係員に訊けばわかるはずですが」

森尾は鎌をかけた。自信の笑みを絶やさなかった湯沢がわずかに不快感を滲ませた。

「捜査協力が得られる範囲でやるべきことはやってるよ。いま君が指摘したことはさほど重要じゃない。その種の手続きには代理人を立てることができる。わざわざ君が出向く必要がないことは、現地の機関に照会して確認済みだ。そもそも我々が立件しようとしているのは詐欺罪や横領罪じゃない。殺人罪なんだから」

つまり検察は、ニュージーランド国内でほとんどまともな捜査をやっていないことがこれでわかった。森尾はそこを相手の弱点と見極めた。

「殺人容疑を立証するためには、そちらの証拠固めを十分にすることが重要なんじゃないですか。あくまで素人考えですが」

森尾は軽く挑発した。湯沢は即座に態勢を立て直し、押し付けがましいほど温厚な笑みを顔に貼り付けた。

「いやいや、適切なアドバイスには恐縮しますよ。しかし不思議なのは君自身の行動だよ。死亡者一人当たり二十万NZドルの保険金といえば、五人分を合わせると、当時の為替レートで七千五百万円ほどだ。それが消えてなくなったというのに、君は当局に被害届も出さなかった。君の言い分が本当なら背任罪に当たる可能性がある。もちろんそういう被疑事実で立件しようという気はこちらにはさらさらないがね」

こちらの供述をどこかに誘導しようという思惑が感じられるが、腹のうちはよくわからない。しかし湯沢の指摘は森尾にも痛いところがある。それでも強気を崩さずに森尾は言った。

「顧問弁護士のアドバイスに従ったんです。犯人はまず見つからないだろうし、うっかり被害届を出せば、逆に僕に横領の嫌疑がかかる。もともとなかったものと諦めて忘れたほうがいいと――。けっきょくその判断は当たっていたわけです。現にこうして弁護士が言ったとおりの状況に陥っているわけですから」

湯沢は笑って言った。

「その弁護士は現地じゃ凄腕で鳴らしているんだろうね。相談を受けたとき、それが君の犯行だと即座に見極めたんだと私は思うがね。告発したり自首を勧めたりしなかったのは、クライアントへの忠誠を重んじる弁護士としての職業倫理によるものだろう」

「だったらそういうことにしたらいいでしょう。しかし法廷では僕は否認します。僕のほうにもいまは反証する手立てがありませんが、立証できない点ではそちらも同じでしょう。しかしこの場合、立証義務はそちらにある」

「なかなか痛いところを突いてくるね。君は大学では法律を専攻したと聞いているが」

「そうです。湯沢さんのように立派な大学でもなければ、成績優秀だったわけでもありませんが」

　卒業したのは都内の私立大学で、法学部に入ったのも法律家を志望したわけではなく、たまたま合格したのがそこだったからに過ぎない。在学中は山に夢中で、法曹資格の取得など考えたこともなかった。

「いやいや、私も地方の国立大学卒で、成績もとくに威張れるほどのものじゃなかった。検事にもエリートとそうじゃないのがいるんだよ。検事長や検事総長まで駆け上がるのは、同じ検事でも私なんかとは別の階級に属する連中でね」

　湯沢は軽く頭を掻いた。こだわりのない気質を想像させるそんな態度が、地なのか演技なのか、森尾には判断がつかない。

「そこが立証できなければ、湯沢さんが狙いをつけている容疑自体が成り立たないわけでしょう。そもそも未必の故意による殺人というのが、まったくの濡れ衣なんですから」

「しかし、さまざまな状況証拠や証言が犯行を示唆している」

「刑事裁判には、疑わしきは被告人の利益にという原則があるんじゃないですか。検察がその壁を突破するには、いわゆる合理的な疑いを超える証明が必要になる」

「もちろんだ。大学ではよく勉強したようだね。しかし我々が君を勾留して取り調べをしているのは、その証明が十分可能だという自信があるからなんだよ。それに――」

湯沢は不敵な表情で身を乗り出した。

「未必の故意の場合、動機の立証は必ずしも必要じゃない。その行為が被害者に危害を及ぼす可能性を認識しているにもかかわらず、あえて実行に移した事実さえ明らかにできれば犯罪行為として成立する。実際にそういう判例はいくつもある」

揺さぶりをかけるつもりで言っているのか、あるいは動機の立証にじつは自信がないからなのか――。湯沢の真意はやはり読めないが、未必の故意の解釈には認識説と動機説の二つがあると、森尾は大学の刑法の講義で聞いたことがある。湯沢が言ったのは前者に該当する。

「ところで遭難事件が起きた当時、君のお父さんが相当額の借金を抱えていたという話なんだが」

湯沢は唐突に切り出した。森尾は吐き気を伴うような不快感を覚えた。それは今回の逮捕に繋がる一連のマスコミ報道のきっかけとなった、ある週刊誌の記事に書かれていたことだった。

森尾の両親は故郷の地方都市で中規模の食品スーパーを営んでいる。古くからの馴染み客も多く、経営はまずまず安定していた。ところがアスパイアリングでの遭難事件の二年前、知人に頼まれて銀行からの借り入れの連帯保証人になった。父もかつてその知人に同じ頼みをしたことがあり、快く引き受けてもらって資金面での危機を乗り切ったことがあったらしい。困ったときはお互い様と、父も快くそれを引き受けた。

その翌年、知人の会社は倒産した。債務者は取り立て不能になった一億円余りの負債を返済するよう父に督促した。一括返済するだけの資力は父にはなかった。なんとか五年分割で納得してもらったが、元利合わせた返済負担は店の経営を圧迫した。

その話を聞いて、なにかの足しになればと森尾も実家に帰り仕事を手伝うことを考えたが、あくまで親の責任で起きた災難で、息子に責任を負わせる気は毛頭ないと父親はそれを拒絶した。親は親、子は子の人生を全うするのがいちばんいいというのが昔からの父親の信念だった。本気で跡を継ぐ気があるならいつでも迎え入れるが、いまも山に未練があり、一時しのぎに手伝うだけなら、かえって足手まといだと突き放された。

両親は降って湧いた不運と闘った。不要な資産はすべて売却し、従業員には事情を説明して泣く泣く賃金カットに応じてもらい、パートの人員も削減した。両親は爪に火を点すような生活をしながら、人手の減った店の切り盛りに寝る間も惜しんで立ち働いた。

連鎖倒産を警戒し、取り引きを渋る仕入れ先も出てきた。しかし、転んでもただで起きないのが父の真骨頂だった。そういう仕入れ先はこちらから切り捨て、綱渡りのような資金繰りを続けながら、新しい仕入れ先を開拓した。同時に仕入れを現金取り引きに変えていき、そのぶん値引きを要請した。仕入れコストの軽減で価格競争力も強まった。

人員削減の効果も大きかった。人手不足の影響をできるだけ減らそうと売り場の配置を工夫した。朝市での地元野菜の直売がヒット企画になり、近隣の大型スーパーに奪われていた客足が戻ってきた。五年かかると考えていた負債の返済も、二年目で元金を半分に減らすことができた。

森尾は両親の意地を見たような気がした。無用心に連帯保証人を引き受けた落ち度は自分にあると自覚して、だれにも助けを求めず、すべて自力で苦境を脱した。そんな両親を誇りに思った。その後も経営は順調だと聞いて安心していた矢先、ある週刊誌がアスパイアリングでの遭難の記事を掲載した。

事件が起きた一年前もマスコミはそれを大々的に取り上げたが、記事の扱いは森尾に対して好意的だった。不運な落石事故をきっかけに五名の命を失ったものの、自らを含め四名のメンバーを絶望的な状況から生還させた森尾の勇気ある行動を褒め称え、ヒーローとして扱うような論調が大半だった。

遭難のことは海外でも話題になり、とくに地元ニュージーランドのメディアが大きく取り上げた。それが世界に発信され、普段は山岳関係のニュースへの関心が低い日本のマスコミが引きずられるように過剰反応した。

　そんなマスコミからの注目が森尾にとっては鬱陶しかった。引き金が自然落石という不慮の災難ではあっても、ツアー参加者に死者を出した山岳ガイドが英雄に祭り上げられることは不本意だった。事故処理の多忙さもあって、殺到する取材をひたすら断っているうちに、マスコミの興味は潮が引くように薄れていった。

　個人的な負債を背負うこともなくなんとか会社の清算を終え、昨年の暮れからは国内で登山ツアーを主催する旅行会社と契約し、山岳ガイド稼業でかつかつ生活し始めた。意地を張らずに頭を下げて、跡継ぎを前提に父のスーパーで働くことも考えたが、心のどこかにいまも棲みついている山への未練を断ち切ることは困難だった。ニュージーランドの山の魅力を、より多くの日本人に伝えたいという藤木の思いも遂げてやりたかった。

　アスパイアリング・ツアーズの再興――。遭難事件の直後には思ってもみなかったそんなプランが心のなかに芽生え始めた。順風満帆とはほど遠い状況ではあるにせよ、人生の再出発の準備は整いつつあった。

3

　そんなある日、森尾もよく知っている週刊誌の記者だという人物から電話があった。マウント・アスパイアリングでの遭難事件のことで話を聞きたいという。それはすでに過去のことで、いまマスコミに取り上げてほしい話題でもないと断ったが、記者はインタビューに応じるように執拗に迫った。どうしても断るのなら勝手に記事を書く。それによって森尾が不利益を被る可能性もあると恫喝まがいの言葉さえ口にした。

どこでどう調べたのか、聞きたいのはあの消えた保険金のことらしい。不愉快ではあったが会わないわけにはいかなかった。あらぬ疑いをかけられているのなら、誤解は自分で解くしかない。同時に森尾は不安も感じた。誤解を解くといっても、いまの自分にその手立てが果たしてあるのかと——。

あのとき、地元の警察に被害届を出さなかったことが悔やまれた。たとえ自分に嫌疑がかかっても、やはり司直の手に委ねるのが正しいやり方だったのではないか。そうしていれば犯人を突き止めることができたかもしれない。いまになってその不快な出来事について蒸し返されることもなかったかもしれない。

都内の喫茶店で会った記者は米倉という三十代の貧相な男だった。よくよく話を聞けば、その週刊誌の編集部と契約を結んでいるフリーランサーで、付き合いのある雑誌や夕刊紙がほかにもあるという。

これまで公にしてこなかったその情報を誰から入手したのか、森尾はまず確認した。だが、情報提供者の身元を秘匿するのはジャーナリストの基本倫理だと言い張って米倉は答えない。あの保険のことを知っている人間といえば、当時アスパイアリング・ツアーズに在職した事務スタッフと、藤木の元妻の美佐子くらいしか考えられない。

美佐子には滞在先のバルセロナに電話を入れたとき、事情を詳しく説明し、関与の可能性について探りを入れている。遭難事件が起きる三年前からそうした保険契約が交わされていたとしたら、経理を担当していた美佐子が知らないはずはなかったが、自分は保険会社からの請求書を見て振り込みをしていただけで、内容に関してはなにも知らない。藤木からもなにも聞いていなかったとしらばくれた。

美佐子は副社長在任当時、ボールペン一本、コピー用紙一枚までやかましく口を出していた。自分の散財には鷹揚でも、会社の経費については吝嗇という言葉が当てはまった。そんな美佐子が藤木にそのことを問い質しもせず、気前よく払い続けていたというのがどうにも解せなかった。

しかし米倉に情報を提供したのが美佐子なら、そんな話をどうしていま蒸し返すのか。取締役はすでに退任し、そもそも会社そのものが存在しないのだ。その点がいちばん理解しがたい点だった。森尾は踏み込んで問いかけた。

「情報を提供したのは、橋本美佐子さんじゃないのかな」

米倉は表情を変えずに答えた。

「推測されるのは森尾さんの自由です。私は否定も肯定もしません」

「だったらそうだという前提で答えます。聞きたいことはなんですか」

「保険金の行方です。総額で百万NZドル。当時の為替レートで約七千五百万円に上るものので、当時アスパイアリング・ツアーズが置かれていた状況では小さな金額ではなかった。ところがそれが消えてしまった。保険金はあなたの名前で請求され、ケイマン諸島のプライベートバンクの匿名口座に送金された。その口座の入出金状況はアスパイアリング・ツアーズの帳簿には記載されていなかった。総合的に考えると、あなたが着服したという疑惑が浮上するんです」

米倉はストレートに突いてきた。森尾は大きく首を横に振った。

「とんでもない濡れ衣だ。横領した人間は別にいる。振り込みが行われた口座のことはなにも知らない。保険金を請求しようとして私のほうから保険会社に問い合わせて、すでに支払われていることを初めて知った。もし私が着服したのなら、どうしてわざわざそんな問い合わせをする必要があるんです？」

「しかし請求はあなたの名前で行われたわけでしょう。サインもあなたのもので、添付されていた身元確認書類もあなたのパスポートのコピーだった」

確信ありげに米倉は言う。情報提供者が美佐子だということがこれでほぼ確実になった。そこまでの事情を話したのは美佐子と現地の顧問弁護士だけだ。米倉がわざわざニュージーランドにいる弁護士のもとへ取材に行ったとは思えない。

「保険契約の証書はなくなっていた。だれかが盗み出したとしか考えられない。私のパスポートはニュージーランドにいるあいだはいつも事務所のデスクに入れてあった。取り出してコピーすることは誰にでもできたし、サインの模倣もそう難しいことじゃない」

「地元の警察に届け出なかった理由は？」

「弁護士のアドバイスです。たぶん犯人は見つからないし、あなたのように私を犯人だとみる人間が出てきかねない。それ以上に事故処理やら会社の清算やらで当時は多忙を極めていた。もともと存在することすら知らなかった保険金のことにかまけている余裕はなかったんです」

米倉はふんふん頷きながら大学ノートにメモをとる。ときおり上目遣いに森尾の表情を窺うところからは、すでに強い予断を抱いている気配が感じとれる。森尾は身構えた。

「どういう記事を書くつもりですか。私が保険金横領の犯人だと？」

「そういう狙いじゃありません。ただ、できるだけ多くの関係者から証言をとって、アスパイアリングで起きたことの真相を明らかにしたいだけでして。そこで伺っておきたいんですが、森尾さんは私的な面で経済的な問題を抱えていたようなことは？」

その問い自体が、まさにそういう狙いの取材だということを意味しているとしか思えない。強い口調で森尾は否定した。

「ありません。贅沢ができるほどじゃないけど、普通に生活するうえで不自由しない程度の収入はあったし、山での暮らしが自分の性に合っていて、仕事がそのまま趣味のようなものだったから、それ以上の収入を望む必要もなかった」

「ご自身はともかく、ご両親には問題があったのでは？」

唐突に出てきた話に戸惑った。

「どういう意味です？　両親は関係ないでしょう」

「二年ほど前に大きな借金を背負われたと聞いていますが」

「誰からそんな話を？」

覚えず声に怒気が混じった。両親が抱えた借金の話を聞かせた人間はごく限られる。アスパイアリング・ツアーズの関係者では藤木と美佐子だけだ。藤木はすでにこの世にいない。米倉への情報提供者が美佐子だということがこれで確定的になった。しかしどうして美佐子がフリーランサーの米倉と接触を？

「申し上げられません。ご推測されることは自由ですがね」

米倉はしらっとした顔で応じる。憤りを抑えて森尾は言った。

「私の推測どおりだとしたら、あなたの情報ソースには問題がある。事実と異なる記事で私が不利益を被ることがあれば、躊躇なく裁判に打って出ますよ」

「まあ、そう先走らずに。いまはニュートラルな立場で取材させていただいているわけでして。森尾さんに対する敵対的な意図があるわけじゃない。どういう記事になるか、そもそも記事にするかどうかさえ確定はしていないんです。それでご両親の件ですが」

「なにが言いたいんですか」

「借金を背負った当初はスーパーの経営も苦しかったようですが、ここ最近は返済のペースが予定よりだいぶ早まっているとか？」

「それは商売が順調だからでしょう」

「ご両親の苦境を見ていれば、息子さんとしては、なにがしかの援助をしたくなるのが人の情じゃないんですか」

「どういう意味ですか」

「取り引き先が倒産を心配するほどの苦境にあえいでいたのが、あの遭難事件からしばらくして急激に持ち直したそうですね」

「本来取材に行くべきはニュージーランドでしょう。契約を結んでいたのは現地の保険会社だ。あなたが疑うように保険金請求の手続きをしたのが私だとしたら、死亡証明書やら会社の登記書やら、添付する書類を取得するためにあちこちの役所に出向かなきゃならない。そういう場所に私の足跡が残っているかどうか調べもせずに、なんの関係もない両親の周囲を嗅（か）ぎ回る。それがまともなジャーナリストの仕事なんですか」

殴（なぐ）りかかりたい衝動を抑えながら森尾は言った。米倉はかすかにフケの浮いた頭を掻いた。

「なにぶん予算が限られていましてね。まだ誌面で取り上げるかどうかわからない段階で、なかなかあちらまでは足が延ばせないもんですから」

「そういう愚にもつかない憶測記事を、おたくのような一流週刊誌が掲載するというんですか。だとしたらこの国のジャーナリズムも地に落ちたものだ」

吐き捨てるように森尾は言ったが、米倉は意に介さない。

「借金返済の原資として、その保険金をご両親に贈与されたということはないわけですね」

「あるわけがない。借金の返済が進んだのも経営が上向いているのも、すべて両親の経営努力によるものだ。これ以上おかしな言いがかりをつけるんなら、インタビューは打ち切りにしますよ」

不快感を隠さずに席を立とうとすると、米倉は慌てて取り繕った。

「すいません。他意はないんです。こういう質問の仕方が癖なもんですから。敵対的な質問をぶつけて、それに対する相手の反応から自分なりの心証を得るというのも取材テクニックの一つでして」

「だったら、あなたの心証はどうなんです」

森尾もストレートに問いかけた。天井に目を向けて一思案してから、米倉は言った。

「シロだと思います」

森尾は心のなかでため息を吐いた。自分はともかく、両親に飛び火することを避けられそうなのがまずは嬉しかった。

「記事にはしないという意味ですね」

確認すると、米倉はあっさり頷いた。

「デスクと相談しての話ですが、たぶんそうなると思います。これ以上新しい事実が出てこなければ」

最後の一言に引っかかるものを感じたが、米倉が言うような新しい事実が存在するとも思えなかった。不愉快な気分はまだ残っていたが、このまま収まるなら、いまことさら相手を刺激する必要はない。友好的とまではいかないまでも、非礼ではない程度の挨拶を交わしてその日は別れた。

4

朝刊に載った週刊誌の広告の見出しに目が釘付けになったのは、その五日後のことだった。

〈アスパイアリングからの生還――あの英雄の汚れた正体〉

怒りよりも先に冷たい衝撃が背筋を走った。米倉に裏切られた。いや最初からこうする腹積もりだったのかもしれない。見出しはトップではないが、大きさでは二番手のグループで、記事の扱いがそれなりに大きいことがわかる。

慌てて近くのコンビニに走った。雑誌の棚から一冊を手にとり、気ぜわしい思いでページを繰った。該当する記事は中ほどにあった。扱いはやはり大きく、二ページに及ぶものだった。遭難事件のすぐあと、ニュージーランドの病院で地元メディアのインタビューを受けたときの写真が大きく載っている。

そのまま閉じてレジに向かう。いつもと変わりない店員の視線がこちらの正体を見透かしているように突き刺さる。気のせいには違いないが、すでに心は動揺していた。顔を背(そむ)けて釣銭(つりせん)を受け取り、走るように店を出た。

アパートに戻りながらページを開き、一気に走り読みした。書かれていたのは想像すらしていなかった話だった。横領容疑ならまだしも、森尾は殺人容疑者に仕立て上げられていた。捏造(ねつぞう)もいいところだった。しかし生還したツアー参加者の証言を中心に、ストーリーは巧妙に仕立てられていた。

退避すべきだったコリン・トッド小屋への誘導を意図的に放棄し、より困難な氷河上のルートにパーティをリードした。そのときのメンバーの体力や技量を考えれば、そのルートを進んだ場合、全員生還の可能性が著(いちじる)しく低いことは、プロの山岳ガイドで、アスパイアリングの気象条件や地形を熟知した森尾なら十分認識できたはずだった。したがってそこに未必の故意があったと考えざるを得ない——。

米倉の記事はその動機としてあの保険金にまつわる疑惑を巧妙に織り込み、卑劣にも実家の借金の話にも触れていた。名誉毀損で訴えられることを惧れてか、両親の名も店の名前も伏せてあったが、店の規模や立地、周辺の環境について詳しい記述があり、特定しようと思えばだれにでもできる。そもそも森尾自身があの遭難事件の際には時の人になっていた。その森尾の両親が経営しているのがどこの店か、地元の人間で知らない者はいないはずだった。

ツアー参加者の証言は胡散臭いものだった。生還したあと、彼らは森尾の決死のリードを賞賛した。登山という行為のなかで絶えず迫られる選択に正解というものはない。だから行動中の自分の判断がすべて完璧だったとは思わない。それでも森尾としては最善を尽くしたという自負があった。彼らはそれを認めてくれていた。

しかし記事に登場した彼らの証言は、いずれも森尾のリードに疑念を表明するものだった。森尾はそこに不審な印象をもった。インタビューは全員からとっているが、一人ひとりの語る内容は、一見筋が通っているようでどこか不自然だった。それは山を知る人間なら直感的に気づくことで、経験のない人間が頭だけで理解したときに陥りやすい誤解がそこここに散見された。

参加者たちが語った内容が、そうした誤解に基づいて要約されたのではないか。さらにその元となった質問そのものが意図的かつ誘導的だったのではないか。遭難から時間が経過し、記憶が薄れ始めたころに突然そんなインタビューを受ければ、それに引きずられて語る内容も微妙に変わる。それを原稿にする段階でライターが恣意的な方向に誇張すれば、こんな記事を仕上げるのは造作もない。

森尾はそう確信できたが、それは一般の読者に通じる話ではないだろう。扇情的な表現が与えるインパクトは真実を伝える言葉よりはるかに強力だ。この記事に追随するメディアもこれから出てくるだろう。自分はそれにどう対抗すべきか——。

確たる答えもないままに、とりあえず米倉に電話を入れた。名刺にあった事務所の電話は、何度かけても留守電の声が返ってくるばかりだ。折り返し電話が欲しい旨のメッセージを吹き込んだが、いくら待っても連絡は来ない。携帯の番号を呼び出しても同じだった。名刺にあった出版社の電話番号は代表番号で、米倉に取り次いでほしいと頼んでも不在だという答えが返る。

そうこうするうちに、別の週刊誌の記者だという人物から電話がかかってきた。アスパイアリングでの遭難の件で話を聞きたいという。返事もせずに受話器を置くと、五秒もしないうちにまた同じ番号の電話がかかってくる。

鳴り続ける呼び出し音を放置したまま考える。別の週刊誌なら米倉の記事に対抗する立場をとってくれるだろうか。自分を擁護する側に回ってくれるだろうか——。甘い期待だという答えしか浮かばない。この国に限らず、なんでも右へ倣えがマスコミの習性だ。下手に接触すればむざむざハゲタカの餌食になるだけだろう。

それから数時間のうちに電話は九件あった。どれにも応答しなかった。留守電に吹き込まれたメッセージから、三件が週刊誌、二件が夕刊紙、四件がテレビ局だとわかった。最後にかかってきたテレビ局のメッセージは、これからこちらに出向くというものだった。カメラクルー同行で押しかけられては堪らない。つばの大きなキャップを被り、慌ててアパートを出て、近くのファミリーレストランに向かった。

食欲は湧かないのでコーヒーを頼み、闘う方法を考えた。訴訟に打って出る手はあるだろう。勝ち目があるなら訴訟費用は父に一時的に工面してもらえばいい。米倉の取材に応じた参加者も、真意を枉げられた報道には忸怩たるものがあるだろう。彼らが証人に立ってくれれば、あの記事が事実無根だということが法廷で立証されるはずだ。

しかし連絡をとる手立てがない。会社を清算し終えたときは、アスパイアリング・ツアーズへのすべての思いを断ち切りたかった。そこで生きた時間の一切をリセットしたかったから、帳簿や伝票や書類はすべて処分した。そこには顧客名簿も含まれていた。ツアー中に交わした会話や事故処理の過程で連絡をとった記憶から、都道府県や市町村くらいは思い出せるが、正確な住所も電話番号もわからない。しかし、米倉ならそれを知っている。

どういう方法で接触したのかはわからないが、彼のような情報のプロにはそれを探る手立てがあるのだろう。そもそも米倉にしても追随するマスコミにしても、公開していない森尾の電話番号を突き止めて、向こうから電話をかけてきているのだ。

しかしその米倉とも連絡がつかないし、ついたとしても情報提供者のプライバシーがどうのこうのと理屈をつけて、素直に教えてくれない可能性のほうが高い。

携帯で実家に連絡を入れると、父のもとへもマスコミからの電話が殺到しているという。あの週刊誌の記事は根も葉もないもので、心配することは一切ない。しばらく迷惑がかかるかもしれないが、取材には一切応じる必要はない。必要なら訴訟を含め、こちらで然るべき措置に出ると言ってやった。

父は森尾の言葉を信じた。自分たちのことは心配ないから、とことん闘えと激励された。これから両親に対する世間の目も冷たくなるだろう。自分一人のことなら嵐が収まるのを待てばいい。しかし両親が着せられた汚名はなんとしてでもすすがなければならない。

ウェイトレスがコーヒーを運んでくる。マニュアルどおりの愛想のいい応対の向こうに、好奇に満ちた視線が隠れているような気がしてくる。テーブル一つほど離れた席にサラリーマン風の男がやってくる。手にしている週刊誌を見て、慌ててキャップを目深に被り直す。それは森尾の記事と写真が載っているあの雑誌だった。

過敏になりすぎだと自分を諫めるが、発行部数が数十万に上るといわれるその雑誌が、駅の売店や書店やコンビニの店頭に大量に積まれ、飛ぶように売れているイメージが勝手に頭に浮かび、気持ちはいっこうに落ち着かない。

取材を拒否している限り、マスコミは勝手に憶測情報を流し続けるだろう。テレビのワイドショーでも取り上げられかねない。一度ヒーローに祭り上げられた人間の転落劇は、彼らにとってまさに美味しいネタだろう。かといって自分からそういう場所に登場すれば、それはそれで好奇の視線を一身に引きつけることになる。いくら真実を語ったところで、それがまともに報道されないことは今回の米倉のやり口を見れば明らかだ。

そのときポケットのなかで携帯が鳴った。マスコミはもう携帯の番号まで調べ上げたのか——。不審な思いでディスプレイを覗くと、かけてきたのは米倉だった。通話ボタンを押して耳に当てると、困惑したような米倉の声が流れてきた。

「すいません。何度も電話をいただきまして。もう記事はお読みになったんですね」

「読んだよ。話が違うじゃないか。あのとき訊かれたのは保険金の話だけだった。それについてもあなたはシロの心証を得たといった。たぶん記事にはならないだろうとも言っていた」

「言い訳がましく聞こえるかもしれませんが、たしかにあのときの感触はそうでした。生還者からの取材にしても、得られたコメントは記事中のものとはかなり違っていました」

米倉はいかにも気まずそうに言う。周囲の視線を確認しながら、森尾は声を落として問い返した。

「だったら、どうしてああいう記事が出来上がったんですか」

「週刊誌の取材システム上の問題です。誌面に出る記事は、じつは我々取材記者が書いたものじゃないんです」

「ではいったいだれが書くんです」

「担当デスクです。別名アンカーマンとも呼ばれています。取材の方針を決めるのも、我々が書いた取材原稿を元に最終原稿を書き上げるのもデスクの仕事です」

「米倉さんが書いたものとは内容が違うということですね」

「そうです。はっきり言えば、生還者から得たコメントも、記事になった話とはほぼ正反対のものでした」

「どうしてそこまでの捏造を？」

「悲しい話ですが、それがこの業界の体質でして。とくに今回の担当デスクは業界内でも札付きなんです。ある題材を記事にしようと彼が決めたとき、頭のなかにはすでにストーリーが出来上がっているんです。我々がそれを覆す事実を掘り出してきても、切り捨てられるかストーリーに合致するように書き直されることがほとんどです」

「そんなことをして訴えられることはないんですか」

「それはしょっちゅうです。裏もとっていない、ほとんど創作のようなストーリーに従って記事がつくられるわけですから。しかし裁判で負けても痛くも痒くもないんです。名誉毀損の賠償金くらいは雑誌の売り上げでいくらでもカバーできる。そのデスクの感覚では必要経費みたいなものでしょう」

「だったら私は罠に嵌められたことになる」

「そう言われても申し開きはできません」

「あなたもそれを承知で私に取材を申し入れたわけですね」

「フリーランスといっても出版社から仕事をもらわなければ飯が食えない人間が大半です。私もそういう一人です。腹の底では憤りを感じても、それを口にすれば仕事にあぶれる。だから空しい思いを抱きながらも唯々諾々として従うしかない」

「しかし書かれたほうは堪らない。失った信用は元に戻らない。私一人の問題だったらまだよかった。しかしあの記事は、両親までもそれに加担したような書き方だった」

「きのう刷り上がった誌面を見てびっくりしたんです。すぐにデスクのところに飛んでいって、どうしてあそこまで書いたんだと抗議したんです。しかし聞く耳を持たないどころか、さらに第二弾の記事を載せる予定だから、追加取材をするように申し渡されました」

「私に着せる汚名の在庫がまだ残っているとは驚きですね」

精いっぱいの皮肉を返すと、米倉は沈んだ声で応じた。

「問題ないですよ。もともと在庫なんかないんですから。彼の感覚ではネタは探すものじゃなく、つくるものなんです」

背筋に薄ら寒いものを感じながら、森尾は問いかけた。

「米倉さんはどうされるんですか」

「さすがにあれはやりすぎだと感じました。裏づけ取材もほとんどなされないままにあなたに殺人者の汚名を着せたわけですから。それでこの件からは外してほしいと申し入れたんです。デスクはその場で希望を叶えてくれましたよ。この件に限らず、今後はうちの雑誌のすべての仕事から外してやると――」

「そうなると、マスコミを通して汚名をすすぐ機会は私にはないことになりますね」

「いまのところ発表する当てはありませんが、あなたを擁護する記事を書くつもりです。関心をもってくれる雑誌があるかもしれないし、なければブログやツイッターで発信する方法もあるでしょう。どの程度お役に立てるかはわかりませんが」

「米倉さんは今回のことで収入の道を断たれたことになりますね」

「ご心配には及びません。お会いしたときにも言ったように、ほかの雑誌や新聞の仕事もしていますから」

「すでにテレビを含めた他の媒体から取材の依頼が来ています。いまのところは一切応じていませんが」

「それは賢明です。こういう場合、向きになって反論するとかえって火の手を広げることになりかねません。名前と顔を売ることが重要な芸能人の場合はともかく、あなたの場合は注目を浴びて得をすることはありません。とくに今回の記事は——」

米倉は言葉を濁す。言いたいことは想像がついた。

「単なるゴシップネタじゃない。殺人者のレッテルを貼られてしまったということですね」

「そうです。過剰な反応は警察や検察までも刺激しかねません。現にマスコミが炎上した結果、司法当局が動いて犯罪として立件されたケースは少なくないんです。とくに検察については警戒してください。彼らは警察以上に世論に敏感です。マスコミ受けする事件を好みますから」

米倉の言葉は先行きに不穏なものを感じさせた。森尾はさらに訊いた。

「例の保険金のことですが、記事にはやはり情報提供者の名前は出ていませんでした。もう教えてくれてもいいでしょう。だれなんですか」

「あれはデスクが得た情報です。これは私の感触ですが、あなたのおっしゃった橋本美佐子さんで間違いないと思います」

米倉は確信ありげな口ぶりだ。森尾は問い返した。

「なにか心当たりでも？」

「私にも名前は明かしてくれないんですが、アスパイアリング・ツアーズと強い縁故関係にある人物だと言っていました。思い当たる人はほかに？」

「いません。当時の従業員で、あそこまでの事情を知っている者はいませんから。デスク自ら取材を？」

「どうも先方から売り込んできたようです」

森尾はやり場のない憤りを覚え、同時に当惑もした。離婚の際に期待した慰謝料が支払われず、取締役の椅子からも追われた美佐子が、藤木に対して遺恨を抱いていることは知っていた。しかしそれは森尾には関係ないことで、森尾と美佐子のあいだで派手な諍いがあったわけでもなかった。敢えて自分を陥れるような行為に出た真意がわからない。そうすることで、彼女が得をすることはなにもないはずだ。

「我々の業界は狭い。そのデスクはあまり芳しくない側面で業界の有名人ですから、いろいろ噂は聞こえてくるはずです。私も鼻を利かせてみます」

森尾の怪訝な思いを察知したように米倉は請け合った。ものはついでと森尾は訊いてみた。

「取材を受けたお客さんたちの連絡先は教えていただけませんか。じつは――」

顧客名簿を処分してしまったことを明かすと、渋い口調で米倉は応じた。

「お教えしたいのは山々なんですが、プライバシーに関わる情報は一切漏らさないという約束の上での取材でして」

「やはり無理ですか」

　落胆を隠さず応じると、米倉は前向きな答えを返した。

「こうしたらどうかと思うんです。私も今回の記事のことでその方々にも迷惑をかける結果になったわけで、これからお詫びの電話を入れようと思っていたんです。そのとき森尾さんの真意と、話をしたいと希望している旨を伝えて、向こうから連絡してくれるようにお願いするというのは——。あくまで先方の気持ちしだいですが、私が話したときの感触では、全員が森尾さんにはいまも好意的ですから、無反応ということはないと思います」

　確かに森尾がいまじかに連絡をとれば、相手は自分を非難するのが目的だと誤解するだろう。今後、裁判に打って出るようになれば、彼らは貴重な証人になる。その関係を大事にするには米倉の提案は妥当だと思った。

「わかりました。それについては米倉さんにお任せします」

「こういうことになってしまって、私も責任を感じています。微力ですが、お力になれることがあればなんでも言ってください。必要なら証人として法廷にも立ちます」

　米倉は率直な口ぶりで言った。その節はよろしく頼むと、森尾もこだわりのない気持ちで応じて通話を終えた。

　それでも心のざわめきは消えてくれない。すでに事態は動き始めてしまった。テレビのワイドショーは、すでにあの記事をもとに悪のヒーローとしての森尾を面白おかしく登場させているかもしれない。まもなく昼飯時で店内が混み出してきた。周囲のテーブルを埋め始めた客たちの話題がすべて自分についてのことのように思えてくる。さりげない眼差しにも非難の意味を読みとってしまう。キャップをさらに目深に被り直し、傍らの窓の外に顔を向けて、暗い思いを抱え込んでいると、また携帯の呼び出し音が鳴り出した。

誰かと思ってディスプレイを覗く。表示されているのは発信者名ではなく電話番号だけだ。電話帳に登録している相手ではない。いよいよマスコミが携帯の番号まで調べ上げたのかと思ったが、その番号に心当たりがあるような気がして、意を決して通話ボタンを押した。流れてきたのはいまも記憶に残っている若い女性の声だった。

「森尾さん。篠原ひろみです。週刊誌の記事、読みました。どうしてこういうことになっちゃったの。私、あんなこと喋った覚えないのに――」

米倉がさっそく連絡をとってくれたのか――。だとしても早すぎる。たぶんそれとは関係なく、記事を読んで自分からかけてきたのだろう。

「携帯の番号、知ってたんですか」

「遭難のあと、傷害の補償のことで森尾さんが携帯から電話してきたことがあったでしょ。またお付き合いすることもあるかと思って、そのとき登録しておいたのよ。でもひどいよ、あの週刊誌の記者。たしか米倉って言ってたけど、やってることはジャーナリストじゃなくて詐欺師じゃない。たぶんほかの人たちもあんなこと喋ってないと思うよ。それに書かれていること全体が嘘八百じゃない。そもそも書いた人間が山のことをなんにも知らない。私だってそのくらいはすぐにわかるよ」

「じつはその米倉という記者とついさっき電話で話したんだ——」

そのときのやりとりをかいつまんで話してやると、ひろみは強い調子で訴えた。

「冗談じゃないよ。闘おうよ、森尾さん。私、いつだって出るところへ出てやるわよ。あの保険金のことだってそうだよ。森尾さんがそんなことをする人じゃないってよくわかっているよ。だってそれが目的なら、森尾さんは私たちを置き去りにして一人だけ生還することもできたんだもの」

その言葉を聞いて冷え切っていた心に温かいものが広がった。あの荒れ狂うアスパイアリングの嵐の夜を森尾は思った。命の芯(しん)を削(けず)りとるような強風と寒気。疲労困憊(こんぱい)し、活路の見いだせない状況に途方にくれる森尾に、自らも極限の状況に堪えながら、ひろみは貴重な光と暖を与えてくれるランタンのように寄り添ってくれた。

森尾のなかにようやく闘う意志が立ち上がった。強い思いを込めて森尾は応じた。

「ありがとう、ひろみさん。おれは闘うよ。アスパイアリングで起きたことと比べたら、こんなのは危機ともいえない。おれは絶対に負けないよ」

第三章

1

東京地検からアスパイアリングでの遭難事件の件で事情聴取をしたいという連絡があったのは、週刊誌の記事が出た二週間後のことだった。

記事に対する世論の反応は惧れていたほどではなかった。森尾が取材に応じなかったせいか、テレビ関係ではほとんどニュースにならず、夕刊紙の一部に小さな記事が載った程度で、翌週の週刊誌のほとんどは、新たに発覚した大物政治家の政治資金規正法違反の記事で埋め尽くされた。

そもそも森尾自身に本人が意識していたほどのネームバリューはなかったようで、安心した半面、肩透(かたす)かしを食ったような気分でもあった。ガイドの仕事がキャンセルされることもなく、地検から電話が来たのは、白馬(はくば)方面での山岳スキーツアーの仕事をこなして帰京し、ゴールデンウィークに向けた仕事の準備に入ろうとした矢先だった。

米倉は検察は世論の動きに敏感だから気をつけろと言っていたが、その心配が当たってしまった。しかし事情聴取なら、十分申し開きする用意がある。任意だというので拒否もできたが、それが自分に不利に働くだろうとは想像できた。

いまとなってはそんな配慮が無意味だったことがわかる。地検に出向いたとき、向こうはすでに逮捕状を用意していた。任意で呼び出しておいて、おざなりに話を聞いたあと、その場で逮捕状を執行するというやり方は検察がよく使う手口らしい。

担当検事が切り出した話は週刊誌の記事と大同小異だった。国権の執行機関の検察が週刊誌の記事のみに踊らされたはずはない。こちらが予想もしない新証拠でも飛び出すのかと心配していた森尾は拍子抜けした。

地検はあの記事を端緒に動き出したのかと訊くと、担当検事は向きになって否定した。二カ月ほど前にある人物から刑事告発があり、それを受理して独自に内偵を進めていたという。

それが本当なら、逆にあの記事が地検の内偵に沿った論点で構成されていたと考えるほうが正しい。つまり地検が意図的にリークしたものだとも考えられた。しかしより高いのは別の可能性だった。

米倉は週刊誌のデスクに情報をもたらしたのが橋本美佐子かもしれないとほのめかし

た。森尾が与り知らぬなんらかの理由で美佐子はそのことを地検に告発した。しかし地検はなかなか動かない。業を煮やして、美佐子が今度はマスコミに働きかけた――。そんな想像が働いた。

遭難事件の直後に、森尾は警視庁の事情聴取を受けている。しかしそれはあくまで形式的で、しかも業務上過失致死に関わるものだった。

担当刑事は一時間足らずのやりとりで立件の必要なしと判断し、以後、警察からの接触は一度もなかった。未必の故意による殺人などという突拍子(とっぴょうし)もないシナリオは、その刑事の頭にはまったく思い浮かばなかったようだった。

告発したのがだれなのか、森尾が訊いても検事は教えようとしない。捜査上の機密に属し、告発者の保護にも関わるというのがその言い分だった。

むろん森尾は容疑を否認した。検察が手にしていたのは状況証拠とすらいえないものだった。それでも彼らは逮捕に踏み切った。その思惑は判然としなかった。

保険金受け取りの件については森尾も難しい立場に立たされた。立証義務は検察側にあるとはいえ、積極的に反証するだけの材料もとくにない。

殺人の容疑に関しても、検察が提示したのはほとんど架空のストーリーだったが、未必の故意というのがそもそも行為者の主観的な認識に依存するもので、物的証拠で立証することは著しく困難だ。

言い換えれば検察官や裁判官の主観的な判断によってしか成り立たない罪状で、森尾のケースのように存在しない犯罪を捏造するためにはもってこいの法概念ともいえる。あの遭難の際の森尾の判断が、パーティをより生還が困難な方向に導いたという検察の主張については、人によって判断が分かれるだろう。しかし故意かどうかは別として、森尾のリードのもとにパーティがのっぴきならない状況に追い込まれたことは客観的な事実だ。

一方でその状況から生還するために森尾が払った努力は、地元ニュージーランドのメディアも賞賛するものだった。その時点で保険契約の存在を知らなかったことは、森尾にすれば一点の曇りもない真実だった。

しかし第三者の目から見れば、けっきょくすべては藪のなかということになる。いずれにせよ、何者かが仕掛けた落とし穴に落ちたのは明らかだった。

被疑事実を認めろ認めないの一時間ほどの押し問答を事情聴取というなら、それはあらかじめ決まっていた検察サイドの段取りに過ぎない。

予定時間が終了したといわんばかりに検事は逮捕状を朗読し、弁解録取書を作成したが、それもごく形式的なもので、逮捕状に書かれた容疑について口頭で否認の意思を表示し、事務官が書面にその旨を書き込んで、森尾は署名と押印をするだけだった。

予想外だったのは、被疑者の立場に置かれると、押印には印鑑も朱肉も使わせてはくれず、黒の印肉を使い、左手の人差し指の指印を押させられることだった。

弁護士の選任について訊かれて、森尾は国選でいいと答えた。自分に弁護費用を工面できるほどの蓄えがないのはもちろんのこと、森尾の逮捕で両親への世間の風当たりは強まるはずで、それが経営に影響しない保証はない。そんな状況で経済的な負担はかけたくないというのが理由だった。

私選なら勾留中も弁護士との接見は可能だが、国選では弁護士がつくのは起訴後になる。森尾に限らず、勾留中の被疑者は取り調べ期間中は接見禁止の措置がとられるのが普通で、弁護士のみならず両親とも面会はできない。

外部との接触が絶たれることが、勾留中の被疑者の精神にどれほどのダメージを与えるかを、そのとき森尾は知らなかった。

文明から隔絶された岩や雪の世界に、自分の意志と力だけで活路を開く登山という行為に明け暮れてきた。そんな自分は孤独に強いという自信が森尾にはあった。その後の勾留生活のなかで、それが完膚（かんぷ）なきまで崩されるとは思ってもいなかった。

逮捕手続きが終わり、所持品をすべて押収され、その場で手錠をかけられた。被疑者移送用の車両に乗せられて、向かった先は小菅（こすげ）の東京拘置所だった。

人定（じんてい）確認のあと、体重や身長の測定から、医師による問診、血圧測定、レントゲン撮影や心電図の測定といったほぼフルコースの身体検査メニューをこなしたあと、最後に肛門検査という儀式が待っている。

素っ裸になって検査官の前に後ろ向きに立ち、両手で肛門を広げて見せるなどということは、よほどひどい痔でも患わない限り進んでやりたいとは思わない。現実的に意味のある検査だとも思えない。黒い指印と同様、それもまた人としての尊厳を毟りとるための周到な仕掛けなのだろう。

極めつけは称呼番号という四桁の数字だった。以後、収監者は名前ではなくその番号で呼ばれることになるという。権力の前で一介の市民がいかに無力であるかを、それらの舞台装置はいやがうえにも森尾の頭に刻みつけた。

収監されたのは比較的新しい獄舎の独房だった。三畳の畳敷きのスペースと一畳分ほどのコンクリートの床があり、水洗トイレや洗面台もついている。首吊り自殺を防ごうという理由からか、天井は三メートルほどの高さで、その中央に監視カメラがある。

部屋の片隅には布団と毛布がたたんで置いてあり、食事や書き物のための小机もある。その広さも環境も、山でのテント暮らしに慣れている森尾にとっては十分すぎるほどのものだった。

そのあと食事や入浴の時間、就寝時間、就寝中以外は独房内で横になってはいけないというような収監中の生活規則が説明された。大幅な自由の制限はあるにせよ、それ自体はことさら人権を侵害するようなものではなかった。

告発を受理したのが警察なら、逮捕後は留置場に収容され、送検後もいわゆる代用監獄という制度に従って、公訴までの勾留期間をそこで過ごすことになったはずだった。留置場暮らしは一度も経験したことはないが、環境的にはこちらのほうがたぶんはるかにましだろう。

そのあと夕食が供されたが、それも世間で言われるような臭い飯とはほど遠く、量も質も十分満足できるものだった。

検事による取り調べはその夜から始まった。血気盛んで自己陶酔型のその検事は、最初から森尾を殺人者呼ばわりした。冷静に見れば彼の持ち札は恫喝と強要だけだった。真実を追求するよりも、犯罪を創作することを検察の使命と勘違いしているような男だった。

彼がこれから森尾と共作したいらしい容疑のあらすじを聞いただけで、山のことはなに一つ知らないことがすぐにわかった。まともに付き合って埒が明く相手ではないと見極めてからは、罵倒の嵐をかいくぐりながら、彼が押し付けようとしているシナリオの細部にわたって、初歩的な山岳知識の誤りをこと細かに指摘してやった。

検事のプライドはだいぶ傷ついたようだが、その日用意してきたシナリオは多岐にわたる修正を余儀なくされ、取り調べは午前零時よりだいぶ前に終わった。

独房に戻り、この日初めて横になったが、布団と毛布にくるまっても頭は冴えたままだった。いま始まったばかりの検事との対決が今後いつまで続くかわからない。気力と体力を保つのが大切なのはわかっている。そのために睡眠がどれだけ重要かは、長い山の経験を通じて体が覚えているはずだった。

ヨセミテの大岩壁の真ん中に設えたポータレッジ（岩壁から吊り下げるハンモック状のテント）のなかでも、厳冬期の北アルプスの雪洞のなかでも、苦もなく寝入ることができるのが森尾の特技だった。しかしさすがに拘置所の独房の最初の夜は勝手が違った。

森尾より五つは若そうなその検事に対し、挑発は冷静に受け流し、大人の節度をもって対応した。しかし聞き流したつもりの検事の罵声や恫喝めいた言葉が耳にこびりついて離れない。

おまえは人殺しだと決めつけられ、罪を認めて遺族に詫びるのが人の道だと小生意気な口ぶりで説教された。

未必の故意という罪状には、公判での裁判官の判断にも主観が強く働くから、いたずらに否認を貫けば心証の点でマイナスになり、量刑判断で不利になると脅された。

その理屈を強引に意訳すれば、検察や裁判所の体面を保てる程度に罪を認めれば、多少は罪を軽くしてやるというようにも受けとれた。しかし罪状はあくまで殺人で、最高刑は極刑なのだ。負けてやると言われてもたかが知れている。身に覚えのない罪を引き受けられる話であろうはずがない。

日本の司法はそこまでいい加減なものなのか、それともあの若い検事が常軌を逸しているだけなのか——。これまでの人生で検察官という人種に接したことがなかった森尾には、そのとき判断が難しかった。

この国の司法が信じるに足るものだということを願わずにはいられなかった。なにかの間違いでこんな状況に陥ってはいるが、法はあくまで正義の、そして善の側に立つもので、過ちは必ず正される——。

それが大きな勘違いだと知るまでにさほどの時間はかからなかったが、そのときの森尾にすれば、そう信じることによってしか希望は見いだせなかった。

森尾はあの美しいサザンアルプスの山並みを思い浮かべた。なかんずく秀麗な三角錐を濃紺の空に向かって突き上げるマウント・アスパイアリング——。

五人の命を奪い、森尾を含む四名にも命を削るような苦難を強いたあの山が、懐かしい故郷のような慈愛を湛えて胸に迫ってくるのが不思議だった。

2

その前年の二月上旬の日曜日。

クイーンズタウンの街並みは盛夏の緑で飾られ、ヨットやプレジャーボートが浮かぶワカティプ湖の湖水を隔て、屏風のようなリマーカブルス山脈が、街にあふれる観光客に微笑むように雪を残した稜線を輝かせていた。

森尾は巨大なロッジを思わせるクイーンズタウン空港のターミナルビルのロビーで、日本からのツアー客の到着を待っていた。

南半球のニュージーランドではこの時期が登山のベストシーズンだ。アスパイアリング・ツアーズにとっても書き入れ時で、その期間、森尾はサザンアルプス登山のベースとなるクイーンズタウンに常駐する。

サポートスタッフの手配から登山申請、ホテルや交通手段の確保、本番の登山でのガイドと、現地での仕事の大半を仕切る役回りだった。

社長の藤木は営業活動を中心に東京で多忙な仕事をこなしているが、月に一度は日本からの客をアテンドしてニュージーランドにやってきて、自らがリーダーとして山に入ることにしている。

山に登ることが好きで始めた会社でも、社長となれば下界での雑用が増えてくる。藤木が多忙だということは会社が成長している証だが、本人はそこが不満なようで、スケジュールを調整しては、自ら積極的にツアーに加わった。この日到着するパーティにも、藤木はリーダーとして参加する予定になっていた。

クイーンズタウンには日本からの直行便は飛んでいない。ツアー客はオークランドかクライストチャーチで国内線に乗り継いでやってくる。今回はオークランド経由で、成田から十三時間余りの長旅だ。

ほどなく到着ロビーに、藤木を先頭に五名のツアー客と、今回からサポートスタッフとして加わる内村敏也が姿を見せた。

「よう、森尾。元気そうだな——」

藤木は陽気な表情で、こちらに手を振りながら歩み寄る。

「現地の状況はどうなんだ」

「今年は盛況だよ。ワナカ周辺のトレッキングルートは海外からのツアー客で鈴なりだ。アスパイアリングも、好天に恵まれると尾根筋は渋滞になる。本番のアタックは極力早出を心がけたほうがいいね。みなさんはお元気で？」

ツアー参加者たちの顔を見渡しながら森尾は問いかけた。日本との時差は三時間で、そこにサマータイムの一時間が加わって、実質四時間の時差になるが、そうでなくても飛行機での長旅は体調に影響する。到着直後に体調を崩して、ツアーを断念する客もいる。そうした面も含めて、森尾の仕事はこのときからすでに始まっている。

「いまのところ、全員体調は万全だ。見るからに丈夫そうな人たちばかりだから、本番もパワー全開で登ってもらえると思うがね」

藤木は参加者たちの顔を見渡した。森尾はさっそく挨拶した。

「現地担当者の森尾です。今回のツアーでは社長の藤木が、どうしてもみなさんと一緒に登りたいと駄々をこねるので、私はサブリーダーの地位に甘んじることになりましたが、みなさんに安全で楽しいニュージーランド登山を体験していただけるよう最善を尽くす気持ちには変わりありません。どうぞよろしくお願いします」

今回のメンバーは全員ニュージーランドが初めてだ。そんな外国の空気は、だれに対してもなにがしかの不安を与えずにはおかない。どこか強張っていた客たちの表情が和んだ。ファーストコンタクトはまずまずの成功のようだった。

客たちの名簿はすでに手元にあり、大まかなところはもう頭に入っている。二十代から五十代と年齢層は広く、概ね日本国内での登山経験はあるものの、先鋭的なアルピニズムとは縁遠く、海外の山を経験していてもせいぜいトレッキング程度のようだ。

しかしその点はまったく問題ない。目指すマウント・アスパイアリングは標高でいえば日本アルプス程度。氷河と岩稜ルートを含んではいるが、ガイドによる適切なサポートがあれば剱岳や穂高岳の一般ルートと難度にさほどの違いはない。

高所障害を気にする必要がないため、アプローチはヘリの使用で大幅に短縮できる。要所には山小屋があり、緊急用の無線設備も設置されている。

アスパイアリング・ツアーズが企画するプランのなかではいちばんの人気商品で、その理由は登りやすい標高と、山容の美しさにあるだろう。ニュージーランド最高峰のマウント・クックも美しい峰だが、登攀の難度ははるかに高く、一般的なガイドツアーの対象にはなりにくい。

今期のシーズンは前年の十二月から始まり、サザンアルプス山麓のトレッキングを含め、すでに二十本余りのツアーを主催しており、うち半数がアスパイアリングを目指すものだった。現地スタッフだけに任せているツアーもあるが、アスパイアリングに関してはそのほぼすべてに森尾はガイドとして参加してきた。

事故と呼べるようなアクシデントは、会社設立以来まだ一度もなく、そうした紹介記事が国内の旅行や登山関係の雑誌にも載った。安全で魅力的なツアーを提供するガイド登山会社として、アスパイアリング・ツアーズは日本の商業登山の業界でも独自の地歩を固めてきた。

「あの、森尾さん――」

いちばん若い女性客が唐突に声をかけてきた。それが篠原ひろみだということは、すでに森尾の頭にインプットされていた。

「はい、なにか？」

森尾は微笑んで応じた。営業用というのではなく、ごく自然にそれが出たことにかすかな戸惑いを感じながら――。

「アスパイアリングには何回登られたんですか」

「正確には覚えていませんが、もう三十回前後は登っていると思います」

「飽きたりしませんか」

妙な質問だった。その意図を汲みかねながら、森尾は生真面目に答えた。

「仕事で登っている以上、いつも緊張感がありますから、飽きるというようなことはありません。それ以上に、アスパイアリングは登りやすいわりに奥の深い山です。天候も氷や岩の状態も登るたびに違います。そしてなによりも、あの美しい頂を間近に見上げるたびに、仕事を離れて登高意欲を掻き立てられるんです」

「それを聞いて安心したわ。森尾さんは本当に山が好きなのね」

「ええ、大好きです。みなさんと同じように。そのうえお金を稼がせていただいているわけですから、これ以上の贅沢は望むべくもありません」

藤木も割って入る。

「私だってそうだよ。仕事なのか道楽なのか、ときどきわからなくなる。商売っ気を出さずに、お客さんと一緒に楽しくやっているだけなんだ」

たしかに藤木のやり方には商売っ気があるとは思えないところがある。このツアーの参加者は五名で、そこに藤木を含めスタッフが四名つく。もっとも今回は特別で、藤木の参加は本人が言うところの道楽で、新人の内村は現地の事情に慣れてもらうための見習いのようなものだ。

通常はこの客数ならスタッフは二、三名だが、それにしてもこの業界としては手厚い配置といえる。数をまとめて大人数のパーティを組めば採算上有利なのはわかっていても、それは藤木の、いわば登山の美学に合わないのだ。

パーティは主催者側スタッフを合わせて十名以内が最適な催行人数という持論を忠実に守ってきた。スタッフと客が十分にコミュニケーションでき、登山から得ることのできる喜びを参加者全員が共有できる、いわば家族のような関係を、自分が主催するツアー登山の理想として追求してきた。

実際に登山活動に入れば、客たちはそれがセールストークではないことに気づくだろう。そんなふうにしてアスパイアリング・ツアーズは客たちの信頼を獲得し、それが口コミで広がり、リピーターを増やしてきた。

「それでは、これからホテルに向かいます。お部屋で一休みしたあと、レストランで昼食をとっていただきます。本場のラム料理が自慢の店です。そのあと、お疲れでなければワカティプ湖畔のウォーキングツアーにご案内します」

そう説明し、森尾は先頭に立ってターミナルビルの玄関に向かった。車寄せにはアスパイアリング・ツアーズのロゴが描かれたマイクロバスが停まっていた。現地スタッフのケビン・ノウルズが運転席から降りてきて、赤髭に覆われた顔をほころばせ、片言の日本語で呼びかける。

「ようこそニュージーランドへ。みなさん。お元気でしたか」

ケビンの本来のフィールドはヒマラヤの大岩壁で、南半球が冬のあいだはカトマンズやイスラマバードに住み着いて、ネパールヒマラヤやカラコルムの数々のバリエーションルートに足跡を残している。

ヒマラヤが冬に入ると、ケビンは故郷のクイーンズタウンに舞い戻り、トレッキングや登山のガイドとして生計を立てる。藤木は性格が明るく、山の経験が豊富なケビンをガイドとして高く買っている。正式に社員にならないかと何度も話を持ちかけたようだが、ヒマラヤへの執着は絶ちがたいらしく、今期も夏場だけの契約でアスパイアリング・ツアーズの仕事を引き受けている。

日本に滞在したことはないが、藤木のもとで仕事をしているうちに自然に日本語を覚えたようだ。人好きのする性格と相俟(あいま)って、アスパイアリング・ツアーズのパーティのムードメーカーとしてなくてはならない存在となっている。

クイーンズタウン空港は市街地まで八キロとごく近く、ワカティプ湖畔沿いの道をたどって十分ほどでホテルに到着する。国内有数のリゾート地のためホテルの数は多いが、それ以上に訪れる旅行者が多いため、アコモデーション（宿泊設備）の確保も森尾たち現地スタッフの重要な仕事だ。

このツアーで押さえたのは市街中心部からやや外れた、ワカティプ湖やリマーカブルス山脈の眺望に優(すぐ)れた中級ホテルで、森尾たちが使うホテルのなかでもとくに好評だ。

車窓からの眺望の解説はケビンに任せて、森尾は現地オフィスの状況を藤木に報告した。ニュージーランドの税制面の有利さを生かすため、藤木はクイーンズタウンの現地オフィスを法人登記している。森尾は数字の面には疎いので、帳簿の処理は地元の会計事務所に依頼し、全般的な数字の動きは藤木がチェックするかたちをとっている。

森尾が報告したのは、アコモデーションや交通事情、トレッキングルートや登山ルートの状況に関する話で、メールでの報告は随時行っているが、じかに対面してやりとりする情報には、メールでは伝えきれないニュアンスが含まれるからそれはそれで重要だ。

今期はアジア方面からの団体観光客が増え、ホテルの料金が高騰気味で、コストを抑えるには予約を早めにしたほうがいいというような話をし終えたところで、藤木が唐突に切り出した。

「美佐子からなにか接触はなかったか？」

「ないけど。離婚調停はもう済んだんじゃないの」

「すこしやり過ぎたような気もしてな。まだ根にもっているようなんだ」

離婚の理由は元妻の浪費癖で、会社の金にも手をつけていたため、その気になれば横領罪で告訴もできたが、弁護士との相談で、藤木はそのことを楯に慰謝料をとことん値切る道を選んだ。

その作戦は功を奏して、ほとんど涙金といっていいほどの慰謝料で離婚調停は成立したと聞いていた。そのことをいまになって藤木が悔やんでいると知って、森尾は意外な思いだった。

「接触って、どういうこと？」

「いや、なにもないならそれでいい。おれのほうできっちり始末をつけるから」

藤木はきっぱりとした口調で言って、それ以上は語らず、会社の業績見通しのほうに話題を切り替えた。

3

ホテルに到着したのは午前十一時だった。客たちは自室で荷を解き、一休みしたあと、湖を望むホテルのテラスレストランに集合した。

湖水を渡ってくる風は冷涼で、ツアー客の何人かはウィンドブレーカーを羽織っている。日本よりはるかに高緯度のクイーンズタウンは夏の日中でもときに肌寒いほどで、夜はセーターが欲しいほど冷え込む。

日本でのオリエンテーションやニュージーランドまでの旅のあいだに、客たちはすでに打ち解けていたようで、そこは藤木の少人数主義のメリットというべきだろう。

それでもスタッフを含めて改めて自己紹介をし、テーブルに食事が出てきたところで、森尾は今後のスケジュールを説明した。

この日は基本的には休養とし、希望があれば湖畔の散策やクイーンズタウンの観光スポットを案内する。

翌日は午前中にバスでクイーンズタウンを出発し、マウント・アスパイアリング国立公園の玄関口のワナカに向かう。

ワナカはいまや一大リゾート地と化したクイーンズタウンとは趣の異なる、小規模だが雄大な大自然に囲まれたリゾートタウンで、氷河を抱いたサザンアルプスの峰々が間近に望める。

森尾たちのツアーでは、本格的な登攀活動の前の足慣らしとして、ワナカ周辺での軽いトレッキングをメニューに加えている。それは同時に、主催者側として参加者の体力や性格を事前に把握するための大切なステップでもある。

ヒマラヤのようにアプローチが長いルートなら、ベースキャンプまでのキャラバン中にそのあたりは把握できるが、アスパイアリングの場合はそれがない。ヘリを使って上部のボナー氷河まで一気に登り、順調に行けば二泊三日で攻略できるルートだ。

麓から険しい氷河や岩稜のアプローチをたどってベースとなる小屋に至るルートもあるが、そうなるとアスパイアリングの難度は大きく高まってしまう。

登山の喜びは限られたエキスパートにだけ許されたものであってはならない――。それがガイドビジネスに転身して以来の藤木の信念で、いまでは森尾も全面的に賛同している。登山を甘く見る安易な姿勢だと批判する人々も山岳ガイド業界にはいるが、藤木はそれを意に介さずにやってきた。

本人にとっては何十度目になるかわからないアスパイアリングの頂で、ある日藤木は言ったものだった。

「人間の一生なんて、悠久の自然と比べればたかが知れている。どこの壁を初登攀したというような話に明け暮れていたときは気がつきもしなかったが、おれたちはこんな美しい世界に生まれてきた。その幸福に感謝すべきだし、その幸福を享受する権利はだれにでもある。そのためには、お客さんに多少ズルさせたっていいじゃないか」

「おれたちは、お客さんにズルさせてるわけなんだ」

森尾の言葉に、藤木はにんまり笑って応じた。

「ちょっとだけな。山に登ることを無理に苦行にする必要はないし、一か八かのギャンブルにする必要もない。ヘリを使えば体力が温存できるし、ピンポイントで好天を狙うこともできる。登頂成功の確率はそれだけ高まるし、結果的に無駄な日程を省いて費用も安くできる」

「それならいっそ、ロープウェーでも架けたほうがいいんじゃないか」

森尾がからかい気味に問いかけると、藤木は妙に真面目な調子で応じた。

「ヨーロッパアルプスには、ユングフラウヨッホやエギーユ・デュ・ミディのような鉄道やロープウェーで行ける素晴らしい展望台がある。どちらもアスパイアリングよりはるかに高い。そういう場所に一般観光客を登らせることで、アルプスが価値を損じたわけじゃない。むしろその真価を大勢の人々に知ってもらえた。もしコリン・トッド小屋までロープウェーを通す話が出たら、おれは諸手を挙げて賛成するね」

コリン・トッド小屋はアスパイアリングの一般ルートとなっている北西稜の末端に位置する小さな無人小屋で、そこから頂上までの往復がアスパイアリング登山の核心部だ。藤木が言っているのはとくべつ無茶な話ではない。今回のツアーでも、その小屋にほど近いビーバン・コルまで一気にヘリで登ってしまう。

エギーユ・デュ・ミディが、ヨーロッパ最高峰のモンブラン登頂を目指す登山者のベースでもあるように、コリン・トッド小屋がアスパイアリング登頂を目指す人々の安全なベースになり、頂を目指さない人々にも、広大な氷河と南半球のマッターホルンと称される秀麗なピークのパノラマを堪能してもらえる展望台になるなら、それこそが本望だとでも言いたげだった。

ワナカ周辺でのトレッキングはそんな藤木のサービス精神の発露でもある。今回目指すのはロブ・ロイ氷河への往復で、全行程が四時間程度と、足慣らしには最適のコースといえる。

サザンアルプスの魅力は岩と氷河だけではない。山麓を覆う温帯林も見どころの一つで、それはヘリで氷河上に降り立つ本番の登山では味わえない。ロブ・ロイ氷河末端の展望台を目指して原生林を縫うトレッキングルートは、この山域の魅力をトータルに味わうために欠かせない必須のサイドメニューだ。地元の植物に造詣(ぞうけい)の深いケビンの樹木や花々についての解説も加わって、過去のツアー参加者にもすこぶる評判がよかった。

本番の登山はその翌日からだが、そちらの行程も比較的ゆったりしたものだ。ヘリポートはワナカから車で一時間ほどのラズベリー・フラットにある。そこは麓から歩いてアスパイアリングを目指す本格的なルートの起点でもある。

予定ではワナカのホテルで昼食をとってからラズベリー・フラットに向かい、十分ほどのフライトでビーバン・コルに到着。コリン・トッド小屋へは、そこからボナー氷河を横切って二時間半ほどで到着する。

コリン・トッド小屋は定員が十二名の小さな小屋のため、夏のシーズンは混雑し、ときには泊まれないこともあるので、森尾たちは全員がゆったり休めるよう、毎回テントを数張り持参して、通常は小屋の周辺で幕営(ばくえい)する。小屋が空(あ)いていればそちらを使うこともあるが、快適に利用できることはほとんどない。

前日のトレッキングとこの日の一時間半の氷河上の歩行は、翌日のアスパイアリングへのアタックに向けたウォーミングアップとして最適な運動量だ。

そのぶん本番の登攀は若干厳しいものになる。理想的な足でコリン・トッド小屋から頂上までは往復十二時間の日帰りコース。北西稜は一二〇〇メートルを超す標高差の岩尾根で、急峻な岩壁やスラブ、ナイフのように切れ落ちた雪稜を織り交ぜた気の抜けないルートだ。

パーティ全員のコンディションをアタック当日にピークに持っていけるようにコントロールすることが登頂成功への秘訣だが、ここまでのプランは、その点でも数々のツアーで検証済みだった。

登頂後はコリン・トッド小屋に一泊し、翌朝、ふたたび往路をたどってビーバン・コルに向かい、そこからヘリで下山する。

すでに東京でのオリエンテーションで聞いているはずの話だが、実際にニュージーランド入りし、現地の責任者の口から受ける説明はより強く実感に訴えるところがあるのだろう。全員が退屈する様子もなく話を聞き終えて、質問はないかと森尾が問いかけると、最初に手を挙げたのが篠原ひろみだった。

「登山中の食事はだれがつくるんですか」

「すべて我々が用意します。お客さんたちの手は煩わせませんから、ご安心を」

「そうじゃなくて、私、料理するのが好きで、とくに山のなかでストーブとかコッヘルを使って料理をするのが楽しいの。山へ登る喜びの三分の一くらいはそれだから、手伝わせてもらえないかと思って」

ひろみは至って真面目な表情だが、そういうことを言った客は初めてだった。戸惑いながら藤木の顔を見ると、それでいいというように頷いた。

先ほどの質問といい、ひろみはどこか人の意表を突くところがある。藤木はそういうところをすでに把握しているのか、にんまり笑って成り行きを楽しんでいる。

「それじゃ、お願いしましょうか。たしかに山の食事の楽しさは、つくる段階から始まりますから」

「森尾さんの料理の腕前は？」

ひろみは遠慮なしに訊いてくる。妙に屈託のないその調子に森尾は怒る気にもなれないが、アスパイアリング・ツアーズの食事は定評がある。クイーンズタウンの付き合いのあるホテルに山好きのシェフがいて、彼が考案したアウトドア用のメニューに日本人好みのアレンジを加えたものだ。

ヘリで一気に高所まで運べる上に、日程も二泊三日と短いため、新鮮な食材がふんだんに使える。圧力鍋や火力の強いガソリンストーブのようなかさばる調理器具は、夏のシーズン中はコリン・トッド小屋にデポしてある。腕前にとくに自信があるわけではないが、基本はシェフから仕込まれているので、出来栄えは水準に達しているはずだ。

そんな話をしてやると、ひろみは瞳を輝かせた。

「だったらサザンアルプス流の山岳料理をマスターして帰れるかもしれないね。それは大きな収穫よ。あとでレシピを見せてもらえます？　登るまえに勉強しておきたいから」

そこまで言われると、森尾もつい調子に乗ってしまう。

「わかりました。だったら明後日、出発前にワナカの街で食材を調達しますので、ご一緒していただけませんか。地元の肉や野菜をご自分の目で観察するのも、なにかと勉強にはなるでしょう」

「本当に？　だったら伊川さんも一緒に行こうよ。どうせその日は、ヘリを降りてから一時間半歩くだけなんだから」

ひろみはもう一人の女性客の伊川真沙子に声をかける。すでに気心の通じる間柄なのだろう。伊川も嬉しそうに頷いた。

「いいわね。街のスーパーを回るの？」

「いいえ。契約している農場が何カ所かあるんです。そこで野菜や牛肉やラム肉なんかを仕入れます」

「すごいじゃない。料理の基本は素材だからね。そういう新鮮な材料を使った料理なら美味しいに決まってるわよ。アスパイアリング・ツアーズの食事についての評判は本当だったのね」

言いながらひろみはラム肉のソテーを満足そうに頬張った。このホテルの料理は幸いにして地元でも評判が高いが、ニュージーランドは料理に関しては美食とは縁遠いイギリスの系統に属していて、街中で美味い料理に出会う機会にはなかなか恵まれない。

藤木が食事に力を入れるようにしてきたのはそのためだ。郷に入っては郷に従えとばかりに、地元の流儀でやっていたら、それがアスパイアリング・ツアーズの評判に跳ね返りかねないからだ。味覚音痴のニュージーランドのせいで客を逃がしては堪らない。

ほかの客たちも積極的に質問してくれた。内容はひろみのように意表を突くものではないが、ルート上の岩場の難度や、午前と午後の氷雪の状態の違いなど、きわめて現実に即したもので、森尾としても答え甲斐のある質問であることに感心した。

食事を終えるころには、スタッフも客も打ち解けていた。チームワークを乱しそうな変人はとりあえずいないようだった。

もちろん遭難のような極限状態におかれた場合に出てくる人間の本質はまた別だが、経験を積んだアスパイアリングでそういう事態が起きるなどとは、そのとき森尾は考えもしなかった。

「どうだ。こんどのお客さんたちは」

食事を終え、客たちがいったん部屋に戻ると、藤木が感想を訊いてきた。

「人柄の面で気がかりな人はとりあえずいないね。体力や技量についてはまだわからないけど、これまでの山歴からすれば、とくに問題はないんじゃないかな」

藤木は森尾の答えに頷いて言った。

「おれもそう思うよ。あすのロブ・ロイまでのトレッキングルートは、短いけどけっこうアップダウンがある。足場の悪い急坂もあるから、大まかな地力はそこで判断できる。問題は天候だな」

「山の上はここのところ天候の周期が乱れ気味だね。荒天が三日以上続くこともある。いつもの年だと雨のケースでも、今年はおおむね雪になる。どうもちょっと様子が違うんだ。気温も平年より低いような気がするよ」

日本の山だと、夏は太平洋高気圧の張り出しで、梅雨明け以降は晴天が長期間続くが、サザンアルプスでは日本の春や秋のように周期的に気圧の谷がやってくる。その周期の読みが当たれば登頂に成功する可能性は高いのだが、外れるとひどい荒天に遭遇することになる。

「いずれにしても、予定通りコリン・トッド小屋に入って、好天に合わせてアタックという段取りだね。食料も少し多めに上げて、三日くらいの停滞には堪えられるようにしておいたほうがいいんじゃないかな」

「先週のツアーのときは荒れたんだろう。どんな感じだった」

「コリン・トッド小屋に入った翌日に嵐に襲われて一日停滞したけど、けっこう厳しかったよ。上空の寒気が強いようで、激しい吹雪に見舞われた」

サザンアルプス一帯は、緯度では北海道の北部に相当する。同じ三〇〇〇メートル級でも、日本の北アルプスよりずっと寒冷で、夏でも降雪があるのは珍しくない。しかしそのときの暴風雪は、厳冬期の北アルプスを思わせた。そんな森尾の感想に、藤木は不安げな表情を見せた。

「雪崩の心配は？」

「そこまでの雪じゃないけど、そのときは降雪後の登頂で、けっこうラッセルを強いられる場所もあった——」

それでもたついているうちに次の気圧の谷が近づいて、間一髪でコリン・トッド小屋に退避した。翌日も吹雪かれて下山のためのヘリが飛べず、通常なら二泊三日の行程が四泊五日になった。ホテルの確保や帰国便の変更で、現地オフィスがてんやわんやになったのがまだ記憶に新しい。

「サザンアルプス一帯では、今年は遭難が多いようだな」

「アスパイアリングでは死傷者が出るような事故は起きていないけど、クック周辺じゃけっこうやられてるね。そっちのほうは雪崩による遭難もある」

「困ったもんだ。無茶して遭難するのは最悪だが、成功率の高さもうちのセールスポイントの一つだからな」

藤木はいかにも迷惑顔だ。自然を相手の商売だから、なにごとも思うようにはいかない。アスパイアリングに関しては、過去、登頂を断念したことは一度もなかった。

そこは条件さえ整えば技術的にさほど困難ではないというアスパイアリングの特徴にもよるが、高い金を払ってわざわざニュージーランドまでやってきた客たちを失望させてはならないという藤木の心意気によるところも大きいだろう。

ツアー登山では、予定の変更は大幅なコストアップに繋がる。基本的に予備日は一日見込んでいるが、それ以上になると下山後のホテルの確保にも難渋するし、帰国便の変更がうまくいかないとホテルでの宿泊日数も延びる。そんな場合でも藤木は超過料金を求めない。

だから天候しだいでは赤字になることもあるが、それはやむを得ないと藤木は割り切っている。コストを気にして無理なアタックを敢行し、遭難者を出すのは山岳ガイド業のモラルに反する。かといって安易に登頂を断念することは顧客の信頼を裏切ることになる。約束は約束だから、こちらは足を出しても客には登頂を果たさせる——。それが藤木の一貫した姿勢だった。

そんなことがあるから、アスパイアリングをはじめ本業のはずの登山ツアーが、藤木が手がけるアウトドア・ビジネスのなかでいちばん利益が薄い。稼ぎの柱になっているのは氷河やフィヨルドを巡る山麓のトレッキングと冬場のスキーツアーだ。

しかしそちらの集客力にしても、表看板の登山ツアーに対する世間の評判によって支えられている。だからトータルで経営が成り立っていればそれでいい。好きで始めた山岳ビジネスを、ただの金儲けの道具にはしたくない――。

そんな藤木の信念が、結果において好ましい方向に働いて、現在のアスパイアリング・ツアーズが存在する。そういう藤木と仕事ができる幸運に森尾は感謝している。

かつて、勤めていた会社の利益至上主義のせいで不本意な製品を世に出すことになり、それが折損事故を引き起こした。そのことへの慚愧はまだ森尾のなかに残っている。藤木のパートナーとして働くことが、そんな思いへの解毒剤になってくれたのは確かなことだった。

「今回のツアーに関してはそう心配はない。天気図でみたところだと、タズマン海上で発達中の低気圧があるけど、こちらに達するには五日くらいはかかる。小さな気圧の谷はあすあたり通過しそうだけど、アタック予定日は三日後だから、タイミングとしてはベストになると思うよ」

森尾は自らの不安をも打ち消すように、強気の読みを口にした。しかし気象の変化は気まぐれで、こちらの計算どおりには動いてくれない。予想が狂ったときはアタックのタイミングをずらしてやり過ごせばいい。そう頭ではわかっていても、やはりここ最近のサザンアルプスの気象にはただならぬものを感じざるを得ないのだ。

「地球温暖化の影響ということもあるのかな。暑かったり寒かったりといろいろだが、ここんとこ世界中で異常気象が発生しているからな」

言いながら藤木はテラスレストランの上の空を見た。この日は抜けるような快晴で、ワカティプ湖の水面もことのほか青く輝いていた。


午後のワカティプ湖の湖畔散策と市内の観光スポット巡りには、客たちの全員が参加した。

たどったルートはリマーカブルス山脈の眺望が楽しめるフランクトン入江を周回するコースで、あちこちに森に囲まれた美しい砂浜があり、野鳥の姿も楽しめる。

今回のツアーでいちばん年配の参加者が宮田達男で、年齢は五十一歳。貿易関係の会社の部長で、山に登るようになったのは三十代からだという。

陽気でよくしゃべる人物で、仕事関係の自慢話が多いのが気になったが、ほかの客に対して偉ぶった態度をとるというわけではない。歳はいっているが体力には自信があると当人が言うように、その年齢にしては引き締まった筋肉質で、身長も参加者の中ではいちばん高い。

登ってきたのは国内の山が中心だが、ここ最近は海外の山に興味を持ち、三年前にネパールヒマラヤのトレッキングに参加し、アンナプルナ一帯を歩いて、氷河を抱いた巨峰の魅力に取りつかれたらしい。その後は毎年海外でのトレッキングツアーに参加してきたという。

できればそういう山の頂に自分も登りたいと思いはするものの、そこは限られたエキスパートの世界だ。最近はエベレストを含む八〇〇〇メートル級の頂にアマチュアを登らせてくれる商業登山の会社もあるが、費用がかさむ上に、最短でも期間は一カ月から数カ月かかり、サラリーマンには参加が難しい。

そんなときに見つけたのが、山の雑誌でみたアスパイアリング・ツアーズの紹介記事だったという。そこに載っていたアスパイアリングの写真を見て宮田はこれだと思った。

標高こそ三〇〇〇メートルをわずかに超えるだけだが、広大な氷河を抱いた鋭角的な白銀の峰は宮田の心を捉えた。それがわずか八日の日程で登れる。料金もネパールのトレッキングとさほど変わらない。これに参加しない手はないと、その日のうちに予約の電話を入れたという。

勝田幸一は四十代後半の自営業者で、やっているのは、中小企業向けの経営コンサルタントのようなことらしい。宮田同様ハードクライミングの経験はほとんどないが、十数年前にヨーロッパを旅行したとき、アルプスの景観に魅せられて日本の山に登るようになったという。

海外での山歩きは、トレッキングも含めて今回が初めてだ。やや皮下脂肪が多いのが気になるが、数年前の夏に、北岳から赤石岳まで、南アルプスの主脈を一人で縦走した話をこともなげに語るところをみれば、体力面での不安はないと考えてよさそうだ。

旅行代理店で見かけたパンフレットの表紙にあったアスパイアリングの写真を見て、それが心に取りついて離れなくなり、危険そうだから止めろという妻をなんとか説得し、今回のツアーに応募したらしい。

経営コンサルタントという職業柄か、アスパイアリング・ツアーズの経営面のことに話を振ってくることがある。大きなお世話だと言いたいところだが、こちらがうっかり漏らした話を材料に、思いがけず役に立つヒントを披瀝してくれた。

向こうとしては営業活動の一環のつもりなのかもしれないが、藤木はそんな勝田に興味を引かれた様子で、散策中も親しげに談笑する姿が目についた。

川井武雄は三十代半ばの建設会社社員で、職種は事務系だというが、体つきは現場の労働者のように頑健だ。高校時代はワンダーフォーゲル部に所属していたが、大学に入ってからはスノーボードに夢中になって、国内の大会で何度か上位入賞を果たしたこともあるらしい。

ふたたび山に関心が戻ったのは失恋がきっかけで、傷心を癒そうと訪れた清里で、八ヶ岳の雄姿を眺めているうちに矢も楯もたまらず登りたくなり、スニーカーにジーンズにポロシャツという軽装で主峰赤岳を往復した。

以来、失恋の痛手を忘れようとするかのように山の世界にのめり込んだ。やがて日本の山では満足できなくなり、海外ツアー登山を手がけている会社をインターネットで物色するうちに、発見したのがアスパイアリング・ツアーズだった。

伊川真沙子は三十代前半の小学校教師で、登山のキャリアは五年ほどだという。山に凝りだしたのは、山好きの同僚に誘われて奥多摩(おくたま)や丹沢(たんざわ)の山歩きを始めてからで、もともとそういうDNAがあったのか、そのレベルの山では飽き足らず、地元の山岳同好会に入って北アルプスや南アルプスに足を延ばすようになった。

アスパイアリングへのツアーに応募したのは、自分の気持ちとしては必然的な成り行きだったと当人は言う。なにかに熱中するとブレーキが利かなくなる性格で、アスパイアリングの次はキリマンジャロやモンブランといった世界に名だたる高峰が、すでに射程に入っているらしい。

いちばん若い篠原ひろみは二十六歳。フリーのグラフィックデザイナーで、女性向けの雑誌の仕事が中心だという。登山歴は伊川と同じく五年ほどだが、今回のメンバーの中では、唯一岩登りや冬山も経験している。

いわゆる山ガールのはしりだろう。兄に誘われて山歩きを始めたが、最初に関心を持ったのはカラフルでデザイン性に優れたザックやクライミングウェアだったという。

しかし当人言うところの「不純な動機」で入れ込み出した山歩きが、やがて人生の関心の大半を占めるようになっていった。凝り性という点では伊川以上で、山で楽しめることはなんでもやらなければ損だと考えて、クライミングスクールに通って岩登りに熱中し、大学で山岳部員だった兄に頼み込んで、冬の八ヶ岳や北アルプスにもたびたび足を運ぶようになった。

現在は趣味でウェブサイトを運営し、自分の山行記録やら、山岳ファッションの動向やら、山での料理のアイデア集やらを発信しているらしい。

サザンアルプスはありきたりではないターゲットとして以前から関心を持っていたと言い、たまたま検索にかかったアスパイアリング・ツアーズのウェブサイトを見て、これしかないと決断し、すぐにネットから申し込んだとのことだった。

ややお節介なところが玉に瑕だが、周囲への気配りが行き届き、普通なら差し出がましい言動も、反感を買うようなところがまるでない。人生はこうして楽しむものだと生まれながらに知っているような闊達さは、妬ましくさえ思わせる彼女の魅力だった。

4

翌日、午前八時にホテルに向かうと、客たちはすでに朝食を済ませて玄関前に荷物を出していた。

ケビンと内村がそれをマイクロバスの車内に積み込む。そのあいだに森尾はホテルの厨房に向かい、頼んでおいた昼食の弁当を受け取った。

向かう先はアスパイアリングの登山基地でもあるラズベリー・フラットで、この日予定しているロブ・ロイ氷河へのトレッキングルートの起点でもある。

クイーンズタウンからワナカまでが車で一時間半ほどで、ラズベリー・フラットはそこからさらに一時間ほど。この日の宿泊先はワナカのホテルだが、そちらへのチェックインはトレッキングのあとになる。

ワナカへはクルーサ川の谷あいを進む州道のハイウェイが最短ルートだが、森尾たちがいつも使うのはクラウン山脈を越える山岳道路だ。途中には、彼方にアスパイアリングを望める展望台もある。ワインディングロードが続くので、乗物に酔いやすい人はいないかと事前に確認したが、全員その心配はないようだった。

ワカティプ湖岸を離れると、車は曲がりくねった道をぐいぐい高度を上げていく。ハンドルを握るのはケビンで、地元の道路なら路肩の石一つまで憶えていると豪語する。

きのうと違って空は高曇りだが、尾根筋に出ると白銀をまとったサザンアルプスの山並みが徐々に顔を覗かせる。

頂はどれもまだ雲に隠れていない。きのうの予報では気圧の谷が通過するはずだったが、天候の崩れはそう大きなものではなかったようだ。

ケビンは巧みにハンドルを操りながら、ヘッドセットのマイクロフォン越しに車窓からの景観についての解説に余念がない。日本から来た客たちには聞き慣れない山名が連発するが、「アスパイアリング」の名前はまだ出てこない。

振り向けばリマーカブルス山脈を背に、ワカティプ湖と湖水に面したクイーンズタウンの街並みが眼下に広がる。次第にその姿をあらわにしてくるサザンアルプスのダイナミックな眺望に客たちは賛嘆の声を上げる。

ケビンの講釈に煽られている部分もあるかもしれないが、それでも森尾は感じとれる。みんな山が好きなのだ。無事に頂に案内したときの喜びはむろんのことだが、そんな客たちの反応に接することができるアプローチの時間も、森尾にこの仕事に携わる喜びを感じさせてくれる。

サザンアルプスもニュージーランドも初めてという内村も、客たちの感激の輪に違和感なく溶け込んでいる。

内村は藤木と森尾の大学の後輩で、一年前に卒業したばかりの青年だ。在学中は山岳部に所属していたが、若者の山離れは森尾たちの時代よりもいっそう進んでいたようで、彼が在学したころの部員数はわずか五名。海外遠征などは夢のまた夢で、部員同士の正月山行で北アルプスや富士山に登るほかは、東京近郊のゲレンデや沢を登る程度のことしかしてこなかった。

　いったんは普通の企業に就職したものの、登り尽くせなかった山への渇望は募る一方だった。憧れていたのは海外の山だった。アルプスでもヒマラヤでもいい。日本の山にはない氷河が見たかった。垂直に切れ落ちた氷の壁にアイゼンを蹴り込んでみたかった。

　そんなとき山岳部のＯＢ会があり、藤木と初めて対面した。内村からそんな山への情熱を聞かされて、とりあえず夏のシーズンだけ契約社員として働いてみないかと藤木はその場で提案した。

　はじめから正社員にしてやりたいのは山々だったが、客の命を預かるガイドの仕事に、ただ山岳部にいたというだけで、とくに目立った実績もない内村を無条件で採用するわけにはいかなかった。

　それでも内村は迷わなかった。藤木と会った翌々日に会社には辞表を提出し、東京の事務所を訪れて、臨時社員としての契約を交わした。その心意気に感じて、藤木はすでに正社員として採用する腹を固めているようだが、まだ本人にはそれを言っていない。

　内村はこれから夏のシーズンいっぱいニュージーランドに常駐する。藤木は内心期待しているようで、森尾はその教育係に任命されたようなものだった。

　本人とは昨夜じっくり話し込んでみたが、まだ学生気分が抜け切れないところがあり、本当に戦力になるには、少し時間がかかりそうだった。ガイドに必要なのは山の技量だけではない。むしろ接客業としての心構えが重要で、そこには持って生まれた性格という要素もある。森尾の目から見れば、その点で内村はまだ未知数だった。

マイクロバスは一時間ほどで山脈の最高点に到着した。車を降りて少し歩くと、そこは見晴らしのいい展望台になっている。いかにもニュージーランドの観光スポットらしく、売店もなければベンチもないが、周囲の景観は息を呑むばかりだった。

北西から北東にかけて鑿(のみ)で彫り込まれたように鋭利な峰や氷河を連ねるサザンアルプス。高曇りの空のせいで氷雪の衣装はややくすんで見えるが、水分の蒸発量の多い晴天の日より視界はむしろ澄んでいて、山襞(やまひだ)の細部まで見通しが利く。

その中央のあたりを指差してケビンが声を上げる。

「みなさん。見えました。あれです。マウント・アスパイアリング」

客たちが口々に歓声を上げる。ロブ・ロイ、アバランチ、エドワードなど二〇〇〇メートル級の前衛峰を従えて、ひときわ高く天を突き刺す崇高なまでの三角錐――。

森尾はこの瞬間を、何度体験しても飽きることがない。アスパイアリングの美しさもさることながら、目の前で瞳を輝かせる客たちを、これからその頂まで連れて登るのだと考えるとき、身が引き締まるような畏敬(いけい)と喜びが湧き起こり、森尾の心を痺(しび)れさせるのだった。

第四章

1

「なぜそんな話になるんですか。遭難事件と両親は無関係だ。どうしても疑わしいというんなら、税務署に提出した決算書や確定申告書を調べたらいい。やましい金の動きは一切ないはずだ」

森尾は強い口調で言った。筆記をとっていた事務官がピクリと眉を上げた。しかし湯沢は動じる様子もない。

「世の中にはそういう数字としては出てこない金の動きがいくらでもある。とくに君のご両親がやっているような個人企業の場合は、税務署もすべてを捕捉するのは難しい」

「つまり両親が脱税をしていると言いたいんですか」

森尾は語気を強めた。湯沢はさらりと受け流す。

「一般論として言ったまでだよ。よしんばおかしな金の動きが見つかったとしても、よほど悪質な脱税事案じゃない限り、国税当局は情報を開示しない。彼らにすれば税金を払ってくれる人間はみんなお得意さんだ。多少犯罪の匂いのする金に気づいても、課税さえできればお咎めなしだ」

いかにも嘆かわしいというように湯沢はため息を吐く。両親の負債をネタに揺さぶりをかけたつもりだろうが、けっきょく大した材料がないことを露呈したようなものだ。

湯沢の言うこともわからないではない。アスパイアリング・ツアーズに税務調査が入ったときの話を藤木から聞いたことがある。会社をやっていれば何年かに一度はやってくる定例行事で、事前に通告があったから、藤木は帳簿や証票を遺漏なく揃えて待っていたらしい。

脱税まがいのことはやっていないが、プロの目で精査されれば細かい申告ミスも見逃してはもらえないだろうと覚悟していた。ところが帳簿は斜め読みで、証票の突き合わせもほとんどしない。唖然としていると、せっかくきたのだから手ぶらでは帰れない、このくらいで手を打たないかと、馬鹿にできない金額を提示してきたという。

断れば何日でも居座りそうな気配を滲ませた。それでは仕事にならないと、やむなく提示額を二割がた負けさせて修正申告に応じることにしたらしい。藤木は憤懣を隠さなかった。

「体(てい)のいい威力業務妨害だよ。やってることはやくざと似たようなものだ」

だからといって湯沢に国税を批判する資格があるとは思えない。ありもしない罪をでっち上げ、黙って認めろと強要する点においては、どちらも同じ穴の狢(むじな)にすぎない。

「そもそも未必の故意による殺人という容疑が言いがかりなうえに、国税が摘発したという事実もなしに、裏で動いた金があると決めつけるのも人を馬鹿にした話だ。僕とあなたはどういう理由があって、こんなところで猿芝居を演じ続けなきゃいけないんですか」

不快感をむき出しにして言うと、湯沢は寂(さび)しげな笑みを浮かべた。

「あの遭難事件ではツアー参加者三名とスタッフ二名が死亡した。落石による二名を除けば、すべて君の指示に従って行動した人々だ。人の命はなにより重い。そこに重大な疑念が生じたとすれば、真実を追求するのが司法の役割だ。伊達(だて)や酔狂(すいきょう)でできる仕事じゃないんだよ」

「亡くなった人々に対して僕なりの思いはあります。しかしそれは殺人の罪を認めることとは別です。そちらこそ無実の人間を罪に陥れて人生を奪い去ろうとしている。あなた方の尺度は一方に重く一方にひたすら軽い。善良な意思で行動し、自らの命を擲(なげう)つ覚悟までした人間に殺人者の汚名を着せることが、司法にとっての正義なんですか」

言いながら覚えず語尾が震えるのを感じた。なだめるような調子で湯沢は応じた。

「まだ起訴すると決まったわけじゃない。我々だって冤罪はつくりたくない。だから慎重に捜査を進めている。なによりも大事なのは、君が心を開いてくれることだ。そういう一つ一つの言動が我々に悪い予断を与えることになるとすれば、君にとっても不本意じゃないのかね」

「つまりなにが言いたいんです。無実を主張することが悪い予断に結びつくというなら、僕は黙秘するしかなくなる。あなたにも正義を求める心があると期待するからこそ、こうして話をさせてもらっているんです」

「そこは信じてもらうしかないね。法も適正に運用されなければ凶器と変わりない。そういう危険性は私だって十分承知しているつもりだよ」

湯沢は生真面目な顔で言うが、むろん口先だけにしか聞こえない。森尾は遠慮なく追及した。

「だったらどうして闇雲（やみくも）に僕を逮捕したんです。時間をかけて事情聴取をしてくれるというのなら、こちらは逃げも隠れもする気はなかった。やはり予断に基づく見込み捜査だとしか考えられない」

「君の場合、海外逃亡の惧れがあったわけだから」

「海外逃亡？」

「外国での生活に慣れている」

「ニュージーランドだけです」

「海外の匿名口座にかなりの額の資金を蓄えている可能性があった」

「それなら、両親の負債の返済に充てたという疑惑と矛盾するんじゃないですか」

「それを含めて、あらゆる可能性を考慮するのが捜査の常道でね」

人を小馬鹿にしているのか、もともとその程度の見識でしかないのか、返ってくるのは愚にも付かない答えばかりだ。さらに踏み込んで問い質した。

「告訴もしくは告発したのは、いったいだれなんですか」

「それは言えない。しかしたしかな筋の人間だと我々はみている」

「亡くなった方のご遺族ですか」

「答えられない」

「違うんですね。ご遺族は損害賠償の民事訴訟も起こしていません。まさかあの週刊誌の記事を鵜呑(うの)みにされたんじゃ？」

挑発するように問いかけると、湯沢はわずかに表情を変えた。

「検察はそこまでお調子者じゃない。それについてはすでに聞いているはずだ。我々がこの事案に着手したのは、あの記事が出るよりはるかまえだよ」

「だったらあの記事のソースは検察ですか。筋書きがまったく一緒じゃないですか」

湯沢は苦(にが)い表情で首を振った。

「我々はリークしていない。あの記事が出て困惑したのはこっちのほうだよ。じつを言えば、君の逮捕が早まったのもそのせいなんだ」

「手の内がばれてしまったからですか。それで僕が海外へ逃亡を図ると——」

「上のほうで、そういう判断が働いたのは確かだ」

「上のほう——。この事案は湯沢さんのレベルで動いているんじゃないんですか。検察官というのは一人一人が単独で公訴権をもつ独任制の官庁だと大学では教わりましたが」

「それはあくまで建前で、検察も官僚組織であることに変わりはないんだよ」

「では率直に伺います。湯沢さんは僕をクロだとみているんですか」

「高い確率でそう考えている」

「証拠もないのに?」

「状況証拠も証拠のうちだよ」

「生還したツアー参加者やスタッフからの事情聴取は?」

「これじゃ、どっちが取り調べを受けているのかわからんな——」

湯沢は苦笑いをするが、そんなやりとりを楽しんでさえいるようにもみえる。皮肉な調子で森尾は訊いた。

「僕がパーティを故意に危険な方向に導いたという証言は得られましたか」

「いいや、どちらかといえば全員が君に対して好意的だった。週刊誌の記事については一様に不快感を示した。話したことと記事になった内容がだいぶ違っていたらしい」

湯沢は率直な口調で言った。胸に温かいものが湧き起こるのを感じた。自分には味方がいた。ひろみはもちろんのこと、ほかの二人の生還者も、あの状況で森尾が尽くした最善の努力を理解してくれていた——。意を強くして森尾は問いかけた。

「だったら未必の故意という容疑がどうして成立するんですか」

「この事案に関していえば、生存者の証言にはあまり重きを置くわけにはいかないんだよ」

意外な言葉に戸惑った。あの遭難事件の真実を知るのは森尾を含む四人の生還者以外にいないはずだ。そこに重きを置くわけにはいかないという湯沢の言葉は、理解不能としか言いようがない。

「それはどういうことなんですか」

「彼らは生きて還れた人々だ。しかし我々が問題にしているのはそうではなかった人々だ。その人たちはあの山で起きた真実についてなにも語ることができない」

「おっしゃっている意味がわからない」

森尾は大きく左右に首を振った。湯沢はここぞとばかりに身を乗り出した。

「いいかい。生還した人たちは君に対して特別な思いを抱いている。彼らにとってはまさしく救世主だからね。ともに苦難を乗り越えた仲間としての連帯意識もあるだろう。しかし死亡した人たちが果たしてそうだったかどうかはわからない」

「生還者の証言は信用できないと?」

「未必の故意の立証というのは非常にデリケートなものを含んでいる。公正に判断するためには、より客観的な状況認識が必要になってくる」

「僕と一緒に行動した人たちの証言が意味を成さないとしたら、いったいだれがその客観的な状況とやらを認識できるんですか」

「私自身は山に関して専門的な知識はないが、世間にはそういう分野で高い見識をもつ人たちがいるわけだよ。山岳遭難について研究をしている学者もいれば、八〇〇〇メートル級の山を経験した世界的レベルの登山家もいる。いわゆる有識者だね。もちろんニュージーランドで実際に遭難救助に携わっているレスキュー隊員や山岳ガイドの意見も聞くつもりだ」

唐突に憤りが湧き起こる。現場にいた当事者を脇に除けて、縁もゆかりもない連中のご託宣が証拠採用されるなら、それは欠席裁判と変わらない。

「そういうやり方のどこが公正でどこが客観的なんですか。山というのは季節や気象条件によって千変万化する。現場にいない人間にその状況はわからない。それを一般論で括られては堪らない」

「別に変わったやり方じゃない。たとえば医療事故のケースだと、利害関係のない医療関係者の証言が重要な証拠として扱われることはきわめて多い」

「僕はアスパイアリングに数十回登っています。そちらがどんな有識者を動員しようと、あの山に関して、僕より詳しい人間は日本にはいない」

「当然そこは法廷で争うことになるわけでね。我々がいま必要としているのは、君を訴追するに足る証拠なんだよ」

「裏を返せば、いまはそれがないということでしょう。ケイマン諸島の匿名口座についての捜査は進んでいるんですか」

「最近はタックスヘイブンに対する国際的な圧力が強まっている。犯罪絡みの資金だという強い疑いがある場合は捜査協力に応じてくれることもある。だからいまは別の側面からの犯罪事実の立証に力を入れている」

「だったら僕のほうから話せることはありません。事実関係は遭難事件のときに報道されたことがすべてです。そこにどういう疑念を差し挟もうがそちらの勝手ですが、僕のなかにはやましいことはなに一つない」

「君はクレバーな男だ。私としては付き合い甲斐があるというものだよ」

湯沢はゆとりを覗かせる。長丁場になるのは計算済みなのだろう。外部との接触を絶たれ、毎日顔を合わせるのは湯沢だけ。朝から夜中まで執拗に尋問されれば、こちらの気持ちも折れてしまう。

執行猶予がつく程度の罪科なら、長期間未決勾留されるよりも、罪を認めて釈放される道を選ぶ者もいるだろう。しかし容疑が殺人となれば、妥協できる筋合いの話ではない。焦燥を押し隠して森尾は言った。

「だったら早く訴追してください。こんなところで無駄な時間は潰したくない。僕は法廷でとことん争う道を選びたい」

「いやいや、急いてはことをし損じると言うからね。こちらとしては鉄壁の態勢で公判に臨みたい。負ける裁判はしないというのが日本の検察のいわば営業ポリシーでね。わが国の刑事訴訟の一審での勝訴率九九パーセントという数字は、我々の仕事が決してお遊びじゃないことを示すものだ」

「だったらいますぐ不起訴の決定をした方がいいですよ。せっかくのご立派な数字を押し下げることになりかねない」

「心配は無用だ。さっきも言ったように、冤罪をつくるのが我々の仕事じゃない。公判を維持できるだけの罪状が立証できなければ、我々は潔く引き下がる。ただし最後まで決して手は抜かない」

「だったら、遭難時の僕の行動について、どうしてもっと追及しないんですか。容疑の核心はそこでしょう」

足元をみるように言うと、湯沢はしたたかな笑みを浮かべた。

「その手には乗らないよ。いまここで君とやり合ったら、飛んで火に入る夏の虫だ。まさしく君が言ったように、一般的な山岳知識でもアスパイアリングという山の特殊な事情についても、君は私の知識をはるかに凌駕している。こちらもそれに見合った理論武装が必要だ」

「僕に批判的な有識者の意見をかき集めようというわけですか」

「あくまで公平な視点に立ってね。君とのあいだに利害関係がある人物はできるだけ排除するつもりだよ」

利害関係はなくても、森尾たちがやっていたような商売を毛嫌いする人々は日本の山岳界に大勢いる。同業者にしても、アスパイアリング・ツアーズの成功を快く思わなかった人々が少なからずいたことを知っている。森尾にとって不利な証言なら、湯沢はさしたる苦労もなく集められるはずだった。

しかしいったいなぜなのだ――。逮捕されて以来、いまだに釈然としない謎に突き当たる。

何者かが森尾に罪を着せようと企んだのなら、横領罪でも詐欺罪でもよかったはずなのだ。遭難事件そのものを問題にするのなら、業務上過失致死でも告発はできただろう。ニュージーランドの刑法に過失致死という罪科はないが、被害者も加害者も日本人であれば、日本の検察や警察が捜査に乗り出すことに問題はない。

未必の故意による殺人という突拍子もない被疑事実で告発がなされ、検察があえてそれを受けて逮捕に及んだ理由はなんなのか。訴訟技術的にも立証は難しいはずで、いまのところは湯沢もさしたる切り札を持っていないことが、ここまでのやりとりからは十分推察できる。

だからこそ、その背景全体に薄気味悪い意図を感じるのだ。悪意と言い換えてもいいかもしれない。被疑事実自体に身に覚えがないのは言うまでもないが、そんな悪意が自分に向けられている理由がそもそも思い当たらない。

告発したのが橋本美佐子だとしても、そうすることで得になることがなにかあるとは思えない。そこまでの恨みを買うようなことをした覚えもない。

藤木に対する逆恨みというならわからないでもないが、当人はすでに死んでいる。あの保険金を横領したのは美佐子だと森尾は想像しているが、それなら取り損ねた慰謝料はそちらで回収できているはずなのだ。

そして検察の捜査と示し合わせたようなあの週刊誌の記事——。

「一つ教えてもらえませんか——」

森尾は慄(おのの)きを覚えながら問いかけた。

「なぜ検察は、このことを事件として扱うことにしたんですか」

「なぜって、決まってるじゃないか。告発を受けたからだよ」

「わざわざ検察が動くような問題だとは思えない。警察は業務上過失致死の疑いさえ持た

「警察と検察のあいだに役割分担があるわけじゃない。どちらも独立した捜査権を持っていて、なんであれ事件を認知すれば、それを捜査するのが国家から与えられた職務だからね」

「そんなことを訊いているんじゃないんです。そもそも事件だと認知したこと自体が強引すぎる。火のないところに煙を立てるようなことをあえてする理由が知りたいんです。この捜査の背景には得体の知れない遺恨のようなものが存在する。そんな気がしてならないんです」

湯沢は哀れむような調子で言った。

「逮捕された人間はいろいろ考えを巡らせるものでね。犯した罪は棚に上げて、自分が置かれた境遇に理不尽なものを感じる者もいる。なにかの罠に嵌まったんじゃないかとね。しかしそんなもの、しょせんは妄想に過ぎない。常識としてわかるだろう。我々は情実に左右されないし、私個人が君に遺恨を持っているということもない」

「あなたたちの常識がどういうものかは知らないけど、僕の常識からすれば、あの遭難を未必の故意の殺人だと見立てることが、そもそも常軌を逸している」

「果たしてそうかな。ついさっき君はあの山のことを知り尽くしているようなことを言っていた。だとしたら君が選択した行動が、パーティを死の危険に直面させるということは十分認知できたはずだがね」

「結果論かもしれませんが、すべては不可抗力の連鎖としか言いようのないものでした。僕自身の生還でさえ奇跡としか言えないものだった。一つ間違えば死んでいた。その点においてパーティのほかのメンバーとのあいだになんの違いもない。僕が横領したとされる保険金は当時の為替レートで七千五百万円程度です。たかだかそれだけの金のために、あなたなら命の危険を冒しますか」

「わずか数万円の金を奪うために人を殺す人間が世間にはざらにいるんだよ。冷静に考えて割に合う犯罪なんてあり得ない。それでも人は罪を犯す。私だって人生の瀬戸際に立たされたとき、どんな馬鹿な行動に走るかわからない。人間というのはだれしもそういう不合理な部分を抱えている。そういう点で君が例外だという予断を私は持たない」

「もし僕がメンバーを死に至らしめようとしてパーティを危険な方向に導いたとしたら、それは冷静な視点からみれば不合理な行動だったと認めるわけですね。それは未必の故意の見解と矛盾する」

「鋭い指摘だ。冗談抜きで君は法曹資格取得を目指すべきだったよ。そうしていれば、今回のような厄介な事態に陥らずに済んだかもしれないのに」

湯沢は鷹揚に笑った。相手は舐めてかかっている——。そう感じて森尾はひどい無力感に襲われた。

もし想像を超えた悪意によって自分に無実の罪を着せようとしている者がいるのなら、未必の故意という罪状はまさにうってつけだ。客観的な状況認識といっても、しょせんは他人の主観に基づく色眼鏡にすぎない。真相を知るのは森尾とともに生還した人々だけなのだ。

しかし公判で彼らが証言の正確性を突かれたとき、果たしてどれだけ持ち堪えてくれるか。ガスとブリザードによって視界を閉ざされ、寒気と強風にさらされて、低体温症によって意識が朦朧としていた者もいた。そんな彼らの証言を、公判の場でどこまで信用してもらえるか——。

「さて、きょうは顔合わせということで、とりあえずこのくらいにしておこうかね。これから長い付き合いになるわけだから」

湯沢は森尾に腕時計を見せながら言った。午後三時を少し回ったところだった。

取調室に時計は置かれていない。森尾も時計は取り上げられている。心理的には時間の経過がわからないことも大きな圧力になる。それは時の流れのなかで迷子になったような感覚だ。日中なら高窓からの光である程度の時間の判断はつくが、夜になればまったくわからない。

山に登っているとき、体力や気力の温存も、気合いを入れて攻めに出るタイミングも、時間の経過が重要な判断の手がかりだった。取り調べでもそれは同様で、時間の感覚を奪われるということは、この場での主導権をすべて湯沢に委ねることを意味する。

この日の取り調べは午前九時から始まった。昼食の時間を挟んで五時間というのは、朝から始まって深夜にまで及んだきのうまでの取り調べと比べれば拍子抜けするほど短い。長丁場になるしかないと森尾も腹を括っていたところだから、一休みしながら今後の対策を練るにも都合がいい。

「ああ、それから——」

湯沢は書類を抱えて立ち上がりながら付け加えた。

「君に私選の弁護人がついた。きょうかあすにも接見があるだろう」

「私選の弁護人？」

覚えず問い返した。逮捕時に訊かれたときは国選でいいと答えておいた。いったいだれが——。森尾の戸惑いの意味がわかるというように湯沢は頷いて言った。

「ご両親が依頼したようだね。君の場合は接見禁止になっているが、弁護人は別だから。そちらを通じてご家族や知人からの差し入れを受けられる。手紙のやりとりはできないが、口伝てでメッセージのやりとりはできる。それよりなにより法律の面でいろいろ相談できる。その点は君にとって有利だろう。こちらにとってはあまり歓迎すべきことでもないんだが」

2

独房に戻り、一時間ほどしたところで看守の呼び出しがあった。

「二八五五番。岸田先生、面会」

独房の鍵が開けられ、別棟に連れて行かれる。途中で身体検査を受け、案内された面会場には間仕切りされた面会室がいくつも並んでいる。

その一つに入ると、アクリル板で隔てられたカウンターの向こうに五十がらみの男が座っていた。白髪混じりで痩せぎすで、着ている背広もどこかよれている。弁護士としてあまりやり手のようには思えない。

男は立ち上がって一礼し、アクリル板越しに名刺をかざしてみせた。面会室では弁護士といえども被疑者にものを手渡すことは許されない。名刺には「ライジング法律事務所弁護士　岸田邦康」とある。

「森尾です。よろしくお願いします」とこちらも一礼して応じると、かしこまった口調で岸田は言った。

「お父上から昨日ご依頼を受けました。勾留中には国選弁護人はつきませんので、なにかと不自由だろうとご心配されていたようです」

「国選でいいと思っていたんですが」

「ご両親としてはそれでは気が済まなかったのでしょう。逮捕された被疑者のご家族の心労は想像を絶するものがあります。警察や検察は捜査中であることを理由に、被疑事実そのものさえ開示しない場合がある。接見禁止がついているあいだは、連絡もとれず差し入れもできない。勾留先でどういう扱いを受けているかもわからない」

「両親に負担はかけたくなかったんです」

「弁護費用のことならご心配ありません。刑事事件の費用の場合、一般に思われているほどは高くないんです。こちらが提示した金額でお父上は納得されています」

岸田は親身な口調で言った。弁護士といえば口八丁の人間という先入観を持っていたが、岸田の語り口は木訥(ぼくとつ)で、押しが強そうな印象もとくに感じない。

両親の人選は果たして適切だったかとつい不安を覚えてしまう。それでも逮捕されて初めて接触する「味方」なのだと思えば、追い詰められていた気分も多少は軽くなる。

「そうですか。正直な気持ちを言えば本当にありがたい。外部との連絡がここまで絶たれるというのは、想像以上に大きなプレッシャーでしたから」

「そうなんですよ。起訴前に弁護士と接触できるかどうかは、公判の行方にも大きく影響します。不当な取り調べがなかったかどうか、適切な証人から事情を聞けるか、起訴前の段階でそういった情報を把握しておかないと、弁護側は公判で後手に回ることになる」

「被疑事実についてはどの程度までご存じですか」

「いまのところ報道された程度でしかありません」

「新聞報道はされてるんですね」

「新聞はそれほど踏み込んだ扱いはしていないんですが、騒々しいのは週刊誌やテレビでして」

「よほど興味のあるネタなんでしょう。幸いこちらには情報が入らないので、かえってその点は心穏やかでいられますが」

留置施設内では決められた時間はラジオも聴けるが、勾留中の被疑者が関係するニュースになると検閲が入って音声が途絶える。接見禁止だと新聞も週刊誌も読めない。徹底して情報過疎にすることもまた心理的圧力を加える権力側の手口のようだ。

雑誌の記事といっても、どうせ例の週刊誌の記事と五十歩百歩の内容で、テレビとなればそれに輪をかけたようなものだろう。それを見ないで済むのなら、接見禁止もむしろありがたいというべきだ。

「僕から詳しい内容をお伝えした方がいいですか」

「いや、接見時間は三十分と限られていますので。被疑事実については、あす検察官と面談して、そちらからできるだけ詳しい情報を聞き出します。いまは容疑を否認しているわけですね」

「もちろんです」

「検察官の取り調べは厳しいですか」

「きょうから担当の検察官が替わりました。きのうまでの若い人は力で押してくるタイプでしたが、新しい人はいまのところ温和な印象です。こちらの話にもそれなりに耳を傾けてくれます」

「湯沢さんでしょう。気をつけてください。ああ見えてやり手です。というより曲者(くせもの)です。過去に贈収賄や政治資金規正法違反で有力な政治家を何人か摘発しています。手法はじつに強引だった。うちの事務所にも検察出身の弁護士がいますが、やり過ぎだというのが率直な感想のようでした」

「そういう仕事をしてきた辣腕(らつわん)検事が、どうして今回のような事件を扱うことに？」

「そこが私も首を傾げるところなんです。まあ、検事も人間ですから。政治がらみの事案だけじゃ飽きてしまうということもあるかもしれません」

「検事の退屈しのぎに逮捕されたんじゃ堪りませんね」

「おっしゃるとおりです。この関係の事件で、警察が事件性を認めなかった事案を、検察が捜査対象にするのは異例です。私はなにか臭(くさ)いものを感じています」

岸田はきっぱりと言い切った。一般の面会には看守が立ち会うが、弁護士との面会ではそれがない。その点においても弁護士との接見は、勾留中の被疑者にとって強力なバックアップになると実感した。

「僕も不審なものを感じて訊いてみたんです。もちろん湯沢さんは、情実のようなものは一切働いていないと答えましたが」

「そりゃそうでしょう。しかし検察が捜査対象を選ぶ場合、情実が働かないということはまずあり得ない。最近の政治家がらみの事件がほとんどそうです。政治資金規正法違反なんてほじればどの政治家もやっている。しかし摘発されるのは特定の政治家だけ。執行猶予付きか略式起訴で済んでしまう罪状でも、その政治家にとっては致命的なダメージです」

「その背後に政治がらみの情実が働いていると？」

「法曹界の一角にいる自分が言うのも変ですが、我々の世界では常識です」

「しかし、僕の場合はいったいどういう情実が？」

「だれが告発したか、森尾さんはご存じないんですね」

「想像はつきますが」

「それは？」

岸田は身を乗り出した。森尾は声を落とした。

「橋本美佐子という女性です――」

それがニュージーランドで死んだ藤木の元妻であること、離婚に至った理由や、その際、慰謝料の問題でひどく揉めたことなどを語って聞かせ、森尾はさらに付け加えた。

「あの週刊誌に書かれていた両親の負債の件について、僕の周囲で知っていたのは亡くなった藤木さんと彼女くらいなんです。検察もその点を動機に関わる重要な状況証拠として突いてきました」

「だとしたら検察に告発したのも、週刊誌に情報を提供したのも?」

「彼女の可能性が高い。もっとも週刊誌にリークしたのが検察だという疑いも拭(ぬぐ)えませんが」

「あなたは彼女に恨みを買うようなことをしていたんですか」

「身に覚えがありません。ただほかに心当たりがないのも事実なんです。亡くなった方のご遺族とは補償のことで何度も接触しましたが、遭難時の僕の努力を評価する言葉をいただいたくらいで、僕を殺人者として告発するような考えをお持ちの方は一人もいませんでした」

「わかりました。その点もあす検察官と面談する折に、こちらから探りを入れてみることにします。私のほうはきょうの午前中に委任を受けたばかりで、ほとんどなにも準備ができないまま飛んできた次第でして。早急に連絡をとる必要がある方はおられますか」

「僕以外の三人の生存者から、まず話を聞いて欲しいんですが——」

週刊誌の記事が出たあと、篠原ひろみとは連絡がとれたが、ほかの二名の連絡先はわからず、ひろみの携帯番号にしても、携帯電話を取り上げられているからいまはわからない。例の週刊誌の記者の米倉がそれを把握しているはずだから、そちらと連絡をとってみて欲しい、米倉はこの件で、自分に協力すると約束していると伝えると、岸田はさっそく動いてみると応じた。

「たぶん検察は知っていると思いますが、こちらから訊くのも癪ですからね。連絡がとれたら、私が直接会って話を聞いてきます。必要なら公判で証言に立ってもらうかもしれないとも伝えておきます」

「お願いします。彼らは僕の味方になってくれるはずです。じつは――」

森尾は、米倉が取材したときの三人の証言について語ったあと、さらに続けた。

「ただし、検察は別の方向から攻める腹づもりのようですが」

「というと？」

岸田は怪訝な様子で問いかける。先ほどの湯沢の話を聞かせてやると、岸田は舌打ちした。

「上手い手を考えたもんですな。専門知識に疎い裁判官は学者や有識者の鑑定というのに弱い。ツアー登山会社のスタッフやアマチュアの参加者の証言よりも、権威のある学者や知名度の高い登山家の意見により耳を傾けるでしょう。こちらも対抗上、検察が用意する以上の権威や知名度のある証人を見つけ出す必要があるかもしれません」

「岸田さんは、山に関する知識はおありですか」

確認すると、岸田はこだわりのない調子で言った。

「それがまったくの素人でして。これからいろいろ勉強させてもらうことになると思います」

その点はやむを得ないだろう。父に付き合いのある弁護士がいたとは聞いていなかった。たまたま飛び込んだのが岸田の事務所だったのだろう。すぐに動いてくれたのが幸いというもので、山に詳しいなどという条件をつけていたら、接見の実現はさらに先になっていたはずだった。

「保険金の件はどうでしょうか。それも僕にはまったく身に覚えがないんです」

森尾は気がかりな点について訊いてみた。岸田は率直な口ぶりで応じた。

「いちばん難しいのはそこかもしれません。あなたはそのお金を受け取っていない。あなたの名前で請求手続きが行われていたことも知らなかった――。そう理解してよろしいわけですね」

「そういうことです」

「その保険金の入金先があなたの個人口座だとは、検察側もまだ立証できていないわけでしょう。あなたが会社を代表して保険金の請求手続きを行ったとしても、それ自体は犯罪には当たらない。匿名口座ではあっても、真の名義が会社になっているのなら横領罪は成立しません」

「しかしそれが僕の個人口座ではないことを証明することもできない。なにしろ僕自身がその口座の存在を知らなかったし、アクセスする方法もわからないわけですから」

言いながら森尾は不安を覚えずにいられなかった。そもそも岸田は自分の無実を信じてくれているのか——。

ニュージーランドの弁護士も、警察に告訴すれば森尾自身に嫌疑がかかるかもしれないと警告した。他人の立場なら、あるいは森尾も同じ疑念を抱いたかもしれない。そこを突破できなかったら、保険金の一件が、未必の故意による殺人という容疑を裏づける重要な動機と見なされるのは間違いない。

そんな懸念は察しているとでもいうように、岸田は改まった口調で言った。

「容疑は殺人で、それも被害者は複数の人間です。検察がどのくらいの求刑をしてくるか、予断を許しません。ただこれは私の第一印象ですが、今回の検察のやり方は余りに強引です。そこに突破口が見つかるような気がします。無実を主張して最後まで闘う覚悟はおありですね」

「岸田さんは僕の無実を信じてくれるんですか」

森尾は問い返した。岸田は躊躇する様子もなく頷いた。

「依頼人を信じることからしか弁護人の仕事は始まりません。お引き受けするからには、私は最後まであなたの味方だとご理解ください。改めて確認します。この事案に関して、私が弁護をお引き受けするということでよろしいですね」

岸田の力強い口ぶりに気圧（けお）されるように、森尾は大きく頷いた。

「それで結構です。よろしくお願いします」

「わかりました。とりあえずなにか必要なものはありますか。手紙や新聞、雑誌は無理ですが、普通の書籍や衣類、お好きな食べ物などは差し入れできます」

「それでは刑事訴訟法関係の入門書を一冊。岸田さんご推薦（すいせん）の本でお願いします。あとは山の関係の読み物を何冊か――」

思いつく書籍の名前をいくつか挙げると、岸田はそれを手帳に書き込んだ。一度に差し入れできる本は三冊までだというので、どれを選ぶかは岸田に任せることにした。ほかには着替えの下着とトレーナーの上下を頼んでおいた。

筆記用のノートやボールペンも欲しいと思ったが、それは拘置所側に筆記願というものを提出して自費で購入する仕組みになっており、差し入れは認められないということだった。

「本の差し入れは拘置所側が検閲をしますので、手元に届くまで一週間くらいはかかると思います。衣類はそれほど時間はかからないでしょう。きょうのうちに手続きしておきます――」

事務的な口調でそこまで言ってから、岸田は思いのこもった表情で訊いてきた。

「ご家族になにか伝言はありますか。お父上は、どんな報道がなされようとあなたの無実を信じている。アスパイアリングからの生還で示したあなたの勇気を誇りに思っていると伝えて欲しいとおっしゃっていました」

胸にこみ上げてくるものを感じて、一瞬言葉に詰まった。嚙みしめるように森尾は言った。

「こう伝えてください。信じてくれてありがとう、最後まで闘う、絶対に負けないと――」

三十分の接見時間はあっという間に過ぎた。

今後は頻繁に訪れることになるので、湯沢と話し合って取り調べの時間を調整してもらい、午前か午後の決まった時間を確保するつもりだと岸田は言った。

独房に帰ってまたとりとめもなく思いを巡らせる。就寝中以外は横になることを許されず、娯楽といえば房内に備え付けてある官本と呼ばれる面白くもない教養書を読むくらい。それもすでに読了してしまっている。夕食の時間まで、できることといえば考えることだけだった。

岸田との接見は予想もしない驚きだった。森尾のケースでは、接見禁止は起訴されるまで解けないだろうと岸田は言った。だとしたら、もし父が彼に弁護を依頼していなければ、今後どれだけかかるかわからない取り調べの期間を、湯沢以外に話し相手のいない状態で過ごすことになったわけだった。

岸田と会うまではそれを覚悟し、さして苦痛だとも感じていなかったのに、会って話をしたあとは心がひどく乱れていた。

岸田がかけがえのない援軍なのは確かだが、その登場によって、これまで無意識に封印してきた不安や願望がこのときとばかりに首をもたげてきた。

ひろみたちが期待を裏切ることはないだろうか。検事の誘導尋問に引っかかって、未必の故意を認めるような証言に向かう惧れはないだろうか。

湯沢が証言を求めようとしている有識者や著名登山家はだれなのか。遭難事件の直後にマスコミにコメントを寄せた人々のなかには、森尾に批判的な者も少なからずいた。その言い分はニュージーランドの山に対する初歩的な知識を欠き、自分の経験則のみを信じて、あのとき下さざるを得なかった森尾のリスキーな判断の一つ一つを針小棒大（しんしょうぼうだい）にあげつらうものだった。

そうした人のなかには著名な山岳団体の代表者もいた。森尾も藤木も大学卒業後は登山関係の団体には所属せず、日本の山岳界からはアウトサイダーとみなされていたから、総じて組織の側に立つ人々の風当たりは強かったように記憶している。そのあたりの論調に目配りして、湯沢は彼らにとって適切な人選をすることだろう。自分は本当に堪えられるだろうか。

希望はあるだろうか。これから続くかもしれない長い闘いに、自分は本当に堪えられるだろうか。

岸田との接見でつかのま心に流れ込んだ外の世界の空気の匂いに、森尾は鋭い渇望を覚えていた。その外の世界は、いまもあの場所に繋がっている。

3

一年前の二月。タズマン海から流れる霧の滴(しずく)を葉に溜(た)めて、サザンアルプスの山麓を覆う温帯雨林はエメラルドをちりばめたように輝いていた。

ロブ・ロイ氷河へ向かって樹林帯を縫うトレッキングルートには、欧米やアジアからの観光客の姿が目立った。

森尾たちアスパイアリング・ツアーズの一行がクイーンズタウンのホテルを出発したのは午前八時。サザンアルプスの展望に恵まれたクラウン山脈越えの山岳道路を走ってワナカに到着したのが九時三十分で、さらにそこからマトゥキトゥキ谷を遡(さかのぼ)る未舗装の道路を一時間ほど走って、トレッキングの起点のラズベリー・フラットに到着する。

牛や羊が平気で道路を渡り、途中、車で川を徒渉(としょう)する箇所がいくつかある。クラウン山脈の最高点にある展望台から望んだアスパイアリングの眺望は、すでに客たちの心を捉えて放さないようで、マイクロバスの車中での会話はもっぱらその方向に向かっていた。

客たちの心配はアタック当日の天候だった。この日は小さな気圧の谷が通過するとの予報だったが、空模様はそれほど崩れをみせず、朝のうちは高曇りだったが、ワナカを通過するころには頭上にわずかに青空も覗いていた。

むしろこの日に大きく崩れてくれたほうが、アタック当日のくじ運がよくなるのではないかと気にする向きもいた。

ワナカを出てまもなくのところにあるビューポイントからも、アスパイアリングの頂上付近が望めた。高層雲を透かして届く日射しは朝のうちよりだいぶ強まり、氷雪の鎧をまとった西壁がさらに輝きを増し、明後日の登攀ルートとなる北西稜が頂に向かって急角度で伸び上がる。

その雄姿を盛んにカメラに収めながら宮田達男が言う。

「トレッキングはパスして、きょうのうちに上に向かうわけにはいかないのかね」

「それは無理ですよ。いまからじゃヘリの手配がつきませんから。それに予報だとあさってが絶好の登山日和です」

森尾が応じると、篠原ひろみが割り込んでくる。

「そうよ。予報が外れて上で停滞するようになったとしても、それはそれで楽しいんじゃないかしら。私は一日でも長く山にいたいから」

山で楽しめることにはなにごとにつけ貪欲なのだとひろみは言う。その点については森尾も賛成だ。山に入る目的はピークを踏むことだけではない。ただ山にいる、そのことを楽しいと感じられるとき、人は山に対して心を開いている。

アスパイアリングが森尾にそれを教えてくれた。藤木とともにヨセミテやヨーロッパアルプスの未踏ルートに熱中していたとき、森尾が見ていたのは山ではなく、取り付き点と頂上の二つの点と、そのあいだを結ぶ一本のラインだった。征服すべき対象はそのラインでなぞられた垂直の壁や凍てついた雪壁や刃のような岩稜だけだった。

サザンアルプスにやってきて、アスパイアリングをはじめとする山々のノーマルルートを登るようになって、自分のなかでなにかが変わりはじめていることに気づいた。

人生に切り捨てていい部分はない。握りしめた拳のなかにはなにもないように、目的を絞り込んだ人生が、自分の魂をいかにやせ細ったものにしていたかを森尾は痛切に感じたものだった。

自分を特別な存在にしようという努力は、自分をこの世界の豊かさから切り離す努力にほかならない。目映く輝く岩と氷雪の峰々、岩を穿って身を横たえる巨大な氷河、山々の裾を飾る豪奢なローブのような原生林、高山の岩尾根を飾る可憐な花々――。

ノーマルルートの周囲には、魂を奪われるような豊饒な宇宙が広がっていた。そんな感動を一人でも多くの人々と分かち合うことが、以来、森尾の人生の喜びになっていった。

まさしくひろみの言うとおりなのだ。荒天で停滞していても山にいる楽しさは味わえる。ガスをまとい雨に煙る峰々もまた山が垣間見せるもう一つの美しさだ。退屈しのぎに淹れる紅茶や手すさびにつくるちょっとした料理、それを囲みながら交わすとりとめのない会話は、ときに人生の機微に触れ、浮き世の憂いを洗い流す。

不思議なもので森尾の場合、かつての山行で印象に残っているのはそんな停滞時の情景ばかりなのだ。荒天に遭遇して図らずも目的を喪失したその一日が、無意識のうちに山に心を開かせていたのかとも思う。

心のなかでひろみの言葉に頷きながら思った。予備日は計算に入れている。稜線上のコリン・トッド小屋で停滞するのもまた一興で、客たちにとってはすんなり登って下りてしまうより、この山旅の記憶がはるかに豊かなものになるだろう。

「ご心配なく。うちのツアーでアスパイアリングの頂上に立てなかったことはこれまで一度もありません。それに頂上だけが山ではありませんから、きょうはサザンアルプスのもう一つの魅力を存分に味わってください。これからご案内するのは、世界有数の温帯雨林を抜けて巨大氷河の末端に至る、それだけでもサザンアルプスに足を運んだ価値のあるルートです」

「森尾さんはセールストークが上手いからなあ」

勝田が傍らから冷やかすが、その当人もすでにここまでの行程でサザンアルプスの魅力に取りつかれているのが声の弾み具合からわかる。

ワナカから一時間ほどで着いたラズベリー・フラットは、駐車場とヘリポートがあるだけの広々とした牧草地だ。あすはここからチャーターしたヘリに乗り、アスパイアリングの内懐を埋めるボナー氷河の一角のビーバン・コルへ向かうことになる。

ヘリを使わずに西マトゥキトゥキ谷を遡行して、急峻なフレンチ尾根を登り、クォーターデック、ボナーの二つの氷河を経由してコリン・トッド小屋に達する上級ルートもあり、その場合もここが起点になる。

日本でいえば北アルプスの上高地のような場所で、土産物屋やレストランが密集していてよさそうなものだが、ニュージーランドの観光スポットの例に漏れず、ここラズベリー・フラットもいたって素っ気ない。

周りで牧草を食んでいる牛や羊を背景に記念撮影をして、ここでもガイド役を買って出たケビンを先頭に歩き出す。

牧草地を縫うのどかなトレールを十五分も進んだところに吊り橋があり、そこで西マトゥキトゥキ谷を渡り、対岸の鬱蒼とした原生林に入ってゆく。

ロブ・ロイ川の谷を進むルートは、路肩の岩や木の根が分厚い苔に覆われ、森の下生えには多様な羊歯類が繁茂し、そのあいだに蘭をはじめとする様々な花々が顔を覗かせる。頭上を覆うのはナンキョクブナの巨木で、こちらは日本のブナと違い冬でも葉が落ちない常緑樹だ。

トレールは次第に傾斜を増し、客たちの息も上がってくるが、ケビンがいいタイミングで珍しい植物や昆虫を見つけては解説に入るので、それが適度な小休止になる。いまのところ全員がまずまずのペースを保っており、落伍しそうな者はいない。

一カ月ぶりに山に入る藤木は、客たちと同様やや息が上がり気味だが、それはいつものことで、このトレッキングを終えるころには山岳仕様の体に調整は済んでいる。

それは客たちについても言えることで、いかに標高が低いアスパイアリングでも、ヘリを使って一気に高所に達する作戦が体にまったく負担をかけないということはありえない。

月に何度もアスパイアリングを登っている森尾はいまはさほど感じないが、それでもシーズン当初だと、準備なしに直接ヘリで上に向かうと軽い頭痛に悩まされることがよくあった。高所障害というほどではないが、心肺機能が平地仕様のままでは、やはり体調に乱れが出るということだろう。

温帯雨林の森は湿度は高いが、谷を吹き渡る風が冷涼なため、不快感はさほど感じない。進むにつれて木の間越しにロブ・ロイ氷河が顔を覗かせる。そのたびに客たちのあいだに歓声が上がる。そんなふうに次第に気持ちが高まるのも、本番の登山に向けた食前酒のような効果といえる。

頭上の空にはさらに晴れ間が広がって、氷河もひときわ輝きを増してきた。一時間半ほどで森林限界に達し、周囲は高山植物に彩られた草原に変わった。目の前にはロブ・ロイの山頂から駆け下る巨大な氷河の眺望が広がる。足下には氷河が削りとった渓谷が深く切れ込む。

しばらく進んだ一枚岩の台地がトレッキングルートの終点だった。ほとんどのパーティがここで絶景を楽しみながらランチをとる。森尾たちもさっそく遅めのランチをとることにした。

各自の弁当は出発前に配ってある。森尾と内村が下から背負ってきた水でコーヒーを淹れる。

ひろみは今回携行した最新型のガスストーブにいたく興味があるようで、内村をあれこれ質問攻めにしているうちに、けっきょく彼の仕事を奪ってしまった。

本人が言っていたように、アウトドア用の調理器具の扱いは手慣れたもので、パーコレーターを使って淹れたレギュラーコーヒーの味は格別だった。

藤木は記念写真の撮影係で、客たちのカメラを順に預かっては、氷河をバックの撮影に余念がない。

「みなさん、気をつけてください、悪戯なお客さんが集まってきました。食器や帽子はかならず手元に置いて目を離さないでください。油断をすると盗まれますよ」

ケビンが岩の上を跳ね回る大きめの鳥を指さす。地元ではキーアと呼ばれ、和名はミヤマオウム。オリーブ色の羽毛で覆われ、鋭い嘴と頑丈な脚をもつオウムの一種だが、極めて知能が高く、人間をからかって遊ぶのを無上の喜びとしている。

カップやコッヘル、靴などをテントや小屋の外に出しておくと、目ざとく見つけて盗んでいく。追いかけてもすぐには飛び立たず、地面を飛び跳ねて追いかけっこを楽しんでみせたりもする。

ケビンの警告がまだ終わらないうちに川井武雄が慌てて立ち上がった。少し離れたところで、ステンレスのマグカップを咥えたキーアが小馬鹿にしたような顔つきで川井を見つめている。

川井が追いかけると同じ距離だけ飛びすさる。しばらく追いかけっこをしたあとで、一声甲高く鳴いて、カップを咥えたまま谷の対岸の岩場に飛び去った。

「ケビン、教えてくれるのが遅いよ。もうやられちゃったよ」

川井はふくれ面をしてみせるが、その頬がいくらか緩んで見える。愛嬌のある悪戯っ子からのさっそくの挨拶を心のどこかで光栄と感じている様子が窺える。キーアによる窃盗事件はサザンアルプス一帯で年間何百件にも達するはずだが、警察沙汰になったというような話は聞いたことがない。

「ぼくたちの同胞ですから、大目に見てやってください。代わりのカップはワナカの町で買えますから」

笑いを堪えながらケビンが応じる。ほかの客たちも笑いながら、それでも急いで身の回りに出していたものをザックのなかに仕舞い込む。

日射しはいよいよ強まってきたが、氷河から吹き下ろす風は肌寒いほどで、登りでかいた汗はほとんど乾いている。

ロブ・ロイの頂上直下から駆け下る氷河は、谷の対岸の絶壁上にその末端を覗かせる。流れ落ちる融水が無数の滝となって霧のような飛沫（しぶき）を上げている。ロブ・ロイの標高はわずか二六四四メートル。その高さにこれほど巨大な氷河があることに、サザンアルプスの魅力は凝縮（ぎょうしゅく）されている。

一時間ほど氷河の眺望を楽しんで、パーティは帰路をたどりはじめた。ここまでのペースは速過ぎも遅過ぎもしない。明後日に予定しているアタックは、きょうと比べればはるかにきついが、客たちの歩きぶりを見る限りとくに不安は感じない。それについては藤木も同様の感想だった。

少し気になったのは伊川真沙子の顔色が優れないことだった。この日は心なしか口数も少なく感じた。

登りの途中、大丈夫ですかとさりげなく声をかけたが、大丈夫だと気丈な口調で答えられれば、こちらもそれ以上詮索（せんさく）することは難しかった。

ラズベリー・フラットへの下りでも、決して遅れをとるようなことはなく、足取りもしっかりしている。しかし顔色は相変わらず冴えず、首筋や額（ひたい）に妙に汗が滲んでいるのも気にかかった。

途中で小休止したときに、ホテルでは伊川と同室で、行動中も仲がいい篠原ひろみに訊いてみた。ひろみはわずかに声を落として言った。

「風邪気味で、東京を出てからずっと微熱が治まらないようなのよ。食欲もなさそうで、今朝の朝食も残していたわ。さっきのランチもそう。残した分をザックに仕舞うのを見たから」

「それでも本人は登る気なんだろうか」

「私も心配だから訊いてみたのよ。そしたら、どうしても登りたいって言うの。体力的に不安は少しも感じていないし、せっかくニュージーランドまで来て、この程度のことで諦めるわけにはいかないって。だから森尾さんたちには黙っていて欲しいって言われたの。でも、私だって困るよね。なにかあったら取り返しのつかないことになるわけだし――」

ひろみは複雑な思いを滲ませた。それはツアー主催者にとって、つねに判断に苦しむ状況だ。

客から参加費用をもらっている以上、無事に登頂させ、下山させるのは主催者の義務だ。本人が登りたいという意思を持っているかぎり、よほどの異変がなければ断念しろとは言いにくい。いまのところ伊川の体調が、本番のアタックを困難にするほど悪いものだとも言い切れない。

「いままで登った山の話を聞くと、ずいぶん頑張り屋さんみたいなのよ。途中で諦めるのが嫌いなんだって。それは山だけじゃないみたいで、人生全般にわたる彼女の哲学みたいなの」

「きょうも体調の悪さを隠して、みんなに遅れをとらないように頑張っていたんだろうか」

「うん。さっきも無理はしないでねって言ったのよ。そしたらすごい顔で睨まれちゃった。無理なんかしていないって。自分は今回のアスパイアリングよりもずっと行程のきつい山を、いくつも登ってきたって」

たしかに日本の北アルプスや南アルプスには、アスパイアリングのノーマルルートより厳しいコースがいくらでもある。彼女の言い分を、あながち間違いだとも思い上がりだとも決めつけられない。

「わかりました。もう少し様子を見るしかないかもしれないね。取り越し苦労で登頂を断念させるようなことになれば申し訳ないし――」

そう答えながらも、森尾はやはり一抹の不安を拭えない。最悪の場合は伊川一人の問題ではなくなる。彼女の体調のせいで全体のペースに遅れが出れば、それ自体が遭難に繋がることもあるからだ。

「本当に具合が悪いようだったら、森尾さんに知らせるわ」

ひろみは生真面目な顔で囁いた。森尾は頼むというように頷いてから、藤木の傍らに歩み寄り、ひろみとの会話の内容を伝えた。藤木は鷹揚な口ぶりで言った。

「うちの原則はあくまで参加者の意思の尊重だ。本人が望んでいるなら、背負ってでも登らせるしかない。今回はおれがいるからサポート態勢はいつもより手厚い。いま以上に体調が悪くならないのなら登ってもらうしかないだろう」

森尾もその考えには納得するしかない。しかし肩にかかる責任の重さがいくぶん大きくなるのも否めない。

「なんとか明後日までには回復することを願いたいもんだね」

そんな本音を森尾は覗かせて、その話はとりあえず落着ということにした。

ラズベリー・フラットに戻るころには、空はほとんど快晴に近かった。夏にしては不思議に澄み切ったその空の色は、森尾の気分をいくぶん楽観的にさせた。

森尾は自分に言い聞かせた。不安は探せばいくらでも見つかるものだ。大事なのは、それに勝る希望と喜びの種を絶えず心に植えつけておくことなのだと——。

第五章

1

　翌日は快晴で、ワナカのホテルのベランダから望むサザンアルプスの峰々は白く目映く輝いていた。

　頭上の空は柔らかい夏の青で、好天を約束する朝霧が湖面のあちこちにわだかまり、それを吹き払おうとするかのように、南からの涼風が心地よくそよいでいた。森尾は早朝の冷気を胸の奥深く吸い込んだ。

　部屋を出てレストランに向かったのが午前七時。篠原ひろみが先に来ていた。森尾は朝食のあと近郊の農家へ食料の仕入れに向かう。それにひろみも同行する約束だった。

　きょうはアスパイアリングへの登山の初日だが、ホテルを出発するのは昼食後の午後十二時三十分。ラズベリー・フラットからヘリで標高一八五一メートルのビーバン・コルまで一気に上がる。

あとは氷河上を二時間半ほどの歩行でコリン・トッド小屋に向かうだけだ。スケジュールはのんびりしたもので、きのうのトレッキングの疲れが残っているのか、パーティの大半のメンバーはまだ朝寝を決め込んでいるようだ。

新人の内村はDOCのオフィスへ挨拶に出向く藤木に同行している。藤木としては自分が参加する今回の機会を利用して、地元関係者に内村の顔を繋いでおこうという考えらしい。いまは臨時契約だが、ゆくゆくは正社員として期待していることがそんなことからも窺える。ケビンは昨夜はクイーンズタウンの自宅に帰り、きょう昼前にパーティと合流する予定だ。

レストランは早出するトレッキング客で早朝から混んでいた。一緒に行くはずだった伊川真沙子の姿が見えない。気になるのはやはり彼女の体調だった。森尾はさっそくひろみに訊いてみた。

「伊川さんは?」

「もう一眠りしたいからパスするって。具合が悪いのって訊いたら、そんなことはないって言うの。でもきのうの夕食のときも口数が少なかったような気がするし」

ひろみはいかにも不安げだ。森尾も気分が落ち着かない。

「ツアーの申し込みのときのアンケートでは、持病はないという回答だったんです。うちのほうはそれ以上突っ込んだ質問はできないし、わざわざ健康診断書を提出してもらうわけにもいかないしね」

「プライバシーに関わる話でもあるからね。でも伊川さんなら自分の体調のことはよくわかっていると思うけど。日本の山はずいぶん登っているようだし、体調を崩して遭難したこともないようだし」

ひろみの口ぶりも覚束ない。ガイド登山では、そういう面での情報不足が絶えずつきまとう。なにごとにも一途な頑張り屋だというのが、パーティで二人だけの女性同士で、ホテルでも相部屋のひろみの印象だが、その点については森尾も同感だ。

きのう伊川の体調のことを耳に入れたとき、藤木は本人がその気なら担ぎ上げてでも登らせると請け合った。オーナー自ら特別参加し、新人の内村も加わって、今回のツアーはスタッフが普段より手厚くなっている。

本番のアタックはコリン・トッド小屋から頂上まで往復十二時間の行程で、短くはないが長すぎもしない。普通の体力の登山者なら問題なく登れるルートで、藤木の楽観論も的が外れているわけではない。

朝食はニュージーランドのホテルに多いコンチネンタル・スタイルではなく、バラエティに富んだビュッフェ形式で、日中に体力を使う登山客やトレッキング客には評判がいい。テーブルを立ち、トレイを手にして料理を物色しながら、話は自然にアスパイアリングに向かっていく。

「いちばんの難所は、やはりバットレスなんでしょ」

ルートについてはすでに何度も説明し、イラストや写真入りの資料も渡してある。ひろみはそれでもアスパイアリングの話をしたいのだ。そんな気持ちが瞳の輝きから感じとれる。森尾にしてもその話題は始めてしまうと止まらない。

「頂上直下のアイスキャップ（氷帽）とか、その手前のナイフエッジ状の岩稜とか、気が抜けない場所はいくつかあるけど、やはり最難関がバットレスですね——」

森尾は何度も登り下りしたその情景を思い起こしながら説明した。

「しかし難しいといっても登り方次第でね。岩場をほとんど巻いていくルートもあれば、ほぼ一直線に壁を攀じる本格的なロッククライミング・ルートもある。今回はその中間で、技術的に厳しいところは迂回しながら、そこそこ岩登りも楽しめる一般ルートを登る予定です」

雪の多い時期なら、小屋からいったんボナー氷河に下り、ランプ（傾斜路）と呼ばれる雪壁を登ってバットレスの上に抜けるルートもあるが、この時期は雪の状態が悪い。それに北西稜のいちばんの魅力が岩と雪のミックスで、その点からいえばバットレスはルートの核心だ。そこをパスすればアスパイアリング登山の魅力は半減する。

色味のいいスクランブルエッグをトングで摘みながら、ひろみは頷いた。

「ええ、オリエンテーションの資料にも書いてあったわね。バットレスの難しさって、日本の山でいうとどのくらいかしら」

「たとえば剱岳のカニのタテバイやカニのヨコバイくらいかな。そちらは梯子や鎖が固定してあるけど、ニュージーランドの山は人工物を設置しないのがルールだから、そのぶん難度は高いかもしれない。しかし登攀中は我々が要所にロープをフィックスするから、心配はないですよ」

ひろみは興奮を隠さない。

「剱岳なら登ったわ。カニのタテバイもカニのヨコバイも通ったけど、かなり難しい岩場だよね。でもこっちは稜線の両側が氷河なんでしょ。そんなルート、日本にはないから、考えただけでもぞくぞくするわね」

ひろみは本当に山が好きなのだ。そんな言葉からそれがストレートに伝わってきて、森尾も自然に嬉しくなる。

「南面がボナー氷河、北面がサーマ氷河。高度感は素晴らしいですよ。とくに上部の岩稜や雪稜を登っていると、空中散歩しているような気分になります。ただし、高所恐怖症の人には向かないけどね」

「でも高所恐怖症って克服できるのよ。私、じつはそうだったの」

「本当に？」

ひろみは真面目な顔で頷いた。

「最初はなるべく丸みがあったり、平べったい山ばかり選んでいたの。北八ヶ岳とか尾瀬とかね」

「それで、岩を始めたきっかけは？」

ひろみの兄は山岳部出身で、豊富な登山経験を持っていたと聞いている。彼女を山に誘ったのも、その兄だったらしい。

「兄に馬鹿にされたのよ。そんなの山じゃないって。山という字のかたちみたいに三角形で尖っているのが山で、そういうのはいくら標高が高くても丘だって」

「それは言いすぎな気もするけどね」

「いま思えばそうだよね。丸くたって平べったくたって山は山なんだもの。でもそのときは癪に障って、だったら日本でいちばん尖っている山に連れてってと言ってやったのよ。そしたら槍ヶ岳に行こうということになっちゃって」

「たしかに日本でいちばん尖っているな。怖くはなかったですか」

「うん。写真ではよく見てたけど、それまでは敬遠してたのよ。人間はハエじゃないから、あんなとこ登れるわけがないって。そしたら兄に、だったら一度ハエになってみたらどうだって言われてね」

ヨセミテの大岩壁を登るクライマーを遠目に見れば、たしかに動きの悪い冬のハエのようなものだ。壁登り以外は眼中になかったかつての自分を思い出す。

　そのころ自分がハエだと達観できていれば、もっと早く山本来の魅力に目覚めていただろう。しょせん人間ははかない存在だ。それを自覚してこそ、人は豊かな自然に身も心もゆだねることができる。

「それで、どうでしたか。ハエになった気分は？」

「大槍の登りはもう夢中だったわよ。絶対に下を見ないようにして、兄から教わった三点確保を忠実に守ってね。登ってみれば梯子や鎖があるからそんなに難しくはなかったけど、ハエの境地にはなかなか達しなくて、ただ登っていくだけで精いっぱい」

「最初はだれでもそうですよ」

「ところが不思議なことが起きたの。下で『ラーク』って叫ぶ声がして、カラカラなにかが転がり落ちる音がしたの」

「ラーク」とは日本では落石の「落」を意味するが、英語圏ではほぼそのままの発音で「ロック」の意味になる。落石に気づいた者が後続者に注意を促す世界共通語だ。

「それで、つい足のあいだから下を見ちゃったの。槍沢の雪渓まで遮るものがなくて、登っている人がごま粒みたいに見えて、殺生ヒュッテの赤屋根もマッチ箱みたい——。そのとき怖いと感じていない自分に気づいたの。なんだかとても気分がよかったの。ハエというより天使になったみたいな気分。それ以来、病みつきになって、クライミングスクールにも通うようになったんです」

そう語りながら、ひろみはトレイの上に料理の山をいくつもつくる。早朝からその食欲なら体調は万全とみてよさそうだ。

「高いところが怖いのは、人間ならだれにでもある本能なんじゃないのかな。ところが高いところにいる喜びが、それを上回ってしまうタイプの人間もいる。恐怖がなければスリルもない。その恐怖を克服することが喜びにもなるのかもしれないね」

「ああ、そう考えればいいんだ！」

森尾の思いつきの説明に、ひろみは納得したというように声を上げた。

2

朝食のあと、森尾はひろみを伴ってワナカ近郊の農場を回った。

クイーンズタウンのホテルのシェフから紹介された有機農法に力を入れている農場で、街のスーパーで買うより値は張るものの、野菜や果物も肉や卵も、味については格段の差がある。そのうえどれもとれたてで、登攀開始の当日に仕入れて、新鮮なまま山へ運べるのはヘリを使う登山ならではだ。山の上は天然の冷蔵庫で、滞在が数日延びても十分日持ちする。

馴染みの農場主は野菜や果物を試食させてくれた。ひろみは一切れ口に入れただけで味の違いがわかったようだ。

「凄いじゃない。プラムもトマトもキュウリも、味に奥行きがあるというか風格があるというか。見かけは悪いけど、そこは有機農法だからね。野菜だって人間だって、大事なのは見かけより中身だから」

それを通訳してやると農場主は大いに喜んで、今度は有機飼育の豚を使った生ハムを出してきた。もちろんそれも絶品で、ひろみがまた大袈裟に感動してみせるものだから、けっきょく予定にはなかった買い物をすることになった。

一回の仕入れは大した金額にはならないが、農場主たちは外国人に贔屓にされているのが嬉しいらしく、いつも最高の品を用意してくれる。豚肉やラム肉のブロックも、切り口の色を見れば鮮度のよさは一目瞭然だ。

「ニュージーランドって美食には縁がない国だって聞いてたけど、そんなことないよね。自分の目と舌で探せば、美味しいものはいくらでもあるのよ。日本に帰ったらブログに書いて大いに宣伝するわ。とりあえずは森尾さんや藤木さんの目利きに敬意を表するしかないね」

ワナカに戻る車のなかで、ひろみは手放しの感激ぶりだ。本人が言うように、山に関わることなら、いやたぶん人生全般に対して、楽しめることはなんでも楽しもうという気迫のようなものが伝わってくる。そんなひろみの前向きな生き方が伝染したように、森尾も自然に気分が明るくなる。

ワナカ中心部のスーパーで、パスタや瓶詰(びんづめ)、缶詰(かんづめ)類、調味料など農場では買えない品物を買い調えた。午前十時過ぎにホテルに戻ると、ケビンがすでに到着していて、玄関の前でテントや登攀具など共同装備の点検にとりかかっている。

ツアー参加者たちもすでに朝食を済ませたようで、ロビーに集まって個人装備を点検している。ゆうべは食事のあと、全員をロビーに集め、アイゼンやハーネスの装着方法やロープワークの講習をした。

アイゼンやピッケルの使い方をほとんど知らない参加者がときおり混ざっていることがあるものだが、今回は全員がしっかりマスターしており、技術面では不安を感じさせなかった。

伊川も気合いの入った表情でアイゼンの締具の調整に余念がない。その様子からは体調面の不安は感じない。回復に向かっているのなら幸いだ。森尾はさりげなく近づいて声をかけた。

「一緒に買い出しに来たらよかったのに。ひろみさんは果物や野菜をいろいろ味見して、大満足のようでしたよ」

伊川は慌てたように顔を上げた。

「ああ、森尾さん。約束してたのにごめんなさい。きのうの疲れが残ってたのか、なんだか体が重かったのよ。でももう大丈夫。体調は万全だし、頭はすっきりしてるし。朝食が美味しかったから、こんどは食べ過ぎて体がちょっと重いくらいよ」

そう答える伊川の表情には屈託がない。きのうと比べれば顔色も健康そのものだ。森尾はひとまず安心した。

いったん部屋に戻ったひろみが大ぶりのザックを背負って戻ってきた。こちらも元気いっぱいだ。

「あら、伊川さん。具合よくなったの？　心配してたのよ」

「ごめんね、一緒に行けなくて。でも楽しかったようじゃない？」

「そうなの。やっぱり森尾さんたち、ただ者じゃないわよ。普通はツアー会社なんて、食料の調達は業者にお任せじゃない。ところがこちらの会社は、自分の目と舌で本当にいいものを選んでいるわけよ――」

自ら味見した果物や野菜の品質を、聞いているだけで食欲をそそられるようにひろみは巧みに説明する。ほかの客たちも集まってきて、興味深そうに話に聞き入る。そんな噂が口コミで広がって、新たな客が増えてくれれば、ひろみには感謝状と金一封を贈る必要がありそうだ。

ほどなく藤木と内村が帰ってきた。

「ヘリは予定通り午後二時に到着するよ。こちらも少し早めに昼食を済ませれば、余裕綽々でラズベリー・フラットに着ける。パイロットの話だと、きょうは最高のフライト日和だそうだ。引く手あまたで休む間もないらしい」

「きょうはともかく、問題はあすですよ。見通しはどうなんですか?」

宮田がさっそく問いかける。藤木は笑って答えた。

「DOCで入手した気象情報だと、あすも好天が続きそうです。そのあと気圧の谷が近づきますが、無事に登頂を済ませたあとなら、一日くらい悪天候で停滞するのも悪くはない。予備日も見込んであるんだし、食料も十分に仕込んでますから」

「なんにしても、まずヘリが飛ばなきゃ始まらない。その点じゃ幸先がいいと考えるべきだよ」

勝田が横から口を挟む。宮田も異論はないようだ。

「あす以降、好天が丸一日もってくれれば登頂成功は間違いないわけだからね。あとはヘリで下るだけだから、そこはお天気まかせということで、おれたちにはどうしようもないわけだ」

藤木は我が意を得たりと身を乗り出す。

「なんでも予定どおりにことが運ばないと気に入らないのが日本人の悪い癖でね。そういう流儀はニュージーランドの山には似合わない。先住民のマオリの文化じゃ山は神様なんだから、向こうの機嫌がいいときに登らせてもらえれば、それで御の字だくらいにかまえていたほうがいい」

「そうですよ。せっかく時間をつくってニュージーランドまでやって来たんだから、急いで下りるんじゃもったいない。ひろみさんの話だと、ずいぶん美味い食材を仕入れているようだから、上でのんびり停滞して、ぜんぶ平らげてから下りるという手だってあるわけだ」

川井も横から口を出す。男性陣のなかではいちばん若く、体も頑健で、それに見合って食欲も旺盛だ。頬のあたりが緩んでいるところをみると、思わず本音が出たところだろう。さっそく宮田が突っ込んだ。

「そのまえに、予備の食料をあんたが食い尽くしてしまうんじゃないかと、おれは心配してるんだがね」

川井はあっさりやり返す。

「たしかにそれもあり得ます。まだ時間はありますよ、森尾さん。そのぶんも追加で仕入れてきては？」

森尾は笑って応じた。

「その分も食べられちゃったら同じですよ。大丈夫。山に入ったら、厳密に食料管理をさせていただきますから」

「そうよ。健康のためにはダイエットも必要よ。山から下りたら、登る前より太ってたんじゃ困ったものじゃない」

伊川も突っ込みを入れてくる。その楽しげな表情を見れば、体調の回復はやはり本当らしい。藤木も安心したように、森尾に小さく目配せする。

「わかりましたよ。せいぜいダイエットに励みます。その代わり、餓死するようなことがあったらみなさんの食卓に化けて出ますから、その節はどうぞよろしく」

川井は怨念のこもった顔で言う。周囲に笑いが湧き起こるが、まんざら冗談ではなさそうなところがいかにも川井らしい。

「これなら大丈夫そうね」

ひろみが傍らで囁くように言う。伊川のことだろう。森尾は頷いた。

「体調も重要だけど、今回みたいな短期勝負の登山だと、気持ちの問題がそれ以上に重要ですからね。絶対に登りたいという伊川さんの強い意欲が、体調まで好転させてしまったのかもしれないね」

「だったらその意欲がアタック当日の好天も呼び寄せてくれるわよ。私たち、取り越し苦労していたのかもね。伊川さんをもっと信じてあげなくちゃいけなかったのよ」

自分をたしなめるようにひろみは言った。森尾の心にも響く言葉だった。

3

一行は午後一時三十分にラズベリー・フラットのヘリポートに到着した。

ヘリポートといってもこれといった設備があるわけではなく、牧場の一角を離着陸用に整地した空き地が確保されているだけだ。

午後に入って、西マトゥキトゥキ谷周辺の峰々には雲が湧いてきたが、それはむしろ好天の兆候だ。谷を吹き渡る風は穏やかで、降り注ぐ陽光は肌を刺すように強い。

マイクロバスから降りて、各自の荷物を乗降地点に運び、近くの四阿(あずまや)で日射しを避けていると、森尾はいつもながら不思議な気分になってくる。

周囲はニュージーランドのどこでも見られるような牧草地。のんびり草を食む牛や羊の姿が心を和ませる。それはこれからわずか十分ほどのフライトで到達する氷雪の世界とはまさに対極だ。

ホテルでは賑やかだった客たちの口数が少なくなっている。それは今回の客たちに限らない。ここに来てヘリを待つとき、ほとんどのツアーで、客たちはそんな変化を一様に示すのだ。

ここが人間界と自然界の境目で、これから向かう場所が、人間の小賢(こざか)しい思惑など通用しない神の住まう世界だということを、無意識のうちに理解しているかのように――。緊張しているわけでもなく、怖がっているわけでもなく、ただ自然に気持ちが引き締まるのだと客たちから聞いたことがある。森尾もたしかにそれを感じる。ヘリコプターという文明の利器によってそんな場所へ一気に運ばれる。その感覚的なギャップが、逆にそうした思いを強めるのかとも思う。

ヒマラヤにせよ日本の山にせよ、氷雪の世界に到達するまでには麓からの長いアプローチがある。登山者はそのあいだに徐々に気持ちを切り替える。この山にはそれがない。のどかな牧場からわずか十分のフライトで目の前に現れる神の伽藍――。それは一種の魔法だとさえ森尾は思う。

二時少し前に、遠くからかすかに爆音が聞こえてきた。それが次第に大きくなって、耳に突き刺さるような金属音が混じり出すと、東の尾根を越えてクリーム色の機体の中型ヘリが姿を現した。

牧場の羊や牛たちは慣れているのか、頭上の騒音に怯えるでもなく、のんびり草を食んでいる。

ヘリは整地された専用エリアに着陸した。エンジンは切らず、ローターは回転したままだ。助手が降りてきてドアを開いた。森尾たちは轟音と風圧と湧き起こる砂埃をかいくぐるようにして、客たちの荷物と共同装備を積み込んでいく。

パイロットと助手とは顔なじみだ。互いに声が聞こえないからジェスチャーだけで挨拶を交わす。全員が乗り込んだところで助手がシートベルトを点検し、外からドアをロックする。

助手が乗り込むと同時にエンジン音が高まって、ヘリはふわりと浮き上がり、機体を前傾させて加速する。西マトゥキトゥキ谷を遡りながら次第に高度を上げていき、前方の尾根を回り込むと、突然ロブ・ロイの頂が顔を出した。

胸壁を覆うように広がるのは、きのうのトレッキングで間近に見たロブ・ロイ氷河。その壮麗な景観は、下から眺めたのとはまた別の感動を呼び起こす。

ヘリはさらに高度を上げていく。見渡す周囲には、雪と氷で飾られたサザンアルプスの峰々が波濤(はとう)のように連なっている。

エドワード、マオリリ、マオリ、リバプール――。

目の前にそそり立つピークを一つ一つ指さして、ケビンがその名を紹介しているが、エンジンの騒音でたぶん客たちの耳には入っていない。いずれも標高は二五〇〇メートル前後の山で、日本では中級山岳と呼ばれるクラスだが、氷河をまとったそのダイナミックな景観は、アルプスやヒマラヤの高峰を彷彿(ほうふつ)とさせる。

客たちの声も騒音にかき消されてほとんど聞こえない。しかし顔を寄せ合い、盛んに口を動かす表情からは、その興奮ぶりが如実(にょじつ)に見てとれる。

マトゥキトゥキ谷は時計回りに半円を描くようにして、山塊の核心部へと伸びている。前衛の峰々の陰に隠れて、アスパイアリングはまだ見えない。

森尾はステージに立つマジシャンのような気分だ。尾根を一つ回り込むとどんな展望が開けるか、すべて頭に入っている。次々に繰り出す奇術の演目への観客の反応を楽しむように、窓外の眺望と客たちの表情を交互に眺めて悦(えつ)に入る。

谷から湧き出す雲の塊をいくつも突き抜けて、ヘリはぐんぐん高度を上げる。眼下の西マトゥキトゥキ川は温帯雨林に覆われた谷の中央を陽光にきらめいて蛇行(だこう)する。濃い緑の山肌は谷から峰へと急角度で駆け上がる。樹林はやがて尽き、高山帯の草地に変わり、そのすぐ先は草も木もない氷雪の世界。それはさながら自然景観の垂直分布の標本だ。

カスケード小屋、アスパイアリング小屋の上空を過ぎ、パール・フラットが背後に去ると、アスパイアリングの前衛峰のマウント・フレンチが大きく迫る。その頂に続くフレンチ尾根の途中に見える赤屋根がフレンチ・リッジ小屋で、ヘリを使わない本格ルートの場合はそこで一泊することになる。

ヘリはさらに高度を上げていき、壁のような山肌を舐めるように回り込む。そのとき、ヘリの騒音にも負けない客たちの歓声が湧き起こった。

ビーバン・コルの台地の向こうには純白の砂漠を思わせるボナー氷河。そしてその奥には、青空をキャンバスに惚れ惚れするような三角形を描くアスパイアリング――。

最後の大ネタを披露し終えたマジシャンのように森尾は得々とした気分で客たちの顔を見渡した。宮田と川井はすでに登頂を果たしでもしたように、興奮した面持ちで握手を交わす。勝田は猛烈な勢いでカメラのシャッターを切っている。

伊川は窓に顔を擦りつけるようにしてその光景に見入っている。心なしか肩が震えてみえる。ひろみも陶然とした表情で伊川の肩越しに窓を覗き込んでいる。アスパイアリング初見参の内村も客たちと似たようなもので、隣の藤木の耳元でなにやら興奮気味にまくし立てている。

ヘリはビーバン・コルに着陸した。一帯は雪のない岩の台地で、天然のヘリポートといった趣だ。アスパイアリングへ登山客を運ぶヘリのほとんどが、ここを離着陸地点として利用する。

コリン・トッド小屋周辺は平地がなく、着陸が困難なせいももちろんあるが、せっかくアスパイアリングにやってきて、氷河上を歩かずに終わるのはもったいないという登山者側の理由もあるだろう。

ここから小屋まで二キロあまり、約二時間半の氷河上の歩行がこの日の行程の唯一のハイライトだ。

ラズベリー・フラットでは頭上にあった雲が、ここではすでに足の下。青空はいっそう濃さを増し、目の前の色彩といえば、雪の白と岩の黒と空の青だけだ。そのコントラストの目映さに森尾も覚えず心が躍る。その感覚は何度この場所に来ても変わらない。

全員がヘリを降り、個人装備と共同装備を搬出すると、ヘリはすぐさま飛び去った。きょうはこのあとさらに三組運ぶという。これから下山してくる登山者もいる。狭いコリン・トッド小屋は満員になるだろう。こちらは幕営だとはいえ、のんびりしてはいられない。遅れればいいキャンプサイトが確保できないこともある。

盛夏のこの時期、氷河上はクレバスが広がるが、そのぶんヒドンクレバス（雪に隠れたクレバス）は少なくなる。大勢の登山者が通るため、ルートにはしっかりした踏み跡がある。ロープなしでも危険はないが、本番での予習の意味で、ここからロープで結び合うのがアスパイアリング・ツアーズの流儀になっている。

全員がアイゼンを装着し、ハーネスを介してロープを結び合う。ケビンと森尾がそれをチェックして、万全なのを確認したところで出発する。

気温は一五度ほどで、風もあり、下界から一気に飛んできた身には肌寒い。しかし氷河の上を歩き出せば、雪面からの照り返しで意外に暑い。客たちにはなるべく薄着でとアドバイスした。

ケビンが先頭で、末尾には藤木がついて、そのあいだに客たちが入る。森尾と内村はロープを結ばずに、共同装備を載せた橇を引く。

氷河を覆う雪は融けてザラメ状になっているが、足がもぐるほどには腐っていない。初夏の北アルプスの雪渓を行くような感覚だが、それでも行く手には頻繁に大小のクレバスが出現する。

幅の広いものは迂回するが、一メートル程度なら飛び越える。狭くても深さは底知れない。慣れないうちは恐怖を感じる。体重が重い勝田は最初のジャンプですでに及び腰だ。藤木が遠慮なく発破をかける。

「大丈夫ですよ。飛び損ねたらケビンがしっかり確保するから。話の種に落ちてみるのも悪くないじゃないですか」

「そういうわけにはいかないよ。話の種なら別の人に落ちてもらえばいいんだから。命あっての物種だよ」

勝田は泣き言を言いながらも、腹をくくったようにジャンプする。十分余裕を持って飛び越えた。とたんに態度は豹変し、今度は自慢げな口ぶりだ。

「中学生のときは陸上の選手だったからね。このくらいは朝飯前だよ」

「それじゃ、次はもっと幅の広いところでお手本を見せてもらいましょう。みんな楽しみにしてますから」

藤木は容赦なく煽り立てる。そういう遠慮のないやりとりがチームワークの鍵でもある。藤木はそのへんのコツを心得ている。

コリン・トッド小屋までのルートはほぼ平坦で、伊川を含め全員の足取りに不安はない。クレバスの状態も落ち着いているようなので、小休止したあとはロープを外して歩くことにした。

4

進むにつれてアスパイアリングの南西面が圧倒的な迫力でのしかかる。

南半球のマッターホルンという月並みなキャッチフレーズが森尾はあまり好きではない。その山容はじつは見る角度によって大きく変化する。しかしどのアングルから見ても、アスパイアリングの美しさには比較を絶するものがある。

サザンアルプスの山のなかでも、標高の点ではトップクラスとはいえないこの山を、ニュージーランド人が誇りに思う理由はそこにあるのだろう。なによりも雪と岩のコントラストが美しい。白一色の山よりもそれは目映さを増して見える。「光の山」というこの山の持つ異名も、そんな印象から生まれたものだろう。

マッターホルンはどの角度から見ても独特の錐形（すいけい）だが、アスパイアリングがマッターホルンを彷彿とさせる角度は限られる。それはほぼ西ないし東から見た場合だけで、南北方向から見れば、北西稜を長辺に、南東稜を短辺にした不等辺三角形だ。

ボナー氷河上から望むアスパイアリングは、頂稜部分は鋭角的だが、左に長く北西稜を伸ばす姿がすこぶるバランスがよく、そのアングルの眺望が森尾はいちばん好きだ。ボナー氷河はアバランチ、フレンチ、ビーバンなどの二〇〇〇メートル級の前衛峰に囲まれた広大な雪原で、凍った湖のような穏やかな景観は、荒々しく流れ下る氷河のイメージとはほど遠い。

天候さえよければここは平穏な静けさに満ちた別天地で、アスパイアリングの頂に手招きされているような気さえしてくるが、それは荒れた場合の危険とも裏腹だ。

恐れるべきは上部の岩場や氷壁よりも、底知れぬクレバスが至るところに口を開けるこの氷河だということを、アスパイアリングを目指す登山者は肝に銘じるべきだろう。ガスに巻かれて視界を失えば、目標物の少ない氷河は悪魔の迷路と化す。夏と言っても風雨や風雪に曝されてさまよい歩けば、命を失う危険性はすこぶる高い。

現在はガイドツアーのシステムが発達し、いわゆるエキスパート以外の人々も簡単に登れる山になってはいるが、じつはアスパイアリングの初登頂はニュージーランド最高峰のマウント・クックよりはるかに遅い。それはようやく二〇世紀に入ってからで、サザンアルプスの高峰ではもっとも遅れた部類に属している。

理由はアプローチの困難さにあった。当時はこの山域一帯が人跡未踏の土地だった。なかでもアスパイアリングはいくつもの前衛峰に行く手を阻まれ、その奥にあるボナー氷河にたどりつくだけでも非常に困難な道のりだった。

急峻なフレンチ尾根を登り、危険度の高いクォーターデック氷河を踏破して、ボナー氷河に達するというのが初登で使われたアプローチだが、それだけでも装備の貧弱な当時としては大冒険のはずだった。

初登頂は急峻で岩の脆い西壁からだった。その後は北西稜ルートが発見されて、比較的容易に登頂できるようになったが、西壁ルートからの第二登は一九六〇年代半ばまで待たなければならないほどだった。

つまりアスパイアリングは、本来はそれだけ奥行きの深い山なのだ。ヘリで簡単にアプローチできる現在も、この山が言いがたい畏敬を感じさせるのは、そういう歴史的な面があるからだともいえるだろう。

氷河の中央部に達すると、気温がぐんと上がってきた。中央が窪んだ氷河が凹面鏡の役割をするためで、周囲を囲う前衛峰に遮られ、いまは南からの涼風もごく弱い。

最初は珍しかった氷河上の歩行も、小一時間も歩けばその単調さに客たちは飽きてくる。ほとんど登りも下りもないうえに、雪はだいぶ腐ってきて、場所によっては踝までずぼりともぐる。

アスパイアリングはますます大きく頭上に迫ってきた。北西稜の末端にはコリン・トッド小屋の赤い建物も望めるが、それが指呼の間のようにみえてなかなか近づかない。二度目の小休止のポイントで、額の汗を拭いながら宮田がぼやく。

「南半球でも北半球でも、けっきょく夏山は夏山だね。暑さでバテる点じゃあまり変わりないよ」

勝田も横から調子を合わせる。

「早いとこ小屋に着いて冷たいビールをやりたいところだけど、こっちは日本の小屋とは違うから、そんなものは売っていないんだろうしね」

「うちのパーティも、そういう重いものは、下から運び上げちゃいないんだろうね、森尾君」

宮田が恨めしそうな視線を向けてくる。

「ヘリの積載量には限度があります。ビールのお陰で墜落でもしたら、元も子もありませんからね」

森尾はしらばくれて答えておいたが、じつは橇に積んである共同装備には、三五〇ミリリットル入りの缶ビールが三ダース含まれている。

半分は勝田と宮田の希望どおり小屋に着いたときの祝杯用で、残りの半分は無事登頂を果たしたあとの祝杯用。それ以外の機会にアルコールが必要な向きのためにはウィスキーのボトルが二本ほど用意してあり、水割りにしたり紅茶に落として飲んでもらうことになっている。

「そうだよな。こういう素晴らしい山に来られただけで幸せなのに、そのうえビールが欲しいなんて贅沢というもんだ」

勝田は殊勝な顔で頷いた。宮田はそれでも未練がましい。

「それなら特別料金を払ってもよかったんだよ。もう一回り大きいヘリをチャーターして、五、六ダースも運び上げれば、あとはおれたちで手分けして小屋まで運んだのに」

「それじゃ入山早々酒盛りが始まって、アタック当日は二日酔いで登頂断念ということになりかねませんよ」

森尾は笑って応じた。伊川も話に加わってくる。

「私もビールは好きだけど、やっぱり我慢した方がよさそうね。下山してから街で好きなだけ飲めばいいんだし」

「でも夏山にはビールがいちばん似合いますね。これだけ科学が進歩してるんだから、粉末ビールなんてのがあってもいいのに。水に融かすとビールになるという――」

川井のアイデアに経営コンサルタントが本業の勝田が賛同する。

「たしかにね。いまは日本も山ブームだから、そんなのができたら大きなビジネスチャンスだよ。うちのお得意さんに醸造メーカーがあるから、こんど社長に持ちかけてみよう。やってやれないことはないはずだ」

「そのときはおれにも投資させてよ。一山当てて、ヒマラヤ登山の資金にするから」

宮田は真顔で身を乗り出す。川井も黙ってはいない。

「そのときはおれもアイデア料を払ってもらわなくちゃ」

話が下世話な方向に向かい出した。ひろみがさっそく軌道修正に入る。

「そういう欲に絡んだ話をしていると、マオリの神様の怒りを買うわよ。天候悪化で登頂を断念することになったら、宮田さんたちのせいだから」

「まあまあ、そう堅いことは言わずに。マオリの神様だってきっとビールは好物だよ。粉末ビールのアイデアはたぶん気に入ると思うがね」

宮田は神様の知り合いのような口を利く。粉末ビールがつくれるものなら、森尾もその恩恵に与ることにやぶさかではないが、まずは小屋に到着し、条件のいいキャンプサイトにテントを設営することが肝心だ。この好天ではかなりの混雑が予想されるから、油断をしてはいられない。森尾は立ち上がって声をかけた。

「さて、出発しましょうか。あと一時間も歩けば到着です。無事に着いたらマオリの神様がご褒美をくれるかもしれません」

「ご褒美って、ひょっとして？」

川井が敏感に反応する。その道にかけてはさすがに鼻が利くようだ。

「とにかく着いてからのお楽しみということで――」

この場はそう誤魔化して、森尾は先頭に立って歩き出す。振り返ると客たちの足取りが心なしか軽くなっている。マオリの神様は新たな信者を何名か獲得したらしい。

アバランチの肩越しにロブ・ロイが量感のある山容を覗かせる。西マトゥキトゥキ谷上流部から湧きだした積雲が、ビーバン・コルを乗り越えて、さらに氷河を渡って北東へ流れていく。

それがアスパイアリングの頂をときおり隠すが、悪天の兆候の高層雲はまだ見られない。森尾の経験からいえば、あすいっぱいは好天が続くだろう。

北西稜の末端に向かって氷河は徐々に傾斜を増してゆく。背後の客たちの呼吸が荒くなる。雪はさらに腐ってきて、踏み固められたトレースをたどっていても、ときに脹脛まで潜ることもある。

アスパイアリングの西壁が全容を現した。その様相はいかにも険悪で、初登した先人たちの苦労が偲ばれる。今回のルートの北西稜は、西壁の上を頂に向かって階段のように伸び上がる。その中間の瘤のような岩場がバットレスだ。いままさにそこを下ってくる登山者の姿が見える。

「けっこう厳しそうな岩場だね。大丈夫かね、おれたちの実力で?」

宮田が弱気なことを言う。すかさずケビンが声をかける。

「見かけほど難しくないから大丈夫。これまで登った人のほとんどが、あそこがいちばん楽しかったと言ってます」

「そうなの。遠くから見るのと実際に登るのとじゃ、ずいぶん印象が違うからね。だったら大船に乗ったつもりで楽しませてもらうことにしよう」

　宮田は期待を込めた表情で頷いた。

5

　コリン・トッド小屋に着いたのは午後四時二十分で、予定よりだいぶ早かった。

　途中で弱音を吐く者がいたものの、全体の足はそろっていて、心配だった伊川もへばった様子は見せなかった。

　コリン・トッド小屋は小屋というより頑丈な鋼鉄の箱だ。下界でつくったものをそのままヘリで運び上げ、北西稜の岩の上に設置して、周囲にベランダを作り付けただけ。内部は狭く、定員は十二名。二十名も入れば寿司詰めだ。

　管理人のいない無人小屋だが、ＤＯＣと連絡がとれる無線装置が設置されていて、定時交信で気象情報や安否情報がやりとりできる。事故の際には随時交信が可能だから、怪我人が出れば救難ヘリを呼ぶこともできる。泊まる泊まらないにかかわらず、登山者にとっては貴重なライフラインとなっている。

　予想どおり小屋は先客で埋まっており、近くのキャンプサイトにもいくつかテントが張られていた。それでもこれまでのツアーでよく使った場所が確保できた。周囲が風除けに最適な岩に囲まれていて、水をつくるのに必要な雪も近くにある。

橇に積んできた共同装備のなかからビールのカートンを取り出すと、宮田、勝田、川井の三人はそろって歓声を上げた。伊川もひろみもまんざらではない表情だ。

「あれ、おかしいな。こんなもの仕入れた憶えはないのに。たぶんマオリの神様がくれたご褒美ですよ」

森尾がとぼけて言うと、藤木もそれに合わせてくる。

「マオリの神様はよほど機嫌がいいらしい。これならあすは間違いなく登らせてくれるはずですよ」

川井はそれでも不満を漏らす。

「しかし三ダースじゃ、あっというまになくなっちゃうよ。マオリの神様って意外にけちだね」

「そういう悪態をついていると、神様のご機嫌を損ねるわよ」

ひろみがまじめな顔でたしなめる。川井は慌てて姿勢を正した。

「神様。失礼なことを言ってごめんなさい。心を入れ替えますから、どうぞご機嫌を損じないように」

一同のあいだに笑いが起こる。雰囲気のいいパーティだと森尾は思った。これなら心配することはない。これまでのツアーのように全員無事に下山して、登頂成功の記録をもう一つ積み上げるのは間違いない。マオリの神様も、きっとこのパーティを祝福してくれるだろう。

全員に缶ビールを一本ずつ手渡して、きょうはこれ一本と念を押す。藤木がここまでの無事を祝う言葉とともに乾杯の音頭をとった。ビールは高山の冷気でほどよく冷えて、渇いた喉に心地よく沁み渡る。

アスパイアリングは北西稜の背後に半身を隠し、鋭角的な頂上ピラミッドを天に突き刺すようにそびえ立つ。ここから見るかぎり、まさにマッターホルンを連想させるシルエットだ。

森尾たちがテントの設営に入ると、三人の男性陣も手伝いに入ろうとする。休んでいていいと言っても、早く設営してのんびりくつろぎたいからと応じない。足手まといだとも言えないので、好きなようにやらせることにした。

案の定、どこかで段取りを間違えて、二張りがいびつになって使い物にならない。けっきょく内村とケビンがやり直し、かえって時間がかかってしまう。しかし宮田たちにとってはいい退屈しのぎになったようで、さっそく完成したテントに荷物を運び込み、涼しい顔で体を伸ばしている。

居住用テントと炊事用テントをすべて張り終えたところで、森尾たちは夕食の準備にとりかかった。ひろみは約束どおりその作業に加わった。

新型のガスストーブの使い方はきのうのトレッキングでマスターしている。雪山の経験も豊富なようで、雪を融かして水をつくる手順もこなれたものだ。

クイーンズタウンのホテルのシェフが考案した山岳料理のレシピを手渡すと、それを横目で見ながら森尾や内村に手際よく指示を出し、器用なナイフ捌きで自ら野菜や肉の下ごしらえをする。森尾たちはお株を奪われた恰好で、ひろみに命じられるままに下働きをするしかない。

この日のディナーはラム肉と野菜をふんだんに使ったバーベキューで、ポイントはシェフ直伝のソースだが、それもレシピを一目見ただけで、ひろみはいとも簡単に仕上げてしまった。

独自のアレンジを加えたらしく、森尾がいつもつくるものより香ばしい。その匂いに引き寄せられたように、テントでうたた寝していた宮田たちが炊事用テントの前に集まってきた。

藤木は気象情報を仕入れるためにコリン・トッド小屋へ出向いていった。森尾たちは手頃な石を並べて土台をつくり、折りたたみ式のバーベキューセットを準備する。本来なら炭火を使いたいところだが、環境への影響を考えてここではカセットボンベ式だ。

焼き網に並べた野菜と肉にほどよく焦げ目がついたころ、小屋に出かけていた藤木が戻ってきた。

「地元の気象予報によると、あすもアスパイアリング一帯の気圧配置は安定しそうだね。タズマン海に低気圧が発生しているけど、南からの高気圧の張り出しが強いから、動きがだいぶ鈍いらしい。たぶん今回は速攻勝負が正解でしょう」

藤木の報告に客たちから拍手が起こる。宮田が気合いの入った声で言う。

「だったらあすは早朝からアタック決行だね。なんだかんだ言っても、やっぱり一気に行きたいよ。初日から停滞というんじゃ、どうにも気が抜けるからね」

「じつは心配しちゃってね。けちだなんて言ったもんだから、マオリの神様を怒らせたんじゃないかって。いやいや、ここの神様はなかなかできた神様だよ」

川井は神様にゴマをする。サイドメニューのサラダを盛り分けながら、ひろみも弾んだ声で言う。

「あのとんがり屋根みたいな頂上へ、あしたの昼には立てるんだね。いまから気持ちが高ぶっちゃって、今夜は眠れそうもないわ」

「こんなに簡単に登れていいのかと思うけど、でもチャンスってそういうものなのよね。摑めるときに摑まないと、二度とやってこないかもしれないから」

伊川の口ぶりからは彼女らしい情熱が感じられた。そこに森尾はかすかな危惧（きぐ）を覚えた。自分がつくった目標に向かって必要以上に自分を駆り立ててしまう人々がいる。伊川はそういう几帳面で妥協を嫌うタイプの典型のように思えた。得てして遭難するのはそういう人々なのだ。

「心配は要りませんよ。ここの気象は周期が短くて、悪天も好天もそう長くは続かない。予報が外れたとしても、一日か二日待てば次のチャンスがやってきますから」

同じようなことを感じたのか、磊落な調子で藤木が応じた。ひろみもさりげなくそれに同調する。

「山は逃げたりしないからね。私はここにいるだけでもう十分幸せなの。登れればもちろんもっと幸せになれるけど」

「でもね。人生って一度きりじゃない。その貴重な時間を無駄に使ったら、生まれてきた甲斐がないじゃない」

伊川は反論する。口調は穏やかだが、それが人生の根幹に関わる問題ででもあるかのように、そのまなざしが妙に真剣だ。

「まあね。予報によればたしかにチャンスなわけだし、全員コンディションに問題はないんだから、登れるときに登っちゃうというのは当然の作戦だよね」

そんな気配に気づいているのかいないのか、宮田は不安のかけらもない調子で話を引き取った。

6

食事は和気藹々(わきあいあい)と進んだ。ひろみのソースは絶品だった。森尾は変更部分を聞いて、それまでのレシピに書き加えた。

ビールは各自一本限定だったが、神様の機嫌を案じてか、とくに不平を言う者もおらず、三人の男性客と藤木は氷河の氷でつくった水割りやロックをちびちび飲(や)っていた。

食事を終えたのが午後七時。太陽はようやく傾いて、谷を隔てた西の峰々をオレンジがかったシルエットに変えていた。

アスパイアリングもボナー氷河も、南東に位置するアバランチやロブ・ロイも、氷雪の衣装を淡いピンクに染め上げて、眼下の谷は雲海の底に沈み、東の空にはかすかに星も瞬(また)き始めた。

それでも日没までまだ三十分ある。西の空には鱗(うろこ)状の高層雲が浮かび、入日に照らされて鮮紅色に輝いているが、悪天の兆(きざ)しというほどの雲量ではない。

気温は急速に下がっているが、風向きは相変わらず南東で、この一帯がいまも南極から張り出す高気圧の支配下にあることを示している。

さすがに二日酔いはまずいと各々判断したらしく、宮田たちは早めに晩酌を終了し、そそくさとテントに戻っていった。

午後八時に地元気象台の最新の気象情報が発表される。衛星電話からインターネットに接続し、最新のデータをダウンロードすれば、直近二十四時間の天気図も入手できる。気になっているタズマン海の低気圧の動きもチェックできるから、そこで得られる情報があすの行動の最終決定の材料になる。それまでは森尾もとくにやることがない。

調理道具を片付け終え、近くの岩に腰を下ろし、次第に赤みを増してゆくボナー氷河を見下ろしながら、森尾は充足した思いに浸っていた。

客たちにとっては非日常であるはずのこのツアーも、森尾や藤木にとってはとうに馴染んだ日常の世界になっている。だからといって、それは下界での日常とはまったく異質なものだ。

この山にいるとき、森尾は生命体としての自分を実感する。人間も自然の一部だということを身体感覚のレベルで理解する。しかし下界での生活はそれを忘れることで成り立っている。

文明が人間を堕落させたなどと偉そうな理屈をこねるつもりはない。現にビーバン・コルまで飛んだヘリにせよ、保温性の高い最新の登山ウェアにせよ、新しい金属素材を使った軽量のピッケルやアイゼンにせよ、まさに科学技術文明そのものに依存して現代の登山は成り立っている。

それでも登山ツアーのない冬のシーズンになると、自らの意志でこの場所に立ち、冷涼な空気を吸い、岩や氷や雪の感触を体感し、魂が吸い込まれそうな青空の下で過ごす、そんな時間に飢えている自分に気づくのだ。

この場所にいることが森尾にとっては、なにか本質的な意味において幸せなことらしい。それは人間にとってと言い換えてもあながち間違いではないだろう。

アスパイアリング・ツアーズの客たちにしても、おそらくそんな喜びを求めてここにやってきているはずだ。頂に立つことにあれほどこだわる伊川にしても、本当は無意識のうちにわかっているのだと思いたい。そしていずれ本当に理解するときがくるだろう。山に登る喜びは、頂を踏むことだけにあるのではないことを――。

そして森尾はふと思うのだ。人生の希望の種がすべて尽きたとき、こんな場所でなら自分は心置きなく死ねるのではないか。人が自然の一部なら、その自然のまっただなかで生を終えることがいちばん幸せなのではないのかと――。

傍らに人の気配を感じて振り向くと、いつのまにやってきたのか、ひろみがいた。

「最高だよね、ニュージーランドの山って。日本の山も好きだけど、こんな贅沢な眺めは、アルプスとかヒマラヤじゃないと絶対味わえないと思っていたもの」

「僕もそうですよ。藤木に連れられてニュージーランドへ来るまで、サザンアルプスなんてジャングルみたいな山だろうと思ってた。ところがマウント・クックやアスパイアリングの周辺をトレッキングしてみたら、ツェルマットとかシャモニーを歩いているような気分になってきた」

「標高はヨーロッパアルプスよりずっと低いけど、南極に近くて寒冷なのと、降水量が多いせいで、こんなに氷河が発達しているって本で読んだわ」

「学問的に説明すればそうなんだろうけど、地球上にこんな場所があるというのが、僕には奇跡のような気がするね」

「森尾さんはアスパイアリングがいちばん好きなの？」

「ええ。クックとかタズマンとかもっと高い山も登ったけど、いちばん引きつけられたのがアスパイアリングだった。初めて登ったとき、上手く言えないけど、人生を託せる山だって実感したんです」

「人生を託せる山？」

ひろみは当惑したように問い返す。とっさに出てしまったその言葉が、自分の気持ちを裏切らないことに森尾自身も驚いた。

「単なる登山の対象でもなければビジネスの対象でもない。この山は生きる意味を教えてくれる場所だと思ったんです。山容の美しさ、前衛峰と氷河に囲まれたロケーションの奥深さ、そしてなにより、山に登る喜びを人と分かち合える場所だから」

「ビジネスを超えた使命感のようなものかしら？」

「そんな大袈裟な話じゃないんだけどね。自分も楽しいし、お客さんにもそれまで知らなかった喜びを味わってもらえる。それがまた自分の幸せとして返ってくる。そんな仕事をつくってくれた藤木には、いまも感謝してるんです」

「それは私たちも同じよ。アスパイアリングには惹かれていたけど、そこに本当に登れるとは思わなかった。森尾さんたちと出会って、その夢がこんなに簡単に実現しちゃって、いまは最高の気分よ」

「そう言ってもらえると嬉しいな。あなたのお兄さんだって、この山を見ればいっぺんで気に入るんじゃないですか。見る角度によっては槍ヶ岳より尖っているし」

「そうね。きっと気に入ったかも――」

ひろみの表情が翳（かげ）った。間の悪い質問をしたかと思い、森尾は戸惑った。ひろみはぽつりと言った。

「兄は死んだんです」

「死んだ？」

森尾は慌てて問い返した。ひろみは小さく頷いた。

「三年前の冬に、鹿島（かしま）槍ヶ岳で雪崩に遭（あ）ったんです」

「ひょっとして、篠原弘明（ひろあき）君？」

「そう。ご存じなの？」

ひろみは驚いたように振り向いた。

「僕より二年後輩で、大学は違ったけど、谷川岳や穂高の岩場ではライバルでした。同じ場所にキャンプして、ルートの初登攀を競い合ったり、何度かはパーティを組んで一緒に登ったこともある」

大学時代から、さらに社会人になってからも手強いライバルであり続けた年下のクライマーのことを思い起こした。森尾と藤木はその後はヨセミテを主な活動の場にしたが、篠原はヨーロッパアルプスで活躍し、数々の難ルートを攻略した。山岳専門誌にそんな報告が載るたびに、森尾たちは競争意識を燃え立たせたものだった。

その篠原が遭難したという話は聞いていた。日本にいればテレビや新聞でも報道されていたのだが、日本が冬の時期は森尾はニュージーランドに入り浸りだった。森尾よりは東京にいることが多い藤木がそれを見て、メールで知らせてくれたのだ。しかし目の前にいるひろみがその妹だという偶然には驚いた。

「本当は、私もついていくはずだったんです。でも仕事のやりくりがつかなかった。それで兄は友達と二人で出かけたんです。パートナーは助かったけど、兄の遺体は春まで出てこなかった」

ひろみの眦（まなじり）がわずかに光っている。森尾は訊いた。

「それでもひろみさんは山をやめなかったんだ」

「一度はやめようと思ったの。でも考え直したわ。それじゃ山の楽しさを教えてくれた兄が可哀想だって。私が山に登るようになって、いちばん喜んでくれたのが兄だったから、私は兄のぶんまで生きなきゃいけないと思ったの。兄が見たことのない風景をこの目に焼き付けて、兄が体験したことのないことを代わりに体験することが、天国にいる兄を喜ばせることだって」

その兄に語りかけでもするように、ひろみはいよいよ赤みを増してきたサザンアルプスの山並みを眺め渡した。

ロブ・ロイやアバランチの胸壁を覆う氷河も、その足元の谷を埋める雲海も鮮紅色に染め上がり、左手にそそり立つアスパイアリングの頂も灼熱したように赤みを増している。背後の空は深紫色に沈み込み、あすの好天を約束するように無数の星が瞬き出していた。

第六章

1

「死亡した伊川真沙子さんの体調については、主催者側のスタッフ全員が事前に把握していたわけだね」

岸田弁護士と面会した翌日の取り調べは午前九時から始まった。この日、湯沢は新しい切り口から攻めてくるつもりのようだった。森尾は心のなかで身構えた。

「未必の故意の立証とそのことは無関係じゃないですか。そういうことなら、落石が起きたことも天候が悪化したことも、すべて僕の故意ということになる。ツアーの開催そのものが未必の故意だということにさえなりかねないでしょう」

「そう難しく考えなくてもいいだろう。私としては、事件が起きた背景について君の考えを聞いておきたいだけなんだ。そのあたりの事情は、君にとって不利になる話ばかりじゃないと思うんだが」

　湯沢は宥めるような口調だが、やはりここでは隙は見せられないと森尾は警戒を緩めなかった。おっとりした印象とは裏腹に、したたかな曲者だという評判は岸田からすでに聞いている。

「明らかに病変がみられたというわけじゃなかったし、入山日には完全に回復しているようにみえました。本人もそう言っていましたから、我々としてはそれを信じるしかないでしょう」

「本人の意思は確認したわけだね」

「念書をとったりとかいうことはしていませんが、本人は登頂にきわめて強い意欲を示していました。それに登山中の体調の変化はだれにでも起きることです。むしろ登山期間中、一〇〇パーセントのコンディションでいられるほうが珍しいでしょう。多少不調に見えたとしても、それを理由に一方的に登頂を断念させることは、主催者としての責任放棄とも言えますから。もちろんあくまで程度の問題ですが」

「要するに、伊川さんは十分登頂を果たせるコンディションだと、君たちはみていたわけだね」

「その判断が間違っていたとは思いません。現に彼女は立派に登頂を成し遂げたわけですから」

「スタッフやツアー参加者が、代わりに荷物を背負ってやったりしたという話も聞いているんだが」

「途中、苦しそうな様子がみられたときはたしかにそうしました。しかしそれはごく普通のことなんです。今回のケースに限らず、登攀中に辛そうな参加者がいればスタッフが率先してサポートに入ります。我々のビジネスではごく当然のサービスです。山は精神論で登るべきものじゃないというのが、亡くなった社長の藤木の一貫したポリシーでした」

「しかし彼女のコンディションが不調だったせいで、予定より登頂が遅れたのも事実じゃないのかね。午後になると岩が緩んで落石が起きやすくなる。その点も十分認識していたわけだろう」

「それも未必の故意だと？」

森尾は鋭く問い返した。湯沢は笑って受け流す。

「いくらなんでも、そこまでは言っていないよ。落石自体は偶発的なもののようだからね。状況しだいである程度の可能性は考えられたにしても、確実に起きると予測できる性質のものじゃないくらいはわかる。私が確認したいのは、あくまでバックグラウンドについてだよ」

「だったらはっきり言っておきますよ。頂上アタックを開始して以降、彼女の体調はたしかに万全じゃなかったかもしれない。しかしその程度のことは、ああしたツアーではいつもついて回ることなんです。そういう人を登らせてはいけないのなら、我々のビジネスは成り立たない」

「だからと言って、限度というものがあるだろう」

「もちろんありますよ。明らかに病気とわかっている人を無理に登らせたりはしないし、怪我人が出れば、適切にサポートして下山させるのは当然のことです」

「伊川さんは、そういうケースには該当しないと判断したわけだね」

「リーダーの藤木はそう判断しました。僕も同じ考えでした。現地スタッフのケビン・ノウルズはヒマラヤ経験の豊富なエキスパートですが、彼も問題はないとみていました。誤解のないように言っておきますが、アスパイアリングはヨーロッパアルプスやヒマラヤのように強靱(きょうじん)な体力を要求される山ではないんです」

「しかし登り始めてからの彼女の体調不良が全体のスケジュールを遅らせた――。そこは認めるわけだね」

「そういう事態はつねに想定していますから、スケジュールには余裕を持たせています。落石による事故がなければ、全員が無事に下山できたはずです」

「天候の悪化についてはどうだったんだね。予測はできなかったのかね」

「我々の予想より低気圧の接近が早まったことは認めます。それにしても落石事故がなければ、本格的に荒れ出す前に十分コリン・トッド小屋に到着できました。現にあの日、天候を危ぶんで出発を見合わせたパーティはいませんでした。天候悪化が理由でコリン・トッド小屋に帰れなかったパーティもいなかったはずです」

「つまり落石による事故を含めて、そこまでの君たちの行動に過失はなかったと言いたいわけだね」

湯沢はいかにも引っかけようというような物言いをする。素っ気ない調子で森尾は応じた。

「ニュージーランド当局の事故報告書はお読みになっているんでしょう。そこには我々の過失責任についての言及は一行もなかったはずですが」

「読んだよ。しかし聞きたいのは君の考えなんだ。あちらは第三者機関が事後に検証したものだからね」

「それならいま答えたとおりで、付け加えることはなにもありません。そもそも地検としては、ニュージーランドの現地で実況見分をする気があるんですか」

強い口調で森尾が指摘すると、湯沢はぴくりと眉を上げた。

「現地の状況については、当局が作成した事故報告書で十分だと我々は思っている。地元のことについては、あくまで彼らが専門家だからね」

「しかし当局といっても、DOCは司法機関じゃありませんよ。あの報告書は犯罪捜査の観点から作成されたものじゃありません」

「わかっているよ。しかし実況見分は日本の国内法に基づく捜査活動で、国外では実施できない」

「だったら現地の捜査機関に依頼したらどうですか」

森尾がさらに踏み込むと、湯沢は不快げに鼻を鳴らした。

「人が悪いな。君はわかって言っているようだね。日本とニュージーランドのあいだには捜査共助協定がない。そのうえニュージーランドには業務上過失致死傷罪という法概念も存在しないから、山岳遭難は刑事捜査の対象にならない」

「殺人罪ならありますよ。未必の故意による殺人という容疑があれば、現地の司法機関も当然動いたはずでしょう。ところがそういう突拍子もないアイデアを思いつくような変人はいなかった」

森尾は挑発するように言った。想像していたとおり、検察は容疑を立証できるだけの具体的な材料もいまのところは持っていないようだった。ＤＯＣの報告書はあくまで遭難の再発を防ぐことを目的としていて、犯罪捜査の資料としての利用に堪えるものではない。

「事件性を認知しなかったのは現地サイドの判断であって、我々がそれに拘束される必要はないんだよ」

そう応じる湯沢の表情がわずかに険しい。どうやら痛いところを突いたらしい。森尾はさらに言った。

「もともと事件性なんてないんです。あちらの司法機関は火のないところに煙を立てるような愚は犯さなかった。なのに日本の検察はどうしてここまで馬鹿馬鹿しい容疑を捏造して、税金の無駄遣いをしなきゃいけないんですか」

岸田という味方の出現は、森尾に思いがけない勇気を与えていた。検察が侮りがたい敵で、湯沢という検事がそのなかでも名うてのやり手だということを知ったことで、自分の立ち位置が明確になったというべきかもしれない。

今後あらゆる手練手管を駆使してくるであろう湯沢に対し、いまここでなんらおもねる必要はない。とことん闘うことでしか活路は開けないという覚悟が森尾にはすでにできていた。

「税金の使い方を君に指南してもらう必要はないよ」

「だったら消えた保険金についての捜査は、どうしてやろうとしないんですか。着服したのが僕だと証明することが、未必の故意による殺人という容疑を動機の面から裏づける強力な証拠になるんじゃないんですか。それをやらないとしたら、捜査機関として怠慢じゃないですか」

「しかしそちらのほうでは、君は告発されていないからね」

「それは関係ないでしょう。業務上横領は親告罪じゃないですから。着手しようと思えばいつでもできる」

「つまり立件に足りる証拠を得るのが非常に困難だということだよ。振り込んだ先の口座がだれの名義か特定できない。我が国の司法機関に限らず、オフショアのプライベートバンクというのはいまも犯罪捜査にとっては大きな障壁なんだよ」

湯沢は苦しげに言い訳をする。森尾は嵩にかかった。

「それは違うんじゃないんですか。告発したのがだれなのか僕は聞いていませんが、その人物にとっては、横領の件が捜査対象になっては困るようななんらかの事情があるとしか考えられない」

「なにが言いたい？」

「横領したのは告発した人物だと僕は思っています」

「話が突然飛躍するね。検察が横領犯の片棒を担いでいると言いたいのかね。言いがかりもいいところだ」

湯沢は平然とした口振りで応じるが、取り繕ったような笑みが内心の動揺を窺わせる。

森尾は踏み込んだ。

「教えてくれてもいいでしょう。いったいだれが僕を告発したんですか」

「身元も経歴も非の打ちどころのない人物だよ。私の口から名前を言うわけにはいかんがね」

「そんな立派な人物なら、名前を出しても差し支えはないでしょう」

「残念なことに、それを開示する義務は我々にはないんだよ」

「ということは、開示することがそちらにとって不利に働く惧れがあるからだと解釈していいですね」

「思わせぶりな言い方をするじゃないか。要するに君はなにが言いたいんだね」

「たぶんそれは僕が知っている人間だと思います。だとしたら公判では、逆にその人物を被告側の証人として喚問することになるでしょう」

「勘ぐるのはそちらの勝手だが、残念ながら見当違いだよ。その人物は君とはまったく面識がない」

　橋本美佐子ではない――。森尾は困惑した。湯沢が言っていることが嘘ではないとしたら、いったいだれが自分を陥れたのだ。思い当たる人物が思い浮かばない。

「面識もない人間が、どうして僕を告発するんです？」

　湯沢は余裕を覗かせる。

「面識のない人間が刑事告発してはならないという法律はないんでね」

「だったらそういう人間が、どうして消えた保険金のことや僕の両親の負債のことを知っていたんですか。どちらの話も僕のごく身近な人間しか知らないことだ」

「そうかね。しかし噂というのはタイヤから空気が漏れ出すように自然に外に広がるものなんだ。現に例の週刊誌の記事だよ。あれは我々がリークしたわけじゃない。彼らは彼らで、そういう情報を独自に入手していたわけだよ」

「捏造の仕方までそっくりでしたね。あまりに不自然だ。この捜査の裏にはどういうからくりがあるんですか」

「森尾君。それは悪あがきというものだよ。我々が追求しているのはあくまで真実であって、よこしまな考えで事件を捏造したり立件したりはしない。だいたいだね、君のように自分にかけられた容疑を捏造だ冤罪だと言って抵抗するパターンは我々にすれば珍しくもなんともないんだよ。真実は法廷で明らかにされる。狙いを定めた獲物を我々は決して逃がさない」

湯沢の小粒な目に獰猛な光が宿った。温和で木訥な印象の向こうに、岸田の言った本性が透けて見えた気がした。森尾は恐れることなく言い返した。

「だったらそうしてください。最初からシナリオをつくって、そこに僕をはめ込もうとしているのなら、こちらとしてはもう一切話すことはありません。ここから先はすべて黙秘することにします」

「なあ、森尾君。殺人は重い罪だ。黙秘というのは情状面できわめて不利だ。君の場合、極刑もあり得るということを忘れちゃいけないと思うんだが」

湯沢はいかにも親身な顔をつくって身を乗り出す。その親切ごかしの恫喝には堪えがたい怒りが湧いてくる。森尾は毅然とした態度で応じた。

「あなた方の仕組む罠に嵌まって身に覚えのない罪をなすりつけられるなら、僕は運命を法廷に委ねます。そこで最後まで闘うつもりです」

「そういう強気の姿勢があとで後悔の種になるとわかっているのかね。私は君のことを思って言っているんだ。供述次第では、十分人生をやり直せる程度の求刑になる可能性もあるんだよ」

「殺人罪で有罪になれば、僕の人生はそこで終わりです。あなたに媚びてかけがえのない人生を売り飛ばす気は毛頭ありません。人生というのは自分で闘いとるべきものだと思うから」

憤りを込めて森尾は言った。慌てたように湯沢は応じる。

「もし本当に君が無実だと確信させてくれるなら、我々は闇雲に訴追したりはしない。法廷で争えば十年も二十年も、場合によっては一生を費やすことにもなりかねない。そういう選択自体が人生を投げ出すことなんじゃないのかね」

「申し訳ないけど、いまこうして勾留されているという、ただそのことだけで僕はあなたを信じることができないんです。こうやって話していること自体が、僕にとっては時間と体力の浪費なんです」

湯沢はため息をついた。

「弁護士からなにか入れ知恵されたんじゃないのかね。考えてもみたらいい。彼らも商売だ。裁判は長引くほど金になる。あっさり有罪を認めるような被疑者はあまりいい客じゃないんだよ」

「入れ知恵もなにも、彼は被疑事実について、マスコミが報道した以上のことはなにも知らなかったんです。家族に対しても捜査当局からはなんの説明もなかった。もし父が弁護を依頼してくれなかったら、僕は訴追されるまでこの密室で、あなたの意のままに犯行のストーリーづくりに協力させられているところでした」

　このままでは形勢不利とみたか、湯沢は唐突に話題を変えてきた。

「そのことだが、弁護人の岸田さんとはきのうの夕方お会いしたよ。君と面会したすぐあとだ」

「どういう話をしたんですか」

「被疑事実についてかいつまんだ説明をしたが、私のほうからわざわざ詳細を報告する性質の話じゃないからね。彼はこれから君とじっくり付き合うことになるわけだから――。とりあえず取り決めたのは、私の取り調べと彼の面会の時間調整だ。午後一時から二時までは私は取り調べを行わない。彼はそのあいだに君と面会できる。もちろん緊急の場合はお互いに連絡を取り合って調整することになるがね」

「岸田さんには僕に対する容疑の詳細を説明したんですね」

「したよ。しかし内容は君が知っている範囲内のことだよ。被疑事実については一切否認すると言ってきた。それが君の意向だと言うんだが」

「もちろんです」

「だとすれば、長い付き合いになりそうだね。私と君も――」

湯沢は皮肉な笑みを浮かべた。森尾も皮肉を込めて訊いてやった。

「まさか本当に勝てると思っているんじゃないでしょうね」

「我が国の刑事裁判の一審での勝訴率がほぼ九九パーセントだということは前にも言ったね。いったん起訴に持ち込んだら、被告側に勝ち目はまずないということを肝に銘じておいたほうがいい」

湯沢はさりげない口振りで恫喝する。森尾は開いた口がふさがらない。法治国家というものがここまで理不尽な論理が横行する世界だとは、逮捕されるまでは思ってもみなかった。この国ではかなりの数の犯罪が、いま自分が直面している事態にみられるように、検察や警察の恣意によって創作されているのだろう。

政治家や官僚の犯罪が摘発されると、マスコミも世論もこぞって司法の鉄槌（てっつい）が下ったともてはやす。森尾もかつてはそんなふうに感じていたものだった。しかしいまではそれも、検察や警察の発表にただ踊らされていたのかもしれないと思い直す。

ここまで何度も湯沢が持ちかけてきたように、罪を認めることで求刑を軽くしてもらい、執行猶予で放免になったほうがいいという計算が被疑者側に働くとしたら、勝訴率九九パーセントというのも無理な数字ではないだろう。

しかし湯沢の言うとおり、殺人は重罪だ。せいぜい湯沢のご機嫌をとりもって、極刑や無期懲役のところを多少負けてもらえたとしても、執行猶予付きとまでいくとは考えられない。それよりなにより、殺人者の汚名を着せられて、残りの人生を送ることなど真っ平だ。やはり最後まで闘う以外に選択肢はないだろう。深い憤りを胸に秘めて森尾は言った。

「ええ、もちろん肝に銘じておくことにしますよ。この国の司法がそこまで腐っているということを」

2

湯沢が言ったとおり、ちょうど昼食を終えた午後一時に、岸田弁護士が面会に来たことを看守から告げられた。

手順どおり身体検査を受け、いくつものブースの並んだ面会場に連れて行かれると、きのうと同じブースで弁護士はすでに待機していた。

「お世話になります。きのう湯沢検事と会われたそうですね」

森尾はいちばん聞きたい話題から切り出した。岸田はその前にと断って、頼まれていた着替えの下着やトレーナー、書籍の差し入れについては、すでに手続きを済ませたと報告した。検閲のある書籍以外はきょうのうちに手元に届くだろうと言う。

「湯沢さんとは、きのうの夕方に会っています。被疑事実についてはある程度の説明を受けましたが、これまで報道されていること以上の新しい材料はないようです。ここから先が勝負だと、強気なところはみせていましたがね」

「なにかを隠しているということはありませんか」

「どうしても教えようとしないのは、だれが告発したかです。もちろん検察側に開示する義務はないですから、やむを得ないとも言えますが、普通は耳打ちくらいしてくれるものなんです」

「午前中の取り調べの際に、僕も訊いてみたんです。その告発者は僕の身近にいた人間ではないかと」

岸田は興味深げに身を乗り出す。

「それで向こうは？」

「告発したのは、僕とは面識のない人間だという話でした」

「なにかヒントのようなことは？」

「身元も経歴も非の打ちどころのない人物だと言っていました。つまり地検としては、きわめて信頼できる人間だと言いたいわけなんでしょう」

「つまり橋本美佐子という女性ではないと言うんですね」

「こちらから名前を出して確認したわけじゃないんですが、要はそういうことなんでしょう。しかしそうなると、僕のほうはまったく思い当たらない」

「そのあたりは、私も臭いと思っています。身元も経歴も非の打ちどころのない人物なら、堂々と正体を現していいはずで、告発した事実を自ら明らかにするのが筋でしょう。その結果、身に危険が迫るような状況なら話は別ですが」

「こちらはすでに勾留されているわけですからね。報復しようにも手が出せないくらいはわかるでしょう」

岸田は思案げに頷いた。

「表に出てきたくないような理由が、たぶん告発者の側にあるということでしょう。森尾さんの考えがあながち外れているとは思えません」

「しかし湯沢さんは、告発者は僕とは面識がないと――」

「検察が確実に告発を受理するように、然るべき人物を代わりに前面に出したとも考えられます」

「そういうことが可能なんですか」

「もちろん可能です。告訴の場合は犯罪の被害者もしくはその親族に限られますが、告発の場合はだれがやってもいいんです。告発の理由となる被疑事実が明快に提示され、それを裏づける状況証拠等も提示されていれば、あとは受理した検察や警察が立件するかどうかです」

「検察が立件に動く可能性の高い人物が代わって告発したと？」

「ええ。だとすると検察に対して影響力のある人物ということが考えられます」

岸田の目が鋭く光った。森尾は慌てて問い返した。

「例えば？」

「政治家の汚職や政治資金の問題では、地検は強面なところをみせますが、じつは政治家こそ彼らの天敵と言っていいんです。きのうも申し上げたように、彼らが情実で動いているのは我々の世界では常識です。けっきょく、検事の人事権を握っているのは政治家なわけですから」

「しかし橋本美佐子がどうしてそういう人間と知り合いになったのか、僕には皆目わかりません」

「いまはスペインに滞在していると伺いましたが？」

「連絡をとったのは遭難の一カ月後くらいです。彼女のほうは、遭難事件が起きる三カ月前からずっとバルセロナに滞在しているという話でした。消えた保険金のことで僕が疑っていることを察知したのか、頼みもしないのに向こうからパスポートの査証欄のコピーをファックスしてきました」

「ずっとスペインに」

「ええ。その時点で出国したことを示す記録はありませんでした。そのとき本人は、あと二年はスペインに滞在するつもりだと言っていました」

「長期滞在ですね。ビザは？」

「現地の語学学校に入校したので、学生ビザが取得できたと言っていました。働きもせずに語学学校へ通い、滞在先はバルセロナの一流ホテル――。どうして彼女にそれだけの経済的なゆとりがあるのかわかりませんでした。藤木との離婚訴訟では、ほとんど金をとれなかったと聞いていますから」

「現在もスペインに滞在しているとしたら、やはり告発したのが別の人間である可能性が高いですね。もちろん海外から告発できないこともないんですが、その女性の場合は、とくに法律に明るいというわけじゃないんでしょう」

「法曹資格を持っていたとか、過去にそういう関係の仕事をしていたとかいう話は聞いていません」

「刑事告発は、自分で捜査機関に出かけて口頭で行うこともできますが、スペインにいたということならそれはあり得ない。書面で行う場合、とくに定まった書式があるわけではありませんが、素人の作文では相手にされません」

せんね」

「そうだとしたら、やはり僕を告発したのは、橋本美佐子とは別の人間と考えざるを得ま

「告発状は弁護士や司法書士に作成を依頼することもできますが、それにしてもスペインにいたのではなにかとやりにくいでしょう。それに——」

岸田はいかにも確信しているような調子で続けた。

「私は刑事関係の仕事がほとんどなんですが、その経験から言っても、あなたに対する被疑事実はきわめて曖昧(あいまい)だと思うんです。未必の故意による殺人というのが、まったく想像力の産物としか思えない。普通なら地検が立件するような事案じゃないはずなんです。だれかが力ずくでねじ込んだような印象を受けるんです」

「そういう力を持っている人間というと、いったい？」

「さきほど申し上げた政治関係の人間です。それからもう一種類——」

「どういうタイプの？」

「法曹関係者ですよ。それも検察や法務省の大物です。ＯＢも含まれます」

「まさか——」

「なんとも悲しい現実ですが、検察官が怖がる人間は、世の中にその二種類しかいないんです」

岸田はそれが自分の咎でもあるかのように表情を曇らせた。森尾は覚えず首をかしげ

た。

「そもそも、そんな曖昧な容疑で起訴できるんですか」

「検察は、普通は起訴に関しては慎重です。我が国の刑事裁判の一審勝訴率はほぼ九九パーセントに達しています」

「そんな話を湯沢さんから聞かされました。本当なんですか」

「本当です。ただしそこには裏があるんです。日本の場合、起訴率でみると六〇パーセントくらいで、外国と比べ極端に低い。要するに確実に勝てる事案しか起訴しない。失点を嫌う日本の官僚主義の弊害と言えるかもしれません」

「だったら、僕の場合はどう考えたらいいんですか」

森尾は問いかけた。岸田は表情を厳しくした。

「湯沢さんと話した感触では、この事案をなにがなんでも起訴に持ち込みたがっているような気がしました。つまり上からなんらかの圧力がかかっているというような——。用心しないといけないのは、そういうケースなんです」

「というと？」

「勝訴するためにはなんでもありということです。強引に攻めてきます。恫喝まがいのやり方で自白を強要することもあれば、証拠の捏造もやりかねません」

「ここのところ過去の冤罪事件で何度も逆転敗訴して、最近は検察も体質が変わったんじゃないんですか」

岸田はあっさり首を振る。

「一朝一夕に変わるもんじゃありません。根っこは日本の官僚制度の根幹にあるわけですから」

「しかしわからないですね。僕は政治家でもなければ、社会に影響力を持つような大物実業家でもない。そういう強引なやり方で訴追されなければならないほど重要な人間だとは思えない」

「むしろ、突破口はそのへんにあるかもしれません」

岸田は意味ありげに眉を上げた。森尾はその意味がわからない。

「どういうことなんでしょうか」

「森尾さんは政治家との付き合いはありませんね」

「ええ、ないです。恨みを買うようなことがあるとは思えません」

「だとしたら、あなたを訴追したい人間が検察関係者にいると考える必要があるかもしれません」

「しかし検察関係者にも知り合いはいませんが」

「消去法でいくと、どうしてもそう考えざるを得なくなるんです。いわゆる政治案件なら、間違いなく政治家の関与があるとみていいでしょう。しかし事件そのものに政治性はない。だとしたら、検察の捜査に影響力を行使できるような人間は検察内部にしかいないことになる。橋本美佐子さんにはそういう知人はいますか」

「僕は聞いたことがありません」

「現在、スペインに滞在している理由はなんですか？」

「わかりません。話をしたときの感触では、とくに仕事をしているようでもありませんでした。ただ、もともと海外生活には馴染んでいたはずです。藤木とはニュージーランド滞在中に知り合って結婚したそうで、それ以前にもカナダやイギリスで暮らしていた時期があるようです」

「なかなかの国際人じゃないですか。だとしたら海外にはかなり豊富な人脈があるんでしょう」

「そうかもしれませんが、そのへんについて詳しい話は聞いていません。ただスペインでの現在の暮らしぶりを考えると、単なる旅行者として滞在しているようにはどうしても思えないんです」

「バルセロナの四つ星ホテルに長期滞在中だったというお話でしたね」

「藤木との離婚調停では慰謝料に類するものはほとんどとれなかったようです。アスパイアリング・ツアーズの取締役退任に際しても、退職金はたしか一銭も支払われていませんでした」

「あなたがご存じの範囲では、どういう方だったんですか——」

「離婚する前は、副社長として財務面で藤木をしっかりとサポートしていたのは事実です。ただし、行き過ぎの部分はたしかにありました——」

森尾は副社長時代の美佐子の行状を、できるだけ誇張のないように語って聞かせた。岸田は納得したというように頷いた。

「お金の使い方に過度に細かいところがあった。その一方で、自分が使うお金には甘かったということですね。よくあるタイプだとは思いますが」

「ええ、会社の経費を遊興費や宝飾品の購入に充てていた事実があるようです。弁護士に相談したところ、業務上横領で告訴することもできるけれど、刑事裁判では横領された金銭は取り返せない。それよりその点を切り札として使って、離婚調停で慰謝料の支払いを抑えるほうが得策だというアドバイスを受けたようです」

「その結果、ほとんど慰謝料を受けとらずに離婚を余儀なくされた？」

「そういうことです」

「だったら藤木さんに対しては遺恨があると理解していいですね」

「当然あったと思います。しかし僕に対してもそうだったとは、どうしても考えにくいんです」

「彼女と衝突したようなことはなかったわけですか」

「経費の使い方で意見が食い違うことはよくありましたが、あくまで仕事上のことで、お互いに遺恨が残るような話ではなかったと思います」

「彼女がなんらかのかたちで告発に関わっている状況証拠はいくつかある。しかし動機はわからない——。とりあえずそう理解してよろしいですね」

「ええ。いちばん引っかかっているのが、僕の両親が抱えている負債の話なんです。それはあくまでプライベートなことなので、会社の関係者では藤木と彼女にしか話していないんです。それがなぜか週刊誌の記事で触れられて、検察も早い段階からその点を追及してきた。情報の出所は彼女以外に考えられないんです」

「その可能性は高いでしょう。消えた保険金の行方と、なにか関係があるような気がしますが」

「ええ、まだ憶測に過ぎませんが、彼女には会社の金を自分の金と錯覚しているようなところがありました」

「その保険金も自分の金だと考えていたとすれば、着服することに躊躇しないかもしれませんね」

「そもそもその保険契約の存在自体を、僕は知らされていなかったんです。藤木が知っていたかどうかも、いまとなってははっきりしない」

「彼女がだれにも知らせずに勝手に契約していた——。そういう可能性もあるということですね」

「ええ。だから、本来それを受けとる権利は自分にあると考えたとしても、彼女の性格を考えればそれほど不思議なことではないんです」

「いずれにしても、着服したのがあなたではないということをこちらが明らかにできれば、検察側にとっては不利な証拠になる。未必の故意について、検察側は動機説の立場をとっているようですから」

「必ずしも動機が解明されなくても、未必の故意は成立すると、湯沢さんは言っていましたが」

「ケースによります。例えば和歌山毒物カレー事件では、動機の解明がないまま未必の故意が認定されました。直接証拠もなければ自白もなかった。死刑判決の出た事件としては異例でした」

「だったら僕の場合も？」

森尾は不安を隠せない。岸田は笑って首を振った。

「事件の性格がまったく違います。あの場合は状況証拠だけとはいえ、それがきわめて固かった。逆にそれを覆すような状況証拠も存在しなかった。今回の事案では、検察は有利な手駒をほとんど持っていません。消えた保険金の件は、彼らにとってなけなしの材料とも言えます」

「だったら、どうしてそちらの容疑で僕を追及しないんですか」

「そちらでは起訴できる自信がないんでしょう。事件そのものが外国で起きており、そのうえ消えたお金の振込先がオフショアバンクの匿名口座で、その真の所有者を解明することは非常に困難だ。それ以上に、もし今回の告発に関与した何者かが横領した犯人だとしたら、むしろそこには触れて欲しくないと考える――」

それは森尾も感じていたことだった。しかし弁護士の岸田の口から出てくるとは思わなかった。森尾は確認した。

「そちらは曖昧にして、僕が犯人だと匂わせておいて、公判を有利に運ぼうということですか」

「ええ。そもそも未必の故意による殺人という罪状は、客観的な証拠からの認定が非常に難しい。あくまで被疑者の内面に関わるものですからね。自白が得られない限り、状況証拠を積み重ねていく以外に追及の手立てはないんです」

「単に疑惑として匂わせておくだけで、状況証拠として使えるというんですね」

「裁判官の心証を形成する上では、きわめて重要なファクターになるかもしれません。オフショアのプライベートバンクが絡んでいるとなると、日本の司法機関による捜査が困難だということは、いわば常識といっていい話ですから」

「だとしたら、検察はずいぶん汚い手を使いますね」

森尾は覚えず毒づいた。岸田は苦い笑いを浮かべた。

「法廷というのは正義を争う場じゃない。原告側と被告側が勝った負けたを争う場なんです。勝つためには策略が必要であり、ときには正義にもとるような手段を辞さないこともあるんです」

岸田の言葉は森尾の不安を掻き立てるものだった。

「向こうがそういう手段を使ってくるつもりだとしたら、こちらは対抗することができるでしょうか」

「もちろん我々としても、あらゆる手段を駆使して闘わなければなりません――」

岸田は力強い口調で続けた。

「法曹関係者にはいろいろネットワークがあるんです。現に私の事務所にも検察出身の弁護士がいます。私自身にも大学や司法修習生時代の同期の検事や判事が何人もいます。そういうネットワークを使って、とりあえず今回の告発の背後関係を探ってみようと思います」

「なにか出てきそうですか」

「まずは検察の人脈を当たってみるつもりです。ポイントはスペインということになりますね」

「スペイン？」

森尾は当惑した。その発想はあまりに短絡的すぎるような気がした。しかし岸田はいかにも自信ありげだ。

「検事というのは、じつは大使館勤務の経験者が多いんです。大半が中堅の時代に一定期間、一等書記官として赴任するようなケースなんですが、退任した大物検察官が大使や領事として赴任するようなことも珍しくありません」

「橋本美佐子が、そういう関係の人間と結びついていると？」

「藤木さんとの離婚後まもなくスペインに渡ってそのまま滞在しているとしたら、アスパイアリングでの遭難事件も、今回の森尾さんの逮捕にしても、すべて彼女のスペイン滞在中に起きていることになる。森尾さんのお話を聞いて、背後に橋本さんのなんらかの関与があるという思いを私も強くしたんです。そうだとしたら、スペインがらみの検察の人脈を当たってみるのもそれほど的外れだとは思えないんです」

「たしかに単なる旅行とは考えにくい滞在期間です。滞在先も半端な場所じゃない。かなりの経済力が必要なはずで、例の保険金を手中にしたか、そうじゃなければ現地にだれかスポンサーがいるか——」

「スペインにいる彼女と電話で話したとき、森尾さんはそういう匂いのようなものは感じませんでしたか」

「それとなく探りを入れてはみたんですが、けっきょくはぐらかされてしまいました。なにかはっきりとは言いたくない事情があるようでした」

「現地で仕事をしている様子はなかったんですね」

「現地でスペイン語の勉強をしているような話はしていましたが、働いているようなことは言っていませんでした。彼女は英語はかなり堪能なんですが、スペイン語は喋れないいんです」

「外国で大きな収入を得られるような特殊技能もなかったんですね」

「そういうような話もとくに聞いていませんでした」

「カナダやイギリスではなにをしていたんですか」

「そこもはっきりしないんです。現地の大学に留学していたような話をしたかと思えば、日本からのツアー客のガイドをやっていたとか――。立ち入った質問をすると嫌な顔をするんで、そういう話はあまりしなかったんですが」

「藤木さんはどんなふうに彼女と知り合ったんでしょうか」

「クイーンズタウンにオフィスを開設したとき、地元でスタッフを募集したら、そこに応募してきたと聞いています。ニュージーランドには二年ほど滞在していて、地元の事情に詳しいうえに、簿記の資格も持っていたようです。日本人という点も心強く思ったんじゃないでしょうか。一人でビジネスを立ち上げてまもなくのころでしたから。知り合ってその年に結婚しています」

岸田は納得したように頷いた。

「ところがパートナーとしては問題があったわけですね」

「両面だったようです。もともとビジネスセンスがあったというんでしょうか。東京とクイーンズタウンのオフィスをしっかり切り盛りして、藤木の片腕として会社を支えていたのは確かでした。しかし一方で問題があった——」

「金銭面のことですね。自分に甘く他人に厳しい」

「そうなんです。藤木とは以前からいろいろ衝突していたようですが、社員や僕の前ではそういうところはあまり見せないようにしていたので、藤木が離婚を考えるほど深刻な状態になっていたとは、僕も気がつかなかったんです」

「そういうかたちで離婚した結果、彼女は藤木さんに対して恨みを抱くことになったわけですね」

「おそらくそうでしょう。しかし僕の目には逆恨みにしか見えませんでした。その気になれば、藤木は横領罪で彼女を告訴することもできたんですから。しかしその恨みが僕に向けられたのだとしたら、まったく理解しがたい話です」

「弁護士という商売をやっていると、そういう理解しがたい話にはよく出くわすんですよ。人間の感情というのは、しばしば理屈を超えた動きをするものなんです。あるいはあなたについて、なにか誤解していたとも考えられます」

「もう一度、彼女と話ができれば、なにか感触が摑めると思うんですが、なにしろこういう状態なもので――」

森尾は苦渋を滲ませた。バルセロナにいる美佐子と電話で話したとき、もう少し踏み込んだ話を聞いておくべきだったのだ。まさか自分が逮捕される羽目になるとは思ってもいなかったから、査証欄のコピーを見せられてつい信用してしまった。いまとなってはそれが口惜しい。

「橋本さんと連絡をとる方法はないでしょうかね」

岸田が唐突に訊いてくる。森尾は慌てて問い返した。

「岸田さんが連絡を？」

「ええ。本当のことを話してくれるとは思いませんが、無駄ではないでしょう。ある程度の感触は摑めると思います。いまもスペインにいると思いますか」

「本人の話を信じるなら、まだ滞在していると思いますが、僕のほうでは確認していません。いま覚えているのは、連絡をとったときに滞在していたホテルの名前だけです。メモや住所録は逮捕時にすべて没収されてしまいましたから」

「でしたらとりあえずホテルの名前を教えていただけますか。あと、もしあなたと彼女の共通の知人がいるようなら、その方の連絡先を」

「宿泊していたのはバルセロナのカタロニア・ホテルです。共通の知人というと、アスパイアリング・ツアーズの東京事務所で働いていた元社員で畑中清子という女性がいます。彼女とは不思議に気が合っていて、副社長を退任してからも個人的な付き合いがあったようです。スペインの滞在先もその女性に教えてもらったんです」

「そちらの方の電話番号は覚えていらっしゃいますか」

「メモはしてはあったのですが、頭には入っていません」

「それは当然でしょう。私のほうで調べてみます。住所はわかりますか」

「江戸川区の小松川だったと思います。番地までは覚えていませんが、マンション名がたしか『グランドハイツ小松川』です」

「それでけっこうです。そこまでわかればこちらでなんとか調べがつきます。ああ、それから——」

岸田は手帳にメモをしながら続けた。

「例の週刊誌の記者の米倉さんと連絡がつきました」

期待を隠さず森尾は問いかけた。

「それはよかった。生還した三人の連絡先はわかりましたか」

「ええ、教えてもらいました。私のほうから突然電話を入れると警戒される惧れがありますので、きょう手紙を書いて郵送しておきました。あすにでもこちらから電話を入れてみようと思います」

「よろしくお願いします。三人とも僕にとっては貴重な証人です」

「もちろんです。検察はすでに全員と接触しているようです。あの湯沢検事のことですから、都合のいい証言をするように言い含められているかもしれません。ただ話を聞くだけではなく、しっかりとこちらの味方につけておく必要があります」

「僕もそこを心配しているんです。米倉さんから聞いた話だと、いまのところ三人とも僕の立場をよく理解してくれているようです。ただ時間が経てば記憶も曖昧になってくるでしょうし、状況が状況で全員が疲労困憊していましたから、検察にそのあたりを突かれると、証言がぐらついてしまうことも考えられます」

「そこは私のほうでも十分注意を払います。米倉さんからは、彼がインタビューしたときのメモも提供してもらいました。三人ともそのときの記憶のほうが正確でしょう。公判では証拠としても使えると思います。おっしゃるとおり、あなたに対しては全員がきわめて好意的な見方をしておられたようです。お渡しできないのが残念ですが——」

一瞥(いちべつ)しただけでは判読の難しい取材メモのコピーを仕切りのアクリル板越しにかざして、岸田は穏やかに微笑んだ。

3

岸田との面会は規定の三十分を大幅に超えて一時間近くに及んだが、あらかじめ湯沢と話を付けていたのか、看守からストップをかけられることもなかった。

独房に戻ったのが午後二時少し前で、続けてすぐに湯沢からお呼びがかかるものと思っていたら、いつまで経っても看守が呼び出しに来ない。

予定の変更があるなら午前中の取り調べの際に言えばいいものを、なにか急用でもできたのか。あるいは先が見えない状態に置くことが被疑者に心理的プレッシャーを与える効果をもっと計算でもしているのか。

後者だとしたらまんざら外れてはいない。森尾としては、岸田との面会が心に残した余(よ)韻(いん)が消えないうちに、湯沢との対決を試みたかった。

午前中の取り調べで湯沢のほうから訊いてきたのは、伊川真沙子の体調不良の件や天候の件だけで、あとは森尾が検察の捜査手法に対して批判めいた追及をしたくらいだった。だからといって、湯沢がそれに懲(こ)りて敵前逃亡するような柔(やわ)な神経の持ち主のはずもない。

一時間ほどして看守が独房にやってきて、岸田が差し入れてくれた着替えの下着とトレーナーの上下が渡された。受領書に称呼番号と名前を記入し、指印を押して手渡すと、年配の看守がさりげなく耳打ちしてくれた。

「きょうの午後は取り調べはないよ。湯沢さんは出張だと言っていたから。まあ、骨休めをすることだね。これから先は長いんだろうから」

看守と勾留者のあいだでも私語は禁じられているから、親切心で規則を破ってくれたのだとわかる。どこへと訊きたかったがそこは抑えて、小声でありがとうございますと礼を言った。

刑務所の場合は知らないが、拘置所の看守は森尾が想像していたのとだいぶ違っていた。根っからの狸らしい湯沢はともかく、最初に取り調べを担当した若い検事のように、勾留されている被疑者を頭から犯罪者として扱うようなことは決してしない。むしろできるだけ中立の態度をとろうとしているように感じられた。

彼らからすればあくまで職務として被疑者や被告人の身柄を預かっているわけで、被疑事実がなんであれそれは与り知らぬことなのだろう。権威風を吹かせて闊歩する検事たちに対する彼らなりの職人気質からくる対抗意識とも受けとれる。

自分の裁量で使える時間がもてることがどれだけ嬉しいかは、それを奪われている人間にしかわからないだろう。森尾も勾留されて初めて知ったことだった。

看守の言うとおり、それならここは貴重なインターバルと考えて、気力と体力を温存するのが賢明だと割り切った。

湯沢がどこへ出張したのかが気になるが、岸田もそのことには触れていなかったところをみると、当初からの予定というよりも、急遽決まったことのように思われた。

届いた新しい衣類に着替え、脱いだものは番号札のついたランドリーバッグに入れておく。週に何度か看守と洗濯担当の懲役囚がそれを回収に来て、洗い終えたら返却してくれるようになっている。

毒にも薬にもならない備え付けの官本のほかには、テレビもなければラジオも決められた時間にしか聴けない。娯楽といえるようなものがほとんどない環境で、森尾にできるのは考えることだけだった。

予期せぬ落石やクレバスがあるのは山のなかだけではない。希望はまさに唐突に断ち切られ、未来は瞬時に暗転した。

しかし理不尽だと嘆いても始まらない。それはだれの身にも常に起こり得ることであり、それでも人は生きようとする。いま自分が落ち込んでいる陥穽（かんせい）を仕掛けたのが誰にせよ、そこから抜け出すために闘わなければならないのは自分なのだ。

湯沢は午前中の取り調べの際に、極刑もあり得るとはっきり脅（おど）しをかけてきた。たしかに殺人罪で、しかも殺害したのが複数の人間ということなら、量刑として当然の相場だろう。しかしそのこと自体を惧れる気持ちがいまの自分にないことに、森尾自身が当惑していた。

ヨセミテで先鋭的な岩登りに熱中していたとき、森尾にとって死はいつも身近な隣人だった。転落死したクライマーの話を聞くたびに、次は自分かもしれないと平然と思ったものだった。いまでもそんな感覚は変わることがない。生と死はごく自然に繋がっているものだと思っている。

しかしそれは理不尽な死でも従容(しょうよう)として受け入れるという意味とはまったく異なるものだ。それが邪悪な他者の意志によって強制されるものだとしたら、自分は絶対にそれを受け入れない。言葉の矛盾を敢えて冒すなら、まさに死を賭(と)してでもそれと闘うことになるだろう。

人間とは不思議な存在だといつも思う。人生がつねに喜びに満ちているわけでは決してない。むしろ生きていることがまるで無意味に思えることもある。いずれは死んでゆく存在だとしたら、人生のすべてが色褪(いろあ)せて見えていいはずなのに、それでも人は希望をつむぎ出す。

あのアスパイアリングの空の下で、世界がいかに美しく愛(いと)おしいものかを存在の全体で感じとることができたとき、ただそこにいることの喜びをツアー参加者やスタッフたちと共有することができたとき、無邪気なまでに前向きに森尾は未来を信じていられた。

遭難の直後には、森尾はすべてを失ったと感じたものだった。未必の故意による殺人などという荒唐無稽な容疑は別として、生還させられたかもしれない命を失わせたというそのことは、森尾にとってまさに痛恨の極みだった。

パートナーの藤木を失って、会社は清算を余儀なくされた。森尾の人生はゼロからの仕切り直しになった。すべての清算作業を終えたとき、そこから先の人生に希望が見いだせることなどもはやないだろうと感じていた。

それでも時間は降り積もる雪のように、知らぬ間に真綿のような希望で森尾の魂を包んでくれていた。人生とは生きるに値するものだということを、人生そのものが教えてくれたようだった。

そしていままたこの運命の転変のときに、森尾に生への揺らぐことのない意志を与えてくれる人々がいる。それが岸田であり、篠原ひろみをはじめとするあの遭難からの生還者であり、森尾を信じ、巨額の負債を背負いながら、弁護費用を負担してくれている父と母だった。

あのアスパイアリングの自然が人生に希望と勇気を与えてくれたように、いまここで森尾の人生を生きるに値するものにしてくれているのが彼らだった。

最悪の状況でこそ噛みしめることのできる幸福というものがおそらくあるのだろう。あの暴風雪のアスパイアリングを森尾はふたたび思った。

絶えず目の前に立ちはだかる絶望という障壁を乗り越えて、一歩でも半歩でも先に進むことだけに希望を繋ぐだけだったあの過酷な時間――。

そんな状況のなかで森尾を支えてくれたのは、森尾を信じ、自分たちもあらん限りの気力と体力を振り絞って、生への希望を最後まで失うことのなかった仲間たちだった。そこではお互いが、魂を凍りつかせるような過酷な自然に抗うための熱源であり、希望の源だったのだ。

嵐のアスパイアリングからの生還への道のりで命を失った三名も、生の限りを尽くして過酷な自然の脅威と闘った。彼らによってもまた森尾たちが支えられていたのは言うまでもないことだった。

希望とは人々の心のあいだで受け渡される灯火のようなものなのだと森尾は思う。いまの森尾を支えてくれているのも、そんな人々がいてくれることへの無条件の信頼だった。

ふと気がつくと、涙が頬を伝っていた。それは自分の不幸を嘆く涙ではない。人生最悪のヒドンクレバスを踏み抜いた自分に、救いの手を伸ばしてくれている人々がいる。そのことが森尾の心に温かい感情を呼び起こしていた。

生きようとすることは、生に執着することは素晴らしいことなのだと、森尾はいま素直に考えることができた。ヨセミテやシャモニーのあの絶望的ともいえる垂壁を前にして、決してたじろぐことのなかった自分を思い起こす。

わずかに爪がかかる程度のホールドや指一本こじ入れられるだけの岩の割れ目に体を預

け、わずか数十センチ上に移動するだけのために全身の筋肉を消耗させ、ひたすら神経をすり減らす。

一つ間違えれば谷底へ真っ逆さまの、標高差一〇〇〇メートルを超す険悪な壁の登攀も、すべてはそんな動作の気が遠くなるような繰り返しでしかない。

しかしそんな労苦の果てに頂に立ったとき、世界は静謐（せいひつ）で慈愛に満ちた祝福で迎えてくれる。それは自分の胸の裡（うち）でのみ誇るべき栄誉だった。

自分の生になにほどの意味があるのか、哲学にも宗教にも縁のない森尾にはわからない。しかしそれを燃え立たせるのも吹き消すのも自分次第だということは知っている。それなら命が続く限りそれを燃焼させたい。

岸田がいみじくも言ったように、法廷が原告と被告が勝った負けたを争う場なら、いまはその勝負に全身全霊をかけることが、森尾にとって自らの生を燃え立たせる唯一の道だった。

第七章

1

森尾は午前二時に起床した。

テントの外に出ると、頭上は重苦しいほど密集した星月夜だ。西に傾いた月の光を受けて、雪をいただいた周囲の峰々が、雲海の上に燐光(りんこう)を放ってでもいるように浮かんでいる。

風は南からやや東寄りに変わっていた。タズマン海にある低気圧の影響だと思われたが、まだ急速な天候悪化の兆しだとは思えない。

気象通報のデータから見ても、この一帯が低気圧の影響下に入るのはたぶん夜からだ。アタックは夕刻までに終わる予定だから、この日の行動に支障(ししょう)はない。むしろきょうこそ願ってもないチャンスだろう。気温は氷点下六度。この季節としてはまずまずの冷え込みで、午前中はいい具合に雪が締まってくれそうだ。

客たちのテントはまだ暗い。ぐっすり寝込んでくれているならけっこうなことだ。出発は午前四時を予定している。全員が午後九時には床についたから、あと一時間も寝てもらい、三時起床で登攀の準備と朝食は十分間に合う。

内村とケビンもテントから出てきた。森尾とケビンで装備の最終点検をし、内村はコッヘルに雪を集めて水をつくる。藤木はもう一眠りする気だろう。テントからはかすかに鼾(いびき)が聞こえてくる。

当人にすれば、半ばは日本での多忙な仕事の骨休みという気分もあるはずだ。もともと山屋だった藤木にとって、社長業がストレスの溜まる仕事だとは森尾にも想像がつく。尻を叩いてこき使おうという気にはならない。

「お客さんたちのコンディションで、なにか気づいたことはあるかい」

ケビンに訊いてみた。ここはいわゆる高所というほどの標高ではないが、ケビンはヒマラヤのエキスパートで、かつてはニュージーランドのナショナルチームに参加して、八〇〇〇メートル級の難峰に遠征したこともある。メンバーの基礎体力やコンディションに関して彼の判断は信頼できる。

「気になる人が一人いるけど、でも大丈夫だと思うよ」

客たちが使用するハーネスを一つ一つチェックしながらケビンが応じる。

「伊川さんか」

　確認すると、ケビンは頷いた。

「きのうはとくにペースが乱れることもなくて、見た目は元気なようだったけど、ちょっとした登りでほかの人より呼吸が荒かった。汗もだいぶかいていたようだし」

「そこまでは気がつかなかったな」

　おとといの不調が記憶に残っていたので、逆にきのうは見た目の元気さが印象づけられたのかもしれない。ケビンは慎重に応じる。

「もともとそうなのか、今回に限って体調が落ちているのか判断が難しいけど、トレッキングのときもときどきペースが落ちていたね」

「それはおれたちも気づいていたんだよ。ただきのう確認したら、本人は完全に回復したと答えていたんでね」

「無理しているような感じはあったよ。でも心配はないと思う。彼女はコンディションの悪さを気持ちで克服するタイプだと思うから」

　ケビンはこともなげな口振りだ。伊川の登頂への強い意志は、これまで交わした会話からもよく知っている。むしろ過剰ではないかと思うくらいだったが、ここではそれがプラスに働くと期待したい。

　不調を気持ちで克服するというケビンの言い方は納得できる。クライマーに限らず、ある意味でそれはアスリートにとって必須の条件だ。ベストコンディションのときだけ挑戦が許されるなら、登山に限らずあらゆるスポーツ分野で、金字塔と言われるような記録は激減するだろう。自分についても当てはまる。藤木とともにヨセミテで達成したいくつもの初登にしても、むしろ体調不良を気力で克服したケースのほうが多かった。

「そういうお客さんをきっちりサポートして頂上に連れて行くのが、おれたちのビジネスだからね」

森尾は小さな自負を覚えながら言った。それは藤木とも一致している考えだった。そのときのコンディションも含め、当人の登攀能力を上回る場所に登るのに、できる限り手を貸してやる——。それが山岳ガイドの存在理由だ。

頭上の星空を仰ぎながらケビンは言う。

「なにも起きなければ、今回も全員登頂を果たせるさ。少なくともきょう一日の好天に関しては、マオリの神様が保証してくれている」

登攀の準備を始めているのだろう。周辺のテントもぽつりぽつりと明かりが灯りだし、コリン・トッド小屋の窓からも光が漏れている。

起き抜けの頭の重さもいまは消え、森尾の気持ちも前に向いていた。ツアー客にもいろいろなタイプがいる。コンディションよりも当人の性格が問題なケースもある。

その点で今回のパーティはベストメンバーと言ってよさそうだ。派閥が生まれたり孤立者が出たりということがない。全員が和やかに気持ちを通わせ合い、一つの目標に向かうチームとしての結束を感じさせた。

傍らでジッパーを上げる音がして、ヘッドランプを着けた篠原ひろみがテントから顔を覗かせた。こちらの物音が聞こえたらしい。

「まだ寝てていいんですよ。朝食の準備ができたら起こしますから」

森尾が声をかけると、ひろみは屈託なく応じた。

「目が冴えちゃって寝てられないんですよ。それに食事の支度は手伝わせてもらう約束だから」

「だったらお願いしようかな。ひろみさんがアレンジしてくれたお陰で、ゆうべの食事は飛びきり美味しかったからね」

「あれ、私もびっくりするほど成功したのよ。いつもうまくいくとは限らないけど、試行錯誤も大事だからね」

言いながらひろみはテントから這い出して、傍らに立って寒気に軽く身震いする。森尾は問いかけた。

「伊川さんは?」

「心配ないんじゃないかしら。まだ熟睡してるけど、ゆうべは食事のあとも元気でお喋りしてたし、たっぷり眠れば気力も体力も充実するはずだし」

その楽観的な見通しにも安心した。ニュージーランド入りして以来、ホテルもテントも相部屋で、二人はいちばん気心が知れているはずだった。

「ほかのみなさんはどんな調子なの？」

こんどはひろみが訊いてくる。ケビンの顔を覗くと、問題なしと言うように両手を広げてみせる。森尾は笑って答えた。

「不調を訴えている人はいないし、きのうの夕食の食べっぷりからしても、ここしばらくは故障しそうにないですよ」

「川井さんなんか、食べ過ぎておなかを壊すんじゃないかって心配してたんだけど」

ひろみも笑いながら、内村が運んでくる雪をストーブにかけたコッヘルに放り込む。

朝食のメニューはさほど手間はかからない。ハンバーグと野菜のソテーにインスタントスープ。主食は好みに応じてアルファ米かパンになる。それでも普通のパーティのアタック当日の朝食と比べれば豪勢だ。

昼食のサンドイッチと飲み物も各自が携行する分を用意する。そのための水がけっこうな量になる。前日に用意できればいいが、それでは夜間に凍ってしまうため、けっきょく朝起きてからつくるしかない。

雪を融かす作業と並行し、ひろみは食材の下ごしらえを始める。彼女が買って出たとはいえ、心苦しく感じるところはあるが、きのうの手際を見ても、味だけでなく見栄えも素晴らしかった。無理に遠慮して、出来栄えの劣る料理を客に提供するのはさらに心苦しいと自分を納得させて、ここはお任せすることにした。

コッヘルに溜まった水からかすかに湯気が上がり出すころには、ほかの客たちも目を覚ましたようで、男性客三人のテントに明かりが灯った。なかでごそごそ音がする。個人装備の整理でもしているらしい。

起床予定の午前三時までだいぶ間があるが、彼らも目が冴えて眠れないらしい。伊川のいる女性用のテントは暗いままだが、ひろみの話を聞く限り、取り越し苦労は無用だろう。

北西稜の上部からは峰を吹き渡る風音が聞こえてくる。谷を埋める雲海の一部がちぎれ、真綿のような塊になってアスパイアリングの頂をかすめていく。

明け方に向かい寒気はさらに強まったが、ガスストーブの青い炎とかすかに響く燃焼音が心を芯から温めてくれる。

周囲の幕営地からも、人声やアイゼンやカラビナが擦れ合う金属音が聞こえてくる。ほかのパーティもきょうは躊躇なくアタックに向かうとみてよさそうだ。

出来上がった水を使ってひろみがコーヒーを淹れ始める。ガスの燃焼音にパーコレーターが奏でる軽やかな抽出音が混じって、香ばしい香りが周囲に漂い始めると、宮田と川井と勝田の三人がテントからのそのそ這い出してきた。すでに支度は終えていたようで、ウエアもシューズもきっちり身につけている。

「山のなかではなかなか本格コーヒーにはありつけないからね。ひろみちゃんの腕も最高だし」

自分のマグカップを差し出して、宮田はさっそくおねだりの体勢だ。勝田と川井もカップを手にしてキッチンテントの傍らにしゃがみ込む。

「もう少しお待ちを。高所だと沸騰温度が低いから、少し時間がかかるのよ。そのあたりの加減が腕の見せどころなんだけど」

ひろみはパーコレーターの透明窓から抽出の具合を確認する。ヘッドランプの光ではその判断が難しく、森尾はしばしば失敗するが、ゆうべもひろみは上々の味に仕上げてみせた。月明かりに妖（あや）しく光るアスパイアリングを仰ぎながら勝田がため息をつく。

「しかしいよいよね。きょうの昼にはあの頂に立つんだと思うと、身が引き締まる思いよ」

「腹のあたりはあまり締まっていないようだけど、そこは気力でカバーということだね」

メタボ気味の勝田の腹を見ながら宮田が茶化（ちゃか）す。勝田は少しも動じない。

「そうやって人を馬鹿にしていると、万一のときに泣きをみることになりますよ。遭難の際には、これが貴重なエネルギーの貯蔵庫になるんだから。分けてくれって言ってもだめですよ」

「遭難なんて縁起の悪いことは言わないでくださいよ、勝田さん。ここはマオリの神様を信じていかなくちゃ」

川井が横から口を出す。きのうからすっかりマオリの神様の信者になっているようだ。あのビールの霊験がよほどあらたかだったらしい。宮田がさっそく話を合わせる。

「そうだよ。きょうの天候なら頂上はもうゲットしたようなもんだ。このパーティは全員心がけがいいからな」

「だったらお腹のことは言いっこなしですよ。これでもちょっとは気にしてるんだから」

勝田は不満げに釘を刺す。香ばしい湯気が立つパーコレーターをストーブから下ろし、ひろみが元気よく声をかける。

「できましたよ。みなさん、順番にカップを出してください」

聞き分けのない子供のように三人は一斉にカップを突きだした。ひろみはやれやれという仕草でそれぞれに出来たてのコーヒーを注いでいく。

「こりゃ美味そうだな。森尾が淹れるのとは段違いな香りだな」

背後で声がして、振り向くと藤木がテントから出てきたところだった。

「おはようございます。隊長さんはまだ寝ててもよかったのに」

川井が声をかける。藤木は大袈裟に首を振る。

「隊長なんて滅相もない。私はあくまで下働きで、パーティをリードするのは森尾やケビンや内村ですから。東京暮らしで体が鈍ってますので、せいぜいみなさんにご迷惑をかけないように気を入れてうしろについて参ります」

「またまた、わざとらしく謙遜したりして。おれがボスだって顔にしっかり書いてあるじゃないですか」

川井が軽口で応じると、宮田も弾んだ声で言う。

「森尾君やケビンも優秀なガイドだけど、やっぱりサザンアルプスの第一人者は藤木さんだからね。今回は特別参加ということで、我々もツイてるというわけだ。大船に乗った気で登らせてもらいますよ」

「そこまで頼りにされるとこちらも気合いが入ります。みなさん、なかなか人を見る目がおありなようで」

藤木は遠慮なしに胸をそらせる。森尾はすかさず口を挟んだ。

「あまりおだてないでください。気が大きくなると手がつけられないたちですから」

それが藤木の欠点ではないことを、むろん森尾は承知している。ヨセミテやシャモニーで自分がいくつもの未踏ルートを攻略できたのは、過剰ともいえる藤木の自信あってのものだった。

クライマーとして全盛期の藤木にとって、登りたくなった壁はすなわち登れる壁だった。困難であっても魅力的なルートを見つけると、ものの一時間ほど眺めただけで、藤木はあっさり答えを出した。

「登るぞ、森尾。ここは生涯で出会った最高のルートだ」

「しかし難しいよ。人間に登れる壁には見えないけど」

「なあに、おれたちには力がある。これまでだってなんとかなったんだ。あの壁はずっとおれたちを待っていてくれた。なんとかしてやるのがクライマーとしての礼儀というものだろう」

当人としても自己暗示をかけているつもりかもしれないが、そういうわけのわからない理屈で説得されると、森尾のなかにも魔法のように自信が湧いてきた。

それで成功したことも、命からがら退散したこともある。藤木がクライマーからの引退を余儀なくされたヨセミテでの転落事故も、そんな自信満々のチャレンジの結果だったのは言うまでもない。

しかし藤木はめげなかった。ほとんど社会人経験がなく、大学を出てからはひたすら岩にとりつくだけの生活を送っていた。そんな藤木にとって、山に関係するとはいえ、会社を設立し、人を雇ってビジネスを始めることは、間違いなく生涯最大のチャレンジだっただろう。当初はかなりの借金をしたとも聞いていた。

岩を登ることなら、どんなに困難でも切り抜ける自信は持っていた。それは森尾にしても同様だった。しかし会社経営という未知の分野への挑戦に、怯（ひる）むこともなく乗り出していったのがまさに藤木の真骨頂だった。

その「なんとかなるさ精神」で、藤木は見事にルートを拓いた。それがアスパイアリング・ツアーズで、そのルートをたどって、すでに数百人の日本の登山愛好家がアスパイアリングの頂に立っている。

そんな藤木とともに働けることを、森尾は誇らしく思っている。希望は与えられるものではなく、自らつくりだすものだということを生まれながらに知っているかのように、藤木は決してうしろを振り向かない。

半年前の離婚にしても、妻であると同時にビジネス上の片腕だった美佐子を失ったことは、精神面でも経営面でも大きな痛手のはずだった。妻に裏切られての離婚の上に、調停も長期に及んだ。

藤木はそのことについて、森尾や従業員には多くを語らず、妻が担当していた経理の仕事はすべて自分が引き受けた。営業活動が多忙な上に、調停にも時間をとられ、睡眠時間も減っていたようで、日ごとに体重が落ちていくのが傍目にも明らかだった。

離婚騒動の内実を森尾が聞かされたのは調停に決着がついてからで、それがどれほどタフな闘いだったか、話を聞いて初めてわかった。それから数カ月で藤木は見事に経営を立て直してみせた。

会社の財務を自ら掌握したことが、結果的にいい方向に作用したようで、銀行との関係も安定し、資金繰りにも余裕が出た。そんなこともあり、藤木はさらに事業の拡大を目論(もくろ)んでいるようで、クイーンズタウンかワナカに自前のリゾートホテルを所有する腹案を、森尾は最近打ち明けられている。

うしろ髪を引かれながらもプレイングマネージャーとしての立場は返上し、現場での仕事は森尾に任せ、当人は経営に専念したいような考えも漏らしている。

森尾としては寂(さび)しいところもあるが、藤木は征服すべきもう一つの山にいま魅了されているようだった。負傷によってやむなく転身したビジネスの世界でも、間違いなく勝利を収められるはずだと、持ち前の楽観主義ですでに確信しているのだろう。

藤木と挑んだヨセミテやシャモニーの巨壁のように、どんな危険が待ち構えているかはわからない。山でのように命を失うことはないにせよ、すべてを失って丸裸になる危険は必ずついて回る。

しかし森尾もすでにそんな熱病に感染しているらしい。大袈裟に言えば、藤木が連れて行ってくれるところならこの世の地獄でもかまわない。藤木と共に山に登って、命を失いかけたことは数え切れないが、それでも後悔したことは一度もない。それらのすべてが生きた甲斐のある時間だった。

持って生まれた人徳としか言いようがないが、藤木にはそんな説明不能な魅力がある。今回の客たちもまた、すでにそれに引き込まれているのが森尾にはよくわかる。

2

「なんにしてもさ。おれはこのツアーに参加してよかったよ。山ってのはただ登ればいいってもんじゃないからね――」

宮田が真面目な調子で語り出す。

「これまでずいぶんあちこちの山を登ったけど、しっかり記憶に残っている山行とそうじゃないのがあるんだね。記憶に残らないといっても、つまらなかったわけでもないと思うんだよ。そのときの写真を見ると、天候に恵まれて、景色も最高だし、自分もにこにこ写真に写っているわけだから」

「でも、なんだか具体的なシーンが思い出せないんでしょう。どこをどう歩いたとか、頂上に着いたときどんな気分だったとか」

川井が合いの手を入れる。宮田はそのとおりだというように身を乗り出す。

「贅沢なことを言うようだけど、なんのトラブルもなくスイスイ登って下りてきたときのことって、どうもはっきり覚えていないんだよ。逆に悪天や怪我で遭難しかかったときのことは、映画を観るように鮮明に思い出せるんだ」

「そうそう。あとで考えるとそれがすごくいい思い出になっている。なんだろうね、あれって」

「人間関係だと思うんだよ。そういうときって、手を貸してくれた仲間や、通りすがりに声をかけてくれた人の優しさが、心にじんわり染み込むんだよ」

「たしかにね。一人で登っていてトラブったときに、ちょっとでもサポートしてくれた人のことはたぶん一生忘れないね」

そんなシーンを思い浮かべるように川井が頷くと、勝田が突っ込みを入れてくる。

「それじゃ今回のツアーも、思い出深いものにするためにはトラブルが起きたほうがいいように聞こえるな」

「そういう意味じゃないんだよ。逆にこのパーティには、ここまでなんのトラブルもなかったのに、そんな気持ちの通い合いがあるんだよ。なんだか不思議だと思ってね」

落ち着いた口調で宮田は応じる。主菜のハンバーグをフライパンに並べながら、ひろみも会話に加わった。

「私もいくつかツアーは経験してるけど、今回のパーティってどこか違うよね。なんか家族みたいな感じ。お互い言いたいことが言えるし」

「ただ一緒に登って、下ったらなんとなく解散して、それで付き合いは終わりというのが大半だもんね」

川井が頷く。ひろみは森尾に問いかける。

「アスパイアリング・ツアーズのパーティって、いつもこんな感じなの？」

「ほかの会社のツアーと比べると、雰囲気はいいほうじゃないですか。あんまり言うと宣伝になっちゃうけど――。ただ今回のみなさんはまたちょっと違うような気がします。本当に素敵な人ばかり集まってますからね。こんなにムードのいいパーティは、うちのツアーでもそうはないですよ」

「二割くらいはセールストークとして割り引いておくけど、森尾さんの言うことも当たっているような気がするね。会社にいたって実家の家族と一緒にいたって、おれはここまで寛げないもの。いい人たちと出会えてよかったよ。できたらまた別の山に一緒に登りたいよね」

感慨深げに川井が言うと、宮田も勝田もひろみも同感だというように頷いた。

「まあ、お客さんにもいろんなタイプがいるからね。こちらはどんなパーティでも安全に頂上を極めてもらうのが仕事だから、選り好みはしません。それでも今回みたいに気持ちが通い合うパーティは嬉しいね。マオリの神様だって歓迎するんじゃないですか」

藤木が言う。マオリの神様は引っ張りだこだが、たしかに頭上の星空を見れば、神様の機嫌はことのほか芳しいようだった。

そんな雑談を交わしているうちに、ハンバーグと付け合わせの野菜もいい具合に焼き上がり、食欲をそそる香りが漂い出した。

時計を見ると午前三時少し前。漆黒だった東の空がわずかに紫色を帯びている。寒気はさらに強まってきた。氷点下一〇度くらいまで下がっていそうだが、すでに体が冷涼な環境に慣れているようで、全員がダウンジャケットを羽織ることもなく、セーターにアノラックだけで平気な顔だ。

「そろそろ食事の時間ですけど、伊川さんがまだですね」

内村が心配そうに言う。予定していた起床時間には早いが、ほかのメンバーが全員起きてしまったことを考えると、いささか気がかりになってくる。

「私が様子を見てくるよ。内村さんはスープとパンとアルファ米を用意しといて。森尾さんはハンバーグと野菜の盛りつけをお願いね」

有無を言わさぬ調子で指示を出し、ひろみが立ち上がる。ツアーの賄い関係はもう完全に仕切られているようだ。

ひろみはテントのジッパーを開け、素早くなかに潜り込む。暗かったテントが行灯のように明るくなった。なかでなにか話しているようだが、ここまで声は聞こえない。

「なに、心配ないですよ。みなさんが少々早起き過ぎるわけだから。どやしつけなきゃ起きてくれない朝寝坊のお客さんも珍しくはないんです」

気楽な調子で藤木が言う。様子を窺っていると、まもなくひろみがテントから出てきて、続いてダウンジャケットを着た伊川が姿を見せた。歩み寄る足取りがやや重そうだが、起き抜けならそれは普通のことだ。

「お早うございます。私がいちばん朝寝坊だったみたいね」

伊川は元気に挨拶する。声には張りがある。体調が優れない様子も見られない。安堵しながら森尾は声をかけた。

「お早うございます。よく眠れましたか」

「ええ、よく眠れたわ。隣のテントの鼾がちょっとうるさかったけど」

宮田たち三人が肘で突き合う。その表情を見れば、全員どうやら思い当たるところがあるらしい。

鼾はテント生活では馬鹿にできない問題だ。それが原因でパーティに険悪なムードが生まれることもあるが、いまのところその心配はなさそうだ。昨夜は森尾も寝入りばなに藤木の鼾に悩まされたが、テント生活はまだ一日目。お互い大目に見る度量はあるだろう。

伊川はキッチンテントの人の輪に加わった。持参したマグカップに内村がコーヒーを注いでやると、香りの良さを賞賛はしたものの、わずかに口をつけただけで、あとはカップを抱え込んだままなのが気になった。クイーンズタウンのホテルでの食事では何杯もお代わりしていたから、コーヒーが嫌いということはない。

間近に見ると、表情にどこか精彩がない。森尾はさりげなく訊いてみた。

「体調はどうですか？」

「絶好調よ。いますぐ登り始めたいくらい」

伊川は明るい声で答える。彼女の場合、多少の不調は隠してしまう心配もあるが、とりあえずは本人の言葉を信じるべきだろう。

食事の準備が整ったところで、藤木が恒例の挨拶をする。

「さて、いよいよ本番です。アスパイアリングは、みなさんの体力や経験を考えれば、決して困難な山じゃありません。しかし登って下りて約十二時間の行程には、バットレスをはじめ難度の高いポイントがいくつかあります。我々も万全のサポートをするつもりですが、決して気は抜かないでください。そして踏みしめる一歩一歩を体と心でしっかりと味わってください。みなさんの思いの強さに、山は必ず応えてくれます――」

耳を傾ける客たちの表情が引き締まる。東の地平線近くの空はさらに赤みが加わって、頭上の星々の数も減っている。アスパイアリングの頂は、西に大きく傾いた月の光を受けて、冥府(めいふ)の王のように蒼ざめてそそり立つ。

3

食事を終え、各自が装備を調え、キャンプ地を出発したのは予定どおりの午前四時だった。

最初の難関のバットレスまでは一時間半ほどの行程で、岩稜とサーマ氷河側の雪壁のトラバース（横移動）が交互に続く。とくに危険のない箇所なのでロープはまだ結んでいない。

ケビンがトップに立ち、ラストを藤木が受け持つ。森尾と内村は客たちのあいだに混じって、その動きに目を配り、必要に応じてアドバイスもする。

空はだいぶ明るんで、東の地平線付近はうっすらピンクに染まっているが、日の出まではだいぶ間がある。足元が暗いのでヘッドランプは欠かせない。

北西稜はまだこのあたりでは傾斜が緩いが、ニュージーランドの山には日本のように整備された登山道がない。折り重なった岩塊を乗り越え、迂回し、ときには体を屈めて下をくぐる。そんなルートではペースが整えにくい。それでもパーティの足並みはまずまず揃っていた。

心配していた伊川は隊列の中ほどを歩き、森尾はそのすぐうしろについているが、足取りが覚束ないということはなく、呼吸の乱れもさほど感じない。

それでも気になることが一つあった。出発直前に、忘れ物やゴミがないかキャンプ周辺をチェックをして回った内村が、伊川たちのテントの近くで吐瀉物を発見したというのだ。

ゆうべも食事の前に雪集めで通りかかったが、そのときは見かけなかったという。だから夕食後から今朝にかけて、誰かがそこで嘔吐(おうと)したとしか考えられない。いちばん近いのが伊川とひろみのテントだった。

きょうの朝食の状況を見る限り、伊川の食欲はごく普通で、川井や勝田のようにスープのお代わりをするほどではなかったが、出されたものは残さなかった。

アタック前の緊張で食欲をなくしたり嘔吐したりする客は珍しくない。まして気負いの強い伊川なら、そういうことはおくびにも出さないことも考えられる。

しかし危なげない動作で大岩を乗り越える伊川の様子を見れば、コンディションに問題があるとは思えない。ほかの客たちもペースは上々で、先頭を行くケビンを立ち止まらせることもほとんどない。

一時間ほど登ったところで急な雪壁をトラバースする場所に出る。そこで小休止し、全員がアイゼンを装着する。

空はだいぶ明るくなってきた。ヘッドランプはもう要らない。眼下の谷は雲海で埋め尽くされ、周囲の峰の山肌がかすかに赤みを帯びてきた。

客たちはテルモスに詰めてきた紅茶で水分を補給する。気温は氷点下一〇度近いはずだが、重ね着したウェアの下の肌はかすかに汗ばんでいる。

ケビンと手分けして客たちのアイゼンの装着状態を確認する。伊川の右足のベルトが緩んだままなのに気づいて、森尾は声をかけた。

「伊川さん、それじゃ危ない」

「あ、うっかりしてた。まだ寝ぼけているのかしら」

伊川は慌ててバックルを締め直す。彼女にすれば珍しいミスだ。いつもならメンバーの装備の不備を目ざとく見つけ、いちいち注意して煙(けむ)ったがられる。

「大丈夫かい、伊川さん。顔色が悪いような気がするけど」

宮田が伊川の顔を覗き込む。空が明るくなったといっても、いまいる場所は稜線の陰になり、顔色までは判別しにくいが、宮田は全体の印象からそう感じたのだろう。間近に見るとどこか憔悴(しょうすい)した様子が窺えて、喉のあたりにうっすら汗が滲んでいる。

「大丈夫です。いつもより調子いいくらい。体は重くないし、みなさんのペースが遅く感じるくらいだから」

ひとこと余計なのが伊川らしいが、気持ちはしっかり前を向いているようだ。そのへんの呼吸は宮田も弁(わきま)えているようで、鷹揚に笑って受け流す。

「いまは慣らし運転中だからね。おれだってこれから調子が上がってくるんだよ。でも無理に張り切ることはないからさ。山は逃げないし、天候だって、きょう一日はどうみたってもちそうだし」

谷間を埋めていた雲海が朝雲となって湧き上がり、ときおり峰々の頂を隠しはするが、頭上には悪天の予兆の高層雲はまだ現れない。西の地平線には黒ずんだ積雲のわだかまりが見えるが、ここまでやってくるにはまだ時間がかかるだろう。

「そうは言っても、一分でも早く頂上に立ちたいじゃない」

伊川はかすかに苛立ちを覗かせる。同感だというように川井が応じる。

「気持ちはわかるよ。あんな近くに頂上が見えているんだから、できれば駆け上がりたいくらいだよ。早く登れば、それだけ長く頂上にいられるしね」

「たしかにここまで来た以上、全力を尽くして登るのが山に対する礼儀だけどね。でも山に合わせて登る謙虚さだって、忘れちゃいけないと思いますよ」

藤木が宥めるように口を挟む。伊川が問い返す。

「山に合わせて登る？」

「ええ。山は人間が登るためにつくられたわけじゃない。好きで登っているのは我々なわけで、こちらの勝手な注文に山は応じてくれません。大事なのは山の心を理解することなんですよ」

「山の心ですか」

川井が驚いたような顔をする。藤木は諭すようにさらに続ける。

「そうです。山の心——。それを無視すると、山は手痛いしっぺ返しをしてきます。この場所にいる限り、アスパイアリングが主で、我々はその客に過ぎません。挑戦するとか征服するとかという考えは捨てて、その懐で遊ばせてもらう。それが山とのいちばん幸福な付き合い方だと思うんです」

「なんだか説得力のある話ね。ここにいると、私もなにか大きなものに抱かれているような気がするの」

ひろみは感じ入ったような表情だ。頷きながら森尾は言った。

「人が山に惹きつけられるいちばんの理由がそれかもしれないね。それがわかるまでに、僕はずいぶん時間がかかりましたよ。もちろん藤木もね。事故で大怪我をして、クライマーとしての人生を諦めるまで気がつかなかったわけだから」

藤木は笑って言った。

「森尾の言うとおりですよ。あっちの岩壁、こっちの氷壁と記録ばっかり追いかけて、山の心なんてまったく眼中になかった。それで天罰が下ったのかもしれないね。だからいまは心を改めて、登らせていただくという謙虚な気持ちを大事にしています。そのご利益で、アスパイアリングがしっかり飯を食わせてくれています」

「だったら面倒見のいい山じゃない。藤木さんが言うように謙虚な気持ちで登らせてもらえば、下界でのおれのビジネスにも、なにかご利益があるかもしれないね」

勝田が言うと、宮田がまた茶化しに入る。

「そうやってなんでも商売に結びつけるのが、経営コンサルタントという商売の悲しい性(さが)だね。そんな欲得ずくで登りたがる人がパーティに混じっていると、かえって山の機嫌を損ねるんじゃないかと心配だよ」

「それはあくまで結果の話で、あの頂に立ちたいというおれの気持ちは純粋だよ」

向きになって勝田は応じる。とりなすように川井が言う。

「まあまあ、熟年世代お二人の山にかける情熱には頭が下がります。仲違い（なかたが）せずに、アスパイアリングの御心（みこころ）に従って、謙虚な気持ちで頂を踏ませていただければ、それが自分の人生にとって大きな宝物になるわけですから」

マオリの神様に代わって、いまやアスパイアリングが信仰の対象になり始めた気配だが、意味するところは同じだろう。

人が山と闘っても勝ち目はない。エベレストを初登頂したヒラリーにしても、その無酸素初登頂を果たしたメスナーにしても、決して山に闘いを挑んだのではないはずだ。挑戦とか征服というのはマスコミが好む言葉で、彼らもまた山に対して常に謙虚さを失っていないことは、その著書を読めばよくわかる。

ケビンにしてもそうなのだ。いまも南半球が冬の時季はヒマラヤに入り浸り、数々の難峰、難壁に記録を残す世界的なクライマーだが、彼がヒマラヤについて語るときの表情は、遊園地で遊んできた子供が土産話をしているように楽しげだ。

山にはそれぞれ独特の鼓動があると彼は言う。その鼓動に耳を傾け、山の心と対話することが、登山という行為がもたらすいちばん大きな喜びだと。

「そうだよね。私も山からもらった宝物は数え切れないよ——」

思いのこもった表情でひろみが応じる。

「生きていることの意味が、山に登り出す前はちっともわからなかったの。自分がここにいることって無意味なんじゃないかって。どんなに頑張って生きたって、死ねばすべてを失うわけだから。でも山に登るようになってから、なんとなくわかるようになってきた。それは言葉で言えるようなことじゃないんだけど、ある日ふと、心の奥で納得がいったのよ」

「生きていることの意味ってのは、考えてわかることじゃないんだね。意外かもしれないけど、私だってそういうことに悩んだ時期もあるんです——」

生真面目な顔つきで藤木が口を開いた。

「いまだって人に説教できるような立派な答えを見つけたわけじゃないんです。でも、感じることはあるんですよ。自分のなかで確実になにかが変わっていく感覚というのかな。山にいると無言のメッセージのようなものが心に響いてくるんです。そしてただ率直に感じるんです。生きることは無条件にいいことだと。この世に生まれてきた以上は、それを心ゆくまで楽しむべきなんだと——」

伊川が納得したように頷いた。

「そうよね。こんなきれいな山があって、自分がそこを登ることができて、それが幸せに感じられるんなら、そのこと自体が生きていることの意味かもしれないわね。山だってそれを幸せに感じてくれるんじゃないかしら」

「そんなところかもしれないね。さて、出発することにしますか」

藤木が促すと全員が立ち上がった。危険というほどではないが、雪壁はかなり傾斜がある。それを横断しきるまでの三〇〇メートルほどの道のりは、いつもロープで結び合うことにしている。慣れた手順で全員がハーネスにロープを結ぶと、ケビンが元気よく声をかけた。

「みなさん、アイゼンがしっかり締まっているか、もう一度確認してください。早朝で雪は固くなっています。しっかりと雪面にアイゼンを踏み込んでください」

眼下数百メートル下にはサーマ氷河のクレバス帯が広がる。下まで滑落すれば命はないが、万一の際にそれを停めるのがガイドの責務だ。きょうまで何十回と無難に通過してきたポイントだが、それでも森尾は気持ちを引き締めた。

アスパイアリングの懐で戯れること――。それは舐めた気持ちで登ることとは意味が違う。真剣であればあるほど遊びの楽しみは深まるものなのだ。

4

雪壁のトラバースと緩傾斜の岩稜の登りを何度か繰り返し、バットレスの基部に着いたのは午前六時少し前だった。

ここまでのペースとしてはまずまず順調だ。心配していた伊川も、全体のペースを遅らせるどころか、宮田と勝田の年配組が煽られるほどだった。しかし難所が続くのはここから先だ。

東の雲海の一角が曙光(しょこう)の兆しの濃い朱色に染まっている。眼下に見る雲海もボナー氷河も、その向こうに盛り上がるロブ・ロイの山肌も淡いピンクに彩られている。

空の西半分は夜の名残(なごり)の紫色だが、東は十分に明るんで、バットレスの荒々しい岩肌が細部まではっきり見てとれる。

高度差は約三〇〇メートル。ツアー登山の対象となる山で、これだけの岩場のあるコースは珍しいだろう。日本の山にも岩場のある一般ルートは少なくないが、そのほとんどに鎖や梯子が設置されている。

しかしニュージーランドの自然保護の考えは徹底していて、ルートには人工物は一切設置しない。だからどんなルートでも、初登攀されたときの状態そのままを体験できる。

バットレスはサーマ氷河側に巻き道があり、岩場を迂回することも可能だが、それではアスパイアリング登山の核心をパスしてしまうことになる。

そこでアスパイアリング・ツアーズの場合、藤木が開拓し、これまですべてのツアー客を安全に登らせてきた、通称フジキ・ルートを登ることにしている。十分に安全性を確保した上でロッククライミングの楽しみが味わえる点が、これまでの参加者にはすこぶる好評だった。

まずケビンがトップに立って、ルートに沿ってロープを伸ばしていく。要所の岩角にスリングを掛け、あるいは岩の割れ目にナッツやカム（いずれも岩のあいだに差し込んで確保支点をつくるための金属製の器具）を使ってロープをセットする。ほぼ五〇メートルいっぱいまで伸ばしたところで、後続が登攀を開始する。

固定したロープは万一の墜落に備えるもので、それに頼って登るわけではない。しかしそれがあるお陰で、安全を確保した上で岩登りの醍醐味も楽しめる。ルートは藤木が十分に吟味し、さらにケビンや森尾の意見を入れて改良したもので、三点確保の基本さえ身につけていれば問題なく登れる難易度だ。

問題は岩が脆く落石が発生しやすいことで、その点に最大の注意を払い、落石があった場合は声かけを徹底するように客たちにはくどいほど指導している。

後続のトップは内村に任せる。彼にとっては初めてのルートだが、岩の経験は豊富だから心配することはないだろう。

そのあとに宮田と勝田と伊川が続き、その次に森尾が入る。さらにそのあとに川井とひろみが入り、しんがりを務めるのが藤木だ。

森尾は前を行く三人の客を担当し、行き詰まるようなことがあればアドバイスし、必要ならそばまで登ってサポートする。藤木は残りの二人に対して同様のサポートをし、かつ固定したロープやスリングを回収しながら登ってくる。

負担の大きい仕事なので、いつもは森尾が担当しているが、藤木は自分から買って出た。プレイングマネージャーはそろそろ卒業だと言いながら、現役への未練はまだ断ちがたいらしい。

「OK。登ってきてください」

上からケビンが声をかける。内村がロープにアッセンダー（登高器）をセットする。上には動かせるが下向きに力がかかるとロックされる。それをロープでハーネスと結んでおけば、落下した際には確実にストップしてくれる。

内村にとっては初めてのルートだが、安定した身のこなしで登っていく。ホールドとスタンスの選択も適切で、体重移動もなかなかスムーズだ。浮き石のチェックも怠りない。クライミング技術の点に関しては、頼りになる新人のようだった。

宮田が後続する。動きは内村のように滑らかとはいかないが、三点確保を律儀に守り、大きくバランスを崩すことはない。続く勝田も危なげなところは感じさせない。

バットレスの斜度は均せば六〇度ほどだが、登っているときの感覚は垂直に近い。二人とも本格的なロッククライミングは経験していないと聞いているが、その着実な動作を見れば、一般ルートの岩場はかなりこなしているのだろう。

目顔で促すと、意を決したように伊川が登り出す。バランス感覚は先行した二人とさほど変わらず、行き詰まったり転落したりの心配はなさそうだが、動きはやや遅い。体重は彼らより軽いはずだが、体を持ち上げるのに苦労する様子が窺える。宮田たちとの筋力の差によるものなのか、やはり体調が不良なのか、まだ判断は難しい。

続けて森尾が登っていく。ツアーでここを登るたび、浮き石や緩んだ岩は安全を確認したうえで意識的に落としているが、それでも新たに生まれてくる。

岩が脆いのがアスパイアリングの難点で、それがなければ西壁をはじめとするダイナミックな岩のルートに、世界のロッククライマーが競ってルートを開拓したはずだった。

森尾のあとに川井が続く。男性陣ではいちばん若いから、見るからに馬力が違う。バランスの悪さを腕力でカバーするきらいはあるが、思い切りがよくスピードもある。

続いてひろみが登り始めた。もともとロッククライミングの素養があるから、動きに不安なところはまったくない。

しばらく登ると、雲海の上に目映い光芒が現れた。それがみるみる大きくなって、円盤のような太陽がわずかに顔を覗かせた。周囲の峰々や氷河が明るい薔薇色に染め上がる。伊川と勝田の距離がだいぶ開いて、森尾以下の隊列が渋滞気味になってきた。伊川のペースは相変わらず遅いが、場所が場所だからスピードを上げろとは言いにくい。

比較的平坦なバットレス基部までのルートでは気づかなかったが、腕力と脚力が不足しているのが見てとれる。ときおり足を踏み外し、バランスを崩しかけることもある。固定ロープがあるから転落する惧れはないが、その覚束ない動きが先々に不安をかき立てる。

「伊川さん、大丈夫？」

小さな岩角を乗り越えるのに難渋するのを見かねて、森尾はやむなく声をかけた。

「心配しないで。まだ調子が出ないのよ。朝起きてすぐは体の動きが悪いのよ」

とは言っても起床後すでに三時間は経過した。キャンプを出発してから二時間は経っている。普通なら筋肉が適度にほぐれ、疲労もまださほど蓄積しない、一日でいちばん快調な時間帯のはずなのだ。

宮田は五〇メートルを登り切り、ケビンの傍らでこちらを見下ろしている。勝田も彼らのいる岩棚に達するところだ。伊川と勝田の距離は二〇メートル近くまで広がった。

森尾は伊川のすぐ下まで距離を詰めた。首筋にじっとり汗が滲んでいるのがわかる。

「伊川さん。荷物は僕が背負います」

そう声をかけて、荒い息を吐いている伊川の傍らの岩棚に立った。

「大丈夫。こんな軽い荷物、あってもなくてもあまり変わりないでしょ」

伊川は強気に言い返す。そうは言っても衣類や携行食やアイゼンなどの装備を合わせて十数キロはある。その負担を取り除くことには大きな意味がある。森尾はやや厳しい口調でたしなめた。

「そんなことありませんよ。ここで体力を消耗すると、この先の行程に大きく影響します。まだ全体の三分の一も来ていないんです」

「つまり、迷惑がかかるということね」

伊川は尖った口振りで問い返す。森尾はきっぱりと首を振った。

「こういう場合のサポートが僕たちの仕事なんです。伊川さんによりよい状態で登ってもらうことで、パーティ全体の安全性も高まります」

「足手まといだとはっきり言ってください」

伊川は悲痛な声を上げる。忍耐強く森尾は説得を続けた。

「足手まといな人なんかいませんよ。パーティの絆(きずな)はそんなものじゃないんです。我々のような商業ツアーでも同じです。全員が登れて初めて成功です。それには全員の協力が必要です。伊川さんが僕のサポートを受け入れてくれることも、そういう協力の一つなんです」

「自分の力で登らなきゃ意味がないのよ。人の力を借りるのはフェアじゃないでしょう」

伊川は意固地に言いつのる。きっぱりとした口調で森尾は応じた。

「自分の力じゃなくパーティの力を信じてください。僕は全員でアスパイアリングの頂に立ちたい。ほかのメンバーも同じ気持ちだと思います。この登山を成功させるためには伊川さんの力が必要なんです」

「私の力？」

「そうです。伊川さんはこのパーティにとってなくてはならない力なんです。それは全員に言えることです。僕らは一つの生命体のようなものだと考えてください」

「森尾さんは面白いことを言うのね――」

頑なだった伊川の表情が緩んだ。

「いいのよ。いまの私が足手まといなのはわかってるのよ。持って生まれた性格で、素直に人の力が借りられないの。でもそれでみんなに迷惑をかけることになったら、フェアじゃないのは私のほうよね」

伊川はザックのウエストバンドを緩めた。そのザックを受けとり、森尾は自分のザックに重ねるように背負った。二人分の荷物となるとさすがに重いが、森尾にとっては支障になるほどのものではない。

身軽になった伊川は手こずっていた岩角をなんとか乗り越えて、次の岩場もなんなく乗り切った。十数キロの荷が減った効果は思いのほか大きいようだった。

「体調はどうなんですか」

伊川のすぐあとを登りながら、森尾は問いかけた。逡巡するように沈黙してから、伊川はようやく打ち明けた。

「ごめんなさい。持病の慢性胃炎が出たみたいなの。ニュージーランドへ着いてからずっと調子が悪くて。でもそれを言ったら登ってはいけないと言われそうで」

「ゆうべテントの近くで嘔吐したのは？」

「私よ。でもけさは少し調子がよくて、食事もなんとか食べられたから大丈夫だと思っていたんだけど、やはり体力は弱っていたのかしら。じつはここまで来るあいだもずっと苦しかったの。みんなに気づかれないように無理してたのよ」

「言ってくれれば、もっと早く荷物を軽くしてあげられたのに」

「それじゃまさしくお荷物になっちゃうでしょ。みんなに心配はかけたくなかったのよ。それ以上に登頂を諦めることになるのが悔しくて」

「山ではよく症状が出るんですか」

「ストレスが原因みたいで、登る山への期待が大きいと必ず胃炎に悩まされるの。おととし参加した海外ツアーで正直にそれを言ったら、主催者からアタックへの参加を拒否されて――」

やはり不安は的中したが、伊川が打ち明けてくれたことで森尾はむしろ安心した。

「本人に登る意志があって、こちらのサポートで十分登れると判断できれば、うちは拒否しないのがポリシーです。ぜひ登頂を果たしてください。それが僕たちスタッフの願いです。ほかのお客さんたちも、きっと同じように思うはずですよ」

「本当にいいの？　このまま登り続けて」

伊川はかすかに喉を詰まらせた。呼吸の乱れによる喘ぎのようにも聞こえたが、森尾は確かにそう感じた。胸の奥にこみ上げるものを覚えながら、森尾は言った。

「もちろんです。登り続けてください。パーティのみんなのために。僕たちを受け入れてくれたアスパイアリングのために――」

5

バットレスを抜けたのは午前九時三十分。予定を三十分ほどオーバーしたが、最初の難関を事故もなく乗り切ったのは、なにはともあれ喜ばしいことだった。

伊川の体調不良については、本人の了解を得た上で全員に伝えた。下山させるべきだという者は一人もいなかった。

「気持ちはわかるよ。天候や事故でチャンスが潰れるのはしょうがないけど、自分のコンディションでっていうのは悔しいよね」

宮田は思いやるように言う。勝田も身を乗り出す。

「そうだよ。おれだっていつも快調ってわけじゃないもの。そりゃ病気にも限度があるけど、風邪を引いたり腹を壊したりという程度なら、無理して登っちゃうことはよくあるよ。それでもどうにかなるもんでね」

「なんてことないよ。伊川さんの荷物はみんなで交代で背負うから。それより、見てよ、この景色――」

ひろみは周囲の景観を見渡してため息をつく。すでに暁（あかつき）の華麗な化粧は落としているが、サザンアルプスの峰々は、魂が溶けてしまいそうに深い青空を背景に、陽光を浴びて宝石のようにきらめいている。雲海の切れ目からは温帯雨林の深緑のベルベットに覆われた西マトゥキトゥキ谷が望める。

「いやー、凄いね。この絶景はアルプスやヒマラヤに負けないよ」

海外トレッキングの経験が豊富な宮田が賛嘆する。川井も興奮気味に声を上げる。

「これが二、三〇〇〇メートルの山並みだなんて信じられないよ。まさに神様の庭って感じだね」

岩と雪のコントラストが目映い北西稜の奥には、アイスキャップをちょこんと載せたアスパイアリングの頂が鋭く天を指している。

ここから頂上までの平均斜度は三〇度ほど。ナイフエッジの岩稜や雪稜、ランプと呼ばれる雪の傾斜路、巨大な一枚岩のスラブが続く。難度はそれほどでもないが、左右が切れ落ちた雪稜の登りは、気を抜けば一気に数百メートル滑落する惧れがある。

しかし右手にボナー氷河、左にサーマ氷河を見下ろすこのルートは、サザンアルプスの至宝へと続く天上のプロムナードだ。その絶景がここからさらに数時間の登りの苦しさを和らげてくれる。アスパイアリングは困難を乗り越えて訪れる者への報酬を惜しまない。

「うちのツアーで全員登頂が果たせなかったのは、まだ皆無なんですよ。社長の私がわざわざ参加したツアーで、その記録を途絶えさせたら立つ瀬がない。いざとなったら担いででも登っていただきます」

藤木が鷹揚に言う。客たちもケビンも内村も笑って頷いている。

宮田が指摘したように、たしかに伊川の顔色は優れない。バットレスの通過に時間がかかったのが彼女のせいだということもみんな知っている。それでも非難めいた口を利く者は一人もいない。そんな思いやりを感じてか、伊川はしっかりした口調で応じた。

「ありがとう。でもみんなに迷惑にならないように、できるだけ頑張るわ。本当よね。ここまで来たら、全員で頂上に立たなきゃね」

十五分ほどの小休止を経て登高を開始する。ランプまでの登りはスリル満点だ。左右がすっぱり切れ落ちた幅の狭い岩稜は、空に渡された細い吊り橋を渡るようだ。

谷から吹き上がる風が雲を運び、乳白色のガスがときおり頂を隠すが、それもしばしのことに過ぎない。陽光は燦々と降り注ぎ、風は冷涼でも登るにつれて体が火照る。

伊川の荷物はいまは内村が背負っている。伊川の足取りは相変わらず重いが、ペースダウンしている隊列のなかで大きく遅れることはない。この魅惑的な空中散歩をたっぷり楽しむゆとりを与えられたとでもいうように、ほかの客たちに苛立つ様子はみられない。

岩稜帯を抜けたところがランプで、ボナー氷河側から雪壁を登ってくるルートの合流地点。ここからしばらくは幅の広い雪の稜線の登りになる。

気温は次第に上昇し、すでに全員がアノラックを脱いでいる。頂は頭上に大きく迫り、いまにもたどり着けそうに見えるが、実際にはここからが長いのだ。

ランプを抜けたのが午前十一時三十分。予定では昼前後の登頂を目指していたが、それは到底無理のようだ。続くスラブは岩の散乱する広大な斜面で、単調な登りで疲労度が増すところだ。

ひろみは伊川に寄り添うようにして状態を気遣い、励ますように言葉をかけている。宮田たちは荒い息を吐きながら、ただ黙々と登っている。ここまで来ると、さすがの森尾も脚の筋肉が張ってくる。

北西稜は平坦な箇所や下りがほとんどない一本調子の登り道だ。運動機能に影響を与えるほど酸素が希薄なわけではないが、未明からの登りで疲労が蓄積してくるのがこのあたりだ。

空身での登りが功を奏しているのか、あるいは体力が回復してきているのか、伊川の調子がむしろ上がったように見える。表情もさほど辛そうではない。

登らせてよかったと森尾は思った。希望を捨てるのは簡単だ。それを保ち続けるのに必要なのは努力と忍耐だ。頂はこちらに向かって歩いてきてはくれない。あまりにも月並みなその真実を人はつい忘れがちになる。

スラブが終わり、アイスキャップに出た。時刻はすでに午後一時近い。ここから頂まで、一時間強はかかる。パーティのいまの状態なら、その二割増しくらいに考えるのが無難だろう。

アイスキャップの氷雪はだいぶ緩みだし、アイゼンが利きにくくなってきた。しっかり確実に蹴り込むようにと、先頭を行くケビンが指示を出す。あとはひたすら登るのみだ。

先行したパーティが次々下りてくる。こちらがよほどへたって見えるのか、もうすぐだ、頑張れと激励してくれる。彼らと行き違ったあとは、雪を噛むアイゼンの音だけがメトロノームのリズムのように単調に響き渡る。

全員が無言で、ただひたすら頂上を目指す。すべてのエネルギーが登ることにのみ費やされてでもいるように、余計な思考が湧いてこない。

上部の雪壁を斜上して、ナイフの刃のような雪稜に出る。アスパイアリングの頂に続く最後の登りだ。右にボナー氷河、左にサーマ氷河を俯瞰（ふかん）しながら、天に向かう階段を一歩一歩踏みしめる。

目の前に唐突に青空が広がった。周囲にこれ以上高い場所はもはやない。見渡す限り続くサザンアルプスの山並み――。北東にはニュージーランド最高峰のマウント・クックの雄姿も望める。

ケビンと内村が足元の氷雪に確保用のアイススクリューをねじ込む。先行していた宮田と勝田が肩を抱き合って雄叫び(おたけ)びを上げる。

「凄いよ。素晴らしいよ。まるで世界の頂上に立ったみたいだよ」

背後でひろみが感極まったように声を上げる。伊川は荒い息を吐きながら、ただ黙って周囲の光景に目を見張る。その頬を涙が伝うのを森尾は見逃さなかった。

ケビンが陽気な日本語で説明する。

「ボナー氷河の向こうに見えるのがアバランチ。その右奥のどっしりした大きな山がロブ・ロイ。その裾を巻いている深い谷が西マトゥキトゥキ谷――」

森尾にとっては見慣れた光景のはずなのに、この日はとくに胸に迫るものがある。これまで頂上に案内したどのパーティとも違う不思議な絆を、いまここにいる人たちに感じていた。

「今回もいいツアーになったな。一時はどうなるかと思ったが、あとは下るだけだから心配ない」

藤木が歩み寄って語りかける。その口振りには自信があふれていた。彼にとっては何十度目かになるこのツアーを無事にやり遂げた。全員登頂の連続記録は今回も途絶えなかった。藤木にとってそれは大きな誇りのはずだった。

「パーティのチームワークの勝利だよ。登り切ったのはあの人たちだからね」

最高点での記念撮影に余念がない客たちを見やりながら森尾は言った。藤木も頷いた。

「ああ、おれたちの力で登らせたなんて考えたら大間違いだな。パーティの力と、マオリの神様の温情と、ほんのささやかなおれたちの手助け。その三つがいつもうまく揃ってくれる」

「いまおれたちがここにいるということは、本当は奇跡のような出来事なのかもしれないね」

「山との出会い、人との出会い——。みんな奇跡だよ。そもそも自分がこの世界に生まれてきたこと自体が奇跡なんだから」

感慨深げに言って、藤木は周囲の山並みに目をやった。氷河をまとった峰々は凍った波濤のように四囲から押し寄せて、そのあいだを濃緑の絨毯のような温帯雨林の谷が悠然と流れ下る。

西の空には筋状の高層雲が広がってきた。その下にわだかまる積雲も高さを増して、しだいに積乱雲に変わりつつある。風向きは北東に変わっていた。それは悪天の前触れだ。

しかし吹きすぎる風は穏やかで温かく、大気はわずかに湿度を感じさせる程度。頭上はいまも快晴で、崩れるまでにはまだだいぶ時間があるだろう。

「森尾さん、こっちへ来て。アバランチとロブ・ロイをバックにツーショットで撮ろうよ」

振り向くと、手招きするひろみの笑顔が陽光の下で弾けていた。

第八章

1

「きのうはどこかに出かけていたんですか」

この日、湯沢の取り調べは午後三時から始まった。その冒頭、森尾はさりげない口調で訊いてみた。湯沢はいかにもとぼけた調子で答えた。

「検事という商売もなにかと雑用が多くてね。法令研究会の講師に呼ばれて、突然、九州に出張だよ」

おとといの午後に引き続いてきのうは丸一日取り調べがなかった。看守が言っていた出張だという話は間違いなかったようだった。看守に迷惑がかかるからそのことは持ち出さずに、森尾はさらに探りを入れてみた。

「そういうことなら事前にわかっていたんじゃないですか。どうして教えてくれなかったんです」

「出席を予定していた検事の実家で不幸があってね。急遽、私が代役に駆(か)り出されたんだよ。君にとってはいい休養になったんじゃないのかね」

湯沢はしらっと答える。実家の不幸というのは都合の悪い事情があるときの言い訳の定番だ。おおかた検察に有利な証人とでも会っていたのだろう。相手が手の内を明かそうとしないのなら、こちらもそのあたりは秘匿するに限る。

「岸田さんとは接見したんだろう」

案の定、湯沢はこちらの動きが気になるらしい。森尾はさらりと受け流した。

「湯沢さんにお伝えするようなことはなにもありません。岸田さんにしてもまだ動き出したばかりですから」

実際には岸田の動きは速かった。森尾を除くアスパイアリングからの生還者――篠原ひろみと宮田達男とスタッフの内村敏也とは、すでにきのうのうちに電話で話をしたと、この日の午後一時からの接見のときに報告を受けている。面談して当時の状況について話を聞きたいという岸田の申し出に、三人とも好意的に応じてくれたという。

森尾に対する殺人容疑については三人ともきっぱり否定したとのことだった。ライターの米倉の話からそのことは確信していたものの、岸田の口から改めてそんな感触を聞いて、森尾は勇気百倍の思いだった。

三人ともすでに検察から事情聴取を受けていたが、そのときも同様の話をしているそうで、岸田の感じたところでは、不利な方向に証言を歪めさせるような誘導はとりたてて受けていないようだった。

興味深い話はもう一つあった。橋本美佐子と仲のよかった元社員の畑中清子と連絡をとることに岸田は成功した。ただし美佐子はバルセロナのホテルをすでに引き払っているらしく、畑中もいまは連絡がとれないということだった。

森尾側の弁護人からの問い合わせということで、警戒して嘘をついている可能性ももちろん考えられたが、そのとき交わした会話の雰囲気からは、岸田はそれは感じなかったという。

岸田が注目したのはそのとき畑中が口にした、美佐子がスペインで恋人を見つけて、結婚を考えているのではないかという憶測だった。畑中は美佐子からそれらしいほのめかしをなんども聞いていて、相手はどうもスペイン在住の日本人らしいという。

現地では顔の利く人物で、取得が難しいとされる学生ビザが簡単に入手できたのも、その相手がスペインの入管当局に口を利いてくれたお陰だというようなことをのろけ混じりに聞かされて、独身の畑中は面白くない気分のようだった。

現地の入管に顔の利くスペイン在住の日本人――。それは岸田の想像に近い線だった。もしかして外交官ではないかと岸田は探りを入れてみたが、畑中はそこまでは聞いていないとのことだった。

　自分に黙ってホテルを引き払い、その後なんの連絡も寄越さない美佐子に畑中はかなり不快感を持っているようで、一方、森尾の逮捕にはいたく同情しており、もし証言が必要ならいつでも召喚に応じると言ってくれたらしい。

　この時点で美佐子と連絡をとるのは無理なようだが、むしろそれで良かったのかもしれないと岸田は言った。いま当人に直接アプローチしても、こちらの動きを検察側に教えることになりかねない。それより畑中の言ったことをヒントに、自分の伝手を使い、外交官資格でスペインに滞在中の法曹関係者を当たってみるという。

　大魚が釣れるかもしれないと岸田はほくそ笑んだ。その一方で岸田が心配しているのは、検察側証人として出てくるであろういわゆる有識者だった。

「例えば医療過誤事件では、原告側が敗訴するケースが非常に多いんです。医療関係者は仲間意識が強いようで、どうしても被告の医師や医療機関に肩入れする傾向がある。それが斯界の権威だったりすれば、四角い豆腐も丸いと言いくるめようとする。専門知識のない裁判官はそれを鵜呑みにする。森尾さんの事件にしても、似たようなことが考えられます」

「生還者からの証言だけでは覆される惧れがあると？」

「そういうことです。検察とは対立する立場で証言してくれる専門家が必要かもしれません。心当たりはありますか」

　その点については湯沢との話のなかですでに出ていたから、自分でもある程度は考えていた。森尾は慎重に言った。

「権威があるとする国内の専門家には、僕たちのやっているビジネスに対して批判的な人が多いと思います。とくに著名な山岳団体のトップのような人たちに、その傾向が強いでしょう」

「そうですか。検察が人選するとしたら、おそらくそういう人たちでしょうな。裁判官もたぶんその手の権威に弱いでしょう。対抗できるような専門家は？」

「僕や藤木と同世代で、国内の山岳団体に属さず、一匹狼で世界レベルの実績を残しているクライマーは何人もいますが、彼らにしても、大半が食うために登山ガイドのような仕事をやっています。ある意味で同業者なので証言に説得力があるかどうか。それにアスパイアリングをはじめとするニュージーランドの山については、たぶんほとんど知識がないでしょう」

「だとしたら心当たりは？」

「高い見識があり、公平で客観的な立場で証言してくれる人となると、思い当たるのはニュージーランド現地の山岳のエキスパートです。例えばＤＯＣ（環境保全省）の担当官――」

「それはいいかもしれない。法廷が必要とするのは、山岳一般についての造詣ではなく、アスパイアリングという特定の山岳についての掘り下げた知識ですからね。ただ問題は――」

「日本に来てもらう費用ですね」

森尾は言った。その点についてはすでに腹を固めていた。

「乗りかかった船です。僕にも多少の蓄えはあるし、足りない部分は両親に立て替えてもらいます。こんなふざけた容疑で裁判に負けるわけにはいきません。岸田さんにお支払いする弁護料も含めて、勝ったら一生懸命働いて返済するつもりです」

岸田は顔をほころばせた。

「嬉しいご返事です。いや、私の弁護料のことじゃありません。あなたに勝とうという意志があることが嬉しいんです。このまえの接見で、法廷は正しいか間違っているかではなく、勝ち負けを争う場だと申し上げました。重要なのは勝つことへの執念です。自分は正しいから負けるはずがないというような考えは危険です。勝ちにいく気持ちを絶対に失わないことです」

岸田のその言葉は、森尾を勇気づけた。そんなやりとりを念頭に置いて、きょうは湯沢に対し、おもねることのない態度で臨むつもりだった。

2

「いずれにせよ、決着がつくのは法廷でだからね。ここでは余計な駆け引きは時間の無駄だ。そろそろ事件の核心に話を進めようじゃないか――」

湯沢は自信ありげに切り出した。きのう一日とおとといの午後の不在が、本人が言うような用事だったかどうかはやはり怪しいところだ。むしろこちらにはまだ手の内を明かせないような有力な証人を見つけてきた可能性が高い。足を掬われないように、ここはそれなりの用心が必要だ。森尾は気持ちを引き締めた。

「君は小さな光の点が見えたと言うが、ほかにはだれも見ていない。それについては認めるね」

湯沢は反応を窺うように小首を傾げる。森尾は首を振った。

「それは生還者に限った話でしょう。あのとき生存者は僕を含めて七名いました。そのなかの誰かが見ていた可能性は否定できないと思います。ケビン・ノウルズはたしかに見たと言っていました」

「しかしケビンは死亡した。君が見ていたかもしれないと言うほかの二名も同様だ。死者は証言できないからね。法廷が証拠として採用するのは生きている人間の証言で、死んだ人間が見たかもしれないという憶測は意味をなさない」

「しかし僕は見たんです。小さな光が不規則に点滅するのを——。明るい赤い光で、自然現象であういう光り方をするものはない。あれは間違いなくLEDタイプのヘッドランプの光でした。色が赤かったのは救難信号の意味だと理解しました。LED式のものは、ほとんどそういう仕様になっています」

「雲間から覗いた星かもしれない」

「そのとき現場はガスと強風に翻弄されていました。頭上に星が出ていることはありえないし、その光が見えたのは、我々がいた場所よりもずっと下でした」

「君はそれを伊川さんが発した信号だと思ったわけだ。そして生きているかもしれないと考えた」

「そのとおりです。ケビンもその考えに同意しました」

「位置は落石事故の直後に、宮田さんが伊川さんらしい人影を目撃したというあたりだそうだが、そこは氷河の上で、事故が起きた地点からは標高差が何百メートルもあるんだろう。生存の可能性は限りなくゼロに近かったんじゃないのかね」

「そのときは奇跡を信じたい気分でした。それに標高差があるといっても、バットレスの岩場のすぐ下からは氷雪の急斜面が氷河まで続いていて、雪の状態がいいときはバットレスをパスできる登路としてよく使われています。そこを滑落したのだとしたら、必ずしも生存の可能性がないわけじゃないんです」

「それで、君はパーティのガイドをケビンに任せ、光が点滅していた場所に向かったわけだ。しかしケビンは落石事故の際に頭を打っていた。正常な状況判断ができると考えたのかね」

「難関のバットレスはもう下り終えていました。そこまでのケビンの仕事ぶりは、プロとして十分納得できるものでした」

「そのときのケビンの体調は？」

「もちろんベストではなかったでしょう。しかしヒマラヤで培ったトップクライマーとしての力量と、アスパイアリングについての経験の深さを考えれば、それはとるに足りない問題だと判断しました」

「君自身はどうだったんだね。そんな悪天下で、光の点滅していた場所まで行って戻れる自信はあったのかね」

「絶対的な自信があったわけじゃないんです。しかし生存の可能性がわずかでもあれば無視はできない。行けるところまでは行きたかった。それは山岳ガイドにとって当然の職業倫理です」

「だからといって、一人でそこに向かうのは、いくらなんでも無茶だったんじゃないのかね」

「ルートは熟知していました。いまも言ったように、バットレスを経由しない場合のノーマルルートですから、雪の状態によってはそちらのほうが安全なケースもあるんです。アスパイアリング・ツアーズもときどき使うことがありました」

「しかし、けっきょく伊川さんは見つからなかった」

「光はすぐに消えましたが、あらましの位置は推測できたので、とにかく向かってみたんです。もし生存していたら、行かなければ見殺しにすることになる。しかし残念ながら――」

そこで森尾は口ごもった。伊川を救うことができていれば、その時点で死者は藤木だけ。顧客の安全が最優先という彼のポリシーは曲がりなりにも達成されていた。それがほぼ絶望的だということを、そのとき森尾は認めざるを得なかった。

たとえ小さな希望でも、あるとないとでは大きな違いだ。自分の心を支えていたなにかが折れたのを、森尾はそのときたしかに感じた。

それがその後の決断力、行動力に影響を与えなかったとは断言できない。あの日、あの落石事故が起きるまで、すべてが万全とは言えないまでも、状況は森尾たちスタッフによって十分コントロールできていた。致命的といえるような要素はなにもなかった。

藤木の死を自らの目で確認したとき、そして宮田の目撃証言で伊川の死を認めざるを得なくなったとき、それでも大きな義務感がまだ森尾の気持ちを支えていた。最後の難所のバットレスを下降して残りの客たちを安全な場所まで導くことに、気持ちはすべて集中していた。

その光を目にしたのは、全員を無事に下降させてようやく一安心したときだった。パーティをケビンに任せ、嵐を突いて光の見えた場所へ向かった。自分のその判断が、結果において間違いだったのは否定のしようがない。湯沢はそこを突いてくる。

「君のとったそのときの行動が、さらなる遭難に至る引き金になった——。そのことは認めるわけだね」

正直な気持ちとすれば、そうだと答えるべきところだろう。しかし法廷が真実の究明よりも勝ち負けを決する場だという岸田の言葉を信じるなら、ここでの迂闊な返答は、危険な落とし穴に自ら踏み込むことに繋がりかねない。

「たしかに予期せぬ結果を招いたとは言えるでしょう。しかし引き金になったという湯沢さんの表現のなかに、そうなることを意図していたという意味が含まれるなら、ノーと言うしかありません」

「なかなか慎重な答え方だね。岸田さんのご指導の賜かね」

厭味な口調で湯沢は言う。苦い思いを隠して森尾は応じた。

「弁護人は貴重な味方ですが、自分を守るための闘いの主体はあくまで僕自身です」

「法廷での争いを自己目的化しちゃまずいよ、森尾君。それはいたずらに裁判を長引かせる道で、我々も困るが、いちばん大変なのは君なんだよ。まだ長いこれからの人生を、裁判のためだけに費やすなんて愚の骨頂だとは思わないか」

逮捕されて以来、耳にたこができるほど聞かされた理屈を湯沢はまた繰り返す。森尾はきっぱりと言った。

「人間にとっていちばん大切なものを失うより、それを守るために一生をかけてでも闘う。いまやそのことが僕にとっては生きる目的そのものですから」

「だったら言っておくがね。君に勝ち目はまずないよ」

「それでは、あらかじめ答えが出ているような言い方じゃないですか。裁判所と検察による出来レースというわけですか。日本の法制度がそういう茶番で成り立っているとは知りませんでした」

皮肉を込めて森尾は言った。湯沢は嵩にかかって身を乗り出す。

「だとしたら君はいい勉強をしたことになるね。いいかね。刑事裁判というのは犯罪者を処罰するためのものであって、救済するためのものじゃない。肝心なのは犯罪が割に合わないことを一般市民に周知徹底することで、そのために裁判所と検察は緊密に連携する。判検交流といって、検事と判事の人事交流も昔から行われている。そういうことは、君の弁護人の岸田さんだって重々承知していることだ」

「弁護士までグルだと言うんですか」

「同じ法曹人として阿吽（あうん）の呼吸のようなものはあるだろうね。信用しきると煮え湯を飲まされることもある」

湯沢はいよいよ紳士の仮面をかなぐり捨てる気のようだ。だとすれば焦りがあるとみてよさそうだ。確実に勝てる手札がまだ揃っていないということだろう。余裕を覗かせて森尾は言った。

「それも作戦ですか。被疑者に弁護人に対する不信感を植えつけるのが検察という組織一般の常套（じょうとう）手段なんですか。それとも湯沢さんの個人的な趣味ですか」

湯沢は苦虫を嚙み潰したような顔で応じる。

「せっかく親切に忠告してやっているのに、あとで後悔しても知らないぞ。もう一つ教えてやろう。岸田という弁護士だが、彼が一審で敗訴した事件で、二審で逆転勝訴した事件がいくつかある。二審を担当したのは別の弁護士だ。つまり岸田さんは、過去にきわどい事件を取りこぼしているわけだ」

「そんなことまで調べたんですか」

「そりゃそうだよ。検察官にとって弁護士は敵だ。彼を知り己（おのれ）を知れば百戦殆（あや）うからずと言うからね。それを怠れば公判で痛い目に遭う。もちろんそれは双方に言えることだがね」

なんともアンフェアなやり口だ。森尾は憤りを禁じ得なかった。湯沢という検事が見かけによらず曲者で、強引な手法で悪評ふんぷんだという話は岸田から聞いていた。いよいよその本性を現したかと気持ちを引き締める一方で、湯沢が口にした岸田の評価が脳裏にこびりついて離れない。

それが湯沢の作戦なのだと自分に言い聞かせるが、じわりと滲みだす不安が拭いきれない。そんな思いを押し隠し、平然とした態度で森尾は言った。

「僕は岸田さんを信頼します。選択肢はほかにありませんから。それに裁判の主体はあくまで被告人である僕です。いまは湯沢さんの言葉に惑わされず、自分なりの闘いに集中するだけです」

「けっこうだね。だったら私も遠慮はしない。君もそうかもしれないが、これでも体力勝負には自信があるんだよ」

「受けて立ちますよ。一日二十四時間でもお付き合いします。こういう理不尽な被疑事実で死刑にされては堪りませんから」

きっぱりと言うと、湯沢はにんまり笑って応じた。

「自信満々だね。それがあだとならなきゃいいんだが——。さて、当時の状況に話を戻そう。君はそのとき、本当にケビン・ノウルズの判断力になんら問題はないと思っていたのかね」

「先ほども言ったとおり、負傷したあとも、ケビンはガイドとしての仕事を完璧にこなしました。彼はプロとして我々の信頼に応えてくれたんです」

「だとしたら彼の行動には矛盾がある。君は客たちをコリン・トッド小屋へ待避させるように彼に指示をした。しかし彼はコリン・トッド小屋には向かわなかった」

「そのときはすでに日が落ちて、稜線はひどいガスに巻かれていました。ルートを見誤ったんだと思います」

「それはおかしいんじゃないかな。彼はヒマラヤのエキスパートであると同時に、地元の山であるアスパイアリングについては、藤木さんや君以上に経験豊富だった。それは君自身が言っていることだろう。たとえ夜だろうとガスに巻かれようと、ルートを見誤るはずがないと考えるのは、果たして私の素人考えだろうか」

湯沢は厳しいところを突いてきた。森尾にしてもそこは大きな謎なのだ。

すでに何十回も登攀したアスパイアリングのルートなら、森尾は岩角の一つ一つまで記憶に刻み込んでいる。たとえ視界がまったく閉ざされていても、バットレスの基部からコリン・トッド小屋へのルートなら、ヘッドランプで足元さえ照らせれば、難なくたどり着ける自信がある。

「つまり君がケビンにそういう指示をしたとしか考えられないんだよ。あるいはケビンと示し合わせて客たちをあらぬ方向に誘導した。もう一人のガイドの内村君はアスパイアリングは初めてだった。ツアー参加者ももちろんそうで、その状況では全員が君とケビンの指示に従うしかなかった」

「何度も言いました。まったく身に覚えのない作り話です。あの状況で意図的にルートを外すことがどれほど危険かは、ケビンも僕も十分承知していました。そのうえ彼は負傷までしていた。金目当てだとはいえ、自分自身が生きて還れるかどうかわからない危険な行為を敢えてする人間がいるでしょうか」

「我々はそうは思わない。君にもケビンにも十分生還する自信があった。結果的にケビンは死んだが、それはあくまで計算外だった。それが真相じゃないのかね」

「呆れたもんだ。よくもそこまで勘ぐれますね」

「君もケビンも普通の登山愛好家とはキャリアが違う。私は素人だからわからないが、君たちのようなアスリートタイプのクライマーは、基礎体力が常人とは別格らしいじゃないか」

「だれからそんな話を吹き込まれたのか知りませんが、クライマーというのは決して人並み外れた体力の持ち主じゃないんです。ケビンのような高所登山のプロの場合、酸素摂取能力が普通の人より高いとは言えますが、アスパイアリング程度の標高だとそれは関係ない。基礎体力も耐寒能力も一般の登山者と比較してとくに優れているわけでもない。そういうことは我々自身がいちばんよく知っています」

「しかし経験や知識の点では格段の違いがある。すなわちそれがサバイバル能力じゃないのかね。現に君は立派に生還した」

「それは結果論です。あの嵐の夜に、風がよけられる場所もなく、至る所にクレバスが隠れている氷河を横断するなどということは、まともな感覚を持った登山家なら、どれだけ金を積まれても断ります」

「君はその道のエキスパートで、私は素人だ。言うことをそのまま鵜呑みにはできない。専門知識を振りかざして我々を煙に巻くのは簡単なはずだからね」

「そこで、いわゆる有識者の登場ですか。湯沢さんの憶測を裏づける証言をしてくれる人はいるでしょう。遭難事件の直後にもマスコミにはいろいろな人が登場しましたから。そのなかには我々がやっていたビジネスに批判的な人も大勢いました」

「私が必要としているのは公平かつ客観的な視点だよ。迂闊な人間を起用して偽証でもされれば、こちらは手ひどい打撃を受ける。君のほうだって、当然対抗する証人を立ててるわけだろう」

湯沢は探りを入れている。だとすれば、向こうはまだ自信のもてる証人が見つかっていないのかもしれない。それがわかっているのなら、湯沢もそれほど単純馬鹿ではない。

森尾が知る限り、裁判官の受けがよさそうな著名人で、アスパイアリングに詳しい人間は日本の登山界にはいない。現地の専門家であるＤＯＣの担当官をこちらが招聘すれば、彼らの証人としての適格性がむしろ問われることになるだろう。森尾は空とぼけて答えておいた。

「今回のような愚にも付かない容疑を晴らすために、わざわざ証言台に立ってくれる物好きがいるかどうか、いまのところさっぱり自信がありません。それより消えた保険金のことについて、どうして訊いてくれないんですか。それが動機だとみているのなら、検察には僕が横領したという事実を立証する義務があるでしょう」

「言われるまでもない。捜査は着々と進んでいるよ。いまここでなにを訊いたって、どうせ君は知らぬ存ぜぬで押しとおすに決まっている。無駄な尋問で時間を潰したくはないんでね」

「僕や両親の預金口座は調べているんでしょう。つまりそこからは怪しいお金の動きは出てこなかったわけですね」

「どうせオフショアのプライベートバンクに預けっぱなしなんだろう」

「そういう理屈なら、横領した金を両親の借金の返済に回したという容疑は成立しないことになりますね」

「どうせからくりがあるに決まっている。殺人のほうが立証できれば、オフショアのプライベートバンクといえどもある程度の情報は開示せざるを得ない。犯罪収益の隠匿(いんとく)に関しては、最近は国際的な締めつけが強まっているからね」

湯沢は強気の口振りだが、いまもその方面で決め手を欠く状況なのは明らかだと見てとれた。

その日の取り調べは午後十時に終わった。体力勝負と豪語したわりに、湯沢の粘りはさほどではなかった。

尋問はケビンのルート判断のミスが森尾との結託による故意だという点に集中し、湯沢は同様の質問を執拗に繰り返した。

それは警察や検察の取り調べでよく使われる方法だと聞いたことがある。嘘をついていれば、同じ質問を繰り返すうちに矛盾が出てきて、そこが突破口になるからだ。

森尾は挑発的な質問に惑わされることなく、判で押したように同じ答えを繰り返した。湯沢も多少は勉強していたようで、アスパイアリングの地形や気象について、さほど頓珍漢な認識は示さなかったが、それでも細かい勘違いは随所にあった。それを指摘してやれば敵を利することになりかねないので、もちろん森尾は黙っていた。

独房へ帰るとさすがに疲れがどっと出た。すでに就寝の時間を過ぎて、照明は暗くなっている。布団を敷いて身を横たえ、静かに目を閉じると、あの日、アスパイアリングの頂から見た、目映く輝くサザンアルプスの光景が心のスクリーンに広がった。

3

パーティが頂上に着いたとき、時刻は午後二時を過ぎていた。

正午までに登頂というのが当初の予定で、二時間の遅れは決して小さくないが、なにごとも予定どおりいかないのが登山というものだ。その程度の遅れは計算に入っていたし、森尾たちが主催するツアーでも珍しいことではない。

それでも頂上でのセレモニーは十分ほどで切り上げて、下山を急ぐことにした。西の空には荒天の先駆けの高層雲が広がって、太陽にはうっすらと暈(かさ)がかかっている。標高の低い西の山脈は、谷から湧き起こる層雲にすでに頂を呑み込まれていた。

それでも空の大半はまだ青く、周囲の峰々は氷河の胸壁を目映くきらめかせていた。風向きは北東に変わっていた。それはよい予兆ではなかったが、アスパイアリング一帯の天候が悪化するのはたぶん四、五時間後で、それまでには十分安全圏まで下降できると森尾たちは踏んでいた。

登りでは調子を落としていた伊川も、途中から空身で登ったせいか、体力はやや持ち直したようで、下りは自分でザックを背負い、アイスキャップの下降中も安定した足どりをみせていた。

登りでの伊川のペースダウンがむしろ幸いしたのか、ほかのメンバーはそのぶん体力を温存できたようで、下りのスピードはこのルートの標準的なタイムを上回りそうな勢いだった。

アイスキャップを下り終えたところで小休止をとった。頂上を振り返りながら、名残惜しそうに勝田が言う。

「いやあ、素晴らしかったよ。でも、もう少し頂上にいたかった。できれば来年も来たいくらいだね」

川井が弾んだ声で調子を合わせる。

「いいじゃないですか。また来ましょうよ、みんなで一緒に。おれはピークハンティングにはあまり興味がなくて、気に入った山に何度でも登りたい口なんです。せっかくアスパイアリングの神様とお近づきになれたのに、これで一生お別れというんじゃ寂しいですよ」

「それは私も賛成よ。ヨーロッパアルプスやヒマラヤと比べると、ここのツアーは割安だし、次はもっと日程をゆったりとって、山麓のトレッキングも楽しみたいし」

そう言う伊川の表情は目的を成し遂げた喜びに溢れていた。宮田が感慨深げに言う。

「伊川さん、なんかゆとりが出てきたね。今度のツアーをきっかけに、山との付き合い方が変わってくるんじゃないの」

「そうかもしれないわね。藤木さんや森尾さんやパーティのみんなのお陰で、私、たくさんのことを学んだ気がするの。自分一人でやり遂げることって、あまり大したことじゃないんだってわかったのよ。今回はみんなの力を借りて頂上を踏んだわけだけど、それがいままで感じなかったような満足感を与えてくれたのよ。自分が一人じゃないと感じられることって、素晴らしいことなのね」

「本当にそう思うわ。もし伊川さんが途中で断念していたら、私たちもなにか足りないものを抱えて下山してたんじゃないかしら。だから伊川さんに感謝しないといけないのは私たちなのよ」

屈託のない調子でひろみが言うと、もっともだというように宮田が頷いた。

「そこはわかるような気がするよ。たぶんおれたちだって、ある意味で伊川さんの力を借りて登ったようなもんなんだ」

「それはどういうことなの？」

伊川が不思議そうに問いかける。宮田は言った。

「うーん。上手く表現できないけど、そんなもんじゃないのかね、本当のチームってのは。お互いが自分を託し合えるような信頼感が、なにか特別な力をくれるような気がするんだよ。一人で登るのは気楽だけど、達成感という点じゃ物足りない。一緒に登った仲間が全員頂上に立つのって、また別の感動があるんだよ」

背後に伸び上がるアスパイアリングの頂に目をやりながら、勝田が頷いた。

「わかるよ。単独登山じゃなくても、寄り合い所帯の登山ツアーは大概は同じだね。気持ちがばらばらだと頂上に立った感動も薄いんだよ。こんどだってたぶんそんなもんだろうと思ってたんだけど、登り始めたらなにか違うなって思ってね。みんなで一つの船を漕いでいる感じとでもいうのかな」

「なんなのかしらね、そういうのって。アスパイアリング・ツアーズのスタッフの人柄によるものかしら」

伊川が首を傾げる。藤木が笑って応じた。

「おれも森尾もどこにでもいる普通の人間です。ケビンだってクイーンズタウンの自宅にいるときは至って平凡なパパです。でもアスパイアリングでは、みなさんが仰るような奇跡がよく起こります」

「奇跡ですか」

川井が問い返す。藤木はあっさりと頷いた。

「ええ、奇跡です。でもそれは決して珍しいものじゃないんです。人生なんてあちこちに奇跡が転がってるんじゃないですか。要は気がつくか気がつかないかだと思います。ここにいるみなさんは、たぶん奇跡に敏感な方なんです」

「奇跡に敏感か。普段は愚痴ばっかり言って生きてるほうだけど、そういう感性を磨いてくれたとしたら、アスパイアリングはただ者じゃないね」

川井は感じ入ったような表情だ。同感だというようにひろみも言う。

「たしかに言われてみると、そういう力のことを普段は忘れているよね、私たち。だから街で暮らしていれば楽なのに、苦しい思いをして山に登りたくなるのかもしれないね。無意識のうちにそういうことに飢えている自分を知ってるのよ」

「人間も自然の一部なら、ここにいるおれたちも一人一人がお互いの一部だとも言えるからね。でもひろみちゃんが言うように、普段の暮らしのなかではそんなこと考えてもみない。もったいない話だよね。そういう感性をいつも持っていられれば、人生、もっと楽しく生きられるのにね」

宮田が言う。その言葉に森尾も感じるものがあった。山にいるとき、見えるもの、聞こえるもの、触れるもののすべてが、いまそこにいる喜びを与えてくれる。だからそこを離れたいとは思わない。

しかし下界で仕事をしているときの自分は、絶えず時間と義務に追い立てられて、いまいるところから逃げ続ける。それが人生そのものと言っていい。

しかし山にいるあいだ、なかんずくアスパイアリングにいるあいだ、自分は心のままに立ち止まることができる。

ふと気づくのはそんなときなのだ。人間にとって本当の幸福とは、いまという時間のただ中で、なんの不安もなく立ち止まれることなのだと――。

そしてそれができる場所は非常に希なのだということも知っている。岩と格闘していたときの自分は、間違いなくそれを知らずに生きていた。ターゲットの壁は下から上へただ駆け上がるための梯子だった。一つ登り終えればまた別の梯子へと移動する。そんな人生が、アスパイアリングとの出会いのあとは、ひどく色褪せて見えたものだった。森尾は言った。

「だったら、ぜひまたいらっしゃってください。僕たちもアスパイアリングも、みなさんとの再会を心からお待ちしています」

まんざらでもなさそうな表情で勝田が受ける。

「だれにでも言うセールストークかもしれないけど、そんな言葉を聞くと嬉しいね。おれは川井君と違って次々別の山に登りたくなるほうだけど、この山はぜひもう一度登りたい。それも今度と同じメンバーでね」

4

十分ほどの小休止のあと、パーティは再び下山を開始した。登りと比べればペースはだいぶ速いが、それでも慌てて下れば滑落の危険がある。慎重さとスピードの兼ね合いが難しい。

ケビンに代わって、下りは藤木がトップを務め、浮き石に神経を遣いながらスラブを下り終えたのが午後三時だった。

天候の悪化は予想したよりも早く、頭上の高層雲は厚みを増し、太陽はその背後に覆い隠された。周囲の山や氷河も午前中のような輝きを失い、北東からの風も次第に強まってきた。

それでも経験から言えば、アスパイアリング一帯が嵐に呑み込まれるまでまだ時間はだいぶある。その前にコリン・トッド小屋のキャンプ地まで戻れるはずだった。いまは夏で日が長い。途中で多少荒れたとしても、バットレスさえ下り終えていれば、あとのルートにさして危険はない。

バットレスの通過には巻き道を使う手も考えられたが、そちらは迂回するぶん距離が長く時間を要する。フィックスロープを使っての下降なら、むしろ岩場のルートのほうが時間的に有利だというのが森尾たちの判断だった。

スラブを下り終えると、バットレスの上部まで続くランプと呼ばれる雪の斜面に入る。午後に入っての気温上昇でだいぶ雪が腐っていた。アイゼンの利きが悪いうえに、ときに踝から脹脛まで雪を踏み抜いてバランスを崩す。もう数時間早ければ雪の堅さがちょうど手頃で、スピードが稼げるポイントのはずだった。

　頭上の雲はさらに厚みを増し、眼下の谷からは灰色を帯びた低層雲が山肌を這い上り、周囲の二〇〇〇メートル級の稜線の一部はすでにそのなかに呑み込まれている。

　さすがに森尾も不安を感じ始めた。天候の悪化が予想以上に早い。

　低気圧の移動速度は決まっているわけではない。そのときどきの気圧配置によって、速いときもあれば遅いときもある。昨夜、最新の天気図を見た限りでは、南からの高気圧の張り出しがかなり強そうで、それに阻まれて低気圧の東進は遅めになるだろうというのが、森尾、藤木、ケビンの一致した判断だった。地元気象台の予報官もほぼ同様の分析をしていた。

　高気圧の張り出しが突然弱まったのかもしれないし、タズマン海上で低気圧が急速に発達したのかもしれない。責任逃れをするわけではないが、この時季の気象変化としてはあきらかに異例のものだった。

　客たちの表情に、いまはとくに怯えているような気配は感じられない。まだ気温は十分高く、風もアノラックを必要とするほどの強さではない。

　気になる伊川の足どりもむしろ快調と言っていいくらいだ。パーティに迷惑をかけてはならないと多少無理しているところもあるだろうが、ここはできればそうして欲しかった。いまはとにかく下山するのが先決で、あすはおそらく停滞になるから、そこで体力は十分回復できる。

ランプの中間地点で立ち止まり、しんがりを務めるケビンがやってくるのを待って、森尾は訊いてみた。

「天候の悪化が早いような気がするんだけど、君はどう見る？」

ケビンはわずかに眉をひそめた。

「予想していたよりたしかに早いね。サザンアルプスは今年、天候がやや不順だから、こちらの思惑どおりにはなかなかいかないようだ。でも心配は要らないよ。いまのパーティのペースなら、荒れ始めるまえにコリン・トッド小屋まで十分行ける。もし予測が狂ったとしても、バットレスを下ってしまえばあとは危険な箇所はない。風と寒さの対策さえ怠らなければ、多少の荒れは問題ない」

「おれもそう思う。伊川さんについてはなんとも言えないが、いまのところ調子はよさそうだ。ほかの人たちもとくに疲労が激しいようには感じない」

「それよりぼくが信頼してるのは、このパーティの力なんだよ。君もそう感じているんだろう。いままで何十組ものパーティをアスパイアリングに連れて登ったけど、こういうパーティは初めてだ。伊川さんのとった行動は欧米人のパーティじゃまず許されない。日本人以外のアジア系のパーティだってたぶんそうだよ。あるいは日本人のパーティだって
――」

「足手まといだって非難しただろうな。現に登頂も下山も、そのせいで二時間以上遅れて

いるわけだから」

「日本人というのは、そこまで寛容な民族なのか？」

「だれもがそうだとは言えないよ。君だって厄介な日本人パーティと付き合ったことはあるだろう」

「ああ、正直言えば、その場に置き去りにして山を下りたくなったことも何度かあるくらいだよ」

ケビンは笑って、ランプの雪稜を慎重に下ってゆくパーティを目で追った。

5

ランプを下り終え、バットレスの頂上に立ったとき、時刻はすでに午後四時を過ぎていた。

アスパイアリングの頂はすでに分厚い雲の腹に呑み込まれ、サーマ氷河を這い上る低層雲が北西稜を越えてボナー氷河に滝雲となって流れ落ち、風は冷え冷えとした湿り気を帯びてきた。

西の空には灰色の積乱雲が湧き立って、そのなかでしきりに稲妻が走るのが見える。そんな険悪な空模様を眺めながら宮田が不安そうに問いかける。

「大丈夫かね、藤木さん。かなり雲行きが怪しいけど」

藤木はやや表情を硬くした。

「十分間に合いますよ。とにかく急ぎましょう。まずはバットレスを抜けることです。そこからならコリン・トッド小屋まで鼻歌混じりですよ」

余裕を見せたいところだろうが、その緊張は客たちにも伝わったようで、一様に表情が引き締まった。

森尾の感触から言えば、まだ状況は危機的ではない。藤木やケビンの言うとおり、順調にバットレスを下りさえすれば、あとは傾斜の緩い尾根を下るだけなのだ。鼻歌混じりは言い過ぎにしても、いまのパーティの足なら、山が荒れ始めるまえに十分コリン・トッド小屋までたどり着けるはずだった。

まず藤木が下り始める。上でケビンがロープを繰り出す。岩場にロープをフィックスしながら、藤木は猿のような敏捷(びんしょう)さでクライムダウンする。本格的な岩登りから引退してもうだいぶ長いが、かつての壁屋の片鱗(へんりん)はいまも十分に窺わせる。藤木がロープをフィックスし終えると、今度は順に客たちが下ってゆく。

クライミングの楽しみを味わえるように吟味をした登りのルートとは、下りのルートはだいぶ変えてある。下山時の眼目は、クライミングの楽しみよりも安全でスピーディな下降だからだ。

後続のパーティはいない。バットレスにもその下部の北西稜にも、ほかのパーティの姿は見当たらない。フィックスロープで安全を確保しながら、第一グループの客たちもスピーディに下ってゆく。後続のトップは伊川、それに宮田が続いた。それをケビンがラストで確保する。

森尾がサポートを担当するのは第二グループだ。一本のフィックスロープに全員が数珠繋がりになるのは危険だから、第一グループが下り終えるのを待って第二グループが動き始める。

それぞれのグループをガイドが分担してバックアップできるから、安全と効率の両面でそれがベストだというのが藤木の考えで、その点については、森尾にもケビンにも異論はない。

第一グループが下り終え、藤木が次のピッチのロープの固定に入る。第二グループのトップはひろみで、それに勝田、川井、内村の順で続く。最後にロープを回収しながら下るのが森尾の役目で、万一に備え、全員が下り終えるまで上でロープを確保する。

落石事故が起きたのは、そんなルーティンでバットレスの三分の一ほどを下ったときだった。

落石に対する警戒を怠りはしなかったのだが、後続パーティがいないことに油断があったのは否めない。自然な落石を想定していないわけではなかったが、それを避けることはきわめて困難だ。

人為的な落石なら、それを起こした当人が下にいる登山者に大声で注意を促すのが鉄則だが、後続パーティがいない状況でそれは期待できない。

それ以上に落石の規模は通例より大きく、もし注意喚起があっても避けることは無理だっただろう。第二グループで下降中だったひろみはロープを切断されたが、咄嗟の動きで岩角にしがみつき、森尾の救出で一命を取り留めた。

第二グループの残りのメンバーは、上部のテラスで下降の順番待ちをしていたためことなきを得た。

被害が甚大だったのは第一グループで、ケビンは頭部を負傷し、宮田は外れかけた固定ロープに宙吊りになった。どちらも命に別状はなかったが、第一グループの先頭にいた藤木はバットレスの基部まで墜落した。

森尾は単身バットレスを下降して、自らの目で藤木の遺体を確認した。伊川の行方はわからない。宮田が岩場で宙吊りになっているとき、伊川と同じ色のアノラックを着た人間が、眼下の氷河上に倒れているのをガスの切れ目から垣間見たと証言した。もしそれが伊川なら、生存の可能性はまずないものと思われた。

なんとか動けるようになったケビンと無事だった内村の手を借りて、顧客たちにバットレスを下降させ終えたとき、時刻はすでに午後六時を過ぎていた。

宵闇（よいやみ）とガスで視界はきわめて悪かったが、バットレスより下では風はそれほど強まっておらず、雪もわずかにちらついている程度だった。

藤木と伊川を失った衝撃は森尾にとって計り知れないほど大きかった。残りの客たちを無事にコリン・トッド小屋まで連れて帰るという焦眉の課題があるからこそ、心は辛うじて折れずに済んでいた。

救いだったのは、客たちの気持ちが森尾たちから離反していないことだった。事故が不可抗力だったことを全員が理解してくれていた。これ以上死者や負傷者を出さずに生還する——。その目標のために全員が力を出し切った。

ひろみを除いて全員が初体験だった懸垂下降をやり遂げた。闇に包まれた吹きさらしのバットレスでは体力も精神力も消耗が激しかったはずだが、泣き言や不満を漏らす者はいなかった。

無事にバットレスを下り終えたとき、疲労が張りついた客たちの顔に不思議な輝きがあったのを森尾は忘れない。生還するために心を結び合うことが、困難の向こうの希望へ手を取り合って進むことが彼らの生を輝かせているのだということを、自らも死線を乗り越えて生還した経験を何度かもつ森尾にはよくわかった。

いまは生還するためになにをなすべきかを正確に理解し、邪念なくそれに没頭すべきときだ。藤木を、そして伊川を失った悲しみは果てしない。それは抗いようのない現実だ。

その痛恨に浸る時間はいくらでもある。ただしそれは残りの全員が生還を果たしてからなのだ。

思えばアスパイアリング・ツアーズは、発足以来あまりに順風満帆だった。ツアー参加者の全員登頂記録は更新中で、死傷者はきょうまで一人も出していなかった。それを自分たちの高い能力や専門知識のゆえだと自負していたが、じつはただ幸運だったに過ぎなかったことを、森尾はつくづく思い知らされていた。

いまこそ謙虚になるべきときなのだ。藤木とともに客たちに語ってきた偉そうな説法を空念仏(からねんぶつ)に終わらせないために――。

客たち一人一人の体調に異変がないか確認し、藤木が眠るバットレスの基部をあとにする。遺体の回収は嵐が過ぎてからになるだろう。伊川の捜索には時間を要するかもしれない。

宮田が目撃した人影が伊川の遺体ならそう手間はかからないが、なにかの見間違いということもある。そうだとすれば岩場のどこかに引っかかっていたり、ボナー氷河のクレバスに落ちていたりすることも考えられる。

というより伊川はまだ死んでいないとも考えられる。どこかで大きな怪我をして、救出を待っている可能性だってある。

森尾が闇の向こうにその小さな赤い光を見たのは、そんな思いがふと脳裏をよぎったときだった。光はしばらく規則的に点滅したあと、風に吹き消されでもしたように見えなくなった。

傍らにいたケビンに、光を見なかったかと問いかけた。ケビンは頷いた。

「バットレスの直下の氷河のあたりだ。たまたまガスが切れて見えたんじゃないか。もしかしたら――」

森尾のヘッドランプに照らされたケビンの顔に期待が滲む。高揚を覚えながら森尾は言った。

「伊川さんが生きているのかもしれない。ヘッドランプを点滅させて、救援を待っているのかもしれない」

最近のLEDヘッドランプには赤く点滅するモードがある。それは一般に救難信号と解釈される。

「その可能性は否定できない。どうする？　捜索に向かうか」

ケビンが訊いてくる。迷うことなく森尾は応じた。

「君と内村でお客さんたちを小屋まで連れて行ってくれないか。おれは光のあった場所まで行ってみる」

「視界が悪い。二重遭難にならないか」

「心配ない。位置はだいたい見当がつく。落石が起きた場所の直下はボナー氷河に落ちる雪壁だ。そこを滑り落ちたとしたら、重傷は負っても生存している可能性は皆無じゃない。確認せずに済ますわけにはいかない。何度も通ったことのあるルートだ。雪壁の裾を伝って行けばいいから、視界が悪くても迷う心配はない」

「わかった。ぼくはお客さんたちを小屋まで案内する。無事に着いたらすぐに引き返して、そのポイントへ向かうよ」

「体調は問題ないのか？」

包帯を巻いた頭に目を向けると、ケビンは言った。

「傷が痛む程度で意識はしっかりしているよ。それに君と同様、ぼくはプロのガイドだ。自分の命よりお客さんの命のほうが重い。そうじゃなかったら、ガイドなんて存在する価値のない商売だ」

6

小屋に向かうケビンたちと別れ、森尾は北西稜の側壁を下っていった。

懸垂下降を何度か繰り返し、ボナー氷河上に下り立つころには、周囲は完全に闇に包まれ、北西稜を越えて吹き下ろす北東風によるブリザードが猛り狂っていた。

視界はヘッドランプが照らす前方数メートルの狭い空間だけで、氷河と北西稜の氷壁の接続部分の曖昧な傾斜の違いだけを頼りに、光の見えたバットレス直下のポイントを目指した。

足元には夥しいクレバスが口を開けている。このブリザードでヒドンクレバスの数も増えているだろう。ピッケルで足元の状態を探り、雪面の微妙な凹凸に注意を払いながら前進する。

またあの光が見えるのではないかと、ときおり立ち止まっては前方に目を凝らすが、視界に入るのはヘッドランプの光芒のなかを舞うガスと微小な雪片だけだ。

雨にならないのが幸いだった。風は北東から南東に変わり始めて、次第に寒気が強まっている。山では同じ荒れるにしても、雪より雨が始末が悪い。防水性の高い最新型のアノラックでも、風に煽られた雨滴はあらゆる隙間を見つけて浸入する。低体温症による死亡は雪よりも雨に打たれた場合のほうがはるかに多い。

伊川が生存していて、しかも動けない状態だとしたら、雨は命の最後の灯火を吹き消すだろう。むしろこのまま寒気が強まり、吹雪になってくれることを森尾は願った。

光が見えたのは五秒ほどだった。それはたまたまブリザードの小休止でつかのま視界が開けたためなのか。見えなくなったのは電池が切れたからか。従来のハロゲンランプとは異なり、LEDライトは二十時間前後はもつ。出発時に新しい電池を入れていたならまだ問題なく使えるはずだった。

伊川の執念を信じたかった。山に対する彼女の貪欲なまでの思いが奇跡を呼び起こしてくれることに期待したかった。氷壁を数百メートル滑落して生還した事例を森尾はいくつか知っている。垂直落下でない限りそうしたケースでの人体への衝撃は意外に小さいものなのだ。

心を開いて山と接する喜びを、彼女はアスパイアリングから学んだと信じていた。自然が無情なものだとは十分承知しているが、そのアスパイアリングが彼女の命を奪うとしたら、森尾からすればあまりにも理不尽な仕打ちに思えた。

赤い光の点滅は相変わらず見えない。氷雪の粒子が顔に吹きつけて、目を開けているのも難しくなってきた。夏山で吹雪に遭うことは想定していなかったから、ゴーグルは用意していない。サングラスをかけても風除けの効果はほとんどない。むしろ前方や足元の視野が暗くなり、クレバスに落ちる危険を増すだけだ。

風はあらゆる希望をなぎ倒そうとするように耳元で唸る。前方に小さな赤い光が見えたような気がしたが、それはほんのつかのまで、伊川の生存への期待がつくりだした幻のようにも思えた。

藤木の死は動かしがたい現実だった。その藤木の安全登山に対する強い思いを、ともに会社を経営しながら、森尾はつねに感じてきた。アスパイアリングがロープウェーで登れる山になるなら、それも歓迎だとさえ藤木は言っていた。過去、死傷者を一人も出さず、全員登頂を続けてきたことを最大の誇りと考えていた。

その志を最後まで遂げさせてやりたかった。全員登頂は果たしたのだ。あとは客たちの全員生還だ。伊川を生きて地上に還らせることができれば、藤木も思い残すことはないだろう。

万一の際に備えて最近携行するようになったハンディ型のGPS装置で現在位置を計測し、地形図と照合する。ほぼ落石事故が起きた地点の真下に来ていた。しかし点滅する赤い光はやはり見えない。

民生用のGPSの誤差は最大一〇〇メートルと言われる。それに伊川が必ずしも垂直方向に滑落したとは限らない。さらに二〇〇メートルほど前進し、雪壁の上部にも目を凝らしながら、もと来た道を戻る。懸命に伊川の名を呼ぶが、その声も風に吹きちぎられて、自分の耳にさえとどかない。

伊川がこの近くにいるのなら、ブリザードの層を透かして光は見えていいはずだ。しかしなにかの理由で消灯しているとしたら、現状でこれ以上は探しようがない。

あるいはバットレスの基部で見た光そのものが錯覚だったのかもしれない。しかしケビンもそれを見たと言ったのだ。それが正しければ伊川は間違いなくこの近くにおり、重傷を負って必死で助けを求めているのかもしれない。

強風と寒気は時間とともに体力を奪っていくだろう。森尾の体も冷え切っていた。着ているものはあくまで夏山装備で、耐寒性の点ではすこぶる心許ない。このままでは二重遭難の危険が出てくる。さらにケビンたちが森尾の救出にやってくることになれば、三重遭難という事態にもなりかねない。

断腸の思いで森尾はその場を立ち去った。ケビンたちは無事にキャンプ地に着いているだろうか。ここからコリン・トッド小屋まで、北西稜の裾を巻いて普通なら約一時間。視界のない状況で、クレバスに注意を払いながらの行程だから、その倍はかかるとみなければならない。

たとえ伊川が重傷を負い、困難な救出作業を必要としたとしても、生還の可能性さえあれば、それが気持ちを奮い立たせたはずだった。なすすべもなく捜索を放棄せざるを得ないこの状況は、森尾の心を萎えさせた。

伊川が生きていたらという思いが脳裏を離れない。足どりははかどらず、気持ちはいよいよ暗く沈んで、このまま地上から消えてしまいたいような気分だった。

コリン・トッド小屋のキャンプ地に戻ったときは午後九時を過ぎていた。森尾は不安に駆られた。テントに明かりは点いておらず、その周囲にも人の姿が見えない。

近くで幕営しているパーティに訊いてみた。ケビンたちの姿はまだ見ていないという。嵐の襲来を避けてコリン・トッド小屋に待避しているのではないかと言うので、慌てて小屋に駆けつけた。

小屋のなかはテントを持たない登山者で寿司詰め状態だったが、ケビンをはじめアスパイアリング・ツアーズのメンバーは一人もいない。

別れた時点での彼らのコンディションなら、とうの昔に到着していていいはずだった。荒れているとはいえ危険な箇所はほとんどない。アスパイアリングの地形を自宅の庭のように熟知しているケビンがルートを見失うはずもない。

森尾は全身から血の気が失せる思いだった。パーティにいったいなにが起きたのだ――。

第九章

1

吹き荒れる地吹雪は、視界を完全に覆い尽くしていた。

ヘッドランプの光が照らし出すのは、氷雪とガスの混合物の分厚い乳白色の緞帳（どんちょう）だけ。風は耳元で野獣の咆哮（ほうこう）のように猛り狂い、寒気はいよいよ強まって、アノラックの隙間から情け容赦なく侵入する。

ケビンたちはいったいどこへ向かったのだ。慣れているはずのルートでケビンはどうして方向を見誤ったのか？　あるいはまたのっぴきならない事故でも起きて立ち往生しているのか――。

森尾は答えの出ない問いを繰り返しながら、ケビンたちと別れたバットレスの基部へ向かって北西稜を進んでいた。

コリン・トッド小屋にいた登山者や周辺で幕営している登山者にも片端から確認したが、ケビンたち一行が小屋の周辺まで下ってきたのを見た者はいなかった。

小屋に備え付けられている無線機を使ってDOCの現地オフィスに連絡を入れたが、現在の気象条件では救出に動くのは難しいとのことだった。

それが当然の回答だとはもちろんわかっていた。この悪天候でヘリを飛ばすのは不可能だし、もし森尾が彼らの立場だとしても、この状況で救出活動に乗り出すことが、勇気を通り越した無謀な試みであることは自明のはずだった。

しかしいまの森尾にとって、それはただ手を拱く口実にはならない。先ほど別れ際に言ったケビンの言葉を思い出す。

〈ぼくはプロのガイドだ。自分の命よりお客さんの命のほうが重い。そうじゃなかったら、ガイドなんて存在する価値のない商売だ〉

それは森尾にしても異論のない信条だった。たとえ自分の命と引き替えになりかねないとしても、そうせずに残りの人生を生き長らえる苦痛のほうが堪えがたい。他人の命をここまで身近に、そして愛おしく感じた経験は生まれて初めてだった。

アスパイアリングの頂で見た、ケビンの、ひろみや宮田や勝田や川井や内村の笑顔がラッシュフィルムのように目の前を流れる。あの笑顔をもう一度見たいと心底思う。

登攀中に交わした彼らとの会話の一つ一つが、風の唸りを押しのけるように耳の奥で響き渡る。それらのすべてが希望の方向を指し示していた。その希望が、なにかの間違いとしか思えない馬鹿げた出来事で潰え去るのはあまりに忍びなかった。

　本当になにかの間違いだとしか思えない。あるいはなにかの理由でケビンは別のルートをたどり、いまごろは無事に幕営地に着いているのではないか——。

　いまは極力そう願いたかった。とりあえずは彼らと別れた地点まで行ってみよう。そこで手がかりが得られなかったら、いったんコリン・トッド小屋に戻ってみよう。たぶん全員が無事に到着し、逆に森尾の心配をしているはずだ——。

　そんな期待が次第に心を支配して、絶望の色がいくらか薄らいだ。そうだ。絶対になにかの間違いだ。藤木を失い、伊川の生存の可能性もほとんどない。そんな状況にあるパーティに、さらに苦難を背負わせるほどアスパイアリングは非情ではないと思いたい。

　ヘッドランプの光が届くのは、せいぜい足元と前方二、三メートルの範囲に過ぎない。踏みしめる岩角の一つ一つ、トラバースルートの古い踏み跡の一歩一歩を、何十度となく通った記憶と照合しながら登っていく。

　気温はすでに氷点下に達しているだろう。地吹雪の雪片に新雪も混じり始めた、夏の嵐としては異例の様相だ。これまでアスパイアリングで、こんな天候に遭遇したことはない。

　これからますます気温が下がれば、いつまで体力がもつかわからない。ケビンたちがどこかに待避して救出を待っているようなら、生命の危険は時間とともに高まってくる。

時刻はいま午後十時。昼食をとってからほとんど食物を口にしていない。空腹はさほど感じないが、体の動きが目に見えて悪くなっている。体内の備蓄エネルギーが枯渇しかけているようだ。

いったんザックを降ろし、携行食のチョコレートを口に入れる。テルモスに残っていたお茶を飲み干すと、わずかに体が温まった。ふたたびザックを背負い、足どりを速めて登っていく。

伊川のことをふと思い、心はふたたび暗澹としてくる。いまも伊川が生きているとしたら、自分はそれを見殺しにすることになるだろう。

いや、精いっぱいのことはやったのだ。あの状況で、生きているにせよ死んでいるにせよ、伊川を発見することは不可能だった。それにかまけて自分まで遭難の憂き目に遭えば、ケビンたちの異変に対してなすすべがなかったことになる。

それに、宮田が見たという氷河上の人影の状況からは、やはり生存していたとは考えにくい――。そう自分を慰めるしかいまはなかった。ケビンや客たちにもしものことがあれば、それに対処できるのは森尾だけなのだ。

小屋や幕営地にいたガイドやクライマーたちは、万一のことがあったら救出に協力すると言ってくれた。その点は心強かった。だからといっていま闇雲に動いてもらっても、無用のリスクを負わせるだけだ。自分の命だけならまだしも、これ以上の犠牲は絶対に出したくない。

頭上で唸る風音が、人の叫びのように聞こえてくる。助けを求めて自分を呼んでいるパーティの絶叫のように聞こえてくる。しかし耳をそばだててみれば、けっきょく風音以外のなにものでもない。いまこの状況では、たぶん一〇メートル先の人の声すら聞こえないだろう。

ヘッドランプを消して、闇の向こうを透かすようにその場で一回りする。小さな光の一つも見えない。

ひたすら焦燥が募ってくる。ケビンにしても体調は決して万全ではない。単なる脳震盪だと本人は言っていた。

森尾もそう信じるようにはしていたが、あれだけの傷を頭部に負ったのだ。脳の機能になんらかの障害が出ているとしても不思議はない。

内村は登山経験は豊富でも、アスパイアリングは今回が初めてで、ケビンが正常な判断力を失うようなことがあれば、代わりを務めるのはまず無理だ。

しかし落石が起きた地点からバットレスの基部までの下降で、ケビンのリードはいつもと変わらず的確だった。別れ際のやりとりにも思考の乱れは感じなかった。

いまはケビンを信じるべきだ。こんなときにやってはならないのは、悪い材料を数え上げることなのだ。精神に対しても肉体に対しても、希望は欠くことのできないエネルギー源だ。彼らがルートを見失ったとしても、せいぜい半径一キロの範囲内にいるのは間違いない。

気温が低下しているといっても、まだ零度をわずかに下回る程度で、強風を避けられる場所にさえいれば、体感温度の低下はさほどではない。

ケビンも内村も全員が入れるだけのツェルト（非常用の簡易テント）は携行している。それを被って岩陰で身を寄せ合えば、凍死するようなことはないはずだ。非常用の食料も小型のガスストーブやコッヘルも共同装備として持っている。

それにこの嵐が何日も続くことはあり得ない。長引いたとしてもあすの午前中までだろう。ケビンや内村はもちろんのこと、ひろみや宮田たちも登山経験は豊富だ。その程度のサバイバル能力は十分あるはずだ――。

そう思い直すと、森尾の心にも活力が湧いてきた。心と体は密接に結びついている。冷え切って萎縮していた筋肉がのびのびと動き始める。

時刻はいま午後十時三十分。小屋を出て一時間ほど経っていた。周囲の地形から判断して、小屋からバットレス基部までのほぼ三分の二ほどの地点にいるはずだった。

ルートの大半はブリザードが舞い上げた雪で埋まって、その上に新しい踏み跡は見当たらない。だとすれば、ケビンたちはだいぶ前にこのあたりを通過したか、そうでなければやはり別のルートをとったことになる。

この視界の悪さでは、稜線の広いところでは行き違う可能性もあるが、もしまだ小屋に戻っていないとすれば、むしろ行動はせずにどこかで救出を待ってくれたほうがこちらは安心だ。

居場所さえわかれば、コリン・トッド小屋から助っ人を呼べる。自力で歩けない者がいたとしても、森尾を含めプロのガイドなら、背負って下るくらいは造作ない。

ガスのなかを舞う雪の量が多くなってきた。吹雪になりそうな様相だ。新雪が積もれば通い慣れた岩稜のルートも見極めが難しい。そうなると逆に心配になるのは我が身のほうだ。

二重遭難は絶対に避けたい。ケビンや客たちを発見できず、こんどは自分が救出を待つ身になれば、さらに新たな遭難を誘発する引き金にもなりかねない。

森尾は気持ちを引き締めて、雪を被ったランドマークの岩塔や岩角を見落とさないように、より慎重に目を配りながら、ヘッドランプが照らす視界だけを頼りに進んでいった。

2

バットレスの基部に到着したのは午後十一時少し前だった。

けっきょくここまでパーティとは出会わなかった。彼らの踏み跡らしいものも見なかった。

北西稜はおおむね狭い岩尾根だが、一部には幅の広がっている場所もある。だからといって、大半は森尾のたどったルートと重なるはずなのだ。いくらブリザードが激しいとはいえ、降雪はまださほどではない。六人のパーティが踏み固めたトレースが、氷河から舞いあげられた雪だけで短時間のあいだに消え去るというのは考えにくい。

彼らはまったく別のルートに向かった——。そんな結論に森尾の心は傾いた。

ここからコリン・トッド小屋へ向かうのに、最短で、かつもっとも安全なのが北西稜を忠実にたどるノーマルルートだ。それ以外のルートを選ぶ合理的な理由としては、強風を避けて巻き道をとることくらいだ。

藤木の遺体は風下側の岩陰に、吹き寄せた雪を毛布のようにまとって眠っていた。下界に降ろしてやれるまでまだ時間がかかるだろう。そのときの遺体の状態を考えれば、この寒気はわずかな救いのように森尾には思えた。

いまパーティに起きている事態を、藤木はさぞかし無念に思っていることだろう。それは山岳ガイドという職業に携わっている限り、いつかは出会う可能性のあることだった。しかしこれまでのアスパイアリング・ツアーズのビジネスがあまりに順調で、そんな状況への心の準備はできていなかった。

自分が限りなく小さく感じられ、一方で藤木が自分にとってどれほど大きな存在だったかを、森尾はつくづく思い知らされていた。

いまこの状況で、藤木ならどう行動したか——。心のなかの藤木に問いかけた。藤木は穏やかに微笑んで答えない。それを考えるのがいまのおまえの仕事だとでも言うように——。

出せた答えは一つだけだった。もう一度小屋まで戻るしかない。彼らが向かった先はほかにあり得ない。間違っても氷河には下らない。

ここまでひどいホワイトアウトの状況で、目標物がなにもないうえに、至るところにクレバスが口を開けている氷河に向かうのは、自殺行為以外のなにものでもない。それはケビンならずとも、パーティの全員が知っている常識のはずだった。

この嵐が去ったら必ず迎えにくるからと、それまで、残されたパーティ全員が無事に帰還できるように見守っていてくれと心のなかで藤木に言って、森尾はもと来た道へ踵(きびす)を返した。

嵐は勢いを強めていた。森尾の体をもぎ取ろうとするかのように、唸りを上げて横殴りの風が襲いかかる。森尾自身が、いまや体力の限界を感じていた。寒気はアノラックの襟元や袖口から容赦なく侵入する。下りで筋力の必要が少ないぶん体温も上昇してくれない。

歯の根が合わないほどの悪寒に襲われる。岩陰に身を隠し、残り少ない非常食のチョコレートを一かけ口にして悪寒が消えるのを待つ。

このままでは森尾自身が遭難しかねない。寒さへの対策はある程度しているつもりでも、それはあくまで夏山に対応したものだ。しかしこの荒天は冬の嵐を想起させる。これからさらに気温が下がれば、凍死する惧れさえ出てくる。

しかし森尾が置かれている状況にはまだ救いがある。迷う心配のないルートをあと一時間半も歩けば小屋に到着する。

伊川のことを思えば胸がふさがるが、残りのメンバーにはそれでもまだ希望がある。いまごろはなにごともなくコリン・トッド小屋にたどり着いて、逆に森尾のことを心配しているかもしれない。いまは無理矢理にでもそう思い込まなければ、森尾の心はこのままくずおれてしまいそうだった。

夜半に近づいて寒気はいっそう強まった。北東からの風が轟音を立てて稜線上に吹きつける。その風による体感温度の低下が馬鹿にできない。体力の消耗を避けるために、森尾は風下になるボナー氷河側を巻くことにした。

あるいはケビンたちもそちらのルートで下った可能性がある。もしそうだとしたら、途中で彼らの踏み跡が見つかるかもしれない。それがコリン・トッド小屋に向かっているのなら、もう無事に到着している可能性が強まってくる。

明瞭なルートが刻まれているわけではないが、北西稜の南西面では比較的安全なトラバースルートが見いだせることを森尾は知っていた。

最悪、彼らがルートを見誤ってあらぬ方向に進んでいたとしても、それをたどっていけば、彼らのいる場所に行き着くはずだ。そう考え始めると、萎えかけていた希望がまた蘇る。

メインルートから分岐する傾斜路を下り、稜線の風下に出ると、さしもの強風も鳴りを潜めたが、逆に北西稜に当たって舞いあげられた雪が新雪のように降り積もり、風上よりもはるかに雪が深い。

これでは踏み跡があったとしても、すでに埋まっているだろう。積もった上層の雪を足で蹴散らし、その下の踏み跡を見いだそうとしても、けっきょく空しい試みに過ぎず、下は足跡など残りようのない凍てついた岩屑の層だった。

彼らはこの状況で、ルートファインディングの難しい巻き道をあえて選ばなかったのではないか――。自分の判断に自信が持てなくなってきた。

生存者全員を無事にバットレスを下らせたまではよかったが、伊川の安否を確認できなかったことに始まり、その後の事態をなに一つ好転できない。そんな自分に苛立ちが募る。

山に登ることの喜びについて、人生への愛について、ひろみたちに語った自分の言葉が、いまはいかにも空疎だったように思えてならない。閉ざされた視界のなかで、浮かんでくるのはうしろ向きの想念ばかりだ。

自分たちは大きな過ちを犯したのではないか。あの落石は果たして不可抗力だったと言えるのか。天候の悪化は予期していた。それを甘く見すぎてはいなかったか。あらゆる点で慎重さを欠いてはいなかったか。山に対して驕ってはいなかったか――。

そのすべての問いに否と答えることはできるだろう。しかしそれは本当に自分の心の真実なのか。藤木と、おそらくは伊川を生きて下山させることができなかった。それはアスパイアリング・ツアーズにとって致命的とも言うべき敗北ではなかったか。

安全で楽しい登山を、そして客たちがそこに導かれることで、人生を肯定し、心の活力が得られるような登山を――。そんな藤木の経営哲学も、しょせんは絵空事に過ぎなかったのではなかったか。

ケビンたちが小屋に戻っているかもしれないというなけなしの期待が、はかない泡のように消えてゆく。すべてが悪い方向へ進んでいるような予感が頭のなかに居座って離れない。すでに空しい努力なら、いま唯一考えるべきは自分自身の生還ではないか。そんな思いが脳裏をよぎる。

ケビンに対して怒りが湧いてくる。どういうドジをやらかしたのだ。自宅の廊下と同じくらい歩き慣れているはずの北西稜で、どうしてルートを誤るような器用な真似ができたのだ。

内村にしてもそうだ。たとえアスパイアリングが初めての山だとしても、決して山の素人ではない。ケビンの判断力に狂いが生じていたとしたら、それに気づくくらいの機転が利いていいはずだ。

今回のツアーに大きなミスがあったとしても、それを犯した責任は藤木にもケビンにもある。森尾一人が自らを責める必要はない。それにバットレス基部からコリン・トッド小屋への下降に関しては、森尾に負うべき責任はないはずだ。

あのときのケビンの状態にとりたてて異変は感じられなかった。言葉はしっかりしていたし、状況判断も的確だった。パーティを安全にコリン・トッド小屋に導くリーダーとして、ケビン以上の適任者はいなかった――。その考えは、あの状況でなら誰もが認めるところだろう。

森尾が嵐を突いて伊川の探索に向かったことも、決して非難されるいわれはないはずだ。生存の可能性がわずかでもあるときに、それを看過することこそ、ガイドの職業倫理として許されざる行為というべきだ。

しかも森尾にとって、その行動自体が生死に関わるリスクを伴うものだった。それでもガイドとしての職業倫理に、自分はあくまで忠実だった。

しかしパーティに惧れているような異変が起きて、生還が絶望的な状況になったとき、すべての責任を負うことになるのは、アスパイアリング・ツアーズの経営の一角を担う自分だろう。

できるものならいますぐにでも、ここから逃げ出したい気分だった。いまや森尾にとって、アスパイアリングは呪いの対象以外のなにものでもない。自分が愛し続けてきたこの山が、どうしてここまで非情な牙を向けてくるのか。

ブリザードによる雪の吹き溜まりは綿のように軽く柔らかいが、足を踏み出すたびにさらさらと崩れ、岩混じりの稜線のトラバースを著しく困難にする。山を飯の種にしている森尾にとっても容易いルートではなくなっている。

傾斜は急で、滑落すれば岩と氷のミックスの壁を下の氷河まで一直線だ。もしこんな状況で、こんな場所にケビンがパーティを導いたのだとしたら、その選択は果たして正しかったと言えるのか。やはりケビンはここを通らなかったと思いたい。

そのとき足で踏み崩した雪のなかから布の一端が覗いた。目に馴染んでいるオレンジ系の花柄。ひろみがいつも頭に巻いていたバンダナだった。

パーティはここを通過していた——。湧き起こったのは不安と喜びがない交ぜになった複雑な感情だった。厄介な雪の状態のこのルートをたどって、果たして無事に小屋までたどり着けたのか。ケビンならやってのけたかもしれない。

バンダナの上に積もっていた雪の厚みから推測すれば、彼らがここを通過したときは、いまほど悪い状況ではなかったはずだ。ケビンはヒマラヤのエキスパートで、クライマーとしての実力は森尾や藤木より一枚も二枚も上手だ。スタッフの内村もいる。あくまで彼らの無事を信じて、森尾もいまは前進するしかない。

稜線が風を遮ってくれるせいで体感温度の低下は免れているが、雪はいよいよ深くなる。ふわりと積もっているだけのようでも、膝まで潜る雪の抵抗は馬鹿にならない。そのうえ足場が極端に悪い。柔らかい雪を踏み抜いた下は氷だったり岩だったりで、バランスをとるのにひどく難儀する。ロープによる確保が必要な状態だが、森尾一人ではそれもできない。

ブリザードの直撃が避けられているせいで視界はいくらか広がってきてはいるが、それでもまだ一〇メートル先が見通せるかどうかだ。

とにかくいまは、登り過ぎもせず下り過ぎもせず、ほぼ一定の高度を保ってトラバースを続けていくだけだ。それがコリン・トッド小屋への最短距離で、たとえ滑落の危険と隣り合わせではあっても、疲労凍死のリスクは避けられる。

寒さへの耐性には生物学的な限界があるが、いま直面しているような状況なら、技術と気力で乗り越えられる。ケビンもそういう判断をしたのだろう。自分のリードでパーティを、安全に小屋まで導けるはずだと確信したのだろう。

森尾は疲労困憊した体に鞭打った。遭難という言葉は、いまや我が身に関わるものとなっていた。パーティの無事を祈りながら、自らも死力を尽くしてこの窮地を乗り切ること。それがいま森尾にとって、なすべきことのすべてだった。

3

山側の雪面にピッケルを刺し、必死でバランスをとろうとするが、雪といってもそのほとんどは、ブリザードが舞いあげた雪や氷の微粒子だ。降ったばかりの新雪よりも手応えがなく、下手に体重を預ければ、グラニュー糖の山のようにさらさらと崩れ、そのまま体がずり落ちる。

夏用の薄手のウールの手袋には、雪と氷の混合物がびっしりと貼りついて、指先の感覚はすでにほとんど消えている。クライミングブーツのなかにも雪が入り込み、冷たさを超えて、爪先は痺れたような感覚だ。

気温は氷点下五、六度といったところで、厳冬期の山と比べればまだまだ暖かいが、夏山で低温にさらされて凍傷にかかる例はまれではない。

森尾の山の経験は長いが、手も足もまだ指は一本も失っていない。その幸運がもうしばらく続いてくれることを願いたいが、とりあえずは命が最優先だ。

しかしここまでの悪天候は予想外だった。日本の山でよく遭遇した二つ玉低気圧を思わせる。タズマン海から進んでくる途中で、もう一つの低気圧が発生したのではないか。その場合の荒れ方はおそらく台風並みだろう。いまはまだ序の口かもしれないと、森尾は気持ちを引き締めた。

踏み跡が完全に埋もれていることから考えれば、パーティがここを通過してからかなりの時間が経っている。森尾が登っているあいだにすれ違ったと考えれば、すでにコリン・トッド小屋に到着している可能性は高い。

それならただ幕営地で待っていれば用が足りたことになるが、それは後知恵というものだ。いまここにいる自分に、森尾は小さな誇りを感じていた。

ただ飯を食うためだったら、ガイドなどという職業はだれもが敬遠するだろう。そこに人生におけるなにがしかの意味を見いだせるからこそ、自分はこの職業を選んだはずだった。

いま自分がやっている、あるいは愚かだったかもしれない行為こそが、まさにその意味そのものなのだと、森尾は悦(よろこ)びとともに感じていた。早くひろみたちと再会したかった。この嵐を突いて生還した勇気と意志を称えてやりたかった。

時刻は午前零時に近づいている。朝の四時に出発してから、すでに二十時間近く経過していた。

伊川の捜索で体力を消耗した直後、休むまもなくパーティの捜索に向かった。荒れ狂うブリザードのなか、ほとんど食事もとらず、寒気に堪えての行動で、常識的には体力の限界をとっくに超えている。

体はひたすら重かった。それでも心は弾んでいた。それは奇妙な感覚だった。藤木と伊川の命を奪い、自らに対しても、残りのパーティのメンバーに対しても、おそらくは過酷な試練を与えているこの山を、いまも愛してやまない自分がいた。

なぜだろうと思う。いくら人間が山を愛しても、山は人間を愛しはしない。だからといって忌み嫌うわけでもない。人間のあらゆる期待や思惑を超えて山は山であり、その絶対的な没交渉性こそが、山という、いやこの地球という巨大な自然との唯一の関わり方なのだろう。

いつも胸襟を開いて自分を迎えてくれたこれまでのアスパイアリング。無慈悲な荒々しい手でパーティを揉みしだき、情け容赦もなくその命を奪い去ろうとするアスパイアリング——。そのいずれもが、厳然としたただ一つの存在なのだ。

そして人間もまた生死を超えてその巨大な自然の一部なのだという観念が唐突に立ち上がり、それが自分に不思議な感銘を与えていることに気づくのだ。生きることにも死ぬことにも拘らない自分がそこにいる。そんな体験は初めてだった。

心なしか、頭上を吹き渡る風の音が弱まった。視界はさらに広がって、北西稜の側壁の岩と雪の襞がうっすらと、それでもヘッドランプの光の届く二〇メートルほど先まで見通せる。

天候は回復しつつある——。そんな期待に励まされ、弛緩したゴムのようだった筋肉に力が漲った。

見上げると、北西稜を越えて庇のように吹きだしているブリザードの流れのわずかな隙間から、穏やかに瞬く星が覗いている。これならケビンたちが途中で行き詰まっていたとしても、なんとか無事に切り抜けられるだろう。

心を躍らせて足どりを速めた。風向きの関係か、吹き溜まりの雪の量がこのあたりではだいぶ少なく、露出した岩が目立ってきた。

視界はさらに広がって、自分がいる位置がほぼ特定できる。バットレスの基部からコリン・トッド小屋までの三分の二を過ぎたあたりだ。このままブリザードが収まるなら、側壁を登り返して稜線上に出たほうがいい。そこから順調に進めば小屋までたぶん一時間もかからない。

南西の空の雲間から月が顔を出した。振り向くと、稜線を越えて流れる波濤のようなガスの向こうに、月光を浴びて青ざめたアスパイアリングの頂が覗いている。

森尾たちのパーティに起きたことなど、自分にはなんの関わりもないと言わんばかりに、その表情は傲然として気高く、身震いするほど美しい。

前方のガスも薄れてきて、北西稜からボナー氷河に下る支稜が見えてきた。そこを登り返せば北西稜上のメインルートに出られるはずだ。このまま天候が回復すれば、あとはコリン・トッド小屋まで鼻歌混じりだ。

吹き溜まりの斜面を慎重にトラバースして支稜に達したとき、森尾は不穏な思いにとらわれた。

そのあたりは風の加減で古い氷雪面が露出している。そのうえに新しいアイゼンの跡がある。北西稜へ登っているのならわかる。しかしそれは明らかに、ボナー氷河に向かって下降したものだった。

ケビンたちの足跡とみて間違いない。しかしどうしてボナー氷河へ？

そのルートはコリン・トッド小屋を経由せずに、直接ヘリが発着するビーバン・コルに向かうショートカット・ルートとしてときおり使われていて、技術的にはそれほど難しい下降ではない。

しかし下った先は、視界のないときに決して歩いてはならないクレバスの巣のボナー氷河だ。そのうえ風を遮るものがない。彼らが携行していたツェルト程度で、あの強風と寒気に堪えるのは難しい。コリン・トッド小屋に向かうにしてもあまりに遠回りで、ケビンがそのルートをとった理由が森尾の頭では理解できない。

ケビンなりの目算があってのことなのか——。できればそう考えたいが、むしろ脳裏をよぎるのは、ケビンの頭の負傷のことだった。

果たして正常な判断力に基づくものだったのかと森尾は訝った。あのホワイトアウトのさなかでは、内村も客たちもケビンのリードに従うしかない。

そのケビンの思考能力に異常が起きていたとしても、それをチェックすることは難しい。そもそもあの強風のなかでは、互いにまともな会話も交わせないはずだった。ガスの切れ目からボナー氷河の一部が見えるが、まだ箒で掃いたようなブリザードに覆われている。もしそこに下っているとしたら、いまも身動きのできない状態に置かれているはずだ。

いや、無事に停滞してくれていればまだしもだ。ケビンが普通の状態ではないとしたら、下手に動いてだれかがクレバスに落ちるようなことになっても、救出するのは難しい。スタッフの内村は山の経験は豊富でも、本格的なガイドのトレーニングはこれからだ。

幸い天候は回復に向かっている。全員が無事なら、そこからの救出にさほどの困難はない。動けない者がいたとしても、コリン・トッド小屋にいるクライマーやガイドに要請すれば、必ず支援の手を差し伸べてくれる。

そんな期待を抱いて、森尾は支稜を下りはじめた。雪と岩のミックスした稜線は南に伸びてから南東方向に回り込み、氷河を覆うガスの層の底に消えている。雲の切れ目はさらに広がり、斑に現れた夜空には星々が密集して瞬いている。

稜線を吹き越える風の音も、しだいに弱まっているようだ。アイゼンの踏み跡はときおり途切れながらも確実に下へと向かっている。いまは支稜の大半が見通せるが、パーティの姿もランプの光も目に入らない。

山が本格的に荒れ始めてからもう何時間も経っている。すでにボナー氷河に下りているのは間違いない。そのあいだ、全員が体力的に持ち堪えているかどうかが問題だ。

こんな状況になると、いちばん心配なのがやはりケビンだ。脳機能の障害は、運動能力や体力にも影響を与える。彼が動けない状態だったら、それがパーティ全体の能力を大きく損ねるのは言うまでもない。

支稜を半ばほどまで下るころには、頭上はほとんど晴れ渡り、あの強烈な風もほぼ吹き止んでいた。南にはロブ・ロイの頂が青ざめた巨鯨のように浮かび上がる。ボナー氷河のブリザードもいまは鳴りを潜め、その名残のような低層雲が行方を失ったように漂っている。

森尾は目を凝らした。彼らが無事でいるのなら、ヘッドランプで救助信号を送っているはずだ。しかしそれとおぼしい光は見えない。

頭上に昇った月は満月に近く、夜といっても比較的明るい。総勢六名のパーティが、氷河の上でツェルトを被って嵐を避けているのなら、ここからでも十分視認できていいはずなのだ。

彼らはどこへ消えたのだ？　嵐を突いて小屋へ向かったとしたらあまりに無謀だ。ケビンや内村に正常な判断力があれば、そんな行動は必ず控えたはずなのだ。

やはり不安は拭えない。ただならぬ焦燥を抱えながら、森尾は稜線を下る足どりを速めた。

4

氷河上に下り立ったころには、地表近くを漂っていたガス状の雲も消えかけていた。

しかし支稜の下部に達すると、ルートはブリザードが吹き寄せた氷と雪の微粉にふたたび覆われた。氷河上はさらに厚い吹き溜まりになっていて、パーティの足跡をたどることはできなくなった。

この近辺のどこかに待避しているのか、やはりコリン・トッド小屋へ向かったのか、そのあたりの判断は難しい。

それに彼らが見通しのいい場所にいるのなら、ヘッドランプを点けて下ってきた森尾にとっくに気がついていいはずなのだ。それに対する反応がないのが気がかりだった。

森尾は迷った。小屋に向かったと判断して自分もそちらに向かうべきか、この一帯をひととおり捜索すべきか。

すでに小屋に戻っているとしたら、逆に彼らが森尾の安否を気にかけているだろう。ケビンは負傷していて、内村はアスパイアリングの地理には不案内だ。彼が森尾の捜索に向かい、それが新たな遭難の引き金になっては元も子もない。

かといって、もし彼らがこの近くで身動きできなくなっているとしたら、自分がいったん小屋に戻っているあいだに手遅れになる可能性がある。

アンザイレン（ロープで結びあうこと）した状態で一人がクレバスに落ちれば、全員が巻き添えになる惧れがある。氷河上の吹きさらしで身動きできなくなれば、低体温症で命を失う危険もある。いずれにせよ、決断に要する時間は限られており、森尾の体は一つしかない。

このまま小屋に戻りたいのは山々だった。体力の消耗はすでに限界を超えていた。そもそもほぼ平坦な氷河上をゆく小屋まで一キロ半ほどの道のりが、無限の隔たりのように感じられる。

それでもなんとか小屋にたどり着いて、パーティが帰っていないことを知ったとしたら、そのときの森尾に、彼らのために行動する余力が残っているとは思えない。それならいまここで、できる限りの捜索を試みるほうが意味がある。

空はいよいよ晴れ渡り、風は穏やかに凪（な）いでいた。夜半を過ぎて寒気は強まってきたが、風がないぶん、体感温度は嵐のさなかより高めに感じる。ひしめくような星々を背景に、アスパイアリングの黒々とした巨体が天を衝く。

気力を振り絞って森尾は歩き出した。下ってきた支稜の側壁に深く切れ込んだ岩溝があるのを知っていた。強風を避けて体を休めるには最適な場所に思えた。彼らはそこに待避しているのではないか――。

雪に覆われたヒドンクレバスに注意を集中する。怪しいと思えばピッケルを刺して確認する。このあたりの氷河で、深いものなら数十メートル。落ちたら自力での脱出はまず不可能だ。

ロープによる確保もなく、夜間で、しかもブリザードの直後という悪条件で氷河を歩き回ることがどれほど無謀か、むろん森尾はよくわかっている。それは目隠しをして地雷原を歩くのに等しい。

そのとき、目指す岩溝の奥で点滅する赤い小さな光が目に入った。ケビンたちだ。やはりブリザードのなかでの行動は避けて、風が防げる岩溝のなかで天候の回復を待っていたのだ。それは賢明な判断だった。

赤い光に向かって、森尾は慎重に進んでいった。あれほど吹き荒れた風が、いまはほとんどやんでいた。底知れぬ静寂のなかで、邪悪な魔物の囁きのように氷河が軋(きし)む音が耳に障る。

慎重にピッケルを突き刺した目の前の雪面がざくりと崩れ、幅一メートル近いクレバスが真っ黒い口を開ける。そのなかから氷河底を流れる融水の谷川の轟きのような音が聞こえてくる。日中ならツアー客たちへの恰好の出し物だが、いまこの状況では地獄への招待状というしかない。

岩溝までの距離は五〇メートル以上はありそうだ。届くかどうかわからないが、大きな声で呼びかけてみる。

「おーい、森尾だ。みんな元気か。聞こえたら答えてくれ」

「篠原です。みんな無事です。ただ、大変なことになっちゃって——」

かすかだが明瞭なひろみの声が返ってきた。覚えず鼓動が高鳴った。みんな無事——。それは元気だという意味なのか、それともとりあえず生きているという意味なのか？

赤いライトがちらちらと動く。ひろみはこちらに向かおうとしているらしい。森尾は慌ててそれを制した。

「動かないで。いまそちらに向かっていますから、そこにじっとしていて」

ライトの光が止まった。森尾はさらに問いかけた。

「どんな状況ですか？　怪我をした人や具合の悪い人はいますか？」

「動けるのは、私と内村さんくらいです。勝田さんは腰を痛めているし、ほかの人たちも疲労と寒さで——」

ひろみの声に悲痛な響きが混じる。森尾は愕然とした。残りの全員を無事に下山させる希望は潰えたらしい。「無事に」という言葉を「なんとか生きて」に修正する必要がありそうだ。

立て続けに現れる小クレバスをなけなしの力を振り絞って飛び越えて、慎重に歩を進めながら森尾は問いかけた。

「ケビンは?」

「おかしいんです。ここに来てからずっと譫言のようなことを言い続けて、うずくまったまま動こうとしないの。体力が尽きたのか、それともあのときの――」

「怪我の影響だと思うんだね」

「そんな気がするの。だってケビンがルートを勘違いするなんて、信じられないでしょ」

近づくにつれ、ひろみの言葉が鮮明になる。いつも前向きで元気だったひろみが、いまはひどくうちひしがれている――。そんな心の状態が声の響きから伝わってくる。

「わかった。着いたら詳しい話を聞かせてください。急いでそちらへ向かいますから」

そう言っていったん話を打ち切り、森尾は歩行に集中した。怒鳴れば会話が交わせる距離を歩くのに二十分近くを費やした。

クレバスの危険もさることながら、肉体的な疲労も極限に達している。岩溝に退避していた彼ら以上の体力が自分に残っているとは考えにくい。ここから小屋までパーティを連れ戻すことを考えると、絶望的な気分になってくる。

ようやく岩溝にたどり着くと、ひろみが感極まったような表情で抱きついた。疲労の色は濃いが、その表情からはまだ生気は消えていない。人の体の温もりをこれほど痛切に感じたことは初めてだった。

「よかった、森尾さんが来てくれて。私、これからどうなるのかと思うと、本当に心細くて――」

「よくここまで頑張ったね。でも、もう大丈夫。天候は回復したから、あとは小屋まで安心して歩いて行ける。問題があるようなら僕が一走りして救援を要請する。だから絶対に生きて還ろう」

思いを込めて森尾は言った。ひろみは力を込めて頷いた。

パーティが退避していた岩溝はチムニー状になって支稜の頂稜部まで伸びている。左右のリッジによって風は遮られるが、氷河上の吹きさらしよりはましという程度に過ぎない。

被っていたツェルトから内村が顔を覗かせて、恐縮したように会釈する。この事態を招いた責任の一端は自分にもあるという思いもあるのだろうが、ここで内村を責めても始まらない。

宮田も勝田も川井も、別のツェルトにくるまったまま顔を覗かせる様子もない。腰を痛めた勝田はもちろんだろうが、三人とも体力以上に気力を喪失しているのは明らかだった。

ケビンはその傍らに小さくうずくまり、虚ろな眼差しであらぬ方向を見つめながら、ぶつぶつと独り言を呟いている。

普段は英国式の英語を話すのだが、いまは訛りのあるニュージーランド特有の英語——いわゆるキーウィ・イングリッシュで、そのうえどこか呂律の回らないところもあって、森尾にはほとんど聞きとれない。

そんなケビンは当てにはならないし、弱っている宮田たちを叩き起こすのも気の毒なので、とりあえず元気そうなひろみと内村から事情を聞くしかない。森尾はひろみに問いかけた。

「ルートが間違ってることに気がついたのは?」

「途中でなにか変だとは思ったの。でも風の音がものすごくて、ケビンとはほとんど会話ができないし、稜線はとても寒かったし。それでケビンが風下の巻き道を選んだんだと思っていたのよ」

「でも方向がまるで違っていた?」

「おかしいとは思ったけど、私たちは登りのときのルートしか知らなかったから、ケビンを信じるしかなかったの。まったく違う場所に着いたとわかったのは、尾根を下り終えて、そこが氷河の上だって気がついたときだった」

「勝田さんはどこで腰を？」

「ここへくる途中でヒドンクレバスを踏み抜いて、五メートルくらい下まで落ちたの。そのときに強く腰を打ったみたいなの」

「アンザイレンは？」

「していなかった。尾根を下るあいだはずっと結び合っていたんだけど、下り終えたところでケビンがロープを外したから、私たちも小屋の近くの安全な場所に着いたんだと思って、同じようにしたの」

ケビンのその行動はプロのガイドとして適切だとは言いがたいが、本人がまともな判断力を失っていたとしたら、結果的にそれがよかったとも言える。客たちは十分な確保技術を持ち合わせていない。一人がクレバスに落ちれば、全員が巻き添えになった可能性もある。

クレバスの深さが五メートルということはあり得ない。勝田は途中にできていたスノーブリッジで止まったのだろう。しかし腰を痛めて自力で脱出できたとは思えない。

「どうやって救出したんですか」

「内村さんがロープを出して、みんなで引っ張り上げたのよ」

「ケビンは?」

「悲しいけど、彼はなにもしてくれなかったの。勝田さんが落ちたのに気づいたのは私なの。そのときケビンはいちばん最後を歩いていて、私はその前にいたの。すぐに振り向いてケビンに言ったの。彼だって見えていたはずなのよ。それなのに、上の空でなにも反応しなかった」

「ケビンが先頭でパーティをリードしてたんじゃなかったの?」

「尾根を下りてからは、視界が悪くてどうしても列が乱れがちだったの。三メートルも離れるとお互いの姿が見えなくなるくらいだから。ケビンは最初は先頭にいたんだけど、足どりが重くて、気がついたらいちばんうしろを歩いていたの」

「前を歩いていた三人はクレバスに落ちずに済んだわけだ」

「運がよかったのね。上を覆っていた雪が固かったんだと思うわ。それで三人目までは持ち堪えたのよ。体重のいちばん重い勝田さんが貧乏くじを引いちゃった。おかげで私は無事だったけど」

ひろみは小さく笑った。この状況で軽口が叩けるというのはいいことだ。それは彼女がまだ気持ちの上で折れていない証だ。ひろみは続けた。

「それで仕方なく、前にいた川井さんを大声で呼び止めたのよ。あの風のなかで、よく声が届いたと思うわ。川井さんがさらに前にいた宮田さんと内村さんを止めてくれたからよかったのよ。そのまま気づかずに前進されちゃったら、私一人の力じゃなにもできなかったわ」

ひろみはそう言って内村に顔を向けた。はにかむように内村が応じる。

「あのときは、もうだめだと思ったんです。でも上から覗いてみると、勝田さんが途中のスノーブリッジで止まっていた。それを考えると、うちのパーティ、まだまだツキがありますよね」

精神的な強さに不安を感じていた内村が、意外に神経の太そうな口を利く。こちらもこれからの救出活動では頼りにしてよさそうだ。今度はひろみが訊いてくる。

「でも森尾さんは、どうして私たちがここにいるってわかったの？」

「偶然だよ。その点もうちのパーティにツキがある証明かもしれないけど――」

森尾は自分がここにたどり着いた経緯を説明した。ひろみは顔を曇らせた。

「伊川さん、やはり――」

「あの光が目の錯覚だったのか、それとも探し方が不十分だったのか――」

森尾も言葉が続かない。気を取り直せというようにひろみが言う。

「そんなことないよ。森尾さんがやったのはすごいことよ。嵐のなかで伊川さんを探してから、小屋に戻って、こんどはすぐに私たちを探しに出て、何度も命の危険にさらされたわけじゃない。あの気象条件だったら、そんなことしなくても、だれも森尾さんを非難しなかったよ」

「そう言ってもらえると救われる。しかし問題はここからだよ。まず勝田さんの具合を見ないと」

「そうね。応急処置はしたんだけど、宮田さんたちにも、もうそろそろ起きてもらわないとね」

ひろみはひとかたまりになってツェルトにくるまっている宮田たちに近づいて、声をかけた。

「みんな、大変だと思うけど、ここで死ぬわけにはいかないから、そろそろ起きてくれない？」

ツェルトがもぞもぞ動き出して、宮田が朦朧とした顔を覗かせた。

「大丈夫ですか。調子はどうですか」

森尾が問いかけると、力のない声で宮田は応じた。

「ああ、森尾君。来てくれたのか。とにかくここは寒い。体じゅうに悪寒が走って、震えが止まらないんだよ」

表情や体の動きには疲労困憊の気配が濃厚だが、寒さを感じているということは、低体温症の症状としてはまだ軽度だ。さらに進むと寒さを感じなくなる。その段階に至った場合、現場での応急処置では間に合わず、すぐに病院搬送というケースだ。

続いて勝田と川井が顔を覗かせた。憔悴している点は宮田と同様だ。森尾は勝田に問いかけた。

「腰の具合はどうなんですか。自力で歩けそうですか」

「こうなりゃ歯を食いしばってでも歩くしかないよ。命が助かっただけでも儲けものなんだから」

　真剣な表情で勝田は応じる。森尾はさらに問いかけた。

「川井さんはどうですか。体調に異常はありませんか」

「ツェルトのなかでたっぷり休めたんで、だいぶ持ち直しましたよ。それより森尾さんはどうなんですか。我々と別れてから、ずっと歩きづめだったんでしょう」

「それが仕事ですから。いま温かい飲み物をつくります。気温も上がってきたようだし、あとはクレバスに注意して、小屋まで歩くだけです」

　楽観的な気分で森尾は応じ、まずは携帯用のガスストーブで雪を融かしてお湯をつくることにした。初期の低体温症なら、それがいちばん効果があるはずだ。嵐のさなかではストーブは使えない。テルモスに残っていた紅茶を飲んだあと、彼らは水分を一滴も口にしていないようだった。

　お湯を沸かしながら、全員の手や足の状態を確認した。寒気のなかでの歩行時間は森尾と比べてはるかに少なかったため、幸い凍傷の兆候は見えなかった。しかし森尾のほうは、深雪のトラバースの際にブーツのなかにだいぶ雪が入ったらしく、手の指はなんとか無事だったものの、足の指に凍傷の兆候の紅斑(こうはん)が出ていた。

四〇度程度まで温まった湯をコッヘルに分け、そこに指を入れて温める。無感覚だった指先に知覚が戻るにつれてひどい痛みを感じるが、それは重度ではなかったことを意味するいい兆候だ。

いちばん心配なのがケビンだった。さすがにヒマラヤのエキスパートで、体調面で問題があるようには見えないが、森尾がいくら声をかけても反応せず、ただ意味不明の繰り言(くりごと)を続けるだけだ。なんとか聞きとったところでは、ガイドとしての責務を果たせなかった自分を呪う言葉のようだった。

そんなことはない、あの困難なトラバースルートをたどって、無事に全員をここまで下山させられたのはケビンの力によるものだ。稜線上のルートであの強風にさらされ続けたら、低体温症で命を失う者も出たかもしれないと、森尾は言葉を尽くしたが、それが耳に入ってさえいないように、ケビンは繰り言を続けるだけだった。

それがどんな行為であれ、成し遂げた結果に対する後悔は付きものだ。森尾にしても、ここへやってくるまでのあいだ、自分の行動にまったく自信が持てなかった。伊川を見殺しにしたかもしれないという自責の思いは、いまも鋭い棘(とげ)のように心の深部を刺してやまない。

しかしここでひろみたちと再会し、その痛みに堪えていく勇気が湧き起こったのも事実だった。そんな思いにどこかで決着をつけるのが人間本来の理性だとするなら、いまのケビンは完全にそれを失っているようだった。

打撲による脳機能の障害によるものかどうかは外見からはわからない。ケビンが尾根通しに進むことを避け、トラバースルートを選択したこと自体は、森尾も同じ答えを出したわけだから、そこに誤りがあったとは言えないだろう。

わからないのはあの支稜を下ってしまったことで、そこに合理的な理由がない限り、ケビンの判断能力に異常が生じたと考えるしかない。

ここまでくるあいだ、クレバスをいくつも跨いだり飛び越したりしてきたはずで、そんなときのケビンの動きにだれも異常を感じなかったことを思えば、視力に問題が出ているとも考えにくい。

そもそもあのブリザードとガスのなかでは、見えるのは足元の半径一、二メートルほどの範囲だけだ。そんな状況でのルートの判断に視力はあまり関係がない。

しかし歩いた距離や時間、足元にわずかに見える地形や地質の変化から、おおむねどこにいるのか判断できるのがプロのガイドの基本能力で、あそこで踏み跡を見つけなかったら、森尾はそこを下らずに先へ進んでいたはずだった。

彼の判断力が低下していたのはたぶん間違いない。結果オーライだったにせよ、氷河の歩行でアンザイレンしなかったことも、ガイドの常識としては解せないところだ。ケビンの精神の障害がどの程度なのかわからない。打撲が原因の器質的な障害によるものだとしたら、果たして回復可能なのかどうか——。

山が人生そのものだったケビンの今後を思えば胸がふさがれる。傍らに座って、肩を抱いてやる以外に、森尾がしてやれることはいまはなかった。

沸騰したお湯で紅茶を淹れ、各自の携行食を出し合って、ささやかな宴(うたげ)を終えた。ストーブやコッヘルをザックに仕舞い、さあ出発しようと勢いよく立ち上がる。

風は弱く、気温もだいぶ上昇している。これなら低体温症気味の宮田も順調に回復するだろう。

ここからは伊川を捜索したあと、コリン・トッド小屋まで戻ったあのルートをたどればいい。北西稜の裾をたどるそのルートは、またガスが出たとしても迷う心配はあまりないし、クレバスも比較的少なかった。

腰を痛めている勝田の荷物は森尾と内村が適当に分けてザックに入れた。重くなったといってもせいぜい四、五キロで、負担というほどのものではない。

宮田も川井もザックを背負って、よろめきながら立ち上がる。その顔に、さきほどは見えなかった気迫のようなものが感じられるのが心強かった。

藤木と伊川の不幸を除けば、なんとか自分の仕事をやり遂げられそうだ。反省すべきことはいくらでもあるだろう。しかしいまはとにかく、残りの全員に無事に下山してもらうことが焦眉の課題だった。

アスパイアリングは、見上げる北西稜の上にアイスキャップを載せた頂を覗かせて、あの凶暴な嵐で森尾たちを苛(さいな)んだことなどとっくに忘れてでもいるように、月の光を浴びて微笑んでいた。

潰え去ろうとしていた森尾の未来が、またおぼろげな輪郭を垣間見せていた。

第十章

1

「そろそろ供述調書をとりたいんだがね」

湯沢はこの日の取り調べの冒頭で切り出した。

勾留されてから二カ月が経っていた。未必の故意については、森尾は一貫して否認してきた。湯沢は手を替え品を替え、森尾の主張の弱点を突いてきた。

自らの心には一点の曇りもない。しかし真相解明の鍵を握るケビンはすでにこの世になく、その不可解な行動の理由については、森尾も説明のしようがない。

検察の思惑どおり、それが未必の故意によるものだとしたら、ケビンがあの保険の存在を認識していたことになるが、彼は社員でも役員でもない。シーズンごとに契約しているだけのフリーのガイドで、森尾ですら気づかなかったそのことに関知していたはずがない。

経済的な困難を抱えていたとも思えない。彼はヒマラヤ登山のエキスパートだが、いまは八〇〇〇メートル級の高峰でも少人数、ときには単独での速攻登山を宗とするいわゆるアルパインスタイルが登山界の主流で、かつてのように大登山隊を組織して、何カ月もかけて頂上を攻略するような手法をとることは少ない。

ケビンもその例に漏れず、ニュージーランドの山がオフシーズンの時期はヒマラヤに入り浸り、何本もの難ルートに挑戦しているが、それに要する費用は必ずしも多額ではない。

それにアスパイアリング・ツアーズでの稼ぎに加えて、国内外の登山用品メーカーとアドバイザー契約を結んでおり、そちらの収入も加えれば、一家の生計と彼の登山活動を支えて十分お釣りが来ると本人から聞いていた。

そもそも金銭に執着するタイプの人間なら、最初から別の職業を選択していただろう。藤木は生前、ニュージーランドのサラリーマンの平均収入を上回る給与を保証して正社員にならないかと説得していたが、彼は一度も首を縦に振らなかったという。

しかし湯沢はケビンの行動が、森尾と結託したものだという観点に固執した。そして森尾には父が抱えた巨額の負債という重荷があり、それは十分動機となり得るという勝手に描いたシナリオを崩そうとはしなかった。

「そんな甘いシナリオで、本当に勝てると考えているんですか」

森尾は探りを入れた。湯沢は自信ありげに頷いた。

「もちろんだよ。勝算がなきゃ我々は起訴しない。必ずしも君に有利とはいえない証言もいろいろ出てきた。君の説明ではどうしても納得できないところが、我々の見立てだときれいに説明がつく」

「そうは言われても、こちらはその見立てを一切認めていませんよ。勝手に調書を作文されても、署名はしないし指印も押しません」

「いいんだよ。それなら否認調書というのをつくるから」

「否認調書？」

「我々が扱う調書には自白調書と否認調書というのがあってね——」

湯沢は勿体ぶった調子で説明する。

聞くまでもなく、岸田弁護士に差し入れてもらった刑事訴訟法関係の参考書で、森尾はすでにそのくらいの知識は得ている。

自白調書とは言葉のとおり、被疑者が検察の主張する事実関係をおおむね認めている場合に作成される調書で、動機から事件の発端、犯行の手順などを物語のように記述するのが特徴だ。

一方、否認調書は被疑者が犯行を否定している場合に作成される。こちらは検事と被疑者の一問一答のかたちをとることが多い。目的は事件全体のなかの、どの部分を否認し、どの部分は認めるかを明確にすることにある。

自分の見解が調書に記載されたからといって、それを検事が認めたことにはならないし、むしろ認めざるを得ない部分についてはきっちり言質(げんち)をとられたことになり、そこに検察側の策謀が秘められていることもある。否認した部分と認めた部分に矛盾が生じれば、公判でこちらの主張を突き崩す材料に使われることもある。

それにも応じたくないのなら、署名も捺印(なついん)もすべて拒否して調書を作成させない手もあるが、検察は調書なしでも起訴できるし、その場合は公判での不利な心証に繋がることもある──。

それが岸田からのアドバイスだった。要は隙を見せず、あくまで慎重に否認調書の作成に応じるのが、やむを得ざる対応ということのようだった。

「湯沢さんの傑作小説にうっかり指印を押して死刑台に送られたんじゃ堪りません。否認調書なら応じます」

森尾は言った。湯沢は鷹揚に笑った。

「それも拒否するんじゃないかと思って冷や冷やしたよ。なに、君と私のあいだでは論点はもう出尽くしている。それを公式な文書として整理するだけの話だ。気楽に考えてもらってかまわない」

「そうはいきません。なんであれ文書化される以上、ひとつ間違えば取り返しのつかない結果を招きかねない。あなたは法律の専門家で、僕はずぶの素人ですから」

「いやいや、この二カ月のあいだに君もずいぶん勉強したようで、じつを言えば私もたじたじだよ——」

　機嫌よく言いながら、湯沢は傍らの事務官に目顔で合図する。事務官は携えてきたノートパソコンを立ち上げた。湯沢の言葉を軽く聞き流して、森尾は気持ちを引き締めた。

　いよいよ本当の闘いが始まる。起訴を待ち望んでいたのは、むしろ森尾のほうだった。湯沢は毎日律儀に取り調べに通い詰めたが、まるで検察に有利な証拠や証言を集めるための時間稼ぎでもあるように、執拗に何度も何度も、遭難当時の事実関係についての質問を繰り返した。

　荒天に見舞われるまでの気象状況や、嵐のさなかの気温や風速、積雪やクレバスの状態、現場となった北西稜やボナー氷河の地理的条件に至るまで、森尾も語れることはすべて語り尽くした。

　それが結果的に湯沢の山岳知識を豊かにし、誤りを修正してやることにも繋がった。いまや耳学問のレベルでは一般的な登山愛好家以上の知識を蓄え、なかんずくアスパイアリングについては地元のガイドに匹敵する情報を得ているはずだった。

　そこまで湯沢を仕込んだことが森尾にとって得策だったかどうかはわからない。しかし法廷で誤解に基づく追及がなされるよりは、より正確な知識の土俵で闘いたい。それが森尾の率直な思いだった。

湯沢がどういう筋書きを捻り出し、迎合してくれる証人をどう掻き集めようとしているのかはまだまったく見えてこない。もちろん森尾サイドも起訴前に手の内を明かす理由はないから、現状はお互い腹の探り合いが続いている。

橋本美佐子とはまだ連絡がとれていないが、岸田はすでに美佐子と繋がりそうな大物外交官にチェックマークをつけていた。在バルセロナ総領事の浜岡紀美雄という人物で、前職が元検事総長という、まさしく今回の騒動の黒幕としてうってつけの人物だ。

岸田が収集した情報によれば、若いころからプレイボーイで鳴らし、絶えず不倫の噂がつきまとっていたという。そういう身持ちの悪い人物が検察最高位の検事総長まで上り詰めたのはまさに奇跡だというのが法務省周辺での評判で、いまも性懲りもなく現地在住の邦人女性と親密な付き合いをしているというのがもっぱらの噂らしい。

それが橋本美佐子だとはまだ断定できないが、岸田は公判開始までに、なんとか事実関係を把握したいという。目算がないわけではなく、大手商社に勤めている大学時代の友人がバルセロナの駐在事務所長として赴任しており、総領事と会う機会が頻繁にあるらしい。

岸田はアスパイアリング・ツアーズのかつての社員の畑中清子から美佐子の写真を入手

しており、それを友人に送っておいたとのことで、もしパーティに同伴するようなことがあれば、すぐに知らせてもらえるという。

当たりがつけば岸田自らバルセロナへ飛ぶことも考えており、それについて父に打診したところ、費用は負担すると快く応じたとのことだった。

篠原ひろみ、宮田達男、内村敏也の三名の生還者には、森尾が逮捕されてまもなく検察サイドから接触があったらしい。三名はともに森尾の決死の救出行への賛辞を惜しまず、未必の故意による殺人という被疑事実については、鼻で笑うか血相を変えて反論するかのいずれかだったとのことで、検察側もその後は彼らに接近していないようだった。

岸田はもちろん弁護側証人としてその三名を申請する予定で、彼らも召喚されれば喜んで応じると約束してくれたらしい。湯沢は彼らを不利な証人とみているようで、検察側証人として申請する気はなさそうだというのが岸田の感触だった。

森尾にはいまも接見禁止がついており、弁護士経由でも第三者の手紙や文書を手渡すことは禁じられている。岸田はある日の接見に一通の手紙を持参して、それを接見室のアクリル板越しに読ませてくれた。篠原ひろみが岸田に託した森尾宛の手紙だった。

弁護士との接見には刑務官は立ち会わないが、接見用のブースの遮音性は決して高いとはいえないから、岸田が代読するというわけにもいかなかった。

森尾は貪(むさぼ)るようにそれを読んだ。一言半句まで記憶に刻み込むように——。それはこんな内容だった。

森尾さん、元気にしていますか。逮捕されたなんて、いまでも信じられません。まったく悪い冗談だとしか思えません。

森尾さんがケビンと結託し、私たちを殺そうとした――。検察が本気でそんなことを信じているとしたら、こんな国に生まれたことを後悔するしかありません。でもこれは現実に起きていることですよね。だとしたら、呆れたり嘆いたりしている暇はありませんね。

私にできることがあればなんでも言ってください。いまのところは法廷で証言することくらいしか思いつきませんが、そのときは精いっぱい森尾さんの無実を訴えるつもりです。

ブリザードを突いてあの尾根を下り、自分たちがどんな状況に置かれているのかを知ったとき、私も、おそらくほかの人たちも、生還の希望は絶たれたものと感じていました。

そこに森尾さんが現れたのです。あのときの感動はいまも忘れることができません。伊川さんの捜索に向かい、疲れた体でキャンプに戻り、私たちがいないのに気づいてまたバットレスまで引き返し、さらに踏み跡を追ってあの岩溝までたどり着いた――。それはまさに奇跡としかいえない勇気に満ちた行動でした。

私たちのために命を擲つ覚悟でそうしてくれたことを、私はもちろん、宮田さんも内村さんもまったく疑っていません。

それがわかるのは一緒にアスパイアリングを登った仲間だから。あの頂で、あんな素晴らしい景色のなかで、一緒にいることに悦びを感じた仲間だから。そしてあの厳しい一夜をともに過ごし、絶望という壁を何度も何度も乗り越えて一緒に生還した仲間だから——。

証言に立ったとき、こんな拙い言葉が果たして通じるものかと不安です。でも真実は法廷を飛び交う抽象的な言葉よりずっとずっと強いはずです。岸田さんも仰っていました。弁護側と検察側の法廷戦術の応酬で膠着した裁判の局面が、一人の証人の魂の叫びによって一変することは決して珍しくないことだと。

いまの私の命は間違いなく森尾さんが救ってくれたものです。全員が生きて還れなかったのは悲しいことですが、それは森尾さんのせいではありません。本当に保険金目当てで私たちを死なせようとしていたなら、いつでも森尾さんは私たちを置き去りにして、一人だけ生還できたはずだからです。

でも森尾さんは最後まで見捨てなかった。一つ間違えば森尾さんも死んでいたでしょう。それはあまりにも単純な、だからこそ否定のしようのない真実のはずなのです。

精いっぱい頑張って、私はそれを判事や検事に伝えたいと思います。法の世界にも血の通った人間の言葉が通じるものだと信じて――。

拘置所での生活がどんなものなのか、まったく想像がつきません。ゆえなく自由を奪われた生活がどれほど堪えがたいものか、私には思い描くこともできません。拘禁(こうきん)反応という精神的な障害もあるそうです。でもあの嵐の山から私たちを救ってくれた森尾さんの精神力なら、きっと乗り越えられる。そして無実は必ず証明されると信じています。

こんどお会いできるのは公判の法廷ですね。ぜひ元気な姿を見せてください。私も精いっぱい頑張ります。

篠原ひろみ

切々(せっせつ)とした情のこもったその手紙を読み終え、森尾は言葉を詰まらせながら岸田に言った。

「僕には本当の味方がいるんですね。湯沢さんが掻き集めようとしている無責任な有識者たちよりもずっと真実の重さを知っている、心優しい仲間がいるんですね」

岸田は深く大きく頷いた。

「生死の境をともに生き抜いた同士です。篠原さんたちが知っている真実は命の重さと同じです。主尋問の際にそれが裁判官の心に届くようにリードするのが、弁護人としての私の責務です」

「でも検察は証言の信憑性を突いてくるでしょう。そのときの状況があまりにも特殊なため、証人は事実関係を客観的に判断するだけの理性を欠いていたとか――」

「大いに考えられます。近ごろの刑事裁判の現場では、いい意味でも悪い意味でも客観性が強調されます。しかしその点から言えば、今回の被疑事実そのものが主観というより妄想の産物です。妄想を真実だと言いくるめるのは、どれほど権威のある有識者でも至難でしょう。私も接見の折々に森尾さんからご教示を受け、登山関係の本も相当読み込みました。実体験はありませんが、知識のレベルではプロの登山家にも簡単に煙に巻かれない自信はあります」

「僕も太鼓判を押します。それに加えてアスパイアリングについての知識です。あの山の地勢や気象条件について知っている登山関係者は、我々のような専門家を除いてまずいないはずです。しかし岸田さんはそちらについての知識もすでに十分にお持ちです」

「まだまだ不勉強です。しかしそんじょそこらの自称有識者には負けないつもりです。なにしろ、この国でアスパイアリングをだれよりも知り尽くしている森尾さんの直弟子ですから」

岸田は穏やかに微笑んだ。決して押しの強いタイプではない。しかしすべては信じることからしか始まらない。ひろみが、宮田や内村が自分を信じてくれているように。そして彼らの証言に、岸田がいささかの疑いも抱いていないように——。

2

調書の作成はその日のうちに終わった。

湯沢はすでに一問一答形式の粗筋（あらすじ）を用意していたようで、質問項目は細部に及んでいた。

気象条件や落石が起きた状況、伊川の体調のことなど、客観的な事実として語りうることについてはあえて否認すべき設問はなかったが、そこになんらかの罠が仕込まれている可能性も考えて森尾は慎重に注釈をつけ、揚げ足（あげあし）取りの材料になりそうな要素はできる限り封じ込めておいた。

未必の故意に関わる設問に関しては、余計な弁解は一切せず、いかなる誤解も生じないようにきっぱりと否定した。作業は三時間ほどで終わり、事務官がプリントアウトした調書を湯沢と森尾の双方で確認し、何カ所か文言の訂正をして再度印刷したものに、湯沢、事務官、森尾の三名が署名捺印した。

ここでも刑事被告人は最下層に位置づけられるようで、湯沢と事務官はそれぞれ自前の万年筆で署名し、朱肉を使って捺印したが、森尾は一本百円の黒ボールペンで署名して、黒の印肉で指印を押した。

「さて、準備は整った。起訴手続きが済めば森尾君とも会う機会があまりなくなる。なにか寂しいような気分だね」

調書を鞄に仕舞いながら湯沢は言う。そんな言葉をかけられると、森尾もどこかしんみりしてくる。

被疑者にとって検事が味方であることは絶対にあり得ない。その腹にどんな奥の手を仕込んでいるかはわからないが、少なくとも湯沢の取り調べに際しての言動は想像していた以上に穏当で、そのことは岸田も否定しなかった。

森尾から強引に自白を引き出そうとしなかったのは、それがなくても十分公判を維持できるだけの隠し球を持っているからなのか、あるいは湯沢本人はこの件に乗り気ではなく、勝つことにそれほど執着していないからなのか。

後者なら森尾にとっては幸いだが、岸田がいま当たりをつけている元検事総長が背後から圧力をかけているとしたら、しょせんは宮仕えに過ぎない湯沢にとって、公判の帰趨は死活に関わる問題のはずなのだ。

だからといって、いまさら腹の探り合いをしても始まらない。ここから先は法廷での闘いに全力を注ぐだけだ。そのために心の準備を進めておくことが、いま森尾にできる唯一のことだった。

「起訴手続きが済んでから初公判までどのくらいかかりますか」

「そうだね。証拠調べやなにやらの実務手続きに要する時間は実質一カ月ほどだが、裁判所の混み具合というのもあってね。普通は二カ月くらい、場合によっては三、四カ月待たされることもある」

「保釈はあり得ないんですか」

「残念ながら罪状が殺人罪となるとね。君の場合は自白もしていないから、証拠保全のために接見禁止も解除されない」

想定どおりの答えだった。

「どのくらいの量刑を考えているんですか」

「複数の人間を殺害したとなると、普通なら極刑は免れないところだが、君の場合は特殊だな」

「極刑はないということですか」

覚えず胸をなで下ろしている自分が情けなかった。極刑だろうが執行猶予付きだろうが、濡れ衣であることに変わりない。だから決して妥協はしない。取り引きもしない。そう肝に銘じてこの二カ月の勾留に堪えてきたはずだった。そんな心中を見透かすように、暢気（のんき）な口調で湯沢は続けた。

「死者五名のうち、共犯のケビン・ノウルズを除いても、二名の客の死は君の作為によって生じたものであることは疑いない。しかし残りの二名の客と一名のスタッフの命を救った君の行動は、地元メディアが賞賛したように、たしかに英雄的だった。その点は情状酌量に値する。しかも落石による二名の死が前提となっての犯行だと認定されれば、計画性の立証も難しい。非常に微妙なところだね」

「その手には乗りませんよ。未必の故意を認めれば計画性の部分で減刑をする。そこで手を打たないかというお誘いのように聞こえますが」

「君もなかなかしたたかだよ。じつはそう聞こえて欲しいと思って言ってみたんだがね。どうだね。もう一度調書を作り直す気にはならないか」

「お断りします。僕は無罪です」

「だとすれば遠い道のりになるよ。長い人生のあらかたをそのために費やすことにもなりかねない。しかもそれで勝てる保証はどこにもない」

「むしろ湯沢さんが起訴を断念するほうが賢明だと思います。勝ち目のない裁判に無理して打って出ても、立派な経歴に疵（きず）をつけて終わることにしかならないでしょう」

挑発する森尾に、湯沢は笑って応じた。

「私の心配はしてくれなくていいよ。抱えているリスクが君とは大違いだからね。検事が法廷で敗北を喫しても、せいぜい左遷されるくらいのもので、刑務所暮らしになるようなことはないわけだから」

「正直なところを聞きたいんです。湯沢さんは本当にこんな馬鹿馬鹿しい容疑で僕を訴追することが、検事として正しい道だと思っているんですか。もしなにかの圧力に負けてそんなことをして、僕が冤罪を被ることになったとき、あなたは良心の呵責に堪えられますか」

「それも余計な心配だ。私は与えられた職務を忠実に遂行しているだけだ。君が勘ぐっているようなおかしな圧力は一切受けていない」

「それならいいんですが、以前、検事もしょせんは官僚で、一人一人が公訴権を持つ独任制の官庁だというのは建前に過ぎないということを仰った。組織の論理に楯突くのは難しいのでは」

「そういう面もなくはない。しかしこの一件に関しては上からの圧力は働いていない。地検として正当な手続きで告発を受理したうえで、着手するのが妥当だと判断し、粛々と捜査を進めてきた。それ以上のなにものでもないんだよ」

湯沢はたしなめるような口調で言うが、その表情がどこか引き攣って見えたのは、あながち森尾の思い過ごしでもなさそうだった。

取り調べはこの日で終わり、湯沢はこれから一週間ほどかけて起訴手続きを進めるという。普通の関係なら一献傾けたいところだが、検事と被疑者の間柄ではそうもいかないと冗談めかして言って、湯沢は地検へ帰って行った。もしそんなことができるなら、ぜひ付き合いたいような気分に森尾もなっていた。

看守とは私語が禁じられており、この二カ月余りまともに話をした相手は湯沢と岸田だけで、その時間となると湯沢のほうが圧倒的に長い。それは森尾にとって、気が抜けない闘いの場であると同時に、生身の人間とコミュニケーションできる限られた機会でもあった。

だから湯沢に対するそんな感情は、単に情が移るという以上に森尾にとって切実だった。これから公判までの何カ月か、外の世界との接点はほぼ岸田だけになる。彼にしても公判に向けての準備に多忙で、これまでのように頻繁には接見に訪れられないとのことだった。

そうなると森尾はやることがない。暇を持て余したり孤独を苦にするタイプではないと自分では思っていた。しかしそれはあくまで気質に合った山での生活でのことに過ぎない。畳三畳プラスアルファの独房に閉じ込められて、言葉を交わす相手もなく、テレビも観られず、ラジオも決められた時間しか聴けない。そんな生活環境では、ひろみが心配していた拘禁反応も出かねない。

拘禁反応というのは、刑務所や拘置所のような自由の制限された環境で引き起こされる精神面の変調で、鬱病や認知能力の低下などさまざまな症状を呈することで知られている。

本当の闘いはこれからなのだろう。これまでは目の前に湯沢という手強い敵がいてくれた。お陰で精神のバランスが保てていたともいえるだろう。

あすからは孤独という新たな敵との闘いが始まる。独房に戻ったのは午後三時とまだ早く、本を読むくらいしかやることがない。岸田に差し入れを頼んだ本も、法律分野に関するものはほとんど読み終えていた。

レクリエーションの手段がほかにないので、その後は肩の凝らない小説類を差し入れてもらっているが、けっきょくいまだに食指が動かず、小机の傍らで積ん読状態になっている。

とりとめもなくそんな本の一冊を手にとってぱらぱらページをめくっていると、戸口で看守の声が聞こえた。

「二八五五番。岸田先生、面会」

きょうは別件の仕事があるとのことで、来る予定はなかったはずだった。接見場のブースに入ると、挨拶もそこそこに岸田は確認する。

「いよいよ調書を作成し、起訴手続きを開始するとのことですが？」

「ええ。その話は湯沢さんから？」

「小一時間前に連絡がありました。それで急遽（きゅうきょ）、飛んできたんです。検事は普通、そんなことを弁護人には教えてくれないんですが、よほど気合いが入っているということなのか」

「被疑事実についてはすべて否認しました」

「それも聞いています。作成したのは否認調書ですね。どんな内容でしたか」

大学ノートを取り出しながら岸田は訊いてきた。証拠調べが始まれば弁護人には開示されるが、対応策を練るにはいまそれを知る必要があるわけだろう。

湯沢がコピーを渡してくれたわけではないから、すべてを記憶に頼るしかないが、いいタイミングで岸田がやってきて、記憶はまだ褪せてはいなかった。

覚えている限りのことを語り終えて、森尾は岸田に確認した。

「どうでしょうか。公判で突いてこられそうなまずいことは言っていないでしょうか」

森尾が語った内容を逐一（ちくいち）メモした大学ノートを眺めながら、岸田は頷いた。

「いい対応をされたと思います。原則的なところはすべて否認した上で、認めるべき事実関係は認めていらっしゃる。公判で有利に働くかどうかは判断が分かれますが、私の感触だと、裁判官に対してはいい心証を与えるでしょう」

「僕もそう考えました。小細工は弄（ろう）せず、互いに誤解のない状況で争いたいんです」

「賢明な考えです。ところで例のバルセロナの総領事のことですが――」

岸田は身を乗り出した。期待を隠さず森尾は問い返した。

「なにか情報が入ったんですか」

「ええ、例の友人からです。先日、地元の日本人商工会議所主催のパーティがありまして、彼も出席したんですが、そこに総領事も招待されていて、日本人らしい女性を同伴して現れたそうです」

「その女性が橋本美佐子だったと？」

「そのようです。私が送った写真と瓜二つだそうでした。紹介を受けたわけじゃないんで、名前までは確認できなかったようですが」

「そういう場合、普通は夫人同伴じゃないですか」

「夫人は体調を崩して、日本に帰国しているらしいんです」

「総領事という立場の人物が、臆面もなくそういうことを？」

「現地ではそういう場所に女性を同伴することは儀礼のようなもので、それが夫人以外であってもとくに顰蹙を買うことはないそうです」

「いわゆる不倫相手とは断定できないわけですね」

「そういうことになりますが、友人は橋本さんとみて間違いないと言っています。ああ、これがその女性の写真です。パーティ会場で友人が撮って、メールに添付して送ってくれたものですが」

岸田は数葉の写真を取りだして、仕切りのアクリル板越しにかざして見せた。日本人や地元のスペイン人と思われる男女のスナップだった。

「この写真の中央にいる、大柄で銀髪の、いかにも熟年プレイボーイという雰囲気の紳士が浜岡総領事です。彼が同伴したのはその右横にいるイブニングドレスを着た小柄な女性です」

森尾は迷うことなく頷いた。

「間違いありません。橋本美佐子です。これで背後関係が見えてきましたね」

「ただし見えてきたというだけで、いまはまだ公判の材料としては使えない。総領事が橋本さんに頼まれて森尾さんを告発したとしても、それ自体は犯罪でもなんでもないですから」

「美佐子が保険金を横領したという事実を明らかにする以外に手はないということですね」

落胆を隠さずに森尾は言った。岸田は余裕を覗かせた。

「たしかに法廷では取り上げにくい材料ですが、こちらとしては、ある程度の目星(めぼし)をつけて公判に臨めます。つまりそれだけの視界を得たということです」

「視界を得た?」

「闘うべき真の敵は湯沢検事じゃないということです。そういうバックグラウンドで彼は捜査を進めてきたわけで、まともな法曹人なら忸怩たるものを感じているはずです。そこが見極められれば、法廷で検察側のどこを揺さぶればいいか、ある程度の当たりがつけられます。それはこちらにとって大きな意味を持ちます」

「有利な戦略が立てられると？」

「そうです。むしろそちらの材料はあえて法廷に持ち込まず、ゲリラ戦の武器として有効活用すべきです」

「ゲリラ戦の武器というと？」

「橋本美佐子が保険金横領の犯人だという事実が立証されれば、浜岡総領事は犯人隠避の罪に問われる可能性があるんです」

「僕を犯人に仕立てることで、美佐子の犯行を隠蔽したということですね」

「立証は困難でしょう。しかし私は彼女の犯行だと確信しています。こちらの見立て違いでなければ、それを梃子に使うことによって検察側に動揺を与えることができます」

「例えば告発を取り下げさせるとか？」

「それもあり得ます。しかし殺人は親告罪ではないので、告発が取り下げられても検察が必要と判断すれば起訴は行われます」

「なんの役にも立たないということですか」

「ただし公判の場では、森尾さんに有利な情状として認められる可能性もあります。しかし私が考えているのはそういうことではありません」

「というと？」

「検察そのものにプレッシャーを与えることです。元検事総長で在外公館の総領事という地位にある人物が、愛人が犯した犯罪の隠蔽に手を貸し、無実の人間を殺人の罪に陥れようとした――。そんな事実が世間に明らかになれば、検察が被る損失は甚大ですから」

「向こうは未必の故意の立証に躍起になってくる。こちらはあくまでその動機に拘る。勝算はそのあたりにありそうですね」

「仰るとおり。向こうは動機についてはできるだけ突きたくない。そこは匂わせる程度にしておいて、未必の故意で有罪を勝ちとれば、事実上、保険金横領の罪もあなたに負わせたのと同様になる」

「そうはさせられませんね」

「もちろんです。私だって、司法が犯罪を幇助するようなことを一法曹人として許すわけにはいきません」

岸田は珍しく憤りを隠さない。森尾は意を強くした。正攻法以外に闘うすべはないと思っていたが、やはり敵はそれで簡単に勝てるほど甘い相手ではなさそうだ。いま耳にした話によって、甘いどころか悪辣で狡知に長けた黒幕が背後に控えていることが想像できた。

しかし闘い方によっては、湯沢にとってそれがハンディとなる。こちらの読みが正しければ、湯沢もすねに傷をもつ身ということだ。本人の言うとおり検事も官僚の端くれに過ぎないのなら、いまのところは天の声には従わざるを得ないということだろう。岸田がほくそ笑む。

「湯沢さんがどこまで本気で公判に臨むかですよ。向こうの作戦はおおかた想像できますがね」

「どういう作戦ですか」

「たぶん量刑は長くて五年。場合によってはさらに短くて、執行猶予が付くかもしれません」

「しかし罪状は殺人ですよ。それも複数です」

「これは湯沢さんも指摘したようですが、まず計画性に乏しい。それから遭難者の救助に際してのあなたの超人的な尽力。その点は現地のメディアがすでに報じており、どんな証人を引っ張ってきても否定するのは困難でしょう。それに加えて動機の部分を、彼らはとことん突いてこれない。向こうが望んでいるのは取り引きです。森尾さんが受け入れられる程度の量刑でなんとか有罪を勝ちとりたい。それで検察の面目は立ち、陰で糸を引いている人たちの目的も達せられるわけですから」

「どうも岸田さんの読みが当たっていそうですね」

そう応じながら、森尾は唐突に不穏な思いにとらわれた。まさかケビンが――。

湯沢はあくまでケビンと森尾が結託した犯行だと見立てている。森尾はきっぱりそれを否定しているが、彼が客たちを誤ったルートに導いたのは本当に頭部の負傷のせいなのか。もしケビンの単独犯行、もしくは美佐子と共謀しての犯行だとしたら、事件全体に整合性が生じてくることになる。

しかし、と森尾は思い直した。ケビンと美佐子とのあいだに深い繋がりはない。せいぜいクイーンズタウンの藤木の私邸でのパーティに招かれることがあったくらいで、実務上の付き合いは主に森尾が担当し、契約面での話し合いは藤木がやっていた。森尾が知らない保険金の存在を彼が知っていたはずもない。

相手がたとえ岸田でも、あり得ない話を持ち出して予断を抱かせれば、それが公判に影を落とすことになりかねない。しかもケビンはすでに死んでいる。反証するすべはなにもない。そんなつまらない疑惑の種を、どうして岸田に植え付けられよう。森尾はその疑念を懸命に頭から振り払った。

「最後まで闘う覚悟はありますね」

岸田は真剣な眼差しを向けてくる。そこは森尾にとって正念場だ。過去の冤罪事件のほとんどが、それを晴らすのに何十年もの歳月を要している。その年月を拘置所や刑務所で過ごした人々が大半だ。計算ずくで考えるなら、敢えて濡れ衣を着てやるほうが利口だと言えないこともない。しかし森尾は力強く頷いた。

「そんなことを認めれば、死んだケビンにも犯罪者の汚名を着せることになる。藤木が築き上げたアスパイアリング・ツアーズの歴史に泥を塗ることにもなる。僕の無実を信じて精いっぱい応援してくれている両親や生還した仲間たちをも裏切ることになるでしょう」

そして森尾の人生にしても、そこで断ち切られるも同然だ。たとえ執行猶予で釈放されようと、殺人を犯した人間を社会はまっとうには受け入れない。

「それなら私も気合いが入ります。もちろんいたずらに裁判を長引かせようとは思いません。なんとしてでも一審でけりをつけるつもりです」

岸田は自信を示す。湯沢が言っていた。二審以降で逆転勝訴した事件のいくつかを岸田は取りこぼしているという。もしそれが事実だとして、果たして岸田の落ち度とみるべきか。逮捕されるまえとあとでは、森尾にとって検察も裁判所も見え方がだいぶ違っていた。

検察のいいなりに勾留延長許可を出し続け、意味もない接見禁止をいまも解くことがない裁判所も、決して自分の味方になるとは思えなかった。

湯沢が言ったことがある。刑事裁判は犯罪者を処罰するためのもので、救済するためのものではない。肝心なのは犯罪が割に合わないことを一般市民に周知徹底することで、そのために裁判所と検察は緊密に連携する――。

裁判官が公正なジャッジメントの執行者だという考えはすでに森尾の頭から消えている。弁護士だってそんな怪しげな舞台の役者の一人かもしれない。

しかし疑い出せばきりがない。きょうまでの付き合いのなかで、岸田は終始誠実で、困難な闘いに挑むことを苦にする気配はみせなかった。そんな岸田を信じることが、いまの森尾にとって、この惨めな境遇を脱する唯一の道なのは間違いない。

嵐のアスパイアリングからの生還を森尾は思った。あのとき、ただ信じることだけが生命を奮い立たせる力の源だった。至るところに絶望という壁が立ちふさがり、死が甘美な誘惑にさえ思える状況で、森尾たちにできることは、自らの意志の力で、生きる希望を、可能性を、そして仲間を信じることだけだった。

3

あの夜、月光を浴びてそそり立つアスパイアリングは、この世のものとも思えないほど美しかった。

時刻はすでに午前二時近く。前日の午前四時にキャンプを出てから、森尾は休息らしい休息は一度もとっていない。

ひろみたちにしても事情はさほど変わりない。岩溝に待避して体を休めていたとはいえ、あの寒気と強風のなかで、薄いナイロン地のツェルト一枚で数時間を過ごしたに過ぎないわけだった。直線距離なら一キロ半ほどのコリン・トッド小屋への道のりを、たぶん全員が無限に遠く感じていただろう。それでも全員の心には、生還への希望がまた新たに立ち上がっていた。

一度休んだ体にふたたび鞭打つのは容易ではない。携行食はほとんど尽きていた。脱水症状を起こしていた体に水分を補給し、低体温症の進行を防ぐために大量のお湯を必要としたから、ストーブの燃料も使い果たした。

このまま天候が回復してくれればいいが、また悪化する可能性は拭えない。ふたたび荒れるようなことがあれば、森尾を含め全員の生存が危うくなる。コリン・トッド小屋に戻ることが、いまやパーティにとって生死に関わる問題ともいえた。

勝田は空身でも歩くのがいかにも辛そうだ。最悪の状況に至れば背負っていくことになるかもしれないが、いまはまだ歩けると本人は言う。

予期せぬハードワークのお陰で多少は減量したかもしれないが、それでも今回のパーティではいちばんの巨漢だ。森尾や内村が背負うことになれば、ペースは極端に遅くなる。それ以上に二人が疲労で脱落すれば、せっかく見えてきた全員生還の希望が潰え去ることにもなりかねない。いまは無理をしてでも自力で歩いてくれるのが、パーティ全体の利益に適（かな）うことだった。

ケビンはほとんど頼りにならない。同時に不安の種でもあった。歩行に支障はでていないが、脳に障害を負っているとしたら、いつ重篤な症状に陥らないとも限らない。コリン・トッド小屋へのわずかな道程が、いまは綱渡りのような危うさを秘めていた。

森尾を先頭に一行は出発した。ガスもブリザードもすでに消え、視界はくっきりとしているが、用心のためにアンザイレンはすることにした。頻繁に現れる五〇センチほどの小クレバスも、勝田は飛び越えるのが難しい。腰を痛めているうえに、一度クレバスに落ちた恐怖が体に染み込んでしまったようだった。

そのたびに森尾が確保の姿勢をとり、内村が手を貸してやる。しかし一メートルを超すものになると飛び越えるのはやはり無理で、クレバスを避けて大きく迂回するしかない。ほかのメンバーも気力は十分感じられるものの、疲労度はやはり大きく、低体温症の兆候も抱えているから動きは緩慢だ。

その点は森尾も例外ではない。休憩したぶん元気になるわけではなく、むしろ蓄積した疲労が一度に全身に滲みだして、一歩進もうとするたびに筋肉は不平を漏らし、前進しようとする意志に頑なに抵抗する。

コリン・トッド小屋まで直線距離で一キロ半ほどといっても、クレバスや北西稜から派生する小尾根の回り込みで実際の歩行距離は三キロ近くになる。それでも平地なら造作もない。しかしその程度の距離が山では生死を分ける障壁となることもある。

った。西三分の一ほどの空から星が消えている。


下ってきた支稜の末端を回り込むと、西側の視界が開けてきた。森尾は思わず立ち止まった。西三分の一ほどの空から星が消えている。

ほぼ頭上から東は相変わらず満天の星だ。月は中天にさしかかり、アスパイアリングの山体には雲の切れ端一つかかっていない。ところが西のほぼ半分は高層雲で覆い尽くされている。風向きは北西に変わり、だいぶ強まっているようにも感じられた。東に向かって湾曲している支稜の末端が南西からの風をブロックし、視界もそれによって妨げられていたわけだった。

「大丈夫なの、森尾さん？」

比較的元気なひろみが傍らに歩み寄って問いかける。内村も異変に気づいたようで、不安げな様子で空を仰いでいる。臍を噬む思いで森尾は言った。

「本格的な回復じゃなくて、疑似好天だったのかもしれない」

「疑似好天？」

ひろみが怪訝そうな顔を向けてくる。森尾は説明した。

「二つの移動性低気圧に挟まれたときに、それを繋ぐ寒冷前線の手前に好天域が生まれることがある。それが疑似好天と呼ばれるもので、嵐の中休みといった感じだね」

「いまの好天がそれだとしたら、長持ちはしないということ？」

「一、二時間から保って半日といったところだね」

「だったらあの雲は？」

薄衣（うすぎぬ）のような縁を東に伸ばす高層雲にひろみは目を向けた。月の光を透過して銀色に光る一見穏やかな雲の広がりは、いまや急速にその領域を広げ、頭上の月をいまにも呑み込もうと触手を伸ばしているかのようだ。森尾は頷いた。

「寒冷前線の接近を告げる雲だと思う」

立ち止まって空を見上げる二人に、残りのメンバーも歩み寄ってくる。

「これからまた荒れるのかい」

宮田の声に慄きが混じる。勝田と川井の顔にも怯えの色が滲む。平然とした調子で内村が言う。

「まだ十分保ちますよ。北アルプスで二つ玉低気圧に遭遇したことがありますけど、そのときは隙を突いて速攻で登頂を果たしました。荒れ始めると手がつけられませんが、いまが貴重なチャンスです」

言いたいことはわからなくもないが、自分の成功体験を過大評価するのはよくある心理だ。逆に森尾は疑似好天を甘く見て散々な目に遭ったことが何度かある。それはロシアンルーレットのようなリスクを含んだ賭けなのだ。

「最低、二時間は保ってくれないとな」

森尾は慎重に言った。いまのパーティの足では、二時間でもコリン・トッド小屋までたどり着けるかどうか覚束ない。しかし近くまで着いていれば、森尾が最後の力を振り絞って、小屋にいるガイドやクライマーに救援を要請することはできるだろう。

もう一つの選択肢は、あの岩溝に戻ってこれから来る嵐をやり過ごすことだ。安全策のようにも思えるが、すでに低体温症の兆候が出ているのは宮田だけではない。暖をとるストーブもなく、食料もほぼ尽きた状態で、寒気と強風を避ける手段は薄いナイロンのツェルトだけ。全員が目いっぱい着込んではいるものの、しょせんは夏場の装備に過ぎず、座して死を待つ結果を招きかねない。

ケビンが普通の状態なら貴重な意見が聞けただろう。しかしケビンはパーティのメンバーから離れたところで、空を見るでもなく一人うつむいて、意味不明の言葉を呪文のように呟いている。いまはなんとかパーティから離れず、自力で歩いてくれているのをよしとするしかない。

自分の考えを説明して、森尾は客たちに問いかけた。

「選択肢は二つです。みなさんの考えを聞かせてください」

全員の表情が一様に暗くなった。宮田が訊いてくる。

「あんたの見立てはどうなんだね。いまの我々の足で小屋にたどり着くまで、天候が保つかどうか」

森尾は躊躇した。保つと答えれば希望が生まれる。しかしそれは余りにも不確実な希望だ。希望というより願望に近い。だからといってその可能性を頭から否定して、岩溝に戻って嵐を堪え凌ぐという考えには、いかにも希望がなさすぎる。

嵐が運んでくるのが雪ならまだ望みはあるが、夏のアスパイアリングではよく雨が降る。そもそも最初の嵐で雨が降らなかったのが幸運と言ってよく、防水性の低いツェルトだけで二つ玉低気圧がもたらす暴風雨に堪える自信は森尾にもない。生きて嵐を乗り切ったとしても、そのあと小屋に向かう力が果たして自分たちに残っているか。

「どうしてこんなことになんなきゃいけないんだよ。おれたちなにか悪いことをしたか。あんたたちの見通しが甘かったんじゃないのか。天候のことはもちろん、伊川さんのことにせよ、落石のことにせよ――」

勝田が毒づいた。胸を剔られる思いで森尾はそれを聞いた。金を払ってツアーに参加した客なら口にして当然の言葉だろう。その気になれば言い訳はいくらでもできる。しかしそうすることが自らの人としての品位を貶めるような気がして、森尾は言葉を呑み込んだ。こんどは川井が詰め寄ってくる。

「おれたちに判断を任せるんじゃなく、森尾さんが責任を持って決断してくれなきゃ困るじゃないか。あんたたちはこの山のエキスパートを自任しているわけだから」

森尾は返す言葉がない。彼らは客で自分はガイドだ。客の安全をまっとうする責任は自分にある。ケビンがドジを踏まなければとなじりたい気分にもなってくるが、彼も重傷を負った身だ。その結果の錯誤だとしたら責めるのは酷だろう。それがここにいるパーティの仲間全員の命を左右することにもなりかねない。だからといってその決断は森尾にとってきわめて重い。

これまでも重大な岐路に立たされたことは何度かあった。そのときはいつも藤木とともにいた。二人で挑戦していた壁屋の時代にも、アスパイアリング・ツアーズで経営のパートナーを組んでからも——。そんなとき、決断は二人のあいだでごく自然に生まれていると感じていたものだった。

しかしいまにして思えば、すべての命運を背負って方向を決めていたのは藤木だった。自分は求められて意見を言っていたに過ぎない。結果に対する責任をすべて背負って、いつも飄々と答えを出していたのは藤木だった。

その選択がいつも正解だったわけではない。しかし決断のないところからはなにも生まれない。藤木はそれを知っていた。森尾の意見にそって答えを出すケースもしばしばあったが、結果が失敗に終わっても森尾をなじったことは一度もなかった。藤木にあって自分になかったもの——。それは決断する勇気だったと、森尾はいまにして思い知らされていた。

「おいおい、いまはそういう揉めごとをしている場合じゃないだろう。この事態を招いたのが森尾君のせいじゃないことくらい、みんなわかっているはずだ——」

声を上げたのは宮田だった。川井と勝田が驚いたように振り向いた。

「登山というのは本質的に命がけのスポーツだ。その点はおれたちのような半端なアマチュアだって変わらない。山で命を失うことを他人のせいにするようなやつは、最初から山になんか来るべきじゃないんだよ」

「そうは言っても、宮田さん——」

勝田は戸惑いを隠さない。今回のツアー参加者でいちばんの年配の宮田こそ、客としての立場を代表して非難の言葉を浴びせるものと期待していた様子が窺える。

「なぜこんなことになったのか、詮索するのは生還してからいくらでもできる。いまおれたちが救わなきゃいけないのは自分の命だよ、勝田さん。森尾君にしたって事情は同じだ。あの嵐を突いて敢えて捜索に出なくたって、彼を非難する者はいなかったはずだ。ところが彼は火中の栗を拾いにわざわざここまできてくれた」

「その点は認めますよ。ただね、ここから先は間違いのない判断をしてもらわないと」

「そこだよ。あんたの考えのおかしいところは——」

宮田は言いながら荒い息を吐く。呼吸が苦しくなるような高所ではない。極度の疲労と低体温症の影響で、声を出すのも辛い状況なのだろう。

「川井君だってそうだ。あんたたちの命は他人任せにできるほど軽いのか？　少しは自分の頭で考えろ」

宮田の言葉に共感したように、こんどはひろみが声を上げる。

「そうよ。森尾さんもケビンも内村さんも、私たちみんなも、いまは全員同じ船に乗っているんだから。生きて還るために精いっぱい努力しなきゃいけないときじゃない。努力をせずに、だれかがなにかしてくれることを期待したって、そんな余裕はだれにもないんだから。それに――」

ひろみは一瞬口ごもり、思いを込めるように先を続けた。

「私の兄も山で死んだの。その兄が生前よく言っていたのよ。もし死ぬとしたら、山で死ぬのがいちばんいいって。それは自分の意志で選んだ人生の幕の閉じ方だからって。生きることも死ぬことも、自分の意志で選んだことなら悔いることはなにもないって」

「まだ死ぬと決まったわけじゃないですよ」

森尾は思わず言葉をかけた。ひろみは森尾に穏やかな視線を向けた。

「もちろんそうよ。兄も山で死ぬことをヒロイックに考えていたわけじゃないの。私が言いたいのは、たとえこういう状況でも、私は生きることに全力を傾けたいということなの。自分が悔いなく生きた証を手に入れたいの。だってだれかに唆(そそのか)されて来たわけじゃない。この山に来ることを選んだのは私なんだから」

「いや、いい歳をして恥ずかしいよ。自分が悔いなく生きた証か――。いい言葉だよ。人間なんてほっといたっていずれは死ぬんだから、命がある限り情けない生き方はしたくないよね」

勝田は恐縮したように頭を掻いた。宮田と同様、憔悴しきっていたその表情にわずかに生気が宿ったような気がした。川井が申し訳なさそうに言う。

「ごめん。おれも言い過ぎたよ。森尾さんは命がけでおれたちのために行動してくれた。そのうえさらに負んぶに抱っこじゃ、気分よくあの世へも行けないよ」

「あの世へ行くのはまだ早いよ。せめておれたちは生きて還らないと、藤木さんや伊川さんに顔が立たない」

勝田が言うと、思いのこもった調子でひろみが応じる。

「そうだよね。アスパイアリングの頂上で本当に感じたのよ。私たち全員がチームなんだって。魂で繋がったチームなんだって。だから藤木さんの魂も伊川さんの魂も、私たちが下界へ連れて帰ってあげたいの」

「ああ、そうしよう。そこでおれの考えを聞いてくれるか」

宮田が言う。先ほどと比べて声に力が出てきたようだ。それでも元気なときの張りのある声からはほど遠い。全員が頷いて耳を傾ける。

「また天候が崩れるにしても、まだ多少の時間はあるだろう。それまでに行けるところまで行こうじゃないか。全員が疲労の極に達している上に、勝田さんは腰を痛めている。ケビンはあの調子だ。しかし例の岩溝に戻ったって、また荒れ始めたらおまじない程度の風除けにしかならない。森尾君が心配しているように、雨が降ったらツェルトじゃずぶ濡れだ。そうなりゃ凍死するのを待つだけだ」

　勝田が気合いの入った声で応じる。

「おれもそのとおりだと思うよ。いま肝心なのは、四つん這いになってでも小屋に近づくことだよ。うまくいけば荒れだすまえに着けるだろうし、近くからヘッドランプで合図を送れば、小屋からだれかが助けに来てくれるかもしれない」

「岩溝に戻って休んでいるほうが楽なような気がするけど、やはりそれじゃ希望はないですね。いまは生還するために死力を尽くすべきときですね」

　川井の顔に悲壮感が滲む。森尾は問いかけた。

「勝田さんの腰の状態はいかがですか」

「森尾君たちが荷物を背負ってくれているんで、だいぶ楽になったよ。なに、たぶん骨折したわけじゃないだろう。ただの打撲だよ。貼り薬がそのうち効いてくるだろうから、そう心配することはない」

　勝田は余裕をみせるように軽く背筋を伸ばしたが、やはり痛みが走るのか、一瞬顔を歪ませる。それでも森尾はその強がりに期待するしかない。これからふたたび荒れるとしたら、メンバー各自に求められるのは限界を突き破る火事場の馬鹿力だ。どんなに幸運に見える生還劇にも、必ず作用しているのはそんな人間の潜在力なのだ。期待を込めて森尾は言った。

「だったらのんびりはしていられません。先を急ぎましょう。月が出ているうちならヒドンクレバスを踏み抜く危険も少ない」

「そうだね。みんなで生きて還ろうよ。希望はまだまだあるんだから。森尾さんの天気予報が外れる可能性だってあるんだし」

ひろみが弾んだ声で言う。それは森尾も心から願いたかった。最悪の想定をすることは必要だが、それにとらわれて希望を失うのでは本末転倒だ。食料も燃料も、体内の備蓄エネルギーも底を突こうとしているいま、せめて希望という糧だけは潤沢に補給したい。絶望という魔物こそ、これから待ち受けているかもしれない試練以上に厄介極まりない敵なのだ。

4

パーティのペースは森尾が想定していた以上に遅かった。

腰の痛みを抱えながらも、空身の勝田は思いのほかのペースだが、宮田と川井は体力の消耗が著しく、足どりはどうにもはかどらない。

歩き始めれば体温が上がり、低体温症も軽減するかと期待していたが、ものごとは思うようにはいかないもので、負傷している勝田のみならず、宮田や川井もクレバスを渡るのが次第に難儀になってきた。

ひろみと内村はそこそこのペースだが、彼らを置き去りにはしていけない。けっきょく全体のペースは宮田たちに合わせざるを得ない。それ以上に問題なのがケビンだった。宮田たちがクレバスを渡るのに苦労しているあいだに、勝手に自分だけロープを外し、とっとと先に進んでしまう。先に小屋に着いて応援を呼んでくれるなら幸いだと思っていると、しばらく行った先の雪面にへたり込み、相変わらず意味不明の独り言をぶつぶつ呟いている。

「おい、ケビン、しっかりしてくれよ。おれがだれだかわかっているのか」

肩を揺らして問い質しても、ケビンは曖昧に頷くだけだ。その目はうつろに揺れ動き、森尾の顔には焦点が合っていない。

いったいどうしてこんなことに——。森尾は胸が張り裂けそうだった。同時に恨みがましい思いにも駆られてしまう。

もしこうなることが避けられない運命なら、その兆候がもっと早く出てくれればよかったのにと——。それなら自分は伊川の捜索を断念し、全員を小屋まで誘導していたはずだった。そうしていればパーティはこんな悲惨な状況に陥らずに済んだのだ。

駄々っ子のようなケビンを叱咤してなんとか立ち上がらせ、ふたたび先頭に立って森尾は歩き出した。後続するメンバーの動きに目を配り、前方に口を開けているかもしれないクレバスに注意を払いながらの歩行は、体力のみならず神経をも消耗させる。

三十分ほど歩くうちに、いよいよ月が雲に隠れた。西の空を盛大な稲妻が走る。一瞬、氷河とそれを取り巻く稜線が真昼の光景のように浮かび上がり、続いて腹に響くような雷鳴が轟いた。気温が心なしか高くなっている。北西からの風も強まった。

心のなかで希望と絶望がせめぎ合う。息が詰まるような圧迫感に押し潰されそうになったとき、はるか前方に小さな明かりが見えた。コリン・トッド小屋のある位置だ。森尾たちの到着に備えて、深夜でも明かりを点してくれているようだ。

まだまだ距離は遠い。しかしそれが見えたことで気持ちはとたんに軽くなった。森尾はさっそく振り向いて、後続するメンバーに指さしてみせた。いちばん元気なひろみがそちらに目を向けて、喜色を滲ませてVサインを送ってくる。

そのとき頬に冷たいものが当たるのを森尾は感じた。風で飛ばされた氷片や雪とは感触が違う。わずかにそれは温かい。

また頭上を巨大な稲妻が走る。その光を受けて、夥しい雨滴が風に流れているのが垣間見えた。雨だ——。森尾は慄いた。どうやらいちばん惧れていたものがやってきたようだった。

第十一章

1

雨脚は強まり、周囲はふたたび濃いガスに覆われ始めた。

暗い気分で森尾は空を見上げた。つい先ほどまで高層雲を透かしてわずかに輪郭が覗いていた月はもう見えない。遠くにちらついていたコリン・トッド小屋の明かりもいまはガスの流れに掻き消えている。

気温は上昇気味で、この状況ではいい兆候ではない。一時は南よりに変わっていた風向きがまた北東に戻り、風力は徐々に強まってきた。雪混じりの雨はしだいに横殴りになり、アノラックをやかましく叩き始めている。

全員がゴアテックス製のアノラックの上下を身につけている。防水性は高いから多少の雨はしのげるが、このまま暴風雨になれば決して安全ではない。どれほど耐水性の高いレインウェアでも、衣服である以上は襟元や袖口などの開口部がある。激しく吹き付ける雨はそんな隙を見逃さない。

浸入した雨で衣服の保温性は著しく低下する。吹き付ける風で体温を奪われれば、氷点下に達しない気温でも低体温症に襲われる。山で濡れることは生死を隔てる分水嶺(ぶんすいれい)なのだ。

森尾の心に迷いが生じる。この空模様からみて、一帯がまた嵐に見舞われるのは間違いない。このまま進めるところまで進んだとしても、限界だと判断したところでビバークすることになる。そのためのツェルトはあるが、防水性はさほど高くはない。そのときメンバーが体力を消耗しきっていれば、そこで死を待つことにならないか。むしろいまビバークを決断し、体力を温存して嵐に備えるほうが賢明ではないか。

しかし宮田たちには低体温症の兆候がすでに出ている。行動中のほうが体温を保持しやすいというのが森尾の経験則だ。実際に低体温症に襲われるのは、休憩中のほうが多いという医学的なデータもあるらしい。どちらの選択がより生存の可能性が高いか、森尾は測りかねた。

背後を振り返ると、ヘッドランプの光のなかに亡霊の群れのように動くメンバーの姿が浮かび上がる。表情が見えないから各自のコンディションが把握できない。

「みなさん、調子はどうですか？」

風音に負けないように声を上げて問いかける。アンザイレンした隊列は二〇メートルほど伸びているから、うしろのほうまで届くかどうかわからない。

「私は大丈夫。疲れてはいるけど、もうひとがんばりだから――」

元気な声を返してきたのはひろみだった。

「ああ、がんばろう。勝田さん、腰の調子はどうですか」

さらに声を張り上げて、そのうしろにいる勝田に問いかける。呻くような声が返ってくる。本人は精いっぱいの声で応答しているのだろうが、風の唸りに埋もれて聞きとれない。

皮下脂肪が厚いから遭難に強いと豪語していた勝田だが、小休止のときに見た顔には極端な疲労の色が滲んでいた。さらに腰の痛みを抱えていては、声を出すことも難儀だろう。そんな事情を察したように、ひろみが声のリレーをしてくれる。

「いくらかよくなったそうよ。自分だけ荷を軽くしてもらって、贅沢は言えないって」

気を張っているところもあるだろう。しかしそう自らを叱咤する気力こそがいまは貴重だ。森尾や内村がしてやれることは、代わりに荷物を背負ってやるくらいなのだから。

勝田のうしろのおぼろげな人影が大きく左右に手を振った。宮田だろう。声は届かないが、その仕草はとりあえず元気だというシグナルだ。

そのさらに後方となるとヘッドランプの明かりしか見えないが、それは一定のリズムで動いていて、結び合ったロープが伸びきることもない。亀のような歩みでも、全員が前へ進んでいるのは間違いない。

ケビンも大人しく隊列に収まっているようだ。彼のイレギュラーな挙動には、最後尾の内村が注意を払っている。パーティがまだ最悪の状態ではないらしいことに安堵して、森尾は力強く声をかけた。

「じゃあ、頑張っていきましょう。まだ雨は小降りです。本格的に荒れるまえに、小屋にたどり着けるかもしれない」

先ほどまでの逡巡は消えていた。パーティはまとまっている。ここは前進あるのみだ。どちらを選択しても賭けでしかないのなら、いまはパーティの力を信じるべきだ。ひろみは言っていた。たとえこういう状況でも、山で生きることに全力を傾けたい。自分が悔いなく生きた証を手に入れたい——。いまはそんな思いをしっかり背負い、ここにいる全員の生還に全力を尽くすべきときだ。

森尾はゆっくり足を踏み出した。もっと速く歩ける余力はあるが、ここではいちばん弱いメンバーに合わせるしかない。ロープが張りすぎたり弛(たる)みすぎたりしないように注意しながらの歩行は、焦燥との闘いになるだろう。

しかしそれが表情や挙動に出れば、宮田や勝田にプレッシャーを与える。脱落者は一人も出したくない。森尾は敢えて現状を楽観視した。背負った責任の重さは変わらない。だったら自分にしてもそのプレッシャーに押し潰されていては、本来発揮できる力が萎縮する。

乳白色のガスが風に流れて、何層ものカーテンのように周囲を覆う。それでもまだ視界はあのブリザードのときよりましだ。ヒドンクレバスを踏み抜かないように、前方の雪面に注意を集中する。

アンザイレンしているといっても、だれかがクレバスに落ちたとき、落下を止められるのは森尾と内村くらいだろう。結び合ったロープは最悪の場合の保険にすぎず、下手をすれば前後のメンバーが巻き込まれる。先頭の森尾が落ちないことが、全員生還への絶対的な条件とも言えるのだ。

雨は夥しい数の銀の矢となってアノラックを叩く。上衣の襟元と裾を絞り直す。それでも雨滴はあらゆる隙を見逃さず浸入しようとする。しかしまだ土砂降りではない。ひどく濡れさえしなければ高めの気温はむしろ有利な条件だ。

稲妻が頭上のガスを切り裂いて、大地を揺るがす雷鳴が轟いた。その間隔がしだいに短くなっている。落ちるなら稜線にと願うしかないが、平坦な氷河上を狙う物好きな落雷がないとも限らない。

「森尾さん！」

雨音と風音の狂騒に混じってひろみの声が耳に届いた。振り向くと立ち止まって背後を指さしている。その向こうにガスを透かしてうずくまる人影が見える。勝田らしい。いよいよ来るべきものが来たか――。脱落者が一人でも出ればパーティの力は激減する。その時点で進むことを断念し、ビバークということになりかねない。

森尾は勝田の傍らに引き返した。ひろみも歩み寄る。勝田はがっくり雪の上に膝を落としている。

「大丈夫ですか、腰が痛むんですか」

しゃがみ込んで問いかけると、勝田は顔をしかめて森尾に視線を向けた。

「急に痛みが走ってね。なに大丈夫だよ。少し休めば治まるだろう。ここでみんなの足を引っ張るわけにはいかないよ」

無理はしないでください――。そう口に出かかった言葉を呑み込んだ。いまこの状況で、それは心にもない外交辞令だ。勝田が歩いてくれることに全員の希望がかかっている。

勝田だけではない。宮田にしても川井にしても、いまはなんとか歩いてくれているケビンにしても、いつ動けなくなるかわからない。それはパーティが希望に向かって進む力を失うときだ。

運を天に任せるという考え方もある。しかし気象条件から言えば、少なくともいまは歩ける状況なのだ。自分でたぐり寄せられる希望がある限り、心の熱源は失われない。現に低体温症の兆候を見せていた宮田や川井が、歩き始めてからは意識も挙動もしっかりしてきた。

すでに食料は尽きている。暖をとり、水分を補給するためのストーブの燃料も使い果たした。しかし心に灯がある限り、それは生命の火も掻き立てる。その灯火が消えることがなにより危険なことなのだ。

もちろんいまも迷いはある。ここでビバークを決断し、体力を温存して嵐に備えるほうが賢明だ――。そう考えることは森尾にとっても甘い誘惑だ。

肉体面の疲弊は限界を超えている。筋肉細胞の一つ一つが休息を要求して頑なに抵抗を試みている。このまま雪上に倒れて眠りに落ちて、そのまま息を引きとる――。それもいいではないかと囁く自分がいる。

たぶんここにいる全員が、どこかでそう感じているはずだ。しかしそれこそが死神の思うつぼ。なけなしの理性を総動員してそんな誘惑を押し退けない限り、生への希望は見いだせない。

勝田はそれを知っている。宮田も川井も、もちろんひろみも知っている。全員が同じ答えを見いだしているときに、自分一人がギブアップすることは許されない。だからこそいまは強い気持ちを持つべきだ。そんな思いで森尾は言った。

「ここで十分間休みましょう。痛みが治まらないようなら僕が肩を貸します。それでもだめなら背負って行きます。希望は捨てないでください。まだ歩けるあいだに一歩でも二歩でも小屋に近づくことが、生還の可能性を高めてくれます」

「わかってるよ。これ以上はみんなに面倒はかけられない。人間なんて遅かれ早かれくたばるわけだけど、ここで踏ん張らずに死んだんじゃ、人として生まれた甲斐がない」

森尾の胸中を知り尽くしているように勝田が言う。宮田と川井も歩みよる。ヘッドランプの光に浮かぶその顔にも疲労の色が貼りついている。二人は雪上にくずおれるように座り込んだ。

「大丈夫ですか?」

問いかけると、宮田は力なく首を振った。

「十分休憩と聞いて、とたんに力が抜けたよ。歩きながら、もう死んでもいいと何度思ったことか。しかしあんたや勝田さんの言うとおりだよ。自分で自分に引導を渡すようなことは考えちゃいけないね」

「寒いですか。悪寒が走るようなことは?」

「ときどきぶるぶるっとくるけど、なんとか我慢できる程度だよ」

その言葉と話の調子を聞いて、森尾はいくらか安心した。寒さを感じなくなるところまでは低体温症は進行していない。意識にも異常は出ていない。

「川井さんはどうですか」

「歩いていると体温が上がるのか、おれのほうはそんなに寒くはないよ。しかし寒さを感じなくなるとやばいって聞いたけど」

川井は不安げに言うが、そんな応答や瞳の動きに意識障害の兆候はやはりない。

「仰るとおり、運動で体温が上昇しているんだと思います。衣服が濡れているようなことはないですね」

「大丈夫。さっきしっかり注意されたからね。それより問題なのはケビンだよ」

川井が指摘する。ケビンもいまは雪の上にうずくまって、その傍らから内村が不安げな視線を向けてくる。

「なにか異常な行動を？」

問いかけると内村が代わって答える。

「ときどきこんなふうに座り込んで頭を抱え込むんです。そのたびに歩いてくれるように頼むんですよ。いまのところ言うことを聞いていますが、応答はやはりはっきりしないんです。頭を打った後遺症なのか、低体温症の兆候なのか――」

森尾はケビンの傍らにかがみ込んだ。

「ケビン、歩くのが辛いのか？」

「暗いよ。ここは暗すぎる。このまま進めば恐ろしい罠が待っている。みんな死ぬ」

ケビンは不吉な言葉を絞り出す。森尾は問い返した。

「なにを言っているんだ、ケビン？　罠というのはクレバスのことなのか。暗いというのは視力が落ちてるという意味なのか？」

ケビンはゆっくり首を横に振る。夜だから暗いのは当然だが、ここまでの行程でも小さなクレバスは越えてきた。足元の確認さえ覚束ないほど視力が落ちているのなら、渡り損ねることもあったはずだ。別の意味でそう言っているのなら、錯乱の症状が出ているとしか思えない。

いや、無理にでもそう思いたい。言葉どおりに受けとれば、それは余りに不吉な予言だった。年齢は若いが、クライマーとしての経験では森尾をはるかに上回る。行く手に森尾が感じとれない危険が潜んでいることに、彼は気づいているのではないか——。

ケビンは黙りこくって頭を抱え込む。森尾は内村に問いかけた。

「目は見えているんだろう？」

「そう思います。クレバスは危なげなく跨いでいますから」

「ケビン。気づいたことがあるんなら、もっとわかりやすく説明してくれ。どんな危険が予測できるんだ。おれの考えが間違っているのなら遠慮なく指摘して欲しい。大切なのは全員が無事に生還することなんだ」

森尾はケビンの肩を揺すった。ケビンはまた意味不明の独り言を呟き出す。森尾の声にも怒気が混じる。

「自分はプロのガイドだと君は言った。自分の命よりお客さんの命のほうが重いと、そうじゃなければガイドなんて存在する価値のない商売だと——。あのプライドはどこへ消えたんだ」

ケビンはなにも答えない。ひろみや内村の顔にも、宮田たちの顔にも不安の色が広がった。本来ならパーティの最強のエンジンであるはずのケビンが疫病神になりかけている。謎めいた予言よりも、むしろそのことが不吉な前途を暗示しているようだった。

「気にすることないじゃない。こんな事態になったのはそもそもケビンのせいなんだから。恐ろしい罠にならもうとっくに私たちはかかっているよ」

きっぱりとした口調でひろみが言う。もともと遠慮のない口を利くほうだが、いつもならここまで直截に人を非難はしない。宮田と勝田が驚いたように目を向ける。

その日本語がどこまで通じたのか知らないが、ケビンは呟きを止めて立ち上がり、周囲のガスの流れに目を配り、雨や風の音に神経を集中する様子をみせた。普段のケビンがよくみせる仕草だった。

彼は気象予測にデータよりもそのときの直感を重視して、それがほとんど外れない。そんな生来の能力が戻ってくれればと、森尾は期待を込めて問いかけた。

「ケビン、どうなんだ。天候が好転する気配はないのか」

ケビンは力なく首を振る。わからないという意味なのか、期待できないという意味なのか、森尾には判断がつきかねた。

「きついこと言ったけど、このままじゃ彼がいちばんの重荷になっちゃうでしょう。謝るのはあとでいくらでもできるから、いまは刺激を与えないといけないと思ったの」

耳元でひろみが言う。最初からそういう計算だったのか、ケビンの余りに不可解な態度に、鬱積(うっせき)していた思いがつい口を突いたのか——。

いずれにしてもひろみが言うように、なんらかの刺激になったのは確かなようで、これからやってくる嵐への対処を身をもって示そうとでもするように、ケビンは身繕いを点検し、アノラックの喉元や裾の絞り紐(ひも)を締め直す。

焦点を失っていたその眼差しに、いくらか力が宿ったような気がする。本来のケビンに戻ることまでは期待しないが、ひろみが危惧するお荷物になることだけは森尾としても避けたいところだ。

それでよかったという気持ちを示すように片目をつぶると、ひろみは小さく微笑んで、ケビンに倣うようにアノラックを点検し始めた。

2

十分間の休息が天候悪化との時間勝負にどう影響するかは予断を許さないが、少なくとも勝田の腰には効果があったようだった。

「もう心配ないよ。お陰でだいぶ痛みが治まったから」

勝田はストックで体を支えながら慎重に立ち上がる。何割かは差し引いて受けとるべきだろう。しかし表情には先ほどよりゆとりがある。

宮田と川井も血色が戻ったようだ。ひろみは彼らと比べればまだ余力がありそうで、内村と一緒に、宮田たちがザックを背負うのを手伝っている。

内村も消耗は激しいはずだが、そんな気配は表に出さず、自分の役割をしっかり果たしている。落石事故に遭遇するまでは頼りない若者の印象が拭えなかったが、そのあとの働きぶりは及第点以上だ。パーティが満身創痍なことに変わりはないが、そんないい仲間に恵まれていることは得がたい僥倖だと森尾は思うことにした。

パーティはゆっくりだが着実に前進した。風はさらに強まったが、雨量はまだそれほどではない。遠くに垣間見えたコリン・トッド小屋の明かりは、あれから一度も見えていない。

大きなクレバスを迂回するたびに、ＧＰＳとコンパスで現在の位置と進むべき方向をチェックする。その点は文明の利器に感謝するばかりだ。コンパスが示すのは方向だけだが、ＧＰＳなら位置がわかる。

山ではそれは画期的だ。海や砂漠のような一直線に進める場所ならコンパスは有用だが、地形に応じて迂回する山では、方位はさほど意味をなさない。とくに周囲の景観から現在位置を類推できないいまのような状況だと、それだけでは無用の長物と言っていい。GPSで得た位置を地図上にプロットすれば、視界がなくてもどこにいるかが把握でき、進むべきルートを見いだせる。GPSがない時代なら、森尾たちは進むことも退くこともできない窮地に立たされていたはずなのだ。

いまいる位置はあの岩溝から小屋までの三分の一ほどを進んだあたりだ。直線距離ではあと一キロにも満たないが、北西稜から派生する支尾根やクレバスで頻繁に迂回させられるから、実際の距離はその二、三倍とみておくべきだろう。

それを絶望的とみるか希望を託せる距離とみるか——。試されるのは人としての底力だ。絶望は容易い。それならだれかのせいにすれば済む。ケビンのせいに、あるいは伊川のせいに、天候のせいに、不慮の落石のせいに、すべてまとめて運命のせいに——。

その誘惑に最後まで打ち克てるほど自分が強いとは思わない。しかしここで屈するわけにはいかないと、森尾は自らを励ました。客たちも内村もいまは自分を信じてくれている。それが力を与えてくれている。

これからさらに状況が悪化したとき、なおその信頼が保てるかどうかはわからない。しかしいまはそれが背中を押してくれている。

自分一人が生き延びようと考えるなら、決してできないことではない。森尾自身も疲労困憊しているが、宮田たちと比べればまだ余力はある。それは内村とひろみにもいえるだろう。だとしたら彼らとともに最後まで行動することで、その生存の可能性が低くなるとも考えられる。

最悪の状況で一人でも多く生還させたいとき、だれかを見殺しにせざるを得ないのか。そんな選択肢を森尾は拒絶した。あくまで全員が生き延びることが目標だ。バットレスの基部で目にした赤い光が瞼（まぶた）に焼きついて離れない。あのとき伊川が生きていたらという思いが、いまも胸の奥を刺し続ける。

心から望むのは、ひろみが言っていた「悔いなく生きた証」だった。惧れるのは、ガイドとしてのプライドを地に落とし、慚愧を抱えて生きながらえることだった。宮田も勝田も川井も、全員が生還に向かって死力を振り絞っている。彼らを見殺しにする選択をするよりは、自分が死を賭してでもやるべきことをやり切るべきだ。

進むに従い風はいよいよ強まった。風向きは北東で、北西稜が衝立（ついたて）になってくれると期待していたが、むしろ稜線を越えて吹き下ろす風は空気力学的に勢いを増すものらしい。日本で颪（おろし）と呼ばれる局地的な冬の強風と同様の現象だ。あの猛り狂ったブリザードは、先に氷河上に下りていたパーティにも容赦なく襲いかかっていたはずだった。

ケビンは不審な挙動を見せており、彼に次いで現地の地理に明るい森尾はいない。残ったスタッフの内村はアスパイアリングに登るのが初めてだということは全員が知っていた。そのとき彼らが感じた不安がどれほどだったかは、森尾の想像力を超えている。個々の人間が感じる脅威のレベルは、自分の経験値だけでは推し量れない。

予想どおりこれから暴風雨になるのなら、それはブリザードとは質の異なる脅威だ。吹きすさぶ風と叩きつける雨は、ツェルトによるビバークも困難にするだろう。

コリン・トッド小屋にいるガイドやクライマーが救出に乗り出してくれることを期待したいが、いまの場所から小屋の明かりが見えない以上、そこに森尾たちのヘッドランプの光が届くはずもない。そもそもこの状況で氷河を歩いているなどとは想像さえしていないだろう。

歩行は相変わらずはかどらない。森尾の筋肉もすでにぼろぼろだ。アノラックの内側にまだ雨は浸透していないが、ときおりぞくぞくと悪寒が襲う。気温は上がり気味でもせいぜい氷点をわずかに上回る程度だろう。しかし体内のエネルギー源が尽きかけているとき、それは十分骨身に応える。

立ち止まって振り返る。ひろみが歩み寄る。その顔にも色濃い疲労が貼りついている。

「小屋まであと、どれくらい？　森尾さん」

問いかけるひろみの声からは、いつもの弾んだ調子が消えている。ひろみと並んで歩きながら、森尾は忌憚（きたん）のない答えを返した。

「まだ半分も来ていない。三分の一といったところだね。あと二時間ほどいまくらいの雨でいてくれれば、なんとか近くまでたどり着ける。そのときは僕か内村が先に小屋に向かって救助を要請できる」

「大丈夫よ。勝田さんも頑張っているし、ほかのみんなもちゃんとついてきているから」

言いながらひろみが振り返った向こうに、いかにも大儀そうに、それでもリズムを崩さずに歩く勝田の姿が見える。こちらの動きに気づいたのか、大丈夫だというように手を振っている。

そのうしろには宮田らしいシルエットが見える。つかず離れずのペースを保っているのがアンザイレンしたロープの様子からわかる。川井以下の姿はガスの帳に隠されて見えないが、ペースが乱れるような異変はいまのところないようだ。

全員がまとまって歩ければ、一人一人のコンディションを把握しやすいが、ロープの間隔を短くすれば、誰かがクレバスに落ちたとき巻き添えを食う確率が高くなる。最短でも五メートル以上空けて歩かなければ、せっかくのアンザイレンが徒になる。

「伊川さんのことなんだけど——」

唐突にひろみが切り出した。

「森尾さんは最善を尽くしたんだから、自分を責めることないと思うの」

心中は察しているという口ぶりだ。

「それからケビンのこと——」

「僕の判断が甘かったかもしれないね」

複雑な思いで森尾は言った。ケビンが頭に怪我をしていた事実は、あのときやはり念頭に置くべきだった。彼を一〇〇パーセント信頼したことで、結果的にはパーティを窮地に陥れたことになる。

「そんなことないよ。私たちだってバットレスを下りきるまでのケビンの仕事ぶりは見ていたもの。あれで頭に異常があるなんて考えたとしたら、よっぽどのへそ曲がりよ」

「しかし彼はガイドだ。プロとして致命的な過ちを犯したのは間違いない」

「そう考えるのが普通だと思うけど、でもそれを言っても状況は変わらない。むしろそれだけの怪我をしながら、私たちにバットレスを下らせ、新たな死者を出さずにあの岩溝まで導いたのは事実だから――。あのままトラバースを続けていたら、もっと大きな危険が待ち受けていると判断したのかもしれないしね」

「例えば？」

「雪崩が起きそうな気がしなかった？」

「雪崩か――」

言われてみれば思い当たる。ブリザードで降り積もった新雪はさらさらと崩れやすく、トラバースしていた斜面は急峻で、雪崩の危険は森尾も絶えず念頭に置いていた。

「ケビンはあのルートを何度か歩いていたはずだ。だとしたらあの支尾根の先に、そういう危険な箇所があることを知っていたのかもしれないね」

好意的すぎる解釈かもしれないが、あり得なくはない。そう考えることで森尾の気分も落ち着いた。ひろみは続ける。

「それに頭の調子や体調も、もっとまえから悪かったのかもしれない。バットレスを下っていたときだって、元気には振る舞っていたけど、もうそのときは症状が出ていたのかもしれない。ケビンは本物のプロだから、パーティに動揺を与えないように隠していたんじゃないかとも思うの」

それもあり得なくはない。もしあそこでケビンが不調を訴えて脱落していたら、バットレスの下降は森尾と内村の手に余っただろう。最悪の場合、新たな死傷者が出ていた可能性もある。

しかしここで「たら、れば」の議論をしていても、自分たちが置かれている状況が変わるわけではない。

「でも、私たちは生きていて、まだ希望に向かって進める。それだけでも儲けものだと思わなくちゃ。伊川さんたちにはもうそのチャンスがないのよ。ああでもないこうでもないと愚痴を言うしか能がないんじゃ、死んでいった人たちに顔向けができないじゃない」

無理矢理な理屈にも聞こえるが、それは自らへの励ましでもあるのだろう。ひろみだって疲労は極限に達しているはずなのだ。

風雨は強まる一方で、それは生命の危険に直結する。弱音を吐けばだれかが助けてくれるなら、森尾だってそうしたい。しかし食料も燃料もすでに尽き、掻き立てられるのは魂の熱くらいのものなのだ。

冬の鹿島槍で遭難死した兄のことがひろみの脳裏にはあるのだろう。その兄の分まで、山を、人生を楽しみたいと言っていた。楽しむどころの状況ではないかもしれないが、それでも彼女にとっていまという時間は、全力で生きるに値するものなのだろう。

抑えても抑えても湧いてくる自責の念と格闘している森尾の心を、ひろみの言葉は力強く支えてくれた。そんな思いを口にしたのはひろみだけだが、生還に向かってなけなしの力を振り絞っている勝田や宮田や川井にしても、気持ちは似たようなものだろう。

自分がパーティを救うのではなく、パーティの全員が自分を助けてくれている――。そんな思いが湧き起こり、唐突に胸の奥が熱くなる。一人の脱落者も出さずに生還することは、いまや森尾にとって生死を賭けてでも成し遂げたい悲願になっていた。

3

稲妻がガスの帳を明滅させ、間髪（かんはつ）を容（い）れず鳴り響く雷鳴が氷河を揺るがせる。森尾は悪い予想が外れることを願ったが、その期待は時々刻々裏切られていくようだ。

風は台風並みに強まった。気温は急速に上昇しているが、それでもたぶん五度前後だ。ゴアテックスのアノラックで完全防御をしているつもりでも、横殴りの雨は袖口や襟元のわずかな隙間から浸入する。

その下に着ているフリースは吸湿性も吸水性もないと謳われているが、それは一本一本の繊維の話で、織物としてのフリースは水を吸ったら濡れ雑巾と変わらない。雨水の浸入を許したら保温性は激減する。

ビバークを決断するならいましかない。全員が潜り込めるだけのツェルトはある。簡易テントとして使えるようにポールや張り綱は用意しているが、この強風ではただ被るのが精いっぱいだ。耐水仕様ではないから、さらに雨量が増えれば、ないよりはましという程度の効果しかない。

体を動かさないぶん低体温症の危険も高まる。かといって濡れ鼠で小屋に向かえば、まさしく自殺行為になりかねない。行くも地獄、留まるも地獄ということか――。

途方に暮れて前方に視線を向けたとき、また頭上で稲妻が閃いた。周囲の闇が一瞬遠のいて、一〇メートルほど先の雪原に黒々とした帯が横たわるのが見えた。

幅数メートルはありそうなクレバスで、跨ぐのはもちろん飛び越すこともできない。両端はガスのなかに消えて見えないが、長さは一〇〇メートル近くあるだろう。また長い迂回を強いられるのかと思うと気持ちがさらに萎えてくる。

クレバスの縁まで歩み寄り、なかを覗き込む。この幅だと深さは一〇〇メートル以上に達するはずだ。案の定、ヘッドランプの光は底まで届かない。後続するひろみに片手で合図して、クレバスの縁に沿ってしばらく進む。迂回にあまり時間がかかるようなら、ここでビバークを決断する必要があるだろう。

立ち止まってもう一度なかを覗くと、五メートルほど下に雪のテラスが見えた。下に向かって楔状に狭まっていく途中に、巨大な氷のブロックが引っかかっている。

クレバスの縁が崩壊したものだろう。幅が二メートル、長さが七、八メートル、厚みは三メートルはあり、全員が乗っても十分支えてくれそうだ。

そこに待避すれば風は避けられる。横殴りの雨は直接吹き込まないから、手持ちのツェルトで十分しのげる。氷に囲まれていて気温は低いが、風がないぶん体感温度は外にいるより高いはずだ。

思いもかけない幸運だった。この最悪の状況に、アスパイアリングが示してくれた慈悲のような気がした。ヘッドランプの光に浮かび上がるその奇蹟のようなテラスを指さすと、ひろみは森尾の考えを理解した。

「見えてきたね、希望が」

「ああ、雨と風さえしのげれば、ビバークが最良の選択だ。懸垂下降はバットレスでみんなマスターしているから、下りるのはきっと簡単だ」

「命を奪う魔物としか思っていなかったけど、命を救ってくれるクレバスもあるんだね」

「底まで下りたことがあるよ。狭いクレバスは体が挟まって抜け出せなくなることがあるけど、このくらい広いと意外に快適だよ」

「少なくとも、ここにいるよりははるかにましね。雨も風も強まる一方だし」

勝田たちも傍らにやってきた。森尾が考えを説明すると、三人はそれに同意した。

「さっきは落ちても死なずに済んだわけだし、おれはクレバスと相性がいいらしいね」

勝田は冗談めかして言うが、その声には安堵の色が顕だ。自慢の皮下脂肪のお陰で低体温症は免れているようだが、腰の痛みはやはり堪えがたいらしい。

「これで助かったよ。正直言って、歩くのはもう限界だった」

宮田も深いため息を吐く。いまは勝田の軽口に突っ込みを入れる余裕もないようだ。川井は無言でその場にへたり込む。そのとき内村が慌てて歩み寄ってきた。

「森尾さん、ケビンが」

「どうかしたのか」

「いないんです」

「いない？　アンザイレンしていたんじゃなかったか」

「雨で眼鏡が曇って、拭いているあいだにいなくなったんです。ロープを外してまた単独行動を始めたんだと思います。クレバスに落ちたのならロープの引きでわかったはずですから」

ガスが出てきてアンザイレンするまで、ケビンは勝手な行動をとっていた。それでもおおむねつかず離れずのところを歩いていた。そのうち戻ってくると期待するしかない。精神面に異常を来していのは確かだが、体力の点での不安は感じさせない。いまはヒマラヤのエキスパートの片鱗を信じるしかないだろう。

それより残りの全員がクレバスに待避するのが先決で、ケビンの捜索にかまけていると、体力が弱った宮田たちが生命の危機に瀕することになる。

内村は森尾の考えを理解して、アイススクリューをクレバスの傍らにねじ込んだ。そこにカラビナを掛けて懸垂下降用のロープをセットする。

森尾がまずテラスの上に下り立った。想像どおり足元はしっかりしていて、全員の体重がかかっても崩落する心配はなさそうだ。下から合図すると、宮田、川井、勝田と順に続いて、さらにひろみと内村が下りてきた。

クレバスのなかまでは雨も風もさほど吹き込まず、強風で体温を奪われた体には、氷河の冷気もむしろ温かい。

一枚のツェルトに全員で入ることにした。最大四人が横になれるものが二枚あるが、全員が座っていれば一枚で足りる。重視すべきは居住性よりも保温性で、そのためには密集するほうがいい。アタック中に幕営する予定はなかったから、断熱マットは携行していない。氷のブロックの上に横になっても体温を失うだけだろう。ツェルトのなかは窮屈だが、六人が体を寄せ合えば、伝わるのは互いの体温だけではない。生き延びようという魂の熱を伝え合うことができる――。科学的根拠などなにもないそんな考えを、自然に信じている自分がいる。

これで全員が生還できると森尾は確信した。雨が上がったら、自分が小屋に走って救助を要請すればいい。すぐに救難ヘリが飛んできて、衰弱している人々を麓の病院へ運んでくれるだろう。

そのときまで全員が命の灯火を点し続けること――。目的はそこに絞られた。全員が残りわずかな携行食をとりだした。チョコレートの欠片(かけら)や飴玉(あめだま)やキャラメル、クラッカーやナッツ類の小さな山ができた。ひろみはそれを均等に分配した。

雨はツェルトで凌げるほどしか吹き込まないが、それでも外にコッヘルを出しておけば雨水は溜まる。燃料がないから温められないが、喉の渇きはそれで癒せる。脱水症状も低体温症を悪化させる危険因子だ。

状況が落ち着くと、気になってくるのはケビンの行方だった。すぐに戻ると思っていたが、いまもそんな気配はない。懸垂下降用の支点には、目印に赤布を結んである。それを見ればパーティがクレバスに待避したことはわかるはずなのだ。

宮田たちを内村とひろみに託し、森尾は探しに出ることにした。外は完全な暴風雨に巻き込まれていた。濃密なガスが渦巻いて、近くにいれば見えるはずのケビンのヘッドランプの光も見当たらない。

風はアノラックをちぎろうとするように弄び、わずかに生じる隙間から雨は情け容赦なく浸入する。急速に体温が失われるのがわかる。

とりあえず右手に向かい、クレバスの末端まで歩いてみる。クレバスの縁を離れたら、ビバーク地点まで戻れる自信はない。二〇メートルほど先でクレバスは終わった。ケビンがそこを回り込んで先に進んだ足跡はない。

こんどは逆方向に向かう。五〇メートルほど先でクレバスは終わったが、やはりケビンの足跡は見つからない。雨で流されてしまったか、あるいはまったく別の方角に向かったか。

それだけの行動でも、歯の根が合わないほどの寒さを感じた。いかに頑健なケビンでも、頭を負傷している上にこの嵐では、無事でいられるとは思えない。

なんとか救いたいのは山々だが、そのために自分も倒れることになれば、残されたパーティの生還は難しい。いまは自分を含めた残りの全員が、この一夜を生きて乗り切ることが最大の課題なのだ。

ケビンの人懐っこい笑顔が瞼に浮かぶ。頼りがいのあるスタッフである以上に、森尾にとってはかけがえのない親友で、アスパイアリングを愛する同志でもあった。胸が張り裂ける思いで森尾はビバーク地点まで引き返した。

4

時刻は午前四時を回っているが、嵐は収まる気配がない。

頭上を吹き荒れる風の音が氷の壁に反響し、クレバスのなかは悪鬼（あっき）の咆哮のような騒音に満たされている。

雨の吹き込みはたしかに少ないが、それでもツェルトはじっとり濡れてきて、浸透した水が底に溜まり出した。各自がザックを尻の下に敷いているから、それで体温を失うことはないが、居心地が悪いのは否めない。

ケビンはやはり戻ってこない。向かったのはコリン・トッド小屋だろう。自分一人が助かろうとしたとは思いたくない。先にたどり着いて救助を要請しようと考えた――。それ以外には理解できない行動だ。

小屋にいるガイドやクライマーは、まさかパーティが氷河にいるとは想定していないはずで、ケビンがそれを伝えられれば、夜明けを待って捜索に動いてくれるかもしれない。

しかし先ほど外を歩いた限り、風雨は森尾も生命の危険を感じるほどだった。その後も嵐は強まっている。ケビンが無事に小屋にたどり着ける確率がどれほどあるか、考えるだけで気持ちは塞ぐ。

全員が体を寄せ合っても、クレバスのなかは底冷えがして、隣り合う人の体の震えを絶えず感じる。それは必ずしも悪いことではない。震えは熱生産を促す自律神経の反応で、寒さを感じ、震えがあるあいだは低体温症もまだ軽度だ。

温かい飲み物で体を温められればいいが、それが無理な以上、体温を保つ手段は身を寄せ合って温もりを共有するだけだ。みんなで呑もうと宮田がウィスキーをとりだしたので、森尾は慌ててそれを制した。

アルコールは血管を拡張して熱放射を増加させ、自律神経の働きを弱めて体温維持反応を抑制する。利尿作用を高めて脱水症状を起こしやすいコーヒーや紅茶と並び、低体温症には禁忌とされている。

この段階では眠ることも同様だ。睡眠も熱生産を低下させる。隣がうとうとしていることに気づいたら、体を揺すったり話しかけたりするようにはしているが、森尾を含め全員が、いまはただ起きているだけでも多大な努力を要する状況だ。

睡魔の襲来を察知すると、ひろみは山の歌を歌い出す。森尾もそれに唱和する。そこに内村が続くと、宮田たちもか細い声で歌い出す。しかし長くは続かない。ひろみにしても内村にしても体力はすでに残り少なく、軽度の低体温症に陥っている惧れは多分にある。

森尾も油断をすればすぐに眠りの世界に滑り込む。悪寒に襲われて目が覚めるが、さらに体温が低下すればそんな反応も起きなくなる。山岳ガイドとして低体温症についての知識はあるが、自身がその危険にさらされる経験は森尾も初めてだ。

傍らの勝田が船を漕いでいるのに気づき、肩で小突くと慌てて目をしばたたくが、その表情がどこか朦朧としている。

「勝田さん。大丈夫ですか」

慌てて肩を揺すったが、反応がどうもおかしい。

「あ、ああ。もう食事の時間なのか」

腰の負傷を除けば三人の男性客のなかでいちばん元気だった勝田にも、知らないうちに低体温症が進行していたのか。

「食事じゃありません。ここは嵐を避けて待避したクレバスのなかです。言っていることがわかりますか」

「いや、腹が減ってるから、ついそんな夢を見てたんだよ」

慌てて応じながら勝田は身震いした。森尾は問いかけた。

「寒いんですか」

「ああ、ひどく寒い。うとうとしたせいで体温が下がったのかね」

その言葉を聞いて安心した。

「だったら心配は要りません。寒いのが正常です。宮田さんはどうですか？」

大儀そうに頷いて宮田は答えた。

「さっきから小刻みな震えが続いているよ。あれからまた冷え込んできたのかな」

顔色は悪いが、口ぶりからは意識障害の気配は感じない。今度は川井に問いかけた。

「川井さん。寒くはないですか?」

反応がない。眠っているわけではないが、眼差しがあらぬ方向を向いている。不安を覚えてさらに呼びかけた。

「川井さん。大丈夫ですか。言っていることがわかりますか」

内村が肩を揺するが、川井はやはり上の空だ。

「川井さん。私たちの声が聞こえないの?」

ひろみの声が切迫する。川井は鈍い動きでひろみに顔を向けた。

「大丈夫。寒くはないから。ここは蒸し暑いくらいだよ」

言いながら川井はアノラックのジッパーを下ろそうとする。森尾は緊張した。

教科書的な知識によると、低体温症による意識障害の初期症状は周囲の呼びかけに対する無関心だが、次の段階に行くと、頓珍漢な受け答えをしたり、突飛な行動をとったりするらしい。

とくに危険なのが暑いと言って衣服を脱ぎ始めることだ。寒さに対する知覚に異常を来すのがその原因で、真冬の山で裸で見つかる凍死者は少なくない。川井にその兆候が出ているとしたら、難しい段階に達していることになる。

現場での処置で回復することはまず不可能で、いますぐ病院に搬送すべき状況だ。さらに進めば昏睡に陥り、腸閉塞（ちょうへいそく）や心室細動（しんしつさいどう）を引き起こす。まだそこまでには至らない宮田や勝田にしても、軽度の症状はすでに見られて、温かい飲み物もストーブもない現状では、好転する見通しは乏しいといえる。

内村は宥めすかしてジッパーを上げさせた。それでも川井は暑いとぼやく。森尾は慌てて確認した。

「ひろみさんはどんな調子？」

「元気いっぱいとは言えないわね。とにかく寒いの。外で雨や風に打たれるのよりははるかにましなはずなんだけど」

「内村はどうなんだ？」

「いまのところ問題はないです。寒いことは寒いけど、腹が減って目が冴えちゃってるくらいで、このまま起きてられればなんとか朝までもちますよ。それより森尾さんは？」

「おれも大丈夫。ただ川井さんはもちろん、宮田さんも勝田さんも心配だ。ひろみさんと二人でしっかり見守っていてくれないか」

見守る——。そんな言葉しか言えないのが悲しい現実だ。川井の段階になると、このまま嵐が去るのを待つことは、その死を待つこととなんら変わらない。同じ運命は宮田や勝田はもちろんのこと、ひろみにも内村にも襲いかねない。もちろん森尾も例外ではない。

ひろみが驚いたように問いかける。

「どうするつもりなの、森尾さん？」

「救援を頼みにコリン・トッド小屋まで行ってくる。嵐が去るのを待ってたんじゃ間に合わない」

「でも、それじゃ森尾さんが死んじゃうでしょう」

ひろみは悲痛な声で言う。しかし森尾の心に迷いはない。すでに藤木の、伊川の命を失った。ケビンの生死もいまは不明だ。これからさらに一人、また一人と息を引きとるのを看取る(みと)ためにここにいるのはまっぴらだ。生命の危険を冒してでも、いまはなすべきことがある。

疲労困憊したパーティにとっては無限の隔たりでも、小屋までの距離はすでに一キロ弱のはずなのだ。森尾一人の足なら一時間もあれば着けるだろう。

小屋でたっぷり休養しているガイドやクライマーに応援を頼めば、温かい飲み物や乾いた衣類を携えてここまで駆けつけてくれるはずだ。状態が悪化している川井にしても、前もってヘリで病院に搬送する手配をしてもらえれば、命が助かる可能性は大きく高まる——。そんな考えを聞かせると、ひろみは瞳に涙を滲ませた。

「だめよ。森尾さんが犠牲になって私たちが助かるなんて」

「犠牲なんて大袈裟な話じゃないよ。ガイドとしての義務で言っているわけでもない。でもだれかがやらなくちゃいけない。ケビンはいなくなって、いまここにいる全員のなかで、それができるのは僕だけなんだ」

「森尾さんだって低体温症にかかっているかもしれないのに、本当に生きて小屋までたどり着けると思うの」

「大丈夫。がむしゃらに歩けば体温も上昇する。雨に濡れさえしなければ、僕にとってはどうということもない距離だから」

「本当に？　自分の力を過信していない？」

「過信はしていない。でも怖気づいてちゃなにもできない。僕の願いはここにいる全員が生きて山を下りることだ。だれかが死ぬのを看過しながら、自分はのうのうと生きながらえるなんて絶対にできない」

「あんたの考え、おれにはわかるよ――」

宮田が割って入る。

「ここじゃ客もガイドもない。みんなが同じ希望を共有する仲間だ。おれが十分体力があって、この山の地理に詳しかったら、きっとその役を買って出たよ。おれだってだれかが死んでいくのを、ただ指を咥えて見ているのは堪らない」

結果によっては自分一人がこの場から逃げおおせることになるのではないか。少なくとも客たちの心にそんな疑念が生まれるのではないか——。そうだとしてもやらなければならない。そう森尾は腹を括っていたが、宮田の言葉はそんな不安を拭ってくれた。

「おれもその考えに賛成だよ。あんたならきっとやり遂げる。命がけの仕事なのはわかっている。それでも頼むしかない。このまま打つ手もなく死んでいくんじゃ、いくらなんでも情けない」

そう言う勝田の声は弱々しいが、生きようという強い意志は伝わってくる。納得したようにひろみが言う。

「そうだよね。森尾さんを信じなきゃね。私たちは仲間なんだから、全員で一つの命のようなものだから」

「だったらおれも行きますよ。森尾さんになにかあったとき、サポートできる人間がいれば心強いでしょ。ヒドンクレバスだってあるんだし。それにおれは嵐のなかを歩いた時間が森尾さんより短いから、体力的にも保つと思うし——。本当はおれが一人で行くべきだけど、森尾さんみたいに土地鑑がないから」

身を乗り出す内村に森尾は言った。

「申し出はうれしいけど、君にはここにいてもらわないと困る。まだまだ嵐は予断を許さない。ケビンもいないし、困ったことが起きたときに、元気な男手は絶対に必要だ」

「そうですか。でもおれだってここに来るまではずいぶんしんどかったから——」

内村は不安げだ。たしかに視界の利かない状況では森尾もヒドンクレバスを踏みかねない。そのときアンザイレンしていれば、命が助かることもある。しかしその点は注意をすればなんとかなる。森尾は力強く言った。

「雨さえしっかり防げれば、気温は決して低くはないし、この雨で隠れていたクレバスがだいぶ顔を出している。長い休憩をとったから体力は回復している。火事場の馬鹿力で小屋まで走ればいいだけだ」

クレバスに反響する風音は、弱まるどころか勢いを増している。しかし止まない嵐はない。おそらくいまがピークだろう。歩いているうちに収まる可能性は低くない。

「本当に気をつけてね。全員生還は私にとっても最大の希望よ。その全員のなかに、森尾さんも入っていることを絶対に忘れないでね」

切々とした口ぶりでひろみは言う。努めて明るく森尾は応じた。

「もちろんだよ。みんなが元気に日本へ帰るのを見届けるのが僕の仕事だから。二時間もあれば救助隊を連れて戻ってこられるさ」

目いっぱい楽観的な見通しなのは自分がいちばんわかっていた。しかしやり遂げなければ希望は絶たれる。あと数時間で川井が生命の危機に瀕するのは明らかだ。宮田も勝田もいまは予断を許さない。

クレバスの外は、叩きつける風雨で立っているのが難しいほどだった。森尾はアノラックの紋り紐を固く締め、躊躇する思いを断ち切って歩き出した。

ザックは持たなかった。食料も燃料も尽きているなら、わざわざ荷物を背負う意味はない。極力身を軽くすることが肝心だ。携帯型ＧＰＳは透明なビニール袋に包み、地図も必要な部分が表に出るようにたたんでビニール袋に納め、ウエストバッグに入れてある。

日はまだ昇らず、視界も悪いままだ。しかし予想に反し、明け方に向かって気温は低下している。それは必ずしも悪い兆候ではない。

雨が雪になれば低体温症のリスクはむしろ低下する。風は南寄りに変わっていた。前線の通過に伴って南からの寒気が流入しているらしい。夏の南半球では吉兆だ。森尾たちはそれを南極風と呼ぶ。

南極大陸を覆う高気圧から吹き出す風が、中緯度帯を移動する低気圧や前線を北に押し上げてくれる。台風のあとシベリア方面から張り出す寒冷な高気圧に覆われて、さわやかな好天が訪れる日本のケースとよく似た現象で、南北の関係が逆になるだけだ。

クレバスの縁に沿って回り込む。内部からのヘッドランプに照らされて、ひろみたちがいるツェルトが夜光性の生物ででもあるかのように明るい黄色の光を放っている。たった一枚の布きれが、生命の危機にさらされている人々を守ってくれている。五人の仲間の息づかいが、その温かい光に乗って伝わってくるようだ。

クレバスの末端を迂回して、コリン・トッド小屋への最短ルートを歩き出す。コースは頭に入れてある。周囲の景観はまったく見えないが、ＧＰＳとコンパスと地図があれば、それはほとんど問題ではない。

二本のストックを前方に突き刺し、ヒドンクレバスの有無を確認しながら歩を進める。後続に合わせる必要がないからスピードは稼げる。それ以上に体を激しく動かすことで体温は上昇する。十分ほど歩いただけで、背中がわずかに汗ばんできた。

しかし風向きは南西に変わり、ほぼ正面からの強風はアノラックのフードを膨らませ、その隙間から大量の雨滴が首筋や胸元に流れ込む。

真っ向からの風はアノラックが防いでくれるが、小さな隙間を見つけては侵入してくる冷たい空気が体感温度を低下させ、運動による体温の上昇を相殺する。自然の猛威のまえで完全防備などあり得ない。

氷河を覆う雪は雨に打たれてシャーベット状になり、足はずぶずぶと踝近くまで潜る。氷混じりの水がブーツのなかに入り込み、凍傷に冒された指先はすでに感覚がまったくない。足の指の何本かは失うことになりそうだが、それだけで済むなら文句はない。

ケビンの足跡には出会わない。持ち前の馬力で小屋を目指したとしたら、すでに着いていていい時間だが、彼はGPSを携行していない。いかにケビンでも、このガスのなかを本能的な方向感覚だけで進めるとは思えない。

そんな自殺に等しい行動をとったのも、敢えて危険な氷河に下ったのも、すべて脳の障害のせいなのか。それともなにか隠された意味があるのか。落石による事故までは偶発的でも、それからの困難の種を蒔いたのはケビンだった。しかしそう考えても怒りが湧いてこない。むしろ堪えがたい切なさに胸が塞がれるのだ。

山を恨もうとは思わない。好きこのんでやってきたのは自分たちだから。山は人間のために存在するわけではない。人を愛してもいないし憎んでもいない。山を愛するのは人間だけだ。アルピニズムという文化が誕生して以来、山は夥しい人命を奪ってきた。にもかかわらず山を愛する人がいる。なぜかと自問しても確たる答えは浮かばない。ただ好きだから、そこに身を置くことが幸福だから——。そんな理屈にもならない答えしか出てこない。

それは永遠に成就することのない片思い。だからこそこの過酷な嵐のなかで懸命に息づく命が森尾は愛おしい。いまの自分にはどうにもできないが、ケビンにも生きて欲しいのだ。あの天真爛漫な笑顔を見たいのだ。愛嬌たっぷりの片言の日本語を聞きたいのだ。

クレバスでの休養に思っていたほどの効果はなかったようで、歩くに従って筋肉の反応が鈍くなる。

　雨も風も弱まる兆しはない。ヘッドランプが照らすのは、濃密なガスの流れと目の前の雪面だけ。すべてが曖昧模糊としていて、明瞭なかたちをもつものは頭上を切り裂く稲妻だけだ。

　風音に混じって助けを求める女性の声が聞こえる。思わず周囲を見渡すが、人の姿はおろかヘッドランプの光も見えない。風の唸りのせいか、それとも幻聴か——。

　伊川を見殺しにしたのではないかという思いがまた湧き起こる。氷河に墜落したとき、彼女はすでに死んでいた。宮田が目撃した黄色いアノラックの人影は、間違いなくその遺体だったのだ——。いくらそう自分を説得しても、理屈を超えた慚愧が抑えられない。

　アスパイアリングの頂で、涙を滲ませて四囲の景観に見入っていた伊川の姿が目に浮かぶ。あのとき伊川を含む全員が生への希望に満ちていた。それは束の間の恋の成就だった。

　そして森尾はいまもアスパイアリングに恋している自分に気づくのだ。人間とはなんとも不合理な生き物だと思う。しかし合理的な目的のためだけの人生なら、それはなにかの道具でしかない。求めるものは富でもなければ栄誉でもない。そんな意味でなら山に登って得られるものなどなにもない。

　命を削り取ろうとでもいうように襲いかかるこの嵐にさえ、森尾は愛を感じていた。山に焦がれる心とは、たぶん生の躍動そのものなのだ。その味わいを覚えた者にとって、人生はそれまでとは別の輝きを帯びてくる。そしてやがて知るに至るのだ。なにかのためにではなくただ生きるというそのことに、生あるものの本当の悦びが宿るということを――。

体がしだいに軽くなっていく。疲労も極限を超えてくると、そんなことも起きるのかと森尾は訝った。重い砂袋のようだった脹脛や太腿の筋肉が自立した意志をもつ生物のように軽やかに動いている。

どれくらい歩いただろう。時間の感覚が希薄になっている。周囲を渦巻くガスが、柔らかく温かい褥（しとね）のように感じられる。体が火照っているのは運動量が増えたせいか、それとも低体温症の兆候か――。

ＧＰＳで位置を確認する。もうあのクレバスから小屋までの三分の二くらいの距離を歩いている。晴れていれば空には夜明けの兆しが見えているはずだが、いまはヘッドランプの光芒以外は漆黒の闇の世界だ。

知らないあいだに雨は雪に変わっていた。風に煽られて舞い上がり、横に流れ、渦巻いて氷河上に落ちる夥しい雪片を、森尾はただ美しいと感じるばかりだった。

周囲の闇が融けだして、舞い踊る雪の向こうに青空が広がった。アスパイアリングの頂で見たあの深い青――。

雪はしだいにまばらになり、空を背景に氷河を抱いたサザンアルプスの峰々が立ち上がる。その景観を、自分が空中から俯瞰しているのが不思議だった。アスパイアリングが天に向かってひときわ高く伸び上がる。純白のアイスキャップに覆われたその頂に、人々の輪が見える。藤木がいる。伊川がいる。勝田が、宮田が、川井が、ひろみがいる。そして内村、ケビン――。全員が屈託なく笑っている。

ひろみが森尾に気づいて手を振った。南極からの風に乗って、まるで空を飛んででもいるように、森尾はそちらに歩み寄る。

森尾は幸福を噛みしめた。人々も山も空も太陽も、中空を漂う真っ白な雲も、すべてが美しく調和していた。

第十二章

1

「被告人を懲役二年六月(ろくげつ)に処する。未決勾留日数中五百四十日を刑に算入する。この裁判確定の日から、四年間、刑の執行を猶予する」

裁判長は判決主文を読み上げた。傍聴人席がどよめいた。森尾は被告人席のすぐうしろにいる岸田弁護士に、即日控訴を依頼した。

殺人罪としては異例のその量刑は、森尾や弁護人の岸田にとっては想定内だった。そもそも検察側の求刑が、殺人罪に対する法定刑の下限の懲役五年で、情状による酌量軽減も計算に入れていたはずだから、彼らにしても想定内のはずだった。

執行猶予付きの判決は、法的効果からいえば限りなく無罪に近い。刑の執行が猶予されるばかりでなく、新たな罪を犯すことなく執行猶予期間を過ぎれば、刑の言い渡しそのものが消滅する。いわゆる前科がなくなるわけで、以降は社会生活を営む上でなんの制約も受けなくなる。

担当検事がようやく肩の荷が下りたとでもいうように緊張を緩めたのがわかる。彼にすれば仕事はきっちりやり遂げたことになるのだろう。検察の目的はなんであれ有罪を勝ちとることで、量刑そのものは重要な問題ではなかったのだ。

その点は森尾にしても同じことだ。執行猶予が付こうが付くまいが、有罪には変わりがない。勝ちとりたかったのは無実の証明だった。

起訴されたのは前年の七月上旬で、公判を担当したのは湯沢とは別の検事だった。湯沢の所属は刑事部で、そちらは捜査するのが仕事。いったん起訴されれば、そこから先は公判部の扱いになり、担当検事も替わる。

法廷では調書に不審な点があった場合など、捜査を担当した検事を証人として出廷させることがある。それが公判を担当する検事と同じ人物では具合が悪い。そんな理由から検察は捜査と公判を分離して扱うことにしていると聞いている。

第一回公判が開かれるまでに四カ月待たされた。罪状は殺人で、しかも否認事件であることから、裁判所がより慎重に対応したのかもしれないし、単にスケジュールが立て込んでいて先送りされただけかもしれない。しかしその理由は裁判所からも検察からも説明されなかった。

あるいは森尾たちが刑事告発の背景にあるとみていたあの疑惑がじつは図星で、それゆえに検察としても裁判所としても、森尾を無罪とするわけにはいかないお家の事情があった。そのために周到な準備が必要だったということか――。

そのお家の事情については、公判開始前に岸田が自らバルセロナに飛んでいた。橋本美佐子と在バルセロナ総領事の浜岡紀美雄との関係は現地の在留邦人のあいだでは公然の秘密のようだった。

郊外のコテージを借りて暮らしている美佐子とはすぐに連絡がとれ、岸田が面談したいと申し出ると快く応じたという。しかし成果ははかばかしくはなく、美佐子は如才なく森尾の立場に同情を示し、情状面で役に立つことがあれば証人として出廷してもいいとまで言ってのけた。

岸田は森尾を告発した人間がだれか、心当たりはないかとさりげなく訊いてみた。美佐子はその質問を予期してでもいたように、自分は遭難事件当時から現在までスペインにおり、事件そのものにはまったく関わりがなく、当然そういう人物に心当たりはないと平然と応じたという。

検察が犯行の動機と主張している森尾の両親の負債について、喋ったのは美佐子と藤木だけだと森尾が言っている――。そんなことを話すと、美佐子は岸田の足元をみるように答えたらしい。

「告発したのは私だと言いたいんでしょう。森尾さんがそんなふうに考えたい気持ちはわかります。たぶん保険金を着服したのも私だとみているんでしょう。たしかに保険のことは知っていました。しかしそのときはもう私は会社の経営から外れていました。請求できる立場にいたのは森尾さんだけだったんです」

「保険契約をしたのは？」

「もちろん藤木さんです。代表者名義での契約ですから」

「当時副社長だったあなたは、その契約に不審なものを感じませんでしたか」

「企業防衛という点から言えば当然だったと思います。事故を起こせば大きな賠償責任が発生するかもしれないビジネスですから。それについての備えとして私は納得していました」

「浜岡総領事とはいつごろからお知り合いで？」

「こちらの日本人会主催のパーティで初めてお会いしたんです。そのときからいままで、親しいお友達としてお付き合いしています。世間で噂になっているような、おかしな関係じゃありません」

「着服したのは森尾さんだとお考えですか」

「検察がそう主張していることしか存じません。私は森尾さん個人に恨みはないし、藤木さんとの関係もとっくに終わっていたわけですから」

「スペインに滞在されている理由は？」

「この土地が気に入った。それ以上の理由が必要でしょうか」

引き出せた話はそのくらいだったが、岸田の目論見としては十分だった。もともとそれを公判の材料として使う気はなく、美佐子と接触した目的は、間接的に浜岡にプレッシャーを与えるためだった。

未必の故意による殺人者に仕立てることで、保険金着服の嫌疑も併せて森尾に背負わせるのが彼らの目的だとするなら、森尾の動機だとしているその部分を検察は追及しにくくなる。立証責任は検察側にあるわけで、その結果、美佐子の関与の疑いが強まれば藪蛇になる。

こちらの想像どおり、美佐子の依頼を受けて浜岡が森尾を告発したとしたら、浜岡自身にも犯人隠避の容疑が成立する。元検事総長の犯罪が明らかになれば、検察の権威は地に落ちる。

案の定、検察の求刑はすこぶる軽かった。最終的に自らの命を犠牲にしかねない行動によって三名の命を救った事実を大きな情状とし、加えて事件そのものが落石という偶発的な事故を端緒とするもので、計画性がほとんど認められないことをその根拠としていた。

それは訴追理由そのものを否定することにもなりかねないある種の綱渡りだった。論告求刑の時点でそこまで譲歩の姿勢をみせたことには、彼らなりの危機感があったはずだった。それは事実上そこで手打ちをしようという検察からのメッセージとも受けとれた。

論告で検察は未必の故意の立証に論点を集中し、横領の事実については、森尾のサインが含まれる保険会社への請求書類の写しで立証されていると主張するのみだった。岸田は請求書類の原本による筆跡の再鑑定を要求したが、裁判所はニュージーランドと日本のあいだに捜査共助協定がないことを理由に却下した。

論告における事実関係の核心部分は、森尾がケビン・ノウルズと示し合わせ、四名の客と新人スタッフの内村を、死に至る可能性が十分に予測できた氷河上に誘導したというものので、検察側が申請した証人は、予想どおり日本の山岳界の重鎮と見なされる人物を含む錚々たる顔ぶれだった。

全員が検察の意向に沿った証言をしたが、いずれもアスパイアリングという山の特殊事情に通じていない立場からの一般論に基づくもので、森尾たちからみれば明らかに初歩的な誤謬も散見された。反対尋問で岸田はその点をこと細かに突いたが、そもそもそれが裁判官にとってはちんぷんかんぷんな話のようだった。

検察側の主張によれば被害者の立場にあるはずのひろみ、宮田、内村の三人の生存者が被告側証人として登場したのは、この裁判の異常な性格を如実に示していた。

岸田は主尋問で、落石事故以降の森尾の行動に不審な点はなく、自らの生死を顧みずに行動した事実に関する証言を引き出した。しかし検察は反対尋問で、彼らが証言する森尾の行動の多くの部分について、証人が直接目撃したものではなく、森尾自身もしくは関係者からの伝聞である点を突いてきた。

たしかにバットレスを下り終えて以後、森尾が彼らと行動をともにしたのは、最初に待避していた岩溝から第二の待避地点のクレバスまでで、あとはすべて森尾の単独行動だった。

客たちの誘導をケビンに任せ、伊川の捜索に向かったあとの森尾の行動は客観的に立証できず、明滅する赤い光にしても、それを目撃したのが森尾とケビンのみで、ほかにはだれも見ていないという証言を検察は引き出した。

しかし三人の森尾に対する揺るぎない信頼とその勇気ある行動への賞賛は、裁判官の心証に強く訴えかけたと森尾は確信した。

もう一つの争点はケビンの行動に関してだった。検察側の証人は、あの支尾根を下り氷河上にパーティを導いたのは意図的なものとしか考えられないと、検察側の主張に沿った証言をした。

それに対する重要な反証となったのが、岸田の要請に応じて来日したDOCの責任者の証言だった。現地での事故調査を指揮した人物で、彼が手がけた報告書は、検察側、被告側双方が証拠として申請していた。

彼は支尾根から氷河に下ったケビンの判断は妥当だった可能性があると証言した。そこから北西稜の主稜に戻るルートにも、そのままトラバースを続けるルートにも、途中に急峻な箇所があり、当時の積雪状況を考慮すれば、雪崩が発生する可能性が高かったという見解だった。

アスパイアリングについて経験豊富だったケビンはそれを知っており、そこから下るほうが安全度が高いと判断したと推測できる。もし自分がケビンの立場だったとしても同じ選択をしたかもしれないという証言は、検察側にとっては痛打のはずだった。

あのとき、ひろみもそんな推測を口にしていた。それはたしかにリスクを伴う判断だったが、雪崩に遭遇すれば全員が死亡する可能性が高かった。氷河に下ってビバークすれば、天候が回復することも期待できた。その場合、おそらく全員が生還できたはずで、ケビンの判断は適切だったことになる。

しかしなにより森尾に勇気を与えてくれたのは、証言の信憑性を執拗に突いてきた検察側の反対尋問に対するひろみの言葉だった。

「氷河上で森尾さんと行動していたあいだも、森尾さんが一人で小屋に向かい、私たちがクレバスのなかで救出を待っていたあいだも、生還への希望が絶えることはありませんでした」

「私たちを残して森尾さんが小屋に向かうと言ったときにも、私はその考えにまったく疑問を抱きませんでした。そしてわかっていたのです。森尾さんが自分の命を犠牲にしてでも私たちを救おうとしているということを」

「あのとき、パーティの心は一つに結ばれていました。森尾さんの決死の行動を無駄にしないためにも、自分たちは生き延びなければならない。そしてもちろん、森尾さんにも生き延びて欲しい——。私たちはそう語り合い、励まし合いながら寒さに堪え続けました」

「結果的には彼の勇気ある行動が、生還した三人を、そして森尾さん自身をも救うことになったのです。救出があと一時間でも二時間でも遅れていたら、すでに低体温症に襲われていた私やほかの二人も命を失っていたかもしれません」

「亡くなった勝田さんと川井さんのことは残念ですが、朦朧とした意識のなかで、二人が森尾さんの行動に生還の希望を託し、同時に彼の無事を祈る言葉を口にし続けていたのを覚えています」

「私たちと森尾さんは信頼という絆で結ばれていました。未必の故意による殺人などという容疑は、あの現場に居合わせなかった人だけが思いつく妄想でしかありません」

2

あの日、森尾が目覚めたのはクイーンズタウンの病院の一室だった。

発見されたのはコリン・トッド小屋から直線距離で三〇〇メートルほどのところで、へッドランプの明かりに気づいて救助に駆けつけてくれたガイドやクライマーが現場に到着したとき、森尾は氷河の雪原に身を横たえて意識を失っていたという。

森尾と親しいガイドが体を揺すり、耳元で大声で呼びかけると、森尾はすぐに目覚め、ウエストバッグに入っていた地図を取りだした。

そこにマークされた位置にあるクレバスのなかで残りのパーティがビバークしていることを説明し、自分よりもそちらの救出を優先して欲しいと依頼し、了解したと応じるとふたたび意識を失ったという。

そのことを森尾は記憶していない。見舞いに来てくれたガイドの話によれば、そのとき森尾の体温は極端に低下していて、すぐに病院に運ばなければ命を失うほどの状態だったらしい。

手分けして、二名が森尾を交代で背負って小屋まで運び、残りの三人がビバーク地点のクレバスまでパーティの救出に向かった。小屋で体力を温存していた彼らにとって、そこまでの距離を踏破するのは苦もなかった。さしもの嵐もようやく弱まって、雲間には朝焼けに染まった空と名残の星が望めるようになっていた。

しかし彼らがそこで発見したのは、やはり低体温症で危険な状態にある人々だった。ひろみと内村はまだ意識があり、ガイドたちの問いかけにも受け答えができたが、その場で体を温めたり、熱い飲み物を与えることがかえって危険なレベルにまで達していた。

ほかの三人はさらに重篤で、体温は著しく低下し、意識は朦朧として、意思疎通が図れる状態ではすでになかった。とくに川井は心拍数が極端に減っていて、最初は死亡しているものと思ったらしい。

ガイドは携行していたトランシーバーでコリン・トッド小屋に連絡を入れようとした。そこにある無線機でＤＯＣのオフィスに通報してもらい、すぐにヘリを飛ばしてもらう必要があった。しかし途中の尾根に阻まれて通じない。

一番若くて元気なガイドが急遽小屋まで戻り、ようやくＤＯＣと連絡がとれたのが一時間後で、それから二十分後にヘリが飛来したが、そのとき川井は息絶えていた。勝田は病院に搬送されたときすでに重い腸閉塞を起こしており、やがて心室細動を併発して、手当の甲斐もなく息を引きとった。

宮田も生死の境にあったが、手厚い治療によって一命をとりとめた。ひろみと内村はそこまで重篤ではなかったが、それでもあと何時間か救出が遅れたら手遅れになっていただろうという。

森尾自身も病院に運ばれたときはきわめて危険なレベルにあり、生還できたのはいわばタッチの差だったらしい。足の指はひどい凍傷に冒されており、低体温症からの回復を待って、そのうち数本を切断することになると告げられた。

自分の行動でひろみたち三名の命を救えたことは喜ぶべきだったが、川井と勝田を救えなかったのは痛恨の極みだった。

伊川の遺体は救出に飛来したヘリがバットレス直下の氷河上で発見したという。垂直落下ではなく、ランプの急斜面を滑落したようで、背骨をはじめ全身のあちこちを骨折していたが、死因は墜落そのものによるものではなく、その後の寒さによる凍死だというのが地元当局の見解だと聞いて、森尾の心はさらに落ち込んだ。

自分とケビンが目撃したあの赤い光は、目の錯覚でもなんでもなく、伊川のヘッドランプの光だったのだ。自分の位置を知らせようとして、自ら救難信号モードに切り替えたとするなら、あの時点で伊川は生存していた可能性がある。だとしたらやむを得ない状況だったとはいえ、自分が伊川を見殺しにしたのには変わりない。

ケビンはパーティがビバークした地点から二キロほど離れた氷河上で遺体で発見された。さすがのケビンも、GPSもなくあのガスのなかで方向を見定めるのは無理だったようで、吹きすさぶ風雨のなかをさまよい歩いた結果の疲労凍死だという。

藤木の遺体はまだ回収されておらず、森尾が安置した場所を教えると、その日のうちにヘリを飛ばして回収するとのことだった。生きることに希望も喜びも見いだせないいまの状況を、藤木ならどう乗り切っただろうかと自問した。

自分には藤木のような強靱な心がない。逆境に押し潰されれば押し潰されるほど、強い力で反発する魂のバネがない。このままとことん萎縮して、地面の下に潜り込んでしまいたいような気分だった。

そんな森尾を救ってくれたのが、一足早く回復して森尾の見舞いに病室を訪れたひろみと内村だった。落ち込んでいる森尾に、ひろみは胸を張って言った。

「見て、森尾さん。あなたが救ってくれた命よ。これからずっとずっと大切にしなくちゃね。川井さんや勝田さんの分まで、これからの人生を大事に生きなくちゃね」

3

一審の判決を受けて、森尾はその日のうちに釈放された。

逮捕されてから一年九カ月ぶりにようやく取り戻した自由の身だった。しかし喜ぶ気持ちにはまったくなれない。執行猶予付きでも有罪には変わりない。それによって殺人者のレッテルを貼られたのは間違いない。

執行猶予期間を過ぎて、形式的には前科が消えても、世間はそうは見てくれない。殺人者の汚名を着せられたまま残りの人生を生きることは、森尾にすれば魂の終身刑とでも言うべきものだった。

岸田は一審の勝訴を疑っていなかった。しかし判決文のなかで、弁護側証人による証言のほとんどは情状面の証拠として扱われただけで、切り札となるはずだったＤＯＣの責任者の証言も推測にすぎないと退けられた。

一方で、森尾たちの立場からすれば憶測以外のなにものでもない、いわゆる有識者たちの証言は、森尾とケビンの作為を立証するものとして重視されていた。未必の故意による殺人の動機についても、裁判所は検察側の杜撰な証明を丸呑みした。それは裁判という制度の公正さを本質的に疑わせるほど理不尽なものだった。

「控訴審で逆転する見通しはありますか」

出所してすぐに赴いた岸田の事務所で森尾は問いかけた。この裁判に不当なバイアスがかかっていることは明らかで、それが検察と裁判所が意図したものだとしたら、控訴審で覆ることはまず期待できない。岸田は無念そうに言った。

「この裁判は異常です。しかし悲しいことに、弁護士の立場からみて異常な裁判はこの国では珍しくはないんです」

「難しいとお考えですか」

森尾は落胆を隠せなかった。別の弁護士によって二審で逆転勝訴したいくつかの事件を、岸田が一審で取りこぼしていたという湯沢から聞いた話が頭の隅にいまもこびりついていた。彼が負けるべくして負けたのなら、控訴審で勝訴するのも覚束ない。

「もしお任せ頂けるなら、弁護士生命を懸けてでも勝ちに行くつもりです」

岸田は強い口調で応じた。一年三カ月に及んだ長い公判に、岸田が全力を注いでくれたのは森尾にもはっきり感じとれた。弁論でも証人に対する尋問でも、深い誠意と熱意が溢れていた。公判のすべてを傍聴したひろみやライターの米倉も、岸田の最終弁論を聞いたときは勝訴を確信したという。このまま岸田を信頼し続けることは、森尾にとってさほど勇気の要る決断ではなかった。

熱しやすく冷めやすいマスコミはすでに事件そのものに興味を失い、公判の経過はほとんど報じられることもなく、判決が出たときも社会面に短い記事が出ただけだった。

米倉は森尾が逮捕されてほどなく、自らブログを開設して逮捕の不当性を訴え続けた。森尾は出所して初めてそれを見た。書き溜められた記事は数十本に及んでいた。そこに込められていたのはジャーナリストとしての率直で真摯な正義感だった。

自分が手がけた仕事が森尾の逮捕に繋がったのかもしれないという負い目もあっただろう。しかしプロのライターである彼が無報酬で自分のためにそこまで関わってくれたことが嬉しかった。

ひろみも米倉のブログとリンクしながら、自分が運営する山のブログで森尾の冤罪を訴え続けた。なかには興味本位で揚げ足取りをしたり、悪意に満ちた中傷をする閲覧者もいたが、森尾が驚いたのは、書き込みをしたりトラックバックをしたりする人々の大半が、その記事に共感した見ず知らずの人々だということだった。

拘置所という外界と隔絶された環境で、岸田以外には、自分の味方は両親やひろみたちアスパイアリングで生死をともにした仲間たちだけだと思っていた。米倉やひろみの訴えに心を動かされた人々がそれだけいたことを知って、森尾はこの世界への信頼を取り戻した思いだった。

控訴審ではよほど重要な新証拠が出てこない限り実質審理は行われない。普通は一審の裁判資料を再検討するくらいのもので、被告人が出廷することもなく一回の審理で結審することも珍しくない。そんな場合の判決のほとんどが控訴棄却だという。

そうした控訴の多くは逆転勝訴を狙うのではなく量刑を不服とするもので、罪状は認めた上で減刑を求めるというパターンだ。しかし森尾の場合、それでは控訴すること自体に意味がない。控訴審で勝ちに行こうとしたら、公判は長期化せざるを得ないと岸田は見ていた。

岸田は控訴審では本格的に動機の不在を主張する作戦だった。そのためには森尾が保険金を横領したとする検察側の主張に対し、合理的な疑いを生じさせるに足る新証拠が必要だ。請求書面に残された森尾のサインの原本に基づく再鑑定がその決め手になると岸田は考えていた。

一審でも岸田はそれを主張したが、検察側は同意せず、裁判所もニュージーランドとのあいだに捜査共助協定がないため現地の保険会社に原本を提出させる法的根拠がなく、かつコピーによる検察側の鑑定のみで十分証拠能力があるとして却下していた。

そんな岸田の意向を受けて、森尾はアスパイアリング・ツアーズの現地法人のかつての顧問弁護士に連絡をとった。保険金が何者かに横領されたことに気づいたとき、警察には届け出ないほうが無難だとアドバイスしたのがその人物で、それに従ったことが今回の災難の遠因ともいえた。

そのときの負い目もあってか、保険会社が原本の提供に応じない場合は民事訴訟も辞さないとの強い意思を伝えると、さっそく動いてくれると約束した。

岸田が当たりをつけた筆跡鑑定の専門家によれば、原本と照合した場合、筆圧や筆勢も含めた精密な鑑定ができ、それが偽造の場合は高い確度で立証可能だという。

公判では、保険金の横領を森尾の犯行の重要な動機として提示したにもかかわらず、振込先となっていたケイマン諸島の匿名口座が森尾のものだという立証がなされていない点も徹底的に突く予定だという。

海外のタックスヘイブンといっても、国際的な圧力によってかつてほど機密保持の壁は厚くはなく、犯罪収益と見なされる資金に関しては情報開示に応じる方向にある。しかしその努力が検察側によって一切なされていない。筆跡鑑定を含め、本来果たされるべき立証義務をおろそかにした上で、憶測によって森尾の犯行と断定し、検察側にとって不都合な横領罪による起訴は見送った。そのこと自体が検察の主張の矛盾を露呈している――。

そうした主張に加え、森尾にとって有利な新証拠も出てきた。証言に立ったＤＯＣの責任者はケビンとも親しく、自らの証言が認められずに、ケビンにまでも殺人容疑が及んだことにショックを受けていた。

彼は自らの考えの信憑性を高めるべく、アスパイアリングをフィールドとするガイドやクライマーから聞き取り調査をした。

その結果、遭難の翌年の夏にも、森尾たちのときと似たような嵐がアスパイアリングを襲い、そのときケビンたちが下降した支尾根の少し先で大規模な雪崩が発生していた事実を突き止めた。

幸い死傷者は出なかったが、嵐が去ってまもなく、北西稜の上部からボナー氷河にまで達する雪崩の跡を複数の人間が目撃していた。その証言と当時の現場の写真が添付された資料はさっそく森尾のもとに届けられた。

ガイドたちによれば、そのポイントでは過去十年ほどのあいだに何度か同じような雪崩が起きているらしい。ケビンはそれを知っていて、そのときの積雪状況から危険だと判断して氷河に下ったのは間違いないとDOCの責任者は結論づけていた。

あくまで間接証拠だが、ボナー氷河上にパーティを誘導したのがケビンの作為だったとする検察側の主張に合理的な疑いを生じさせるには十分なはずだった。

岸田は裁判所と巧みに交渉し、控訴趣意書の提出期限を五カ月後とすることに成功した。その期間に数百ページにのぼる大作の趣意書を用意するという。趣意書の厚みは弁護側の不退転の決意の表明でもある。

一審がそもそも不当なバイアスのかかった裁判だった。闘いの場が高裁に移り、対峙する検察も高検に変わるが、しょせんは彼らも法務官僚に過ぎない。一審が彼らのシナリオどおりに進んだ裁判なら、その判決を覆すのが容易でないことは森尾も覚悟している。

しかしいま岸田が示してくれている闘う姿勢を森尾は心強く感じた。勝負は下駄を履くまでわからない。控訴審で負ければさらに上告してでも争うことになる。湯沢が言ったように、それは長い人生を棒に振る選択になるかもしれない。

執行猶予付きの判決なら受け入れるほうが利口だと助言してくる知人や親類筋の人間もいた。しかしその考えこそが検察の、というよりその背後で糸を引く黒幕の思うつぼなのだ。

両親は森尾を温かく迎えてくれた。とことん闘えと励ましてくれた。いかに無実を主張しようと、殺人で有罪の判決を受けた身となれば、もとのガイド稼業に戻れるはずもない。かといって裁判が続くあいだ穀潰しをしているわけにもいかない。当面は実家に居候し、両親の店を手伝うことになった。

自分が店に出ることで、商売に悪い影響はないかと心配すると、それで来なくなるような客はこっちから願い下げだと父は笑って言った。

実際に働き出してみると、森尾の立つレジを避けるような客もなかにはいるが、無実を信じているから頑張れと励ましてくれる客もいる。両親の揺るぎない態度もあってか、従業員もごく自然に接してくれる。

ひろみと宮田と内村は連絡を取り合って、都内の居酒屋で出所祝いの宴を設けてくれた。そこに米倉も合流した。

目指すのは無罪の判決で、いまはそこへの一歩を踏み出したに過ぎないが、それでも森尾が自由の身になったことを全員が心から喜んでくれた。ひろみは力強い調子で言った。

「大丈夫よ。森尾さんは、あのアスパイアリングの嵐を乗り切って私たちを救ってくれた人なんだから。検察と裁判所がいくら手を組んだって、真実は書き換えられないんだから——」

死亡した勝田と川井の遺族に、ひろみは手紙を書いてくれていたらしい。森尾が逮捕されたことによって彼らの考えが変わり、検察側に有利な証言をすることを惧れてのことだった。

パーティを生還させるための森尾の決死の行動について、そしてツエルトのなかで救出を待つあいだ、まだ意識があった宮田や勝田や川井が森尾について語った信頼に満ちた言葉について、心を込めて書き綴ったその手紙に、遺族からは森尾への励ましの言葉が綴られた返信が届いたという。そんなひろみの心配りがなければ、公判は森尾にとってより不利な方向に傾いていたかもしれない。

米倉のブログを通じた発言も一定の役割を果たしたようだった。森尾の事件について、新聞や雑誌などのメディアから執筆依頼はなかったが、マスコミ関係者からは好意的なコメントが数多く寄せられていたという。

日本のマスコミにとって検察批判は一種のタブーで、嫌われれば重大事件の捜査情報をリークしてもらえなくなる。地検の特捜部が扱う政治や経済に絡んだ事件は彼らにすれば大事な飯の種で、日本ではマスコミとのそうした面での癒着が、検察の暴走を許す一因にもなっているらしい。

そんな理由でマスコミによる表立った検察批判は期待できないが、それでも検察のリークに踊らされて裁判の経過を面白おかしく書き立てるような論調はある程度封じられたはずだと米倉は感じているようだった。

それは釈放後の森尾への世間の風当たりが意外に穏やかなことの理由の一つでもありそうで、逮捕前のように興味本位で接触してくるマスコミ関係者もいなかった。

4

控訴審が始まるまでの五カ月は、森尾の人生でいちばん長い時間だった。

岸田とは頻繁に会い、控訴趣意書の内容を検討し、公判に向けた戦略を練った。検察側が控訴しなかったところをみれば、向こうには提出できる新証拠はなさそうで、その点ではこちらが一歩有利な立場に立っているはずだった。

ニュージーランドの保険会社は、現地弁護士の要求を受けて保険請求書原本の開示に応じた。訴訟を起こされれば時間も金もかかる。そこまでして拘るほどの話でもないと判断したようだ。原本は弁護士の手で岸田のもとに直接送付された。

その点からみても、一審では検察と裁判所の不作為による妨害があったとしか考えられない。捜査共助協定がないことを理由に証拠採用を拒否したが、要は民間人の森尾にもできる協力要請を意識的に怠ったということなのだ。

岸田はさっそく鑑定を依頼した。指定した鑑定人は最新技術を駆使した鑑定を行った。結果は九〇パーセント以上の確率でサインは森尾のものではないという結論だった。

文字の形状や癖に関しては完璧と言っていいほど似ているが、筆圧の分布に不自然なところがあり、普通に手書きしたものとは考えにくい。本物の筆跡にはそのときの体調や気分によってばらつきがあり、それがほとんど見られない点もむしろ怪しい。なんらかの方法でトレースしたものではないかという。

言われてみればたしかにそうで、請求書面のサインは森尾のパスポートのものと重ねるとほとんど一致する。そんな芸当は森尾本人でも不可能だ。わずかなずれがあるのはトレースしたと見破られないための細工ではないかと鑑定人は推測した。

ＤＯＣの責任者から送られてきた雪崩跡の写真は、もし事故当時に起きていたらケビンたち六名の生存がまずあり得なかったことをはっきりと物語っていた。それは間接的ながら、ケビンがパーティを氷河上に導いた判断の妥当性を強く裏付けるものだった。

森尾の個人口座にも両親の個人口座や事業用の口座にも、過去、海外からまとまった額の送金がなかったこともこちらで証明した。一審のときすでに検察は百も承知のはずだったが、自らに不利な証拠をわざわざ提出する必要はないから黙っていたわけだろう。保険金を横領し、ケイマン諸島の匿名口座に振り込ませ、その金を両親の負債の返済に使ったという検察の筋書きはこれで否定されたことになる。

しかし判決を覆すにはまだ決定的ななにかが足りない。森尾はそう感じていた。検察のあまりにも大人しい動きが不気味だった。

控訴の場合、公判前の手続きで裁判所と接触する機会も多く、検察側の動向もそれとなく耳に入るらしいが、岸田によればいまのところ目立った動きはないという。

原判決で採用された証拠だけで十分勝てるとみているのか、あるいはなにか隠し球を用意しているのか——。

岸田は別の不安を覗かせた。担当する裁判長は検察寄りの判決を出すことで弁護士のあいだでは悪評の高い人物で、その点において勝ったも同然と高を括っているのではないのかと——。

拘置所で暮らした情報過疎の環境がむしろ懐かしかった。新聞も読め、テレビも観ることができ、インターネットで検索すればあらゆる情報が手に入る。

そんな普通の社会の環境がどれほど心に不安を植え付けるものか。希望を打ち崩す材料は探せばいくらでも見つかった。大事なのはその取捨選択だとわかっていても、免疫力を失った心には日々押し寄せる大量の情報に対処する力がない。

朝、目覚めるのが辛かった。このまま眠りのなかで死ねるならそれがいい――。そんな誘惑に必死で抗うことが毎朝の日課になっていた。あれほど勝ちたいと思っていた裁判への執念がしだいに萎えていく。

死を覚悟さえしたアスパイアリングでの苦難が、いかに生の喜びに溢れていたかを思い出す。物質面での不自由がなにもない、命を脅かす危険もないこの世の中が、魂にとっては不毛の砂漠に見えてくる。

思い余って精神科のクリニックで受診すると、軽い鬱病だと宣告された。抗鬱剤を処方され、症状はいくらか軽くなったが、砂を嚙むような日常の味わいは少しも変わらない。

そんな森尾の心に希望の風を吹き込んでくれるのがひろみだった。ときおり電話をくれてはお茶や食事に誘われる。そんなときだけは砂漠で小さなオアシスに出会ったように、森尾の気持ちも明るい方向に傾いた。

「早く無罪を勝ちとって一緒に山へ行こうよ。森尾さんのガイドなら安心して命を任せられるから。アスパイアリングとは言わないけど、カナダやアメリカにだって私たちが登れる山はあるんでしょ。宮田さんや内村君だってきっと話に乗るわよ」

ひろみは裁判の行方にはなんの不安も感じていないように言う。森尾の心のうちを察していないはずはないのだが、そのことにあえて触れようとはせず、同情するわけでも励ますわけでもない。

そして屈託なくアスパイアリングの思い出を語り出す。トレッキングで訪れた温帯雨林の美しさについて、ビーバン・コルに向かうヘリの機上から見たサザンアルプスの山並みの壮麗さについて、全員登頂を果たしたとき頂で感じたパーティの一体感について――。

伊川をはじめとする死者たちについても、懐かしさと愛情を込めて語るのを忘れなかった。そしてあの嵐のなかで生きた時間を、自分の人生でのいちばん大事な宝だと言い切った。いまの森尾に対しては無神経ともいえるそんな会話が、むしろ大きな癒しになるのが不思議だった。

5

岸田が丹念に積み上げた新証拠と膨大な分量の趣意書のお陰で、控訴審は複数回の実質審理を伴うものとなった。控訴審では裁判所から要求されない限り被告人に出廷義務はないが、森尾は第一回からすべての公判に出廷した。

趣意書に基づく岸田の弁論は徹底して無罪を主張するもので、細部にわたって原判決の不当性を指摘し、それを証明する新証拠を提示した。検察側の弁論はそれにことごとく反論するものだった。

森尾や両親の口座に海外からの送金がなかった件については、もしそうだとしても、海外の口座に保険金が振り込まれた事実を否定するものではないと主張した。

筆跡の鑑定については、岸田が依頼した鑑定人に問題があると指摘してきた。彼が用いた新手法は法科学の世界で確立しているものではなく、法廷で争うに足る精度をもつことがまだ学術的に証明されていないという理屈だった。

ケビンが雪崩を惧れて氷河に下ったとするＤＯＣの責任者の証言に対しては、実際に雪崩が起きたのは事件のあった年の夏ではなく、そのとき本当にそうした危険が存在したことを示す合理的な証拠にはならないと否定した。

その論理構成は、判決の筋書きはすでに決まっているとでもいうようにおざなりだった。敗訴してもかまわないという腹なのか、あるいは検察寄りの裁判長とすでに気脈を通じていて、原判決をそのまま押し通せると確信しているのか、岸田も判断に苦しんだ。

被告人側による控訴の場合、控訴棄却と控訴取り下げの割合が九割近くを占め、逆に検察官による控訴の場合、控訴棄却や取り下げは二割強に過ぎないという事実は、日本の裁判制度が被告人にとって圧倒的に不利なことを示している。

もちろんそれを承知の控訴だった。しかし審理の流れがどちらに傾いているかは素人の森尾にも明瞭に感じとれた。

公平を期すべき立場の裁判長は、岸田の弁論にしばしば揚げ足とりとしか言えない難癖をつけた。その一方で検察側の弁論にはひどく寛大で、ほとんど破綻(はたん)した論理にも、いかにもというように頷いてみせた。

ほかの二人の裁判官はときおり困惑げな表情を覗かせたが、あえて口を挟もうとはしない。公判の回数が進むにつれて森尾の焦燥は強まった。岸田にしてもそれは同様だろう。そんな流れを変える新証拠が必要だった。しかし森尾も岸田も思いつくものは出し尽くしている。ひろみや宮田をまた証人に立てても、情状の判断材料にしかならない。

すべての公判を傍聴してきたひろみと米倉も不安を募らせていた。正義が通ることを信じて全力を尽くし、あとはただ判決を待つ以外に打つ手はもはやないのか。

ここで敗れれば上告するしかない。また長期にわたる裁判を強いられる。そこで勝てる見通しがあるわけでもなく、湯沢が言っていたように、ただ人生の貴重な時間を浪費して終わることにもなりかねない。

控訴審が始まって六カ月が経っていた。さすがに岸田もこれ以上の粘り腰は難しいようだった。森尾も岸田も流れを変えられなかったことを痛切に実感していた。

最後の公判まであと二週間。そこでの最終弁論で答えが出る。いやすでに答えは決まっているのかもしれない。岸田が全身全霊を懸けた弁論を行っても、すでに決まっている答えは変えられないのかもしれない。

湯沢から思いもかけない電話があったのはそんなときだった。

6

「本件について、検察に告発を行ったのはどなたですか」

岸田の自信に満ちた問いかけが法廷に響いた。湯沢は淀(よど)みなく答えた。

「在バルセロナ総領事で、元検事総長の浜岡紀美雄氏です」

傍聴人席にどよめきが広がった。検事が慌てて立ち上がった。

「裁判長。いまの証言は公務員の守秘義務違反に相当します。監督官庁の了承なしには証言が認められない内容です」

その反応を予期していたかのように、間髪を入れず岸田は言った。

「裁判長。いま検事が申し立てた内容は、公務運営のために秘匿すべき私人の秘密についてのみ認められるものです。浜岡氏は公人であり、この証言によって検察庁の公務に特段の支障があるとは考えられません」

続き違反です」

裁判長は口をへの字に曲げて頷いた。

「弁護人の申し立てを認めます。尋問を続けてください」

「しかし裁判長。いまの質問事項は証人申請書に記載されておりません。これは重大な手続き違反です」

いきり立つ検事を尻目に、自信に満ちた口調で岸田は応じた。
「裁判長。これはやむを得ざる防御手段でした。証人の身分は検事であり、本法廷での証言内容が事前に明らかになれば、検察内部で不当な圧力を受ける可能性がありました。その圧力のよって来たるところが本件に対する弁護側主張の核心であり、検察がそこに異議を唱えることは、憲法によって保障された被告人の防御権を侵害するものです」

傍聴席がさらにどよめいた。これまでの公判には、ひろみや米倉と、その訴えに共鳴したわずかな支援者が来るだけで、傍聴人席はいつも閑散としていた。

しかしこの日の公判については、米倉が自身のブログで、予定外の証人の出廷とそこで行われるはずの爆弾証言を予告していた。

その作戦は効果的で、普段からブログを閲覧しているジャーナリスト仲間が大挙してやってきて、傍聴人席はほぼ満員の盛況だった。ここまで岸田の追及をのらりくらりとかわしてきた検察側にとって多少のプレッシャーにはなっただろう。

湯沢が自ら法廷で証言したいと申し出てきたとき、森尾は耳を疑った。慚愧を滲ませて湯沢は言った。

「いまさらなにをと言いたい気持ちはわかる。しかし検事だって人の子だ。切れば温かい血が流れる人間だ。自分の手で無実の君に殺人者のレッテルを貼ってしまった。それが間違いだとわかった以上、これからやらなきゃいけないのは、そのレッテルを剝がす仕事なんだよ」

「組織としての検察がそれを認めたわけじゃないんですね」

「もしそうなら検察の公判手続きに違法性があったわけだから、検察サイドからそれを申し立てているはずだ」

「だったら検察が組織として犯罪の幇助に走っていることになりますね」

憤りを隠さず森尾が言うと、湯沢は思いを込めたような口調で応じた。

「見て見ぬふりをするのが利口な役人の処世術というものだろうね。しかし検事というのはただの役人じゃない。正義の番人として、組織に奉仕するまえに国民に奉仕する義務がある」

「湯沢さんが処分を受けることになりませんか」

「そのときは辞表を書くか処分不服で訴訟を起こすか、やり方はいろいろあるさ。なんにせよ私には法曹資格があるからね。弁護士になれば食うには困らない。ヤメ検というのは意外に商売に有利なんだよ。下手をすれば一生殺人犯の汚名を着て生きることになる君と比べればはるかに恵まれているわけだから——」

湯沢はそこで軽く笑い、さらに生真面目な口調で続けた。

「取り調べのあいだ、じつは私は不安に駆られていたんだよ。この捜査はどこかに間違いがあるのではないかと——。そう感じさせたのは、人生に対する君のひたむきな態度だった。アスパイアリングの山中でも、拘置所での生活でも、君は人としての大義のために生きていたように思えた」

「人としての大義？」

耳慣れない言葉に森尾は当惑した。憑き物が落ちたとでも言うように、さばさばとした口調で湯沢は言った。

「自分が愛するもののためにすべてを捧げて生きること。遭難時の君にとって、それは山であり、そこに一緒に登った仲間だった。そして逮捕されてからきょうまで、それは君の人生そのものだった。自分が愛してもいない役人社会の因習に搦めとられて、上にへつらい、その意のままに容疑者を責め立てる。そんな生き方を続けてきて、私は検事として正義の名に値する仕事をどれだけしたことになるのか。悲しいかな、それはきわめて稀だったと言わざるを得ない」

7

「弁護人がなにを言いたいのかわからない。本件がそもそも憲法を持ち出すような事案なのかね」

裁判長は露骨な不快感を滲ませた。岸田は自信満々の口ぶりで言った。

「強い影響力をもつ人物の身勝手な意向に屈して、無実の人間に殺人の濡れ衣を着せようとした――。これから明らかにするのは、国家から付与された強力な権力をそんな邪悪な目的のために行使した検察の犯罪です。尋問を続けさせてください」

「どういうことなんだ、検察官？」

裁判長は検事席に向かって身を乗り出した。その顔には狼狽の色があらわだ。検事は色をなして裁判長に向き直った。

「本件の審理とは無関係な発言です。記録からの削除を要求します」

岸田は動じる様子もなく反論した。

「まさしく本件の起訴手続きそのものに内在する不正の核心がそこにあるのです。削除は認められません」

検察寄りの訴訟指揮で名を馳せる裁判長も、ここに及んで事態がただならぬものだと察したらしく、仏頂面で促した。

「続けてください」

岸田は満足げに頷いて、湯沢に問いかけた。

「さて、湯沢証人。告発人と被告人とのあいだには、なんらかの繋がりがあったとお考えですか」

湯沢はあっさり首を横に振った。

「ないと思います」

「では、事件当時、バルセロナに在住していた告発人が、はるか離れたニュージーランドで起きた遭難事故を、どうして未必の故意による殺人と認識できたのか。しかも社内のごく一部の人間しか知らない保険金横領の事実まで把握できたのか。その点については？」

「内情に詳しい人間から得た情報に基づくものだと思います。直接事件に関わりがなくても、犯罪を疑わせる事実を知った場合はだれでも告発はできますから」

「告発人の浜岡紀美雄氏は、それを知りうる人物と接触があった——。そう考えてよろしいわけですね」

「そうだと思います」

湯沢が力強く言い切ると、検事はいきり立った。

「裁判長、いまの証言は憶測に過ぎません」

岸田は慌てる素振りも見せずに応じた。

「憶測ではないことがこれから証明されますので、ご静聴を。それを知りうる人物とはだれですか」

「橋本美佐子。アスパイアリングで死亡したアスパイアリング・ツアーズの社長の藤木恭一氏の元妻で、遭難事故が起きる半年前に離婚しています。それまではアスパイアリング・ツアーズの取締役副社長の地位にあり、会社の財務全般を掌握する立場にありました。現在はバルセロナに滞在しています」

「その人物と浜岡氏の関係は？」

「愛人関係です」

迷いのない口調で湯沢は言った。傍聴席にまたどよめきが広がった。岸田はさらに問いかけた。

「それを証明できますか」

「浜岡氏と奥さんのあいだで離婚調停が進んでいます。離婚の理由は浜岡氏と橋本美佐子の不倫です。もし必要なら証人として出廷する意思があると奥さんは言っておられます」

「しかしそれだけでは告発の不当性は証明できないと思いますが」

岸田はシナリオどおりの問いを続ける。ここからがまさに核心だと森尾は固唾（かたず）を呑んだ。湯沢は意を決したように切り出した。

「検察が秘匿していた事実があります。押収した森尾被告のパスポート原本から橋本美佐子の指紋が検出されておりました」

「取り調べを担当していたとき、その事実を湯沢さんは承知していましたか」

「いいえ。渡された捜査資料はその事実に触れていませんでした。それを知ったのは三週間前、捜査担当の検察事務官から真相を打ち明けられたときです」

「それは内部告発と理解していいですね」

「そのとおりです。その事実を捜査資料から抹消するようにと、地検上層部から直々の指示を受けたそうです」

「検察にとって不利な事実を証拠申請しないこと自体は、法廷戦術として認められる行為ではないですか」

「捜査担当検事に知らせないのは異常です。それによって起訴行為自体に過誤が生じる惧れがあります。それがなんらかの意図に基づくものだとしたら、職務に対する背信行為です。私に事実を告げた捜査担当事務官は、それで森尾被告の有罪が確定するようなことがあれば、一生罪の意識を背負って生きることになると感じていたようです。その思いは私自身も共有しています」

「森尾被告の私物であるパスポートになんらかの理由で手を触れた――。その点に関しては、私が森尾被告から確認をとっております。彼は橋本美佐子という女性に自分からパスポートを預けたことは一度もないそうです。必要なら、のちほど森尾被告に証言してもらいます」

岸田は被告人席の森尾を振り向いた。森尾が頷いたのを確認して、岸田は尋問を続けた。

「森尾被告のパスポートに彼女の指紋があった事実と、本件との関係についてはどういうことが考えられますか」

「森尾被告が釈放後に個人的なルートで入手した保険金請求書類の原本を、私は筆跡とは別の角度から鑑定しました」

「そこで新たな事実が出てきたわけですね」

「そのとおりです。そこには署名のある申請書のほか、身元証明用のパスポートのコピーも添付されていましたが、そのどちらにも森尾被告の指紋がない一方で、橋本美佐子の指紋が多数残っておりました」

検事の顔が凍りついた。裁判長は間が悪そうに視線を宙に向けた。岸田は問いを続けた。

「それらの指紋が橋本美佐子のものと特定できたのはなぜですか」

「警察庁所管の犯歴データベースで照合した結果です。美佐子には逮捕歴がありました」

「罪状は？」

問いかける岸田の声には勝利を確信したような響きがあった。満を持していたように湯沢は答えた。

「私文書偽造です。死亡した父親の遺言書を、筆跡を真似て自分に有利に書き換えて、一億円に上る資産を詐取しようとしたものです。兄からの告発で逮捕され、懲役六月、執行猶予二年の判決を受けています」

ざわめいていた傍聴席が、一瞬水を打ったように静まり返った。

8

控訴審は翌月に結審した。結果は森尾を無罪とするもので、一審への差し戻しではなく、控訴審自らが判決を下す破棄自判だった。

検察側の手続きに違法性が認められたため、起訴そのものを無効とする公訴棄却という選択肢もあり得たが、そこは裁判長が検察の面子を立てたというところだろう。

森尾は橋本美佐子を私文書偽造および詐欺の罪で地検に告発した。地検は控訴審で採用された指紋等の物証をもとに逮捕状を請求したが、スペインと日本のあいだに犯罪人引渡し条約は締結されておらず、逮捕は美佐子が日本へ戻るのを待たなければならない。

岸田が面談したバルセロナ郊外のコテージはすでに引き払っているらしく、その後の行方は判明していない。

解明されるべき謎はいくつも残されている。遭難事故のあった当時、バルセロナにいた美佐子が、だれの手を介してニュージーランドのオフィスにあった森尾のパスポートを入手し、そのコピーを使って保険金請求の手続きをとったのか。そもそもその保険契約を行ったのは藤木だったのか美佐子だったのか――。

保険の種類は賠償責任保険に分類される特殊なタイプで、危険を伴う事業に従事する会社が、不特定の顧客もしくは従業員に事故が起きた際の賠償の原資とするためのものだった。この場合、被保険者は会社となるため、顧客や従業員の同意を必要としない。日本にはないタイプの保険商品で、契約は一年ごとの更新のため、藤木に黙って美佐子が契約していた可能性も残されている。

しかし森尾がいちばん知りたいのは、どうして自分がターゲットにされたのかだった。保険金の詐取には成功していたのだから、わざわざ森尾を陥れてまで隠蔽工作をする必要が果たしてあったのか。そこには合理的な説明を拒む悪意のようなものが感じられた。しかし森尾は美佐子から個人的に恨みを買うようなことをした覚えはない。

藤木に対する憎しみの転嫁（てんか）――。そんなこともあるのかもしれない。復讐の対象の藤木が死んで、行き先を失った美佐子の情念が制御不能なかたちで森尾に向かったのかもしれない。美佐子が逮捕され、罰せられることよりも、森尾が望むのはそんな美佐子の心の真実を知ることだった。

浜岡総領事は美佐子との不倫関係を認めたが、保険金詐取の件については知らぬ存ぜぬで押し通した。森尾を告発したのは美佐子の口車に乗せられたためで、保険金のことについても、未必の故意による殺人についても、それを信じての行動だったと主張した。

もし本当なら元検事総長としてはいかにもお粗末な話だが、そちらの真相の解明も美佐子の逮捕後になるだろう。いずれにしても公人としては不祥事に違いなく、マスコミも大きく取り上げたため、更迭されるのは間違いないだろうと湯沢は言う。

湯沢も地検を依願退職した。こちらは引責ではなくかたちだけの慰留を振り切ってだった。地検としては湯沢に辞めてもらいたいのが本音だったはずだが、彼は検察内部の不正を身を挺して告発したヒーローで、それを自分たちの手で辞めさせれば恥の上塗りだ。湯沢が辞表を書いてくれたことで、けっきょく彼らも体面が保てたというところらしい。

9

橋本美佐子が逮捕されたのは、その三カ月後のことだった。

ビザの期限が切れ、スペイン当局によって強制送還され、その情報を得た検察が、成田到着を待って逮捕状を執行したという。

日本国内で逮捕状が出ている事実はスペインの入管当局にも通報されていた。当局はもちろんビザの更新を認めず、後ろ盾だった浜岡総領事はすでに更迭されていた。スペインと日本は犯罪人引渡し条約を結んでいないが、スペイン当局は美佐子を不法滞在者として扱い、強制送還というかたちで協力してくれたわけだった。

取り調べの経緯を教えてくれたのは湯沢だった。辞職したとはいえ、検察内部にそれなりの人脈はある。検事として自ら関わり、職を捨てる原因ともなった橋本美佐子の罪状について、ことのほか関心があったのは当然のことだろう。

美佐子は保険金詐取の事実を認めた。共犯者はニュージーランド在住の日本人で、カナダ在住時代に美佐子と愛人関係にあった人物だった。

藤木との関係が悪化して退社が避けられなくなったとき、美佐子は会社の金の横領を計画した。そしてその金の振込先として森尾名義の口座を開設しようと企んだ。そうしておけば発覚した場合は森尾に罪を着せられる。

そのために、森尾が山に出かけているあいだに、オフィスのデスクからパスポートと国際運転免許証を盗みだし、それをコピーして原本はもとに戻しておいた。ニュージーランドでの口座開設には本人確認書類としてその二つが必要だった。

その横領計画は藤木に事前に察知され、けっきょく未遂に終わったが、コピーそのものは、いずれなにかの役に立つかもしれないと、手元に残しておいた。

美佐子の感覚では、会社はほとんど自分の所有物であり、そこに飛び込んできた森尾は邪魔者以外のなにものでもなかった。表向きはそんな素振りも見せなかったが、藤木が森尾を経営に参画させると言ったとき、美佐子は猛反対をしたという。しかし社内の和を考えて、そのことを藤木は森尾に言わなかったらしい。

アスパイアリングでの遭難が起きたとき、美佐子はそのコピーが役立つことに気がついた。美佐子に依頼され、ニュージーランドで保険金の請求手続きを行ったのが元愛人だった。

たとえ藤木が死んでも、美佐子にすれば森尾は自分を会社から弾き出した張本人で、保険金詐取の罪を着せ、さらに殺人の罪を着せて破滅させることは、美佐子にとってこのうえもない喜びだった。浜岡はそんな事実は知らされず、美佐子の舌先三寸に乗せられて、自ら告発人を買って出たらしい。

「老いらくの恋の悲しさだよ。世間の人はどう思っているか知らないが、判事や検事という人種はエリートになるほど世事に疎い。官僚社会の真綿にくるまれて乳母日傘で育てられるからね。私はエリートとは縁遠い下っ端だったが、それでも身に覚えがないわけじゃない。正邪の見極めという点じゃ、世間の荒波に揉まれて生きている市井の人々のほうが、ずっとまともな判断力がある」

湯沢は慚愧を滲ませた。一介の弁護士の身になって、感じるところは多々あるようだった。

「君が被りかけた冤罪と比べれば、検察を辞めるのなんかバスから降りるより気楽なものだった。信じてはもらえないだろうが、君が起訴されてから、私はずっと心のどこかで無罪を願っていた。じつを言えば取り調べ中もそうだった――」

訥々とした調子で湯沢はそんな話を語り出した。

「私にかかっていた圧力は思いのほか大きかった。浜岡元検事総長は検察内部に隠然たる影響力を持っていた。近々政界に転じるという噂もあって、出世の虫の検察官僚はご機嫌取りに汲々としていた。その人物が告発した事案を私の裁量で取り下げるのは、宮仕えの身ではできない相談だった。少なくともあのころの私にはそんな小役人根性が染みついていた。だから君とのやりとりのなかで私が探していたのは、犯行を証明する事実よりも、動かしがたい潔白の証明だった」

「残念ながらあの時点では、僕にもそれはできませんでした」

率直な思いで森尾は言った。いまここで湯沢を責める気は毛頭なかった。湯沢は穏やかに微笑んだ。

「私にしてみれば、あんな苦しい取り調べは初めてだった。語り合えば語り合うほど、心証の面では君が無実だという思いが膨らんでくる。私の心を揺さぶり続けたのは君の人生に向き合う潔い覚悟だった」

「君は損得の計算をしていなかった。取り引きにも乗ってこなかった。いま思えば、それはアスパイアリングでの君の行動にも通じるものだったんだろうね」

「自分の人生を大事に生きたかっただけです」

森尾はそう答えるしかなかった。真剣な口調で湯沢は続けた。

「言うは易く行うは難しだな。君がそんな生き方を貫いてくれたお陰で、私は過ちを犯さずに済んだんだ。そのことにいまは心から感謝している。私よりずっと若い君にとって当たり前だったことを、私はまるで理解していなかった。私は君に救われたんだよ」

「山が教えてくれたんだと思います。アスパイアリングという山が――」

穏やかな気分で応じる森尾の胸の奥を、涼やかな風が吹き渡った。心のスクリーンに広がるのは、宇宙の色で染め上げたような深い青空の下、氷河と岩肌の目映いコントラストを見せて連なる美しいサザンアルプスの山並み。そしてその中央で鋭く天を指すあの秀麗な三角錐だった。

「潔い覚悟?」

エピローグ

　バットレスの頂上に達したとき、東の空は燃えるような深紅に染まっていた。

　顔を覗かせたばかりの太陽が、黄金色に縁どりされた熾火(おきび)のような雲のあいだに温かい輻射熱(ふくしゃねつ)を伴う光芒を伸ばしていた。

　雲海は柔らかい薔薇色を帯びてマトゥキトゥキ谷を埋め尽くし、氷河を抱いた峰々が無数の島影のように雲上に顔を覗かせる。

　アバランチ、ロブ・ロイ、エドワード、マオリリ、マオリ、リバプール――。あの日、アスパイアリングの頂で、客たちに一つ一つ指さして山名の由来や特徴を説明していたケビンの陽気な日本語が耳の奥に蘇る。

　南からの風は肌を刺すように冷たい。サザンアルプスに好天をもたらす南極風だ。それはこの日一日の好天を約束していた。

　逆転勝訴からほぼ一年、あの遭難から五年経ったいまも、アスパイアリングはかつてと少しも変わらずに輝かしい頂を天に向け、自慢のアイスキャップを曙光の色で染め上げていた。

　藤木の、伊川の、勝田の、川井の、そしてケビンの墓標として、死ぬまで封印しておくつもりでいたこの山にふたたび足を運んでいる。呼び寄せたのは彼らなのではないのかと森尾は訝った。

　つい先ほど、バットレスの登攀中にひろみが口にした「人生のリセット」という言葉が不思議に心に馴染む。それは過去を忘れることではなく、新たな決意で過去を背負って生きることなのだと森尾は気づいた。

　逮捕から無罪確定までの魂の煉獄を生き延びられたのは、大勢の人々に助けられてのことだった。それはひろみたち生存者であり、両親であり、岸田であり、米倉であり、ネット上で共感の輪に加わってくれた見ず知らずの人々だった。

　しかしあのときアスパイアリングで死んだ人々を、森尾はそこに加えずにはいられない。人生を懸けてでも守りたかったのは、自分を信じてくれた人々の魂の名誉だった。そして彼らの森尾への信頼が、くじけかかる自分を絶えず励まし叱咤してくれていたことを決して忘れない。

　全員登頂を果たしたアスパイアリングの頂で感じた、あのパーティの一体感を想起する。伊川がいみじくも言っていた。

〈自分一人でやり遂げることって、あまり大したことじゃないんだってわかったのよ。今回はみんなの力を借りて頂上を踏んだわけだけど、それがいままで感じなかったような満足感を与えてくれたのよ。自分が一人じゃないと感じられることって、素晴らしいことなのね〉

いま自分がここにいることにも、同じような意味があると森尾は感じていた。逆転勝訴の切り札になってくれた湯沢にしてもそうだった。自分は森尾に救われたと彼は言った。森尾のほうにそんな思いはなかったが、人はそんなふうに結び合って生きているということを、その言葉はいまさらながらに実感させてくれた。

それは人と人との結び合いだけではないのだろう。パーティの五名の命を奪い、生還した者にも想像を絶する苦難を与えたアスパイアリングが、いま最高の笑顔をみせてくれている。あの試練が、いまここで迎えている新しい人生のための準備だったとでも言いたげに。

生き残った人間の身勝手な思いかもしれない。失われた命は還らない。伊川を、そして勝田や川井やケビンを救えなかった。その自責の念はいまも心の奥にわだかまる。しかし森尾には信じられた。それに潰されることを彼らはたぶん望まないだろうと。

空も山も雲もいよいよ赤みを増してきた。アスパイアリングのアイスキャップも灼熱したような朱色に燃え上がり、つい先ほどまで中天に輝いていた南十字星はもう見つけるのが難しくなっている。

深紅の円盤のような太陽はすでに東の地平線上に半身を覗かせ、ロブ・ロイやアバランチの、そしてアスパイアリングの影が薔薇色の真綿のような雲海上に長く引き伸ばされる。夜の名残を残す深紫の西空を背景に、マオリリやリバプールの氷河の胸壁はルビーのような赤に染まっている。

「凄いね。これだから山はやめられないのよ」

傍らでひろみがため息を吐く。森尾は冷え冷えとした早朝の大気を胸の奥深く吸い込んだ。

「アスパイアリングが、いつもこんなふうに上機嫌だといいんだけどね」

「それじゃ値打ちが下がっちゃうでしょ。ちっぽけな人間の運命なんか気にもしないで、悠然と存在しているところが凄いのよ。何万年も、何百万年も、何億年も――」

陶然とした面持ちでひろみが言う。深い感慨を覚えながら森尾は頷いた。

「おれたちも、やがてそんな永遠の時間のなかに回帰していくわけだ」

自分という存在が砂粒よりもさらに小さく思え、自分の一生が瞬きよりもさらに短い時間に感じられてくる。そんな自分が、永劫のときを経た大いなる自然の懐にいま抱かれていることに限りない喜びを覚える。ひろみが続けた。

「だから森尾さんはもう自分を責めることないのよ。私は感じるの。森尾さんがきょうここへ来たことを、藤木さんや伊川さんや勝田さんたちが喜んでくれているのを――。そう考えることが森尾さんの人生のリセットだよ」

「そうだな。そう考えないと、みんなを悲しませることになるような気がするな」

そう応じながら、森尾は頭上に伸び上がるアスパイアリングの頂に目をやった。あのとき、パーティの全員の心が一つになったあの場所、その一つの心が、いまも意味深い思い出となって凝縮しているであろうあの場所――。

広々としたランプの雪の斜面を、アイゼンを利かせて快適に登った。耳元を吹きすぎる穏やかな風に乗って、後続するひろみのリズミカルな息づかいが聞こえてくる。

岩屑が重なり合ったスラブの急斜面を登り詰めてアイスキャップの下部に達する。右にボナー氷河、左にサーマ氷河――。二つの氷河のあいだに懸けられたナイフの刃のような雪稜をたどって、二人は向かった。行く手に天を衝いて伸び上がるあの輝く峰の頂へ――。

森尾は幸福だった。そして願っていた。いま二人で歩いているこの道が、そのはるか先までも続いてくれるようにと――。

解説――店頭で一番安心してお薦めできる山岳小説の作家

書泉グランデ山の本担当　星野潔

私にとって、近年、笹本稜平さんの作品ほど読者に安心して薦められる山岳小説はない。

団塊の世代と呼ばれる歳の私は、高校生の頃、山に魅せられて以来今に至るまで細々とながら山登りを続けている。本格的な登山ではない。北アルプスの燕岳や白馬岳、全国の低山を楽しみながら登っている。気に入った山があれば何度でも出かけ、そのたびに新しい表情を見せてくれるので、下山する端からまた登りたくなる。山頂での到達感、山小屋での仲間たちとのひと時、動物や植物の美しい姿、ときに厳しい自然の洗礼を受けることもあるが、それも含めて山から離れられないでいる。

山岳小説を読み始めたのも自然の成り行きだった。新田次郎、井上靖、太田蘭三、梓林太郎、森村誠一……目に付く本はむさぼるように読んだ。ところが、困ったことに次第に読む本がなくなってきた。刊行点数が少なかったのか、私の山岳小説の愉しみは四十代で終わってしまったのだ。

驚いたことに、この経験は私だけのものではなかった。私は書店で山の本を長年担当しているが、私の売り場にいらっしゃるお客様に「自分の山岳小説は新田次郎で終わった」と言う方のなんと多いことか。話題作がない訳ではないが、ほかのジャンルに比べると、正直寂しい。この方たちに自信をもってお薦めできるのが、笹本さんの山岳小説なのである。

物語のスケールが大きい。それでいて山の描写が非常に丁寧で細かい。登場人物たちの心情や生き方に魅力がある。つまりははずれがないのである。書店員の立場から言えば一番信頼できる作家である。だから、お客様に気持ちよく紹介したくなる。

店の特徴かもしれないが、来店者には現役の登山愛好者がとても多い。そして彼らの多くは笹本さんの愛読者である。笹本さんの作品は実際の風景がとても鮮明に目に浮かぶのだという。自分が山に登れないときなど恰好の娯楽だと。登山を引退（？）した七十代の方や、子育て中で登山を一時中断している主婦の方、山デビュー前の十代の方もいらっしゃる。読み方もさまざまでテントや山小屋で読む人も冬場の自宅で読む人もいる。山岳小説の入門者や流行りの山ガールにも笹本作品は好評だ。それだけ笹本さんの描く世界には多くの人の琴線に触れる部分があるのだろう。実際、笹本さんの二作目三作目を求めて足を運んでくださる方は多い。

本書『南極風』も大いに没頭できる一冊である。

本書の舞台はニュージーランドに聳える〝光の山〟アスパイアリングである。山岳小説の舞台としては意外だったが、読み終えてこれは美しい山だと感動した。なぜか。山の外観の美しさはもちろんだが、頂上にいたるまでに人間が見て嗅いで感じるような事がらが、読者が体験したかのように丁寧に描かれているからである。例えば、登山ガイドである主人公の森尾とツアー客のひろみが、心逸る別のツアー客に「山頂を目指すだけではなく途中や予定外の出来事をも楽しむのが登山ではないか」と語りかける場面がある。この場面を読んで私は先に挙げた白馬岳が真っ先に頭に浮かんだ。白馬岳は日本の高山植物の八割以上が生息すると言われる花の宝庫だ。白馬岳を愛する人にとって森尾たちの台詞は途端に、我がこととして胸に残る。読み進めると今度は同じくガイドのケビンがサザンアルプスの自然の、動植物の美しさを細かく紹介する場面が用意されている。この描写のなんとワクワクすることか。また、頂上に立って感動しているツアー客をもてなしながらも、予定より遅れた登頂時間を考慮して冷静に下山について頭を巡らせている場面がある。気温や雪の状態が刻々と変わっていることにハラハラする。極めつけは後半延々と続く決死の雪中下山行の描写。とにかく具体的に描かれているのである。しかも、調べて書いているという感じがまるでしない。ごくごく自然に専門用語や光景が描かれる。雪の冷たさも視界の無さもクレバスの恐ろしさも、登山経験者ならそのひとつひとつが共感できるものばかりで、私などは自分だったらどうするだろうといつの間にか怖さにふるえたものだ。

こうした具体的で丁寧な描写があるからこそ、経験者ばかりでなく未経験者にとっても想像がしやすいのだろう。早い話、その山に登った気になれるのだ。

さらに笹本作品の安心感を支える重要な要素が、登場人物の魅力だ。なにしろ、笹本さんの登場人物に対するまなざしの温かさは、ほかの山岳小説にくらべて秀でているのだ。どんな困難がふりかかろうと、主人公たちは諦めない。そうして夢を実現していく姿が感動を生んでいく。笹本さんは警察小説の名手としても名を馳せているが、「所轄魂」シリーズの警部補の父とキャリアの息子とが悪に立ち向かう姿勢や、「素行調査官」シリーズの警察上層部の悪行を追及する姿は、山中における登場人物たちの姿と重なる。加えて、笹本作品の場合、主人公とその周りに登場する人物たちとの因縁やしがらみが深く描かれる。そのため山岳小説初心者でも、人間ドラマとして十二分に楽しめるのだ。山岳小説で、これほど男としての生き方を考えさせられるのは、珍しいのではないか。

本書で森尾が陥る冤罪の罠などまさしく警察小説のテーマである。窮地に立たされた男の生き方、検察や裁判所をとおして正義とは何かを読者に問いかけてくる。『南極風』の真骨頂は、主人公が憶えのない罪で犯罪者に仕立て上げられるかもしれない状態と、雪山で遭難し瀕死の危機に陥った状態とが同じ試練として描かれていることではないか。男ならどう行動すると問われているのである。

さらに検事の湯沢、弁護士の岸田、ひろみをはじめとする登山ツアーの面々の、絶妙な人物設定が、手に汗握る山岳場面と緊迫した検察での取調べ場面の二重構成という複雑なサスペンスの緊張感を維持させている。ここにも描写の細やかさが発揮されている。だから店頭で薦めたくなるのである。新田次郎の次をお探しならば笹本稜平を読んでください、と。

最後に二〇一四年に発表された笹本作品に『分水嶺』（祥伝社刊）がある。『南極風』と同様に殺人犯の汚名を着せられた男と山岳写真家だった父の遺志を継いだ男の二人が、北海道の大雪山系を舞台にまぼろしのオオカミを探す話である。誰もが信じてはくれない夢の実現のために生きる二人の男の信念は壮絶な結末を迎えるのだが、『南極風』で語られる男の生き方がここでも存分に描かれている。私の二〇一四年度のナンバーワンであったが、こちらも是非読んでいただきたい。

（この作品『南極風』は、平成二十四年十月、
小社から四六判で刊行されたものです）

一〇〇字書評

切り取り線

南極風

購買動機（新聞、雑誌名を記入するか、あるいは○をつけてください）

- □（　　　　　　　　　　）の広告を見て
- □（　　　　　　　　　　）の書評を見て
- □ 知人のすすめで
- □ タイトルに惹かれて
- □ カバーが良かったから
- □ 内容が面白そうだから
- □ 好きな作家だから
- □ 好きな分野の本だから

・最近、最も感銘を受けた作品名をお書き下さい

・あなたのお好きな作家名をお書き下さい

・その他、ご要望がありましたらお書き下さい

住所	〒				
氏名		職業		年齢	
Eメール	※携帯には配信できません		新刊情報等のメール配信を 希望する・しない		

この本の感想を、編集部までお寄せいただけたらありがたく存じます。今後の企画の参考にさせていただきます。Eメールでも結構です。

いただいた「一〇〇字書評」は、新聞・雑誌等に紹介させていただくことがあります。その場合はお礼として特製図書カードを差し上げます。

前ページの原稿用紙に書評をお書きの上、切り取り、左記までお送り下さい。宛先の住所は不要です。

なお、ご記入いただいたお名前、ご住所等は、書評紹介の事前了解、謝礼のお届けのためだけに利用し、そのほかの目的のために利用することはありません。

〒一〇一－八七〇一
祥伝社文庫編集長　坂口芳和
電話　〇三（三二六五）二〇八〇

祥伝社ホームページの「ブックレビュー」からも、書き込めます。

http://www.shodensha.co.jp/bookreview/

祥伝社文庫

南極風（なんきょくふう）

平成27年5月20日　初版第1刷発行

著　者　笹本稜平（ささもとりょうへい）
発行者　竹内和芳
発行所　祥伝社（しょうでんしゃ）
東京都千代田区神田神保町3-3
〒101-8701
電話　03（3265）2081（販売部）
電話　03（3265）2080（編集部）
電話　03（3265）3622（業務部）
http://www.shodensha.co.jp/

印刷所　堀内印刷
製本所　関川製本
カバーフォーマットデザイン　芥 陽子

 ISBN978-4-396-34117-6 C0193